의식 지도 해설

의식 지도 해설

궁극의 잠재성을 실현하는
에너지 척도

데이비드 호킨스 지음

데이비드 호킨스 번역팀 옮김
문진희 감수

THE MAP OF CONSCIOUSNESS EXPLAINED

David R. Hawkins

판미동

"보이지 않는, 진정한 영적 진보의 사다리를 올라가는
모든 영적 열망자에게 이 책을 추천합니다."

— 스와미 치다트마난다 (인도 친마야미션의 힌두교 수도승)

일러두기

① 이 책은 호킨스 박사의 저서와 강의를 발췌하여 편집한 것이다. 기출간된 책과 강연 CD의 내용을 비교 검토하며 해석했고, 본문만으로 이해가 어려울 경우 해당 페이지 아래에 각주를 달았다.(*, **, ***로 표기) 인용된 문구의 출처는 책 뒤편 후주에 밝혔다.(1, 2, 3 숫자로 표기)

② 원문에서는 의식 지도 수준을 나타낼 때 첫 글자를 대문자로 표기했다. 본 책에서는 이를 고딕체로 표기했다. 예: 수치심, 죄책감, 무감정, 슬픔, 두려움, 욕망, 분노, 자부심, 용기, 중립, 자발성, 받아들임, 이성, 사랑, 기쁨, 깨달음

③ 신성Divinity, 앎Awareness, 의식의 빛Light of Consciousness과 같이 비이원적 절대성을 나타내는 단어는 본문에서 한글과 영어 원어를 병기했다. 신, 참나 두 단어는 절대성을 명확하게 나타내므로 원어를 생략했다.

④ 대문자로 시작하는 Awareness는 비이원적 절대성을 뜻한다. 소문자 awareness는 의식의 기능을 나타내고 용례에 따라 앎, 알아차림, 자각, 깨어 있기로 번역했으며 각각 영어를 병기했다.

⑤ 1, 2, 3부 머리말의 이탤릭체는 원문 편집자의 논평이다.

데이비드 호킨스 박사를 추모하며 (1927~2012)

Gloria in Excelsis Deo!

차례

의식 지도 ®

신에 대한 관점	삶에 대한 관점	수준		로그	감정	과정
참나	있는	깨달음	⇧	700~1000	형언할 수 없는	순수 의식
전존재	완전한	평화	⇧	600	지복	빛비춤
하나	완성된	기쁨	⇧	540	평온	변형
사랑하는	온건한	사랑	⇧	500	공경	드러남
지혜로운	의미 있는	이성	⇧	400	이해	추상
자비로운	조화로운	받아들임	⇧	350	용서	초월
영감을 주는	희망찬	자발성	⇧	310	낙관주의	의도
수월하게 해 주는	만족스러운	중립	⇧	250	신뢰	풀려남
허용하는	실현 가능한	용기	⇕	200	긍정	힘의 부여
무관심한	힘든	자부심	⇩	175	경멸	팽창
복수심에 불타는	적대적인	분노	⇩	150	미움	공격성
거절하는	실망스러운	욕망	⇩	125	갈망	노예화
벌주는	무서운	두려움	⇩	100	불안	위축
업신여기는	비극적인	슬픔	⇩	75	후회	낙심
질책하는	희망 없는	무감정	⇩	50	절망	포기
악의에 찬	악한	죄책감	⇩	30	비난	파괴
경멸하는	비참한	수치심	⇩	20	굴욕	제거

제가 의식 지도를 처음 봤을 때 그것은 집 현관에 있는 칠판에 그려져 있었습니다. 저는 남편에게 물었습니다. "저게 무엇인가요?"

남편은 "오, 저건 의식 지도예요."라고 하며 사람들이 세상을 이해하는 데 도움을 주려고 만들었다고 설명해 주었습니다. "각각의 의식 수준마다 삶을 바라보는 관점, 신을 바라보는 관점, 자기를 바라보는 관점, 감정, 과정이 있어요. 도표 하나로 당신은 세상 전체를 보게 됩니다. 절망의 나락에서 벗어나 깨달음의 상태까지 이르는 길을 의식 지도는 처음부터 끝까지 보여 주지요."

데이비드가 설명해 주자마자 저는 의식 지도가 어떻게 인류에게 희망을 가져다줄 수 있을지 알았습니다. 데이비드는 수십 년 동안 정신과 의사로 일하며 고통을 겪는 온갖 사람들과 함께해 왔고, 그

중에는 극심한 정신질환 사례도 있었습니다. 절망에서 벗어날 수 있게 누군가에게 영감을 주는 도구를 제공하는 것이 정신과적으로 중요하다는 걸 그는 알았습니다. 데이비드는 학습하고 영감을 얻을 수 있는 도구로 의식 지도를 만들었던 것입니다.

"이건 사람들과 공유해야 해요!" 저는 말했습니다.

자신이 대중 앞에 서길 원하는지 잘 모르겠다고 하기에 저는 그가 반박할 수 없는 말을 했습니다. "데이비드, 이 의식 지도는 사람들에게 정말 도움이 될 거예요!" 그 뒤로 데이비드는 의식 지도에 관한 첫 책 『의식 혁명: 힘과 위력, 인간 행동의 숨은 결정자』를 출간했습니다. 이후 20년 동안 우리가 세계를 돌아다니며 의식 지도를 공유할 줄은 상상도 못 했습니다.

함께 강연 무대 위에 있을 때, 저는 데이비드가 강력한 방식으로 무언가를 얘기하면 사람들 얼굴이 갑자기 밝아지는 것을 보았습니다. 그들은 이해한 것입니다! 그런 반응을 보는 것과 누군가의 삶이 바뀌었다는 점을 아는 것은 정말 만족스러웠습니다. 그건 데이브 자신을 위한 것이 아니었습니다. 그는 오직 메시지와 그 메시지가 다른 사람에게 미치는 영향력만을 신경 썼습니다. 데이비드의 유머에는 전염성이 있어서, 그가 웃을 때마다 함께 웃을 수밖에 없었습니다. 데이비드는 자신이 누구이고 무엇인지 알고 있었기에, 겉모습이나 남에게 인정받는 것에는 신경 쓰지 않았습니다.

의식 지도의 이로움

데이비드가 만든 의식 지도에는 인간 경험 밑바닥부터 최정상에 이르기까지 의식의 척도가 있습니다. 데이비드는 왜 세상에는 낮은 에너지와 높은 에너지가 둘 다 존재하는지, 그리고 왜 어떤 사람은 끔찍한 일을 저지르는 반면 다른 사람은 순수하게 사랑을 주기만 하는지 우리가 이해할 수 있도록 지도를 개발했습니다. 그 척도는 0에서 1000까지 이르는 로그 수치입니다. 데이브는 로그가 정확한지 확인하기 위해 통계학자를 고용했습니다. 그 후 각 의식 수준에 해당하는 감정과 다른 구성 요소를 추가해, 사랑(500)과 대비해서 수치심(20)에 있는 것이 어떤 느낌인지 이해할 수 있도록 했습니다. 어떤 사람은 숫자를 좋아하고, 어떤 사람은 단어를 좋아합니다. 데이브는 여러 가지 방법으로 연구물을 제시해서 각기 다른 학습 방식을 가진 사람들에게 다가가려고 했습니다.

데이비드는 고통을 겪는 사람들에게 그들 앞에 더 나은 것이 있다고 안심시켜 주고 싶어 했습니다. 이후에 나오겠지만 데이비드 자신이 의식 지도 전체를 밑바닥에서 최정상까지 경험했습니다. 데이브는 의식 지도에 따라 살았고, 그의 삶, 강연, 유머 감각을 통해 이를 실제로 입증해 보였습니다. 저는 데이비드만큼 다른 사람을 어떻게든 도우려는 열의를 가진 사람을 본 적이 없습니다. 그것이 바로 데이비드가 의식 지도를 만든 이유입니다. 데이비드는 사람들이 더 사랑하고 더 연민을 갖도록 영감을 주는 도구로 지도를 사용했습니다.

의식 지도가 사람들의 삶을 바꾸어 놓았다는 말을 거의 매일 듣습니다. 어떤 이들은 헤로인, 알코올, 다른 절망적인 중독에 사로잡혀 있다가 벗어났습니다. 또 어떤 이들은 다양한 질환과 감정적 어려움에서 치유됐습니다. 삶의 문제가 무엇이든 간에, 의식 지도는 그들에게 고통에서 벗어나는 길을 알려 주었습니다.

용기

이런 주제를 이 책으로 처음 접한다고 하더라도 겁먹을 필요는 없습니다. 의식 지도는 간단하고 상식적인 도구라서 천재가 아니어도 이해할 수 있습니다. 앞으로 나올 내용에 여러분이 삶에서 전진하기 위해 알아야 할 모든 것이 있습니다. 즉 세상이 어떤 이치로 운영되는지, 일이 왜 그렇게 일어나는지, 잠재성을 어떻게 최대한 실현할 수 있는지 설명해 줍니다. 의식 지도는 여러분 삶의 문제 일부를 설명해 줄 수 있고, 가장 높은 소명을 상기시킬 수도 있습니다. 우선 한번 읽어 보고 여러분 스스로 어떻게 적용되는지 직접 확인해 보십시오.

어떤 종교를 가졌든, 혹은 종교가 없다 하더라도 누구나 의식 지도를 활용할 수 있습니다. 제가 고등학교에 다닐 때, 친한 친구 중 하나가 저에게 물었습니다. "신이 있다면 이 모든 전쟁이 왜 일어나는 거지?"(공교롭게도 그 친구는 유대교였습니다.) 의식 지도는 우리에게 그 이유를 알려 줍니다. 세상을 넓은 전망에서 보게 해 줍니다. 수백만 명의 사람이 전쟁을 겪으며 자신보다 더 중요한 무언가를 위해 목숨을 내놓습니다. 빗발치는 총알 사이로 걸어 들어가는 순간, 그들은 의식 지도에서 용기라는 임계선을 넘어섭니다.

데이브는 자기중심적 에고*가 우리의 가장 큰 영적 문제라고 했습니다. 그리고 이를 극복하려면 용기와 헌신이 필요하다고 했습니다. 바로 그것이 우리가 군인에게서 볼 수 있는 용기입니다. 그들은 에고보다 더 숭고한 것, 즉 조국, 신, 동료를 위해 생명의 위험을 무릅씁니다. 운동선수는 자신의 방식으로 그렇게 합니다. 자신의 명성을 추구하기보다 팀이나 조국을 위해 승리하려고 합니다. 혹은 암이나 다른 질병으로 고통받는 이를 위해 노력을 바칩니다. 우리가 하는 일을 자신보다 더 큰 무언가를 위해 바칠 때, 우리는 높은 곳에서 기원하게 됩니다. 의식 지도는 전쟁과 같은 끔찍한 일들이 실제로는 어떤 목적에 기여한다는 점을 보여 줍니다. 우리가 영적으로 진화할 수 있게 도와줍니다.

희망

낙담한 사람에게는 희망이 필요합니다. 의식 지도는 희망을 줍니다. 우리가 자기혐오나 절망감에 빠져 있을 때, 더 높은 수준을 목표로 해서 삶의 방향을 돌릴 수 있다는 것을 보여 줍니다. 우리는 중독에서 회복 중인 사람들의 모임인 '익명의 알코올 중독자들'

---

* 데이비드 호킨스 박사 저작에서 '에고'는 심리학에서 쓰는 용어와 구별이 필요하다. 호킨스 박사는 『호모 스피리투스』 3장 '영적 진화'에서 다음과 같이 설명한다. "앞으로 사용되는 '에고'라는 말은 일반적으로 개인의 실상과 정체를 나타낸다고 추정되는 생각의 집합체를 가리키는데, (중략) 그 목적은 사적인 자기라는 환상을 유지하는 것이다. (중략) 영적 어법에서 '에고'는 부정적 성질이자, 그 선형적이고 이원적인 구성으로 인해 각성에 대한 장애를 암시한다. 하지만 심리학에서 '에고'라는 말은 세상에 효율적으로 대처하는 데 필요한 적응 기술 및 생존 기술을 가리킨다. ─옮긴이

과 같은 그룹에서 이러한 터닝 포인트를 매일같이 봅니다. 절망의 밑바닥에서 중독자의 삶이 바뀝니다. 중독자가 의식 지도에서 용기(200) 수준에 도달하는 때가 바로 삶이 바뀌는 지점입니다. 남을 탓하지 않고 자신에 대한 진실을 말하는 용기를 발견했기 때문입니다. 그곳에서부터는 자발성(310)의 수준이 중요합니다. 자발성은 기꺼이 배우고, 기꺼이 타인에게 도움이 되고, 기꺼이 성장하려 하며, 기꺼이 친절해지고, 기꺼이 어떤 것을 열심히 하는 수준입니다. 최악의 시기에도 언제나 희망은 존재합니다. 어떤 날은 정말 힘들어서, "다시는 오늘 같은 날을 반복하고 싶지 않아."라고 스스로에게 말할 때도 있습니다. 의식 지도는 하루가 나빴다고 해서 그것이 인생의 끝이 아님을 알 수 있게 도와줍니다. 『바람과 함께 사라지다』에서 스칼렛 오하라가 "그건 내일 생각할 거야."라고 말했듯이 의식 지도는 우리가 모두 여정 중이라는 것을 보여 줍니다. 지금 우리가 있는 장소의 풍경이 마음에 들지 않는다 해서 전체 여정도 나쁠 거라는 뜻은 아닙니다. 과정을 신뢰하려는 자발성이 있다면 아름다운 풍경이 눈앞에 펼쳐질 것입니다.

어려움 극복하기

사람들은 의식 지도가 인류에게 연민을 가질 수 있게 도와준다고 말합니다. 그들은 세상 사람 다수가 죄책감, 두려움, 분노와 같은 낮은 의식 수준에서 살아가고 있음을 봅니다. 그리고 이는 그 수준에 있는 사람들이 거짓말과 살인, 절도를 할 수밖에 없음을 의미합니다. 각각의 수준에는 각각의 현실이 있습니다. 두려움이나 분노 수준에서 살아간다면, 당신은 그렇게 행동합니다. 이것을 알기만 해도 우리 눈에 이상해 보이는 방식으로 행동하는 사람을 판단하지 않는 데 도움이 됩니다.

당신이 용기나 그 이상의 수준에 있더라도, 늘 거기에 머물러 있지는 않을 것입니다. 당신을 시험하려고 어떤 일이 생깁니다. 모든 사람은 낮은 수준의 일정 시기를 겪습니다. 예를 들어, 사랑하는 사람이 죽은 이후 겪어야 할 큰 슬픔Grief*이 있을 것입니다. 또는 미지에 대한 두려움도 있을 수 있습니다. 이혼한 경우 당신은 얼마 동안 화가 나 있을 수도 있습니다. 그 사람과 환경에서 벗어났을 때 실제로는 더 살 만하다는 것을 깨닫기 전까지는 말입니다!

데이브가 이 책에 썼듯이 삶은 우리에게 시련을 줍니다. 우리는 어떤 목적을 위해 어려움을 겪고 있습니다. 어려움에 빠져 심한 고통 속에 있다면 그 의미를 알아보는 것이 쉽지 않으므로, 우리는 거기에 포괄적인 목적이 있다는 믿음을 가져야 합니다. 데이비드는 "이것의 목적은 무엇일까?"라고 질문할 수 있다는 것을 제게 가르쳐 주었습니다. 그러면 그 상황에 우리가 혼자가 아니라는 것을 알게 됩니다. 더 높은 힘Higher Power이 우리가 성장하도록 돕기 위해 보살피고 있습니다. 예를 들어 우리가 무언가를 정말 원하지만 갖지 못할 때, 나중에 알아차리면서 "갖지 못해서 정말 다행이야!"라고 할 수도 있습니다.

---

* 슬픔의 원어인 Grief는 가까운 사람을 상실한 후 느끼는 비탄, 비통의 뉘앙스지만 의식 수준임을 감안해 일반적인 용어인 '슬픔'으로 번역했다. 이 책에서 슬픔은 Grief의 번역어이고 예외로 sadness인 경우에 '슬픔sadness'으로 한글과 영어를 병기했다. ─옮긴이

데이브는 "사랑은 그와 반대되는 것을 불러옵니다."라고 여러 차례 말했습니다. 이 말은 우리가 더 사랑하기로 선언하면, 사랑하기 어려운 사람이 삶에 나타날 거란 뜻입니다! 모든 행위는 그와 동일한 크기의 반작용을 일으킵니다. 저는 사람들과 상황들로 매일매일 시험에 듭니다. 데이브는 모든 사람을 기쁘게 할 수는 없다고 제게 가르쳐 줬지만, 이는 배우기 힘든 교훈입니다. 가끔은 거절할 필요도 있습니다. 누군가가 당신에게 신경질을 낸다면, 때로는 그 자리에서 부정적인 사람과 다투기보다는 벗어나는 것이 더 낫습니다. 여러분이 그 자리를 벗어나면 화를 내던 사람은 자신의 부정성이 어떤 영향을 미치는지 느낄 수 있는 계기가 됩니다. 그들이 기꺼이 마음을 내면, 배움의 순간이 될 수도 있습니다. 삶의 모든 순간에서 배움은 일어납니다. 우리는 때로는 교사, 때로는 학생입니다.

있는 그대로 당신을 받아들이기

사랑(500)의 수준에서 사는 것은 훌륭한 목표입니다. 그렇지만 쉽지는 않습니다. 많은 이들이 제게 와서 말합니다. "저는 500대예요." 그들은 자신이 사랑의 수준에서 살고 있다고 생각하지만, 그건 사실이라기보다는 환상일 가능성이 높습니다. 이 책에서 사랑의 수준을 읽으면, 그 수준에서 사는 이가 거의 없음을 알게 될 것입니다. 성인聖人과 거의 비슷한 수준이 되어야만 합니다. 이성의 수준이자 높은 기능성, 진리 자체를 위해 진리를 추구하는 400대에 있다면 여러분은 잘하고 있는 것입니다. 더 높은 수준을 얼핏 볼 수도 있겠지만, 그곳에 머물러 있으려면 지속적인 헌신이 필요하며 아무도 당신을 더 높은 수준으로 데려갈 수는 없습니다. 더 높은 수준을 경험할 수는 있겠지만, 거기에 도달하고 머무르려면 내적 작업을 해야만 합니다. 더 높은 수준을 '성취하라'고 스스로를 다그칠 수 없습니다. 그것은 에고입니다. 더 높은 수준은 자발성, 본질, 가슴에서 생겨나야만 합니다.

데이비드는 이 책에서 다른 사람에게 기본적으로 친절한 것이 일상생활과 영적 진보에 주요한 역할을 한다고 썼습니다. 예를 들어, 힘들게 식료품 카트를 밀고 있는 한 노부인을 보면 앞으로 갈 수 있도록 비켜 주십시오. 어쩌면 그 여성은 서 있기조차 힘들었을 수도 있습니다. 카트 안에 소리 지르는 아이를 태운 임산부에게 친절하십시오. 그 여성을 노려보며 '못난 엄마'라고 탓하기보다는, 당신보다 먼저 갈 수 있게 해 주세요. 10분 더 늦으면 어떻습니까? 당신의 목표가 진화라면 그 필수 도구는 친절입니다.

데이브가 강조한 또 다른 것은 한 수준이 다른 수준보다 더 낮지 않다는 것입니다. 각각의 수준에는 고유한 책임이 있기 때문입니다. 가능한 좋은 사람이 되도록 노력하고, 할 수 있는 한 그 영역에서 살아가려 해 보세요. 받아들임(350)의 수준에 도달하면, 자신이 누구이고 무엇인지 있는 그대로 받아들입니다. 우리는 모두 각기 다른 수준에 있고, 더 높은 수준으로 진화하기 위해선 전적인 헌신이 필요합니다. 하얀색 수도복을 입고 올바른 말을 한다고 해서 당신이 높은 수준에 있다는 의미가 아닙니다. 그것은 에고가 스스로를 높은 수준이라고 생각한다는 뜻입니다!

정직할 힘이 있고, 어떤 것도 '높다'거나 '낮다'고 판단하지 않을 역량이 있다면 자신을 잘 이해하게 될 것입니다. 자신이 의식 지도 어디에 위치하는지 내적 감각으로 이해하게 됩니다. 진화하고 싶다면 그저 자신을 성장시킬 수 있는 그것을 보십시오. 결점에 대해 정직해지십시오. 어쩌면 참을성이 없어서 더 친절해질 필요가 있을 것입니다. 어쩌면 무언가에 집착하거나 중독되어 있어 그것을 내맡길 용기가 필요할 것입니다. 어쩌면 남이 무시해도 참는 사람일 수도 있어 그들이 당신을 맘대로 휘두르지 못하게 할 필요가 있을 것입니다. "처음에는 상대가 부끄러워해야 하지만, 두 번째부터는 스스로 부끄러워해야 한다!"라는 말을 저는 좋아합니다. 누군가가 가족이나 동료라고 해서 당신을 함부로 대하게 놔둬도 된다는 의미는 아닙니다.

사람들은 때때로 가장 높은 에너지 장에 몰두하면 자신이 진화할 것이라고 여깁니다. 그들은 "저는 의식 지도 최상위에 있는 음악만 듣고 그런 책만 읽을 거예요."라고 제게 말합니다. 세상에 있는 모든 것을 '수준이 낮다.'고 판단합니다. 이는 '너희보다 더 거룩하다.'는 영적 에고의 태도입니다. 그들이 자신이 존재한다고 여기는 수준이 되면, 스스로 그 오류를 알게 될 것입니다.

에고는 특별해지는 것을 좋아합니다. 에고는 "난 여기 있고, 너희는 저기에 있어."라고 말합니다. 그것은 의식 지도의 목적이 아닙니다. 지도는 배우고 성장하기 위한 도구입니다. 여러분이 겪고 있는 어려움에 대해 정직해지면 이를 극복하는 방법을 알게 되고, 저절로 의식 지도 위쪽으로 올라가게 됩니다.

데이브는 단 한 번도 "저는 깨달은 스승입니다."라고 말한 적이 없습니다. 하지만 저는 그가 그 수준에서 살아가는 것을 보았습니다. 데이비드는 매우 겸손했고 현실적이었습니다. 자신이 다른 누구보다 더 낫다고 여기지 않았습니다. 자신이 존재했던 바를 나눌 책임, 그리고 가능한 모든 방법으로 세상을 도울 책임이 있다는 것을 그냥 알고 있었습니다. 당신이 그 상태에 있다면 자기 자신에 대해 말할 것이 없습니다. 높은 수준에서는 자신을 선전하는 데 전혀 관심이 없습니다. 저는 데이브가 의사로서 그를 필요로 하는 사람들을 도와주는 것을 보았고, 그들은 답례로 커피 한 봉지만 주면 됐습니다. 데이브가 세상을 떠난 후 그 커피를 모두 처리하는 데 2년이란 시간이 걸렸습니다.

데이비드를 추모하며 이 책을 바칩니다. 데이비드의 삶은 인류의 향상을 위해 이타적으로 봉사한 멋진 본보기이기 때문입니다. 저는 여러분이 이 책에서 여정에 도움을 발견하길 희망하고 기도합니다. 데이브가 우리에게 말했듯이 "길은 곧고 좁습니다. 시간을 낭비하지 마십시오!"

—수잔 J. 호킨스
데이비드 호킨스 박사가 설립한 영성 연구소 대표

호킨스 박사님이 돌아가시기 몇 개월 전에, 저는 박사님과 그분 댁에 앉아서 선반 위에 길게 꽂힌 그의 저술들을 가리켰습니다.

"당신께서 저 모든 책을 쓰셨는데 어떠신가요?"

박사님은 이렇게 말씀하셨습니다.

"저 책들을 제 책이라고는 보지 않습니다. 저것을 쓴 것은 개인적 자아가 아닙니다. 신께서 마음을 두루 살피시다가 생각하고 있지 않는 하나의 마음을 찾은 것입니다. 나는 비어 있는 공간, 즉 통로였을 뿐입니다. 사람들은 몸과 사람을 보고 그 사람이 책을 썼다고 여깁니다. 사실은 그렇지 않았습니다. 그건 마치 바이올린과 같았습니다. 바이올린 스스로는 연주할 수 없습니다. 연주되어야만 하지요."

긴 침묵이 흐른 후에 박사님은 빙그레 웃으며 말씀하셨습니다.

"나는 몇 년 전부터 생각하는 것을 그만두었습니다. 생각할 필요가 없어요. 그건 톱처럼…… 너무 시끄러워요."[1]

데이비드 호킨스 박사님은 천재성과 겸손함이 드물게 결합된 경우였습니다. 박사님의 삶은 비범했습니다. 말하자면, 어느 누가 생각이 전혀 없는 빈 마음을 상상이나 할 수 있을까요? 박사님은 기분 좋게 웃으며 "부적응자misfit"라고 말씀하길 좋아했습니다. 언어유희였습니다.* 우리는 신비주의자들mystics에 대해 이야기하고 있었는데, 그분은 "맞아요. 사람들은 저를 그렇게 불러요. '부적응자 misfit' 중 한 명!"[2]이라고 말씀하셨습니다.

특정한 영적 경험들을 통해 개인적 자아가 사라져 버린 이후 그분에게 개인적인 삶의 세부 사항은 중요하지 않았습니다. 박사님은 2003년 순수지성과학연구소에서 "현존 그 자체만이 여기 이 순간에 존재할 뿐입니다."라는 말씀으로 종일 강연을 시작했습니다. 그분은 인칭 대명사를 정말 거의 사용하지 않았고, 이러한 문체 때문에 현시대에는 그분의 저서가 특이해 보이지만, 이는 역사에 나타난 신비주의자들의 표현과 매우 비슷합니다. 오늘날의 독자는 저자가 어떤 사람인지, 이 책에 나오는 특별한 발견들이 어떻게 이루어졌는지를 알고 싶어 하므로, 저자와 저자의 트레이드 마크인 의식 지도®에 대해 간략한 소개하겠습니다.

---

* misfit(부적응자)은 영어로 mystic(신비주의자)과 발음이 비슷하다. ─옮긴이

호킨스 박사님에 대하여

호킨스 박사님은 1927년 위스콘신에서 태어나 대공황 시기에 성장했습니다. 성공회를 종교로 가진 가정이어서, 박사님은 복사服事로 봉사하며 소년합창단에서 노래를 불렀습니다. 그렇지만 그의 깊은 영적 경험들은 종교적 맥락 밖에서 일어났습니다.

세 살 적 작은 짐수레에 앉아 있을 때, 존재에 대한 충격적인 알아차림이 있었습니다. 어린 시절의 그 순간을 회상하면서 박사님은 우리에게 말씀하셨습니다. "마치 완전한 어둠과 망각이 있었는데 불현듯 그것을 쪼개는 거대한 빛이 나타난 것과 같았습니다. 저는 몸으로 다시 돌아온 것을 알았고 기분이 좋지 않았습니다!" 박사님은 자신이 전생에 신심이 깊은 소승불교도였고, 공Void(무Nothingness)을 궁극적인 영적 목적지라고 믿었으며, 공에 이르는 부정의 길*을 따랐다고 설명했습니다. 하지만 공은 궁극적인 영적 목적지가 아니었습니다. 그랬다면 박사님이 육체로 이곳에 다시 돌아오지 않았을 겁니다! 곧바로 존재에 대한 인식과 함께, 비존재에 대한 두려움이 있었습니다. 그것은 언어 능력을 습득하기 전에 맞닥뜨린 '무Nothingness 대 전부임Allness'의 역설이었고, 수십 년 뒤까지 풀지 못했던 고도로 앞선 영적 관문(박사님은 반대 쌍처럼 보이는 것의 맞닥뜨림을 묘사할 때 또 다른 단어로 "난제"라고 표현했습니다.)이었습

---

* 『의식 수준을 넘어서』 18장과 본서 8장에 따르면, 무Nothingness인 공은 850으로 측정되며 모든 것 혹은 그 어떤 것(즉 집착으로서의 선형적 형상이나 '객관적 실재')의 실재도 부인하는 '부정의 길'의 종점이다. ─옮긴이

니다. 공Void에 대한 가르침은 박사님이 영적 열망자에게 가장 크게 기여한 것 중 하나입니다.(8장 참고)

"어린 시절을 그렇게 보내다니, 이번 삶은 시작부터 이상했습니다." 박사님은 당신 삶의 기이함에 자주 웃곤 했습니다. "솔직히, 다른 아이들은 정말 따분해 보였어요. 그래서 저는 플라톤과 소크라테스로 도망쳤어요. 다른 남자애들이 스틱볼을 하며 놀 때 저는 아리스토텔레스를 읽고 주간 오페라 프로그램을 들었습니다!"[3]

그분은 또한 매우 성실했습니다. 열두 살쯤에는 지역에서 가장 긴 경로(27킬로미터)로 신문 배달을 다녔습니다. 간선 도로에는 전기가 없었고 주위는 온통 어둠으로 캄캄했습니다. 한번은 겨울 폭풍이 몰아치고 영하의 돌풍이 불어 박사님의 자전거가 넘어졌고 신문지도 전부 흩어져 버렸습니다. 8장에서 박사님이 묘사한 것처럼, 박사님은 혹한의 바람을 피하려고 표면이 얼어붙은 길옆 눈더미에 구멍을 뚫었습니다. 구멍을 파고 들어가자마자 박사님은 사랑의 무한한 현존Infinite Presence of Love으로 녹아들어 갔습니다. 제가 박사님에게 그 무한한 사랑의 상태를 묘사해 달라고 부탁드리자마자 70년이 지났는데도 아무 주저 없이 말씀해 주실 정도로 그 경험은 정말 잊을 수 없는 것이었습니다. "두려움, 조바심, 절망 같은 모든 부정적 감정이 사라졌지요. 대신 무한하고 불변하고 영원하며 모든 것을 포괄하는 사랑의 광휘만이 있었습니다. 그 사랑의 광휘는 과거의 나, 그리고 현재 나의 실상Reality과 다르지 않았습니다."[4]

이 무한한 사랑Infinite Love과 비교해 종교의 '신'은 어린 데이비드에게 이제 무의미해 보였습니다. 열여섯 살 때 종교에 대한 그의 믿음은 모두 사라졌습니다.

하루는 숲속을 거니는데 전 시대에 걸친 인류의 고통에 대한 앎 awareness이, 거대한 먹구름처럼 불시에 그를 압도했습니다. 그 순간 박사님은 세상의 모든 고통에 대해 신을 탓했고 무신론자가 됐습니다. 그렇지만, 신에 대한 종교적 믿음은 붕괴되었어도 존재의 진실에 다다르려는 내적 욕구는 잦아들지 않았습니다. "어떤 더 커다란 진실에 필사적으로 도달하려는 내적 중심이 의식 안에 있었습니다."[5] 특출나게 높은 IQ를 타고난 덕분에 그분은 과학, 신학, 의학, 정신의학 분야를 지성을 통해 쉽게 통달했습니다. 제2차 세계 대전 동안 미 해군 소해정掃海艇에서 복무한 이후에는 의과대학을 졸업했는데, 당시 직업이 세 개나 되었습니다. 머지않아 정신과 주임이 되어 뉴욕에서 큰 병원을 운영하며, 임상 연구를 바탕으로 한 다량의 과학 논문을 발표했습니다. 당시에 프로이트 학파의 선구자 격인 어떤 분에게 몇 년에 걸쳐 정신분석을 받았습니다. 박사님은 헌신적인 선불교 명상가여서 아침에 한 시간, 저녁에 한 시간 앉아서 명상을 했습니다. 하지만 이런 모든 탐구는 더 깊은 절망만을 가져왔습니다. 세상에서는 성공의 정점에 도달했으나, 내적으로는 거대하고 막막한 어둠에 맞닥뜨렸습니다.

서른여덟 살이 되던 1965년에 위기가 절정에 달해 박사님은 치명적 진행성 질환으로 죽기 직전이었습니다. 지성을 통해서 존재의 진실을 추구했던 모든 노력은 실패했습니다. 그리고 자신이 매우 심한 고뇌와 절망 상태에 있음을 발견했습니다. 죽음이 정말 임박했을 때, 하나의 생각이 마음을 스치고 지나갔습니다. '만약 신이 존재한다면?' 그 생각과 함께 박사님은 기도로 도움을 청했습니다. "신이 계신다면 지금 저를 도와주길 간청드립니다." 그리고 박사님은 "거기에 어떤 신이 있든지 그 신에게" 큰 기대 없이 완전히 내맡겼습니다. 즉시 박사님은 '망각'으로 들어갔습니다. 박사님은 경천동지할 이 여파를 묘사하는 데 30년이 걸렸습니다. "망각은 불현듯 사라졌고, 그 자리엔 전부임Allness의 광휘와 본질로서 강렬하게 빛나는 신성의 빛Light of Divinity의 놀랄 만큼 아름다운 광채가 들어섰습니다."[6]

박사님의 의식은 완전하고 갑작스럽게 변형됐습니다. 마음과 그 정신 패턴은 "빛을 발하고 완전하고 총체적이고 침묵하고 고요한, 무한하여 전부를 포괄하는 앎awareness"[7]인 현존Presence으로 대체되어 영원히 사라졌습니다. 평화로운 내적 침묵이 압도했습니다. 이미지와 개념이나 사고가 없었습니다. 사실상, 생각할 어떤 '사람'이 남아 있지 않았습니다. 박사님과 다른 이들 간의 분리감은 모두 녹아내렸습니다. 박사님은 주위 모든 이에게서 동일하게, 아름답고 영원한 완전함을 보았습니다. "광휘가 모든 이의 얼굴에서 빛을 발했습니다. 모든 이는 동일하게 아름다웠습니다."[8] 이런 비이원성의 상태에서는 각각의 살아 있는 존재마다 "다른 모든 존재를 하나하나 의식하고, 만물은 앎awareness을 통해 존재 자체의 본질이 지니는 기본 성질을 공유하면서 서로 연결되고 소통하며 조화롭습니다."[9] 어떤 것도 다른 무엇보다 좋거나 나쁘지 않고 높거나 낮지 않습니다. "모든 유정물有情物은 동일합니다…… 모든 존재는 그 창조의 신성속에서 본질적으로 성스럽습니다."[10]

호킨스 박사님은 『의식 혁명』에서 의식 지도 연구가 "1965년에 시작되었다."고 이야기하는데 이는 위에서 언급한 박사님 자신의 의식 변형을 의미합니다. 박사님은 고전적으로 깨달음Enlightment이나 신비적 합일이라고 부르는 변형을 겪은 후에 그 상태를 강연과 책에서 맥락화할 수 있었던 아마도 최초의 훈련받은 임상과학자/의사였습니다. 많은 사람이 특정한 절정 경험(예를 들어 출산이나 운동 경기에서의 업적, 무대 공연, 창조적인 작업, 암벽 등반, 사랑을 나누는 성교)이나 삶을 바꾸기까지 하는 영적 변형(예를 들어 임사 체험이나 지복직관)을 통하여 '몰입'이나 강렬한 기쁨, 자기 초월을 일시적으로 경험할 수는 있지만, 사람의 의식이 갑자기 변형되어 비이원적 상태로 영원히 들어가는 일은 몹시 드뭅니다. 역사적으로 그런 사람들 대다수는 육체를 떠나거나(죽음), 설탕이 따뜻한 물에 녹아들어 가듯 개인적 자아의 모든 감각이 녹아 버려, 에고 소멸에 대해 말할 수 없는 '신 충격God-shock'의 상태로 남아 있었습니다. 윌리엄 제임스가 자신의 저작 『종교적 경험의 다양성』에서 말해 주듯이 신비 체험은 "형언할 수 없기에" 묘사가 불가능합니다.[11]

의식의 이런 변형의 깨어남 속에서 호킨스 박사님의 삶은 이전과 완전히 달라졌고, 그 변화에 적응하는 데에 수년이 걸렸습니다. 신경계는 마치 "고압 에너지에 타는 고압 전선"처럼 팽팽하게 긴장된 것 같았습니다. 사회에서 소통할 때 사람들이 자신의 몸을 "데이비드"라고 부르면 당혹스러웠습니다. 호킨스 박사님은 자신이 모든 곳에 있고 모든 것과 하나라는 것을 알았기 때문입니다. "누군가 제게 질문을 하면 저는 그들이 누구에게 말하고 있는지 궁금해하곤 했습니다." 다른 사람의 눈을 들여다볼 때 박사님은 "하나인 참 나만을 보았고…… 거기 있는 당신you과 여기 있는 나me는 어떠한 분리도 없습니다."라고 말씀하셨습니다.[12] 그 지복과 자기완성은 일상 기능에 흥미가 생기기 어렵게 만들었습니다. 소득과 성공이라는 이전에 가졌던 동기는 무의미했습니다. 몸과 형상의 세계로 돌아오게 할 만큼 강한 유일한 동기는 사랑이었다고 박사님은 말씀하셨습니다. "육체를 존속해 나가는 데 사랑이 유일한 동기였습니다."

몸으로 돌아오는 것은 매번 매우 어렵습니다. …… 고향을 그리워하게 됩니다. …… 마치 어떤 과업을 하기로 동의하고 이를 위해 고향을 떠난 것과 같습니다. 그 상태로 들어갈 때마다 그곳에 형태는 없습니다. 무한한 황금빛 사랑으로 그저 녹아들어 갑니다. 그것은 너무나 아름다워서 다시 몸으로 돌아와야 하면 눈물이 납니다. 그 상태를 떠날 수 있는 유일한 이유는 사랑이 그곳에 영원히 존재한다는 것과, 당신이 되돌아와서 영원히 있을 것을 알기 때문입니다.[13]

언젠가 그분은 숲속에 혼자 있다가 지복의 상태에 들었다고 말씀하셨습니다. 박사님은 독수리가 몸 주위를 빙빙 돌고 있음을 알아차렸고, 그 녀석은 박사님이 마지막 숨을 거두면 곧바로 내려올 채비를 하고 있었습니다. 지복은 늘 있어 왔고 영원하기 때문에, 다른 사람에게 도움이 된다면 몸에 머물러 있는 게 더 낫다는 것을 깨달았습니다. 그분은 육체가 세상에서 봉사하는 도구가 되게끔 완전히 내맡겼으며, 육체에 에너지가 다시 생기도록 허용했습니다. 이 일이 일어나자마자 독수리는 날아가 버렸습니다. 그분은 점차 새로운 의식 상태에 적응하여 정신과 진료로 복귀했는데, 그 병원은 미국에서 가장 큰 규모가 됐습니다. 확장된 영적 상태로 전통적인 치료의 한계를 넘어 환자 내면의 인간성을 볼 수 있었습니다. 보수적인 동료들이 뭐라고 말하든, 그분은 멈추지 않고 환자를 위해서 모든 치료법을 시도했습니다. 절망적인 환자들의 극적인 치유로 호킨스 박사님은 1970~80년대 주요 공중파 TV쇼에 출연했습니다. 인간의 고통에 관한 많은 분야에서 그의 선구적 업적은 엄청난 국가적, 세계적 인정을 받게 되었으며 이것들은 책 뒷부분에 있는 '저자에 대하여'에 나열되어 있습니다. 이러한 성공에도 불구하고 '한 번에 한 환자'만 돌볼 수 있는 의사로서의 활동은 새 발의 피 같았습니다. "인간의 고통에 한 번에 한 명씩만 대응할 수 있다는 점에 커다란 좌절감을 느꼈습니다. 그건 마치 바닷물을 퍼내는 것과 같았습니다."[14]

　박사님은 수많은 사람에게 도움이 될 수 있는 내적 변형 수단을 찾는 데 전념했습니다. 여기서 우리는 붓다를 떠올립니다. 붓다는 깨어남 이후 팔정도八正道를 제시했습니다. 빌 윌슨이 떠오르기도 하는데, 그는 빛Light 충만함을 통해 치명적이고 절망적인 알코올 중독에서 해방되어, 회복을 위한 12단계를 발전시켰습니다. 호킨스 박사님은 병원 환자들의 치유 과정을 조사하면서 의사로서 실제로 행한 무언가나 처방보다는, 사랑을 발산하는 내면의 의식이 치유 과정에 훨씬 관련이 깊음을 알아차렸습니다. 박사님은 또한 어떤 의사들의 환자는 개선되는 경향이 있는 반면에, 다른 의사들의 환자는 대부분 악화되거나 차도가 없는 경향이 있음을 알아차렸습니다. 약물 및 치료 프로토콜이 모든 환자에게 동일한 경우라도 마찬가지였습니다. 1997년 4월 25일 캘리포니아대학교 샌프란시스코 보건과학센터 연례 랜드버그 강연에서, 박사님은 뉴욕에서 임상진료 당시 — 의사들이 조현병 치료의 일부분으로 다양한 비타민을 처방하던 시절 — 에 관찰한 것을 회상했습니다. "어떤 의사의 환자들이 겪는 부작용의 정도는 그 의사의 의식에 달려 있습니다. 약에 달려 있지 않지요"[15]

예를 들어, 뉴저지에 있는 한 의사의 환자는 비타민 B_3를 사용하여 피부 변색의 한 유형이 나타났습니다. 하지만 다른 의사들의 환자는 전혀 부작용이 없었고, 실제로 치료에 잘 반응했습니다. 성공한 의사들의 비결은 무엇일까요? 박사님은 치유 효과가 의사의 의식 수준과 관련이 있음을 알게 됐습니다. 의사의 의식 수준이 높을수록 환자가 치유될 가능성이 높았습니다. 영적 지향성이 있는 사람들은 이 말을 납득할 것입니다. 하지만 이성적이고 선형적인 사고방식에 경도된 이 사회에 이것을 어떻게 제시할 수 있을까요? 외부의 행동이 아니라 내면의 의식이 결과를 결정한다는 것을 어떻게 증명할까요?

내적 발견

호킨스 박사님은 스스로를 가리키며 재밌어하면서 말씀하셨습니다. "여기 지구에서 이것은 항상 부적응자였고 특이한 개체였어요! 경고도 없이 갑자기 의식 수준이 진보해서 기능을 수행하기가 어려울 정도였습니다. 그래서 뉴욕에서 하던 정신과 진료를 그만두어야 했습니다. 그냥 손을 떼야 했는데, 깊은 내적 고요에서는 누구에게 무엇도 말할 것이 없기 때문입니다. 가장 애용하는 도구들을 오래된 트럭에 싣고 애리조나 작은 마을로 차를 몰고 갑니다. 간이침대, 치즈 한 조각, 촛불, 고양이, 그리고 더 무엇이 필요하겠습니까? 모두가 '당신은 미쳤다.'고 생각했습니다. 그러니 모든 친구가 당신이 정신이 이상해진 것 같다고 생각하면, 십중팔구 당신은 좋은 상태일 것입니다."[16]

박사님은 대규모 임상 진료와 호화스러운 뉴욕 생활을 떠나 대륙을 횡단하여 애리조나의 작은 마을 세도나로 거처를 옮겼습니다. 수년 동안 세상과 단절된 은둔자의 삶을 살았습니다. 이 기간은 의식의 본질을 철저하게 탐구할 시간을 제공했다는 점에서 매우 중요했습니다. 이러한 주관적인 깨달음으로부터 의식 지도와 그 후속 작업의 기초가 되는 발견이 이루어졌는데, 이는 '헌신적 비이원성'이라고 불렸습니다.『의식 혁명』에서 기술했듯이, "이 책에서 보고된 진실은 과학적으로 도출되고 객관적으로 조직되었지만, 모든 진실이 그러하듯이 처음에는 개인적으로 경험되었습니다."[17]

이것은 모든 위대한 스승과 의식의 선구자에게도 진실이었습니다. 그렇지 않았나요? 최근 역사에서 스위스의 유명한 정신과 의사 카를 구스타프 융을 떠올리면, 그는 지그문트 프로이트와 갈라선 후 세상에서 물러나 수년 동안 자신의 내면을 탐구했고, 그로부터 "그림자", "원형", "집단 무의식", "콤플렉스"(예: 열등감) 등 꿈의 해석에 대한 작업물을 창안해 이러한 앎awareness을 세상에 선물했습니다.

호킨스 박사님은 전 생애에 걸친 작업이 그 시절 내적 탐구에서 비롯되었다고 말씀하셨습니다. 박사님은 '은둔자' 기간 동안 자신의 몸이 있다는 것조차 잊어버린 채, 종종 무형의 상태에 있었습니다. 박사님은 재미있는 이야기를 해 주었는데, 자신의 '영'이 자유롭게 벽을 통과하여 집을 돌아다니다가 갑자기 몸이 벽에 부딪혀서 매우 놀랐다는 얘기였습니다. 또 다른 날에는 거울에서 어떤 '사람'을 얼핏 보고서는 다른 사람이 집에 있어 놀랐는데, 그 사람이 박사님 자신이었던 것입니다! 박사님이 의식 상태를 탐구한 목표는 의식 자체 안에 있는 치유 메커니즘을 다듬고 자기 자신을 '완전하게' 도구로 만드는 것이었습니다. 예를 들어, "몸은 마음을 따르는 경향이 있다."는 사실을 발견하고는, 4장에서 기술하는 의식 기법을 통해 여러 심각한 질병이 있는 자신의 몸을 치유할 수 있었습니다. 박사님은 자신에게 일어난 '우뇌 의식'과 '서로 다른 15가지의 질병 치유'의 발견에 대해 과학 분야에 명성 있는 친구이자 공동저자인 라이너스 폴링(노벨상을 받은 화학자이자 평화중재자)에게 열의에 차서 편지를 썼습니다.[18]

호킨스 박사님이 이끌린 의문은 다음과 같았습니다. '몸과 마음, 보이는 것과 보이지 않는 것 사이에서 빠진 연결고리는 무엇일까?'

돌파구

1970년대 박사님이 정신과 전문의 존 다이아몬드의 행동 운동역학 시연을 목격했을 때 결정적인 발견이 있었습니다. 즉 근육테스트 반응을 이용해 신체에 대한 긍정, 부정 자극의 차등적 반응을 평가한 것입니다. 널리 사용되는 방법은 이렇습니다. 환자는 팔을 수평으로 내밀고 의료인은 손목을 부드럽게 누릅니다. 환자의 팔 (삼각근)은 진실과 긍정적 자극이 있을 때 꼼짝도 하지 않지만, '진실 아님'이나 부정성이 있을 때는 팔이 즉시 떨어집니다. 예를 들어, 다이아몬드 박사의 연구에서 웃음은 클래식 음악과 진실된 진술이 그러하듯 사람들을 강하게 만들었습니다. 즉 삼각근은 강하게 버텼고 팔은 수평으로 유지되었습니다. "널 미워해." 또는 기만행위로 알려진 정치인들의 녹화물과 같은 부정적 자극은 사람들을 약하게 만들었고, 삼각근은 곧바로 약해졌으며 팔이 떨어졌습니다. "몸은 거짓말을 하지 않습니다."라고 다이아몬드 박사는 결론 내렸습니다.

운동역학을 국소적인 현상으로 바라본 다른 의사들과 달리 호킨스 박사님은 의식 자체의 상호 연결성에 대한 자신의 확장된 앎 awareness을 통해 운동역학을 바라보았습니다. "의식 지도는 제가 운동역학 강좌를 목격하고 있었기에 나왔고, 운동역학 반응에 대한 설명은 국소적 인과성 중 하나라는 것이었습니다. 현상을 설명한 국소적 인과성에서 저는 훨씬 더 나아갔고, 그것이 비국소적이고 비개인적인 의식 그 자체의 반응이라는 것을 저의 내적 경험을 통해서 알았습니다."[19]

호킨스 박사님은 "의식 데이터베이스"가 시간과 장소를 초월한 지식의 원천이라고 언급했습니다. 칼 융은 그것을 "집단 무의식"이라고 불렀습니다. 누구라도 직관이나 동시성, 꿈, 예감을 통해 갑자기 데이터베이스에 접근해 보았던 경험이 있지 않나요? 우리가 서로 연결된 의식의 본질적 부분, 즉 공유되는 지식의 보고寶庫는 분명히 있습니다. 그 지식의 보고는 지적 연구를 통해 불러오는 정보와는 다릅니다. 개는 주인이 퇴근할 때를 어떻게 알 수 있을까요? 주인이 몇 킬로미터 떨어진 곳에서 집으로 향하기 시작하는 시간에 정확히 개가 문 쪽으로 가는 것을 비디오 영상은 보여 줍니다. 최근 경험에서도 예를 들 수 있습니다. 돌아가신 할아버지가 꿈에 나타나 친척이 인후암에 걸렸다며 암의 정확한 위치와 병기病期, 친척의 반응까지 말했는데 그게 사실로 판명됐다면, 어떻게 그럴 수 있을까요?

호킨스 박사님은 운동역학이 보이지 않는 의식 데이터베이스에 접근하는 "마음과 몸 사이의 빠진 연결고리와 끊긴 다리를 잇는" 작동원리라는 걸 즉시 알았습니다. 그것은 물질세계의 가시적 차원과 보이지 않는 (그러나 분명히 실재하는) 마음·영 차원 사이의 상호 작용이었고, 사람의 몸은 진실을 탐지하는 도구 역할을 했습니다. 어떻게 이런 일이 일어날 수 있을까요? 원형질은 생존의 문제로 항상 생명을 긍정하는 자극과 생명을 위협하는 자극을 구별해 왔기 때문입니다. 몸은 생명을 지지하는 쪽(진실)에 강해지고, 생명을 부인하는 쪽(진실이 아닌 것)에 등을 돌립니다. 근육 반응은 불수의적이며 개인의 신념이나 편견에 의해 결정되지 않습니다.

예를 들어 우리의 의식은 마더 테레사와 같은 온건한 대상에 집중하게 되면, 동공은 수축하고 다른 근육들도 즉시 불수의적으로 강해집니다. 우리는 이를 통제할 수 없으며, 여기서 그녀에 대한 개인적 감정은 중요하지 않습니다. 호킨스 박사님의 동료 중 한 명인

데이비드 맥클랜드 박사는 하버드 의대생을 대상으로 흥미로운 연구를 수행했는데, 마더 테레사를 비웃는 사람들조차 가난한 이들과 더불었던 그녀의 일상을 묘사한 영화 「마더 테레사」에 면역력이 강화되는 생리적 반응을 보였습니다.[20]

박사님은 다음을 알아냈습니다. "생각과 개념, 물질, 이미지와 같은 세상 모든 것이 긍정이나 부정으로 입증할 수 있는 반응을 불러일으킵니다. …… 존재하거나 존재했던 모든 것은 예외 없이 주파수와 진동을 방출하고 비개인적인 의식의 장에 영구히 각인됩니다. 그 모든 것은 의식 자체를 통해서 이 테스트로 불러올 수 있습니다."[21]

진실과 거짓을 구별하는 수단이 부족해서 생기는 무지로 인해 세상의 괴로움이 생기는 것을 박사님은 보아 왔고, 진실을 식별하는 도구로 임상 운동역학 기법을 연구하는 데 모든 에너지를 쏟아 부었습니다. 박사님은 다양한 연령과 배경을 가진 수천 명의 테스트 대상자들을 개별 또는 그룹으로 나누어 근육테스트 절차를 수행했습니다. 결과는 누구에게나 동일했습니다. 1000명이 참석한 강연에서 가장 인기 있었던 시연 중 하나는, 사람들에게 인공 감미료가 든 500장의 표시 없는 봉투를 배부하고, 마찬가지로 유기농 비타민 C가 든 동일한 봉투 500장을 배부한 것이었습니다. 봉투 안에 무엇이 있는지 모른 채 청중은 짝을 지어 두 가지 봉투를 테스트했습니다. 봉투가 공개되고, 모든 사람이 인공감미료에 반응하여 약해지고 유기농 비타민 C에 강해졌다는 사실을 깨닫던 순간은 정말 짜릿했습니다.

기법을 사용한 그런 식의 실제 경험은 매우 도움이 됩니다. 테스트는 마음을 우회하는 비선형적 방법이기 때문에 외부에서 보는 일반인은 의심하기 쉽습니다. 그러나 경험상 밀폐된 봉투(예를 들어, 히틀러 사진이 든 봉투)의 에너지를 마음에 품으면 팔이 약해지고 다른 밀폐된 봉투(예를 들어, 마더 테레사 사진이 든 봉투)는 강해진다면, 그리고 여러 항목에 이렇게 연속적으로 많은 테스트를 한다면, 그 기법의 작동원리는 이해하지 못하더라도 기법이 '작용' 한다는 것은 경험적으로 알게 됩니다. 사실 우리는 일상생활에서 많은 것들이 단지 '작용'한다는 이유로 이를 완전히 믿고 사용하고 있습니다. 그 작동원리를 지적으로 이해하진 않더라도 말이지요. 예를 들어, 우리 중 어느 누구도 인터넷이 어떻게 작용하는지 완전히 이해할 수 없지만, 따를 만한 정보원으로 계속해서 신뢰하고 있지 않나요?

호킨스 박사님은 1장에서 설명할 것처럼 의식 수준을 측정하기 위해 이 방법을 사용할 수 있음을 발견했습니다. 그리하여 박사님은 인간 경험 전체 지형을 보여 주는 '지도'를 우리 손에 쥐여 주었습니다. 정신과 의사, 의사, 임상가, 의식 연구가, 동물 애호가, 영적 스승으로서 박사님이 수많은 노력으로 이루고자 한 목표는 언제나 고통을 경감시키는 것이었습니다. 박사님의 '세상 속 역할'을 정의해 달라고 요청받자 그분은 이렇게 대답하였습니다. "영적 앎awareness을 촉진하여 인류가 겪는 고통을 줄이는 데 기여하기 위해서, 세상에 대해 나인 그것that which I am으로 존재하며 이를 가능한 명확하게 설명하는 것입니다."[22] 의식 지도는 영적 앎awareness을 촉진하고 고통을 경감하는 주요 교육 도구로 출현했습니다.

박사님은 작업의 목적이 자신이 경험한 의식의 갑작스러운 변화—고전적으로 깨달음이라 부르는—를 이해하여 과학적 발견과 통합한 후에 서구 독자들의 좌뇌가 이해할 수 있는 형태로 표현하는 것이라고 말씀하셨습니다. "이것은 좌뇌와 소통하는 신비주의자의 영역입니다."[23] 라고 말이지요.

의식 지도는 간략하게, 수치심·죄책감·무감정, 슬픔·두려움·욕망·분노·자부심(즉 자기중심적 욕동慾動에 따라 지배되는 낮은 위력force의 수준)의 '하위' 수준에서부터 용기·자발성·받아들임·이성(즉 개인의 온전성에 따라 지배되는 힘power의 수준)의 중간 수준 그리고 사랑·무조건적 사랑/기쁨/치유·황홀경·평화·깨달음과 같은 더 확장된 수준까지, 의식 전체의 스펙트럼을 제시해 줍니다. 이처럼 '상위' 에너지 장들은 막대한 생명 에너지를 가진 반송파입니다. 점점 더 개인적 목표에서 자유로워지고 성인聖人과 신비주의자, 아라한, 화신의 영역으로 나아갑니다.

참고로 '상위'와 '하위'는 선형적 마음을 위한 편의상 용어일 뿐 실제 실상을 표현하지는 않습니다. 실상Reality에서는 모든 생명이 그것인 바what it is에 따라 전체에 봉사하기 때문에 더 높거나 낮은 것은 없습니다. 키가 큰 나무가 작은 나무보다 더 나을까요? 다람쥐보다 고양이가 더 나을까요? 박사님이 서술하듯 "모든 것이 존재라는 기적을 드러내며, 그렇기 때문에 모든 것은 그 존재 자체로 예외 없이 다른 모든 것과 동등합니다."[24]

수잔과 결혼생활: 세상과 의식 지도를 공유함

의식 지도를 개발한 이후, 호킨스 박사님은 그것으로 무엇을 해야 할지 확신하지 못했습니다. 그분은 의식 지도를 지역에 있는 중독 회복 공동체들과 공유했습니다.(뉴욕에서 박사님은 '익명의 알코올 중독자들' 공동 설립자 빌 윌슨과 친한 친구였습니다.) 하지만 박사님은 그곳들 외에서는 의식 지도를 논의하길 망설였습니다. 누구나 근육테스트 기법을 이용하여 모든 진실을 알아낼 수 있다고 믿었기 때문입니다. 기법이 사악한 목적으로 사용되면 어떻게 될까요?(박사님은 수년간의 추가 연구로 온전한 사람만이 진실에 접근할 수 있음을 발견했습니다. 자세한 내용은 부록 A를 참고하세요.)

아내 수잔 호킨스와 동반자가 된 행운 덕분에 박사님의 발견들이 발표될 수 있었고, 책과 강연을 통해 그분의 내적 상태를 나눌 수 있었습니다. "수잔이 버팀목이었지요."라고 박사님은 자주 말씀하셨고, 그녀 없이는 결코 무대 위에 오르지 않았습니다. 예리한 직관과 진심 어린 표현이 결합된 그녀의 조직화 능력은, 박사님의 내적 지식이 세상과 원활히 상호 작용 하도록 도와주었습니다. 박사님과의 결혼과 그 이후 전 세계 수많은 사람과 박사님을 공유하는 것이 어떤지 제가 물었을 때 수잔은 말했습니다. "단순해요. 누군가를 사랑하면 당신은 그들의 운명을 지지합니다. 저는 남편을 사랑했습니다. 그 말은 제가 남편을 세상과 공유해야 한다는 뜻이었습니다."[25]

우리가 박사님의 작품 전체를 접할 수 있게 된 것은 많은 부분 수잔의 헌신과 능력 덕분이었습니다. 저 자신도 박사님 댁에서 대화를 나누며, 수잔의 격려가 버팀목이 되고 에너지를 불어넣어 박사님이 책, 강연, 삿상 작업을 더 할 수 있게 되는 모습을 여러 번 목격했습니다.

시간이 지나면서 사람들은 강연에 참석해 그분의 현존에 머물기 위해 먼 곳에서 여행을 왔습니다. 그들은 박사님의 오라가 그들 자신에게 촉매 역할을 하는, 어떤 치유 효과를 가져다준다고 말합니다. 박사님은 사람들이 자신에게 목격한 것이 실제로는 그들 자신의 진정한 참나가 되비추어진 거라고 늘 강조하였습니다. 박사님은 "스승의 참나와 학생의 참나는 하나이자 같은 것입니다."라고 종종 말씀하셨습니다. 모든 연령대, 모든 계층의 사람들이 온갖 대륙에서 건너왔습니다. 사람의 진정한 참나인 그 본질은 전적으로 환영받았습니다. 누군가 "평생에 걸친 탐구 후, 내 영혼은 마침내 집에 온 것처럼 느껴졌습니다."라고 묘사한 것처럼 말이죠. 제 경험으로는, 마침내 그분의 현존 속에서 '미운 오리'가 '백조'로 인식됩니다 (잘 알려진 동화에서처럼). 그리고 이 영혼의 반영은 한 사람의 삶에 완전히 다른 차이를 만듭니다. 즉 우리인 바what we are에 대한 진실을 깨닫는 것입니다.

박사님은 자신이 가르치는 것이 세상 종교들의 핵심 원리인 모든 존재에 대한 무조건적 사랑, 연민, 겸손, 친절과 다르지 않다고 말씀하셨습니다. "언제 어디서나 어떤 상황에서도 당신 자신뿐 아니라 모두에게 친절하고, 사려 깊고, 용서하고, 연민 어리면서, 당신의 삶을 선물로 만들어 모든 인류를 고양시키세요. 그것은 누구나 줄 수 있는 가장 위대한 선물입니다."[26]

1995년 호킨스 부부의 출판사인 베리타스 퍼블리싱(애리조나주

세도나)은 『의식 혁명』 1쇄를 출판했는데, 의식 지도를 세계에 처음 소개한 획기적인 책이었습니다. 그 영향은 엄청났습니다. 결국 헤이하우스에서도 출판되어 25개 이상의 언어로 백만 명 이상에게 전달됐습니다. 저 또한 그 책과 의식 지도를 알게 되면서 삶이 변형된 수많은 사람 중 하나였습니다.

박사님의 작품 전체는 현재 수많은 기사와 인터뷰뿐만 아니라, 16권의 책과 100개 이상의 녹화 강연이 포함되어 있습니다. 이 모든 것은 박사님 인생의 마지막 시기에 나타났습니다. 대부분은 은퇴를 즐기고 '느긋한' 태도로 지낼 때지요. 68세부터 84세까지 박사님은 널리 돌아다니며 마지막까지 쉬지 않고 작업했습니다. 박사님 생애 마지막 해에 저는 그분과 함께 작업하면서 『의식 혁명』의 공식 개정판(2012년 출간, 2013년 재발간)과 『놓아 버림』(2012년 출간)을 완성했습니다. 함께 작업하려고 박사님 댁에 갔던 어느 날, 그분은 피곤해했고 좋은 컨디션이 아니었습니다. 그럼에도 에스프레소 두어 잔과 재미있는 농담에 우리는 웃었고, 작업에 착수해서 몇 시간 동안 쉬지 않고 일했습니다. 자신의 운명을 완수하고 동료들을 돕고자 하는 지칠 줄 모르는 그분의 전념을 저는 가까이서 보았습니다.

대학교수로서 저는 호킨스 박사님 책을 학생들에게 과제로 줍니다. 흥미롭게도 학생들은 다른 책에서 관찰하지 못한 것을 그분의 책에서 다음과 같이 관찰합니다. "호킨스 박사는 제가 진리로 알고 있었지만 어떻게 말해야 할지 몰랐던 것을 정확히 표현해요." 호킨스 박사님은 『의식 혁명』 서문에서 자신은 단지 우리가 깊은 내면에서 이미 알고 있던 것을 말할 뿐이라고 밝힙니다. "이 책이 끝나 갈 무렵 여러분이 '나는 늘 그걸 알고 있었어!'라고 외친다면 이 책은 성공한 것입니다. 여기에 담긴 내용은, 이미 당신이 알고 있는데도 알고 있다는 사실을 모르는 그것을 반영할 뿐입니다. 저는 이 책을 통해서 숨겨진 그림이 드러나도록 점들을 연결하고 싶을 뿐입니다."

호킨스 박사님은 비밀 암호를 알아냈다거나 (그분이 농담하길 즐겼던 것처럼) "낙타의 코털에" 감추어진 특별한 영지주의적 신비를 발견했다고 주장하는 일이 전혀 없었습니다. 8장에서 읽게 되듯이, 그분은 단지 진리의 '보편성', 즉 진리Truth는 "문화나 성격, 환경과는 무관하게 언제 어디서나 진실"임을 상기시켰고, 그것을 우리가 찾을 수 있게 의식 지도를 주었습니다. 의식 지도는 건강, 예술, 생계, 관계, 정치와 같은 일반적인 인간 활동을 이해할 수 있게 실마리를 던져 줄 뿐만 아니라, 인간 의식의 최고 수준들(참나 각성, 공, 무 對 전부임, 완전한 깨달음)과 그 수준들의 특징적 현상에 대해서 최초로 현대적인 구획을 설정했습니다. 이 책의 끝부분에 있는 자전적 평론은 저자의 진보된 의식을 증명합니다. 호킨스 박사님은 깨달음의 점진적 단계를 명료하게 묘사했습니다. 그것은 그 단계들을 경험적으로 깨달았다는 것을 뜻합니다. 무엇보다도, 우리가 가 본 적이 없는 곳의 지도를 그릴 수는 없습니다.

높이 존경받는 인도의 베단타 스승 스와미 치다트마난다는 제게 말씀하셨습니다. 호킨스 박사님의 저서는 요즘의 현대적 표현으로 쓰였을 뿐, 고대 『우파니샤드』(베단타)와 본질상 똑같은, 영원한 진실을 포함한다고 말이지요. "그분께서 경험하고 논하신 것과 인도의 가장 위대한 현자와 성인께서 말씀하신 것 사이에는 차이가 없습니다."[27]

이 책에 대하여

2012년 호킨스 박사님이 세상을 떠나기 전에 저는 박사님과 수잔에게 향후 프로젝트 목록을 해야 할지 말아야 할지 근육테스트를 요청드렸습니다. 목록에는 박사님 작품의 '입문서'가 있었고, 대답은 '그렇다.'였습니다. 여러분이 손에 들고 있는 책이 그 의도의 실현입니다.

이 책은 박사님 전 작품 중에서도 독특한 책입니다. 독자들이 박사님 가르침을 의식 지도의 설명, 동물과 우리의 관계, 의식의 진화, 개인적 성장, 이치를 아는 지도자leadership, 육체 치유, 성공적 사업, 중독에서의 회복, 에고 장벽의 초월 및 높은 영적 상태와 같은 다양한 주제에 걸쳐 맛볼 수 있기 때문입니다.

박사님의 다른 책과 달리, 이 책에서는 그분의 다양한 소통 방식, 즉 공식 출판된 저작들과 대화 형식의 현장 강연을 접할 수 있습니다. 그분의 모든 저서와 몇몇 강연 및 비공식 대화에서 발췌한 내용을 독자의 이해를 돕고 입문서 분량으로 간략화하는 방향으로 편집했습니다. 이 책은 새로운 독자에게는 호킨스 작품에 대한 훌륭한 입문서이고, 오랜 학생에게는 유익한 요약서입니다. 이 책에 제시된 모든 측정치는 박사님이 돌아가시기 전인 2012년 이전에 호킨스 박사님과 수잔 호킨스가 수행한 것입니다. 측정이란 용어는 호킨스 박사님이 의식 지도상에서 어떤 것의 의식 수준(즉 에너지 장)을 검증하려고 운동역학기법을 사용하는 것을 가리키는 말입니다.

이 책의 장章들은 호킨스 박사님의 강연 모음인 '의식 지도 해설 The Map of Consciousness Explained'(헤이하우스 2019년 오디오북 출간)을 보완하기 위한 것입니다. 여기에는 도표가 포함되어 있어 청취자는 오디오북에서 박사님이 지금 언급하고 있는 것이 무엇인지를 볼 수 있습니다. 참고문헌 목록은 포함되어 있지 않습니다. 대신 각 장의 출처들이 책의 뒷부분 '원문 자료'에 있으므로 원하는 독자들은 호킨스 박사님의 광범위한 참고문헌을 좀 더 알아볼 수 있습니다. '스터디 그룹 질문'과 '용어 해설'도 책 뒷부분에서 찾을 수 있습니다.

이 책을 나누는 총 3부('기반', '실제 적용', '의식 진보하기') 각각은 호킨스 박사님의 임상 경험에서 나온 짧은 이야기와 함께 간단한 편집자 논평으로 시작합니다. 1부 '기반'은 의식 지도의 함의를 담고 있습니다. 지도는 어떻게 생겨났을까요? 과학적 배경은 무엇일까요? 의식과 에너지 장의 수준은 무엇일까요? 의식 수준을 어떻게 측정할까요? 수천 년 동안 의식은 어떻게 진화했을까요? 이러한 의문들이 1부에서 설명됩니다.

2부 '실제 적용'은 의식 지도가 일상생활에 어떻게 적용되는지 보여 줍니다. 호킨스 박사님은 신체 건강, 삶의 노력에서의 성공, 중독 극복과 같은 기본적인 인간 문제를 해결하기 위해 이해하기 쉬운 단계들을 제시합니다. 중독의 핵심은 행복을 자신 외부에서 추구하는 것입니다. 6장에서 명시적으로는 물질 중독을 다루지만,

그 원리는 어떠한 강박 행동이나 중독 패턴에도 적용할 수 있습니다. 요즈음 사회에서 마약과 알코올로 인한 사망이 충격적으로 급증하고 있기 때문에 중독에서 회복하는 것은 특히 중요합니다. 호킨스 박사님이 의식 지도와 12단계를 연계한 방식은 중독과 다른 맥락들에 있어 유용합니다. 특히 박사님은 그의 영적 학생들이 스터디 그룹에서 함께 모일 때 '익명의 알코올 중독자들의 12가지 전통'을 따르도록 장려했습니다. 익명성과 봉사에 대한 지침이 누군가를 특별한 '스승'으로 만드는 경향을 감소시키기 때문이었습니다.

3부 '의식 진보하기'에서는 진정한 스승과 가르침의 특성을 매우 분명하게 제시합니다. 지금까지 인류는 영적 스승의 신뢰도를 검증하기 위한 표준이 없었습니다. 수많은 진지한 구도자들이 거짓 구루나 메시아들의 손에 이끌려 죽음에 이르거나 자포자기하는 절망에 빠졌습니다. 이 부는 개인의 의식 수준을 확장하는 방법뿐만 아니라 영적 함정을 피하는 구체적인 지침을 제공합니다. 단계들은 단순합니다. 하지만 호킨스 박사님은 에고 자신이 이미 그것을 '알고 있다.'고 은밀하게 믿기 때문에 많은 사람이 이 단계들을 밟아 나가지 않는다고 말합니다.

스스로 다음과 같이 물어볼 수도 있습니다. '당신이 알고 있다고 여기는 것을 놓아 버릴 준비가 되어 있습니까?' 박사님은 자신의 경험을 바탕으로, 아주 깊이 내맡겼을 때 상상할 수 없는 지복이 기다리고 있다고 알려 줍니다. 역설적이게도, 그 여정은 획득보다는 내맡김에 좀 더 가깝다고 말씀하십니다. "구름이 사라지면 태양이 빛납니다." 즉 우리 아닌 것을 놓아 줄 때 우리는 진정한 우리 자신이 됩니다. 박사님은 언젠가 제게 말씀하셨습니다. "당신은 본래 불성佛性이지만, 단지 아직 그것을 깨닫지 못했을 뿐입니다."

의식 수준 이해하기

2003년 의식 지도를 처음 접했을 때 저는 수년째 신비주의자를 연구하는 학자이자 종교학 교수였습니다. 저는 호킨스 박사님의 '의식 수준'이 인간 내면 진화의 고전적 단계 — 세계의 성전聖典에서 발견되고 수 세기에 걸쳐 철학자, 현자, 신비주의자가 제시했던 — 란 것을 즉각 인지했습니다. 예를 들어 기독교 전통에서 보자면, 이집트 시나이산의 동방정교회 사막의 수사, 요한 클리마쿠스(579~649년 추정)가 쓴『천국의 사다리』와 스페인 가톨릭 신비주의자인 아빌라의 성녀 테레사(기원후 1515~ 1582년)가 쓴『내면의 성城』이 있습니다.

미덕의 사다리를 올라가 가장 높은 단계인 사랑에 도달하든지 아니면 내면을 향하여 신성한 합일Divine Union인 가장 깊은 저택으로 들어가든지, 구도자는 여러 단계를 거칩니다. 불교 전통에서는 12세기 중국에서 기원한 십우도十牛圖가 주된 가르침 도구가 되어 왔고, 무지에서 깨달음에 이르는 여정의 단계를 보여 줍니다.

그리고 수피 전통에서는, 페르시아 신비주의자 페르딘 알-딘 아타르(1142~1220년 추정)의 유명한 시적인 우화 '새들의 회의The Conference of the Birds'에서부터 현대 수피 신비주의자 르웰린 본 리가 개괄한 '입문의 열두 가지 수준들Twelve Levels of Initiation'에 이르기까지, 내면의 여정과 그 '정류장'에 대한 수없이 많은 묘사가 있습니다.

단어 선택과 맥락은 다양할 수 있지만, 여러 종교로부터 온 이러한 가르침의 본질은 다음과 같이 동일합니다. '진리Truth의 구도자는 여러 단계를 통과한다.' 그 단계들은 경험적으로 선형적이지는 않지만 헌신적 구도자를 위한 뚜렷이 구분되는 의식의 진화가 존재합니다. 예를 들어 초기 단계는 어떤 사람이 세속적 추구 외에도 삶에 무언가가 더 존재한다는 것을 깨달을 때 일어납니다. 내면으로 방향을 돌리면서, 그 사람은 아빌라의 성녀 테레사가 "내면의 성"이라 부르는 곳으로 들어섭니다. 혹은 멈춰서 우리가 본래 가지고 있는 불성의 상징인 소의 발자취를 처음으로 인식하는 십우도 속의 '목동'과 같을지도 모릅니다. 그 사람은 자신의 영적 삶을 의식하게 되고, 필요한 자질인 규율, 인내, 겸손, 마음 집중, 배움의 자세, 타인에 대한 봉사를 개발하는 데 관심이 생깁니다. 때로는 고통스러운, 길 없는 길을 계속해서 나아간다면 장차 언젠가 구도자는 지극히 중요한 사랑Love의 실상을 체험하게 됩니다. 그것은 언제나 존재해 왔으나 단지 (수피가 말하듯) "가슴 속에 묻혀 있던 숨은 보석" 상태였던 것입니다. 가슴이 열리는 것은 전환점으로, 이제 구도자는 논리의 한계를 넘어 이타적 태도selfless grace, 동시성, 기쁨의 영역으로 들어갑니다.

제가 이런 문헌을 받아들이고 가르쳐 왔지만, 영적 삶의 고전적 수준들을 확증한 과학 저작은 '의식 지도'가 처음이었습니다. 실재하고 측정 가능한 '끌개 패턴'과 '에너지 장'으로 그 수준들을 확증했지요. 의식 지도는 놀랍게도 좌뇌의 지식이라는 도구로 우뇌의 직관을 입증해 냈습니다.

도표 한 장으로 전체 여정을 보여 준다는 점에서 저는 의식 지도 의 뛰어난 간결함을 발견했습니다. 의식 지도는 게다가 의식 수준 각각에 해당하는 감정 과정, 신에 대한 관점, 자기에 대한 관점, 삶 에 대한 관점을 임상적으로 정교하게 묘사합니다.

의식 지도는 도그마나 종교적 명명에서 자유롭기 때문에, 종교 적 믿음과는 무관하게 누구든 의식 지도를 공부하면서 삶에 빛을 비추어 자신의 길을 발견할 수 있습니다. 전 역사에 걸쳐 신비주의 자들이 제시한 넘쳐나는 영적 로드맵과 다르게, 어쩌면 의식 지도 에서 가장 흥미로운 측면은 점진적 의식 수준마다 에너지의 '주파 수'나 '진동'이 측정 가능하게 증가함을 검증한 것일 것입니다. 다 시 말해서, 사람이 더 자각하고 사랑하게 될수록 세상에 대한 그들 의 영향력이 전반적으로 더 커진다는 것입니다.

호킨스 박사님 작업의 전체적 전제는 상식과 잘 통합니다. 부정 성은 끌어내리고, 긍정성은 들어 올립니다. 긍정적 에너지 장(용기, 자발성, 받아들임, 이성, 사랑)은 부정적 에너지 장(수치심, 무감정, 두 려움, 분노, 자부심)보다 더 강력합니다. 긍정적 에너지 장들은 생명 자체의 에너지에 정렬되어 있기 때문입니다. 사랑은 치유하고, 두 려움은 위축시킵니다. 용기는 우리를 나아가게 하고, 슬픔은 우리를 저지합니다. 예를 들어 우리 대부분은 사랑하는 반려자를 죽음이나 이혼으로 잃은 후에 슬픔을 놓아 버리고 다시 사랑하기 위해 용기 가 필요하다는 것을 알고 있습니다.

각 에너지 장은 해당 의식 수준에 있는 사람들이 납득하는 삶에 대한 관점을 나타냅니다. 수준이 다른 사람들 사이에 끝없는 논쟁이 계속되는데(가족 안에서나 직장에서도), 그들은 말 그대로 다른 세상을 바라보기 때문입니다. 빨간색 안경을 쓰고 있다면, 초록 안경을 쓴 사람들이 아무리 강력한 사례를 제시하더라도 모든 것이 빨갛게 보일 것입니다. 세상이 초록색인가요, 빨간색인가요? 여러분이 보고 있는 세상은 여러분이 끼고 있는 렌즈에 달려 있습니다. 예컨대, 슬픔에 잠겨 있는 사람은 아무것도 보지 못한 채 오직 과거만을 볼 뿐이고, '그랬던 것'에 대해서 이야기합니다. 사람들이 '나쁘지' 않다는 것을 깨달으면 불만스러운 많은 경우가 완화됩니다. 그 사람들은 자신이 끼고 있는 렌즈로 인해 삶을 그들의 방식으로 바라봤을 뿐이기 때문입니다. 그 렌즈는 그 사람들의 의식 수준입니다.

일부 사람들은 '수준'이라는 선형적 척도를 싫어하고, 또한 에고의 먹잇감이 될 수 있다며 수준이라는 아이디어 자체를 싫어합니다. 호킨스 박사님도 에고가 그것을 가지고 하는 일에 대해 안타까워했습니다. 예를 들어, 현실에서는 받아들임 수준에 내재된 자기 해결의 수준에 도달하지도 못했으면서, 스스로를 사랑의 수준에 있다고 여기는 것입니다.

이것이 핵심입니다. "의식 지도는 선형적으로 보일 수 있지만, 그렇지 않습니다." 호킨스 박사님은 의식의 장을 이해하는 데 있어 우리의 선형적이고 논리적인 마음을 돕기 위해서 숫자로 나타낸 로그 척도를 제공했지만, 에너지 장 자체는 선형적이지 않습니다. 정확히 말하면 에너지 장은 끌개장입니다.

한번은 제가 그분에게 여쭤 보았습니다. "이번 생에 박사님 의식 수준은 얼마큼 진보했나요?" 긴 침묵이 있었습니다. 그분께서 고개를 숙이며 머리를 감쌌을 때, 저는 제 질문이 실상과 관계가 없다는 것을 알았습니다! 박사님은 마침내 "그것은 설명될 수 없습니다." 라고 말씀하셨습니다. "선형적인 방식으로 한 수준에서 그다음으로 이동하는 것이 아닙니다. 그것은 마치 날씨처럼 단계적 변화라고 말하는 것이 좀 더 정확합니다."[28]

진심 어린 구도자는 의식 지도의 경이로움을 발견할 것입니다. 의식 지도를 처음 접하게 되면, 구도자는 내면의 여정을 위한 로드맵이 있다는 것을 알게 되어 마음이 편안해집니다. 한 대학생은 최근 저에게 말했습니다. "받아들임이 어디 위치하는지를 보는 것은 제게 큰 도움이 됐습니다. 그곳이 바로 용서가 일어나는 자리입니다. 특정한 사람과 관계에서 제가 목표로 삼는 것이 바로 그것입니다. 저는 지금 분노에 머물면서 원한을 품고 있지만, 의식 지도는 제게 나아갈 수 있는 과정을 제시했습니다."

구도자는 또한 영적 삶의 근원이자 운명인 사랑을 추구하는 그들의 목표를 의식 지도를 통해 확인받습니다. 대부분 종교 역사에서는 왜곡된 교리, 즉 죄책감, 자기 처벌, 금욕 생활, 공포의 교리를 진리Truth의 길이라고 설파해 왔습니다. 죄책감과 두려움이 척도 밑바닥에 있고 사랑과 기쁨이 꼭대기에 있는 것을 보게 되면, 마음이 놓이면서 주요 경로가 수정될 수 있습니다. 호킨스 박사님은 "죄책감의 종착역은 궤양입니다. 신이 아니라요!"라고 즐겨 말씀하셨습니다. 신은 사랑이고, 그렇기에 진리Truth에 이르는 길은 사랑 안에 있으며, 사랑을 통합니다.

또한 서구 문화에서 가장 높게 평가되는 미덕인 이성을 살펴보는 것도 유용한데, 이성은 정말로 개선된 에너지이지만 가슴heart의 에너지 앞에서는 무색해집니다. 진정한 지식은 경험적이고, 우리의 가슴과 온 존재에 내면화한 삶의 교훈에서 생깁니다. 그렇지 않은 경우 사람들은 "그들은 머리로 말할 뿐이야."라고 말하죠. 호킨스 박사님이 말씀하듯 "가슴의 길은 지성을 우회하고, 지성과 이성을 추구하기보다는 사랑의 완벽함을 믿습니다. 사랑에 있어, 지성과 논리는 오직 도구일 뿐입니다. 지성과 논리는 '내가 누구인지'를 나타내지 못합니다."[29]

호킨스 박사님은 비선형 동역학과, 양자 물리학, 고등수학을 연구하여, 의식 지도가 다른 신비주의자들의 내적 여정의 단계에는 없는 개념들을 통합할 수 있도록 하였습니다. 예를 들면, 생명 에너지는 전기 회로에 비유될 수 있습니다. 달리 표현하면, 신성은 의식 수준을 통해 내려오는 무한한 힘의 장으로, 계단식 변압기와 유사합니다. 우리의 회로가 처리할 수 있는 범위를 제외하면, 인간의 신경계와 원형질은 무한의 막대한 에너지를 처리할 수 없습니다. 비유하자면 5만 볼트는 가정용으로 유용하지 않지만, 110볼트는 잘 사용할 수 있습니다. 가정에서는 다양한 가전제품을 전기 용적이나 와트양으로 비난하지 않습니다. 냉장고는 야간등에 비해 '더 낫지' 않습니다. 그렇죠? 마찬가지로 의식의 다양한 수준은 더 낮거나 더 못한 것을 뜻하지 않고 각각의 특정한 기능에 따른 단순한 에너지 정도 차이를 보여 줄 뿐입니다.

지나치게 많은 전류는 제한 회로를 '망가뜨릴' 수 있지만, 전압

용적이 더 큰 회로는 더 많은 힘을 다룰 수 있습니다. 예를 들어, 달라이 라마는 막대한 양의 생명 에너지를 처리하기 충분할 만큼 광범위하고 사랑이 깃든 에너지 장이나 의식 수준을 가지고 있기 때문에 높은 수준의 치유 에너지를 방출한다고 설명할 수도 있습니다. 달라이 라마의 기쁨과 사랑의 내적 상태는 유머, 웃음, 친절, 연민이 넘쳐흐릅니다. 그러나 대부분은 다른 사람들에게 높은 에너지의 도관이 되어 줄 수 있는 만큼의 용적을 가지고 있지 않은데, 그들의 내적인 관심이 자신의 욕구와 생각, 느낌, 사안에 늘 맞춰져 있기 때문입니다. 그들의 내면 '전기 회로망'은 자기에 맞춰 수축되어 있어서, 세상을 무조건적으로 사랑할 능력이 없습니다. 실제로 일부 사람들은 거의 자신에게만 관심이 있습니다. 그러한 부정적 의식 수준은(예를 들어 수치심, 죄책감, 두려움, 욕망, 분노, 자부심) 에너지를 주기보다는 빼앗아 갑니다. 이 책은 삶의 어떤 영역이든지 더 효율적이길 원하는 개인 누구에게라도 그 길에 빛을 비추어 줍니다.

이 책을 읽는 법

호킨스 박사님의 저술과 강연 방식은 소위 좌뇌적, 우뇌적 이해라고 불리는 두 가지 모두를 촉진하는 데 초점이 맞춰져 있습니다. 그분께서는 『의식 혁명』 초판 서문에서 다음과 같은 방식으로 설명했습니다.

우리는 현실에서 총체적 패턴 인지를 통해 대상을 알게 됩니다. 완전히 새로운 개념을 파악하는 가장 쉬운 길은 그저 친숙해지는 것입니다. 이러한 종류의 이해는 '완결'로 특정지을 수 있는 서술 방식으로 조장됩니다. 생각들을 표현하기 위해 빈약한 형용사나 사례들만을 사용하는 대신, 반복을 통해 생각들은 동나고 완성됩니다. 그 개념은 '완료'되고 마음은 편안해집니다. 3장을 읽을 때의 마음은 1장을 읽을 때의 마음과 같지 않게 될 것이기에 그러한 접근법은 바람직합니다.

그 문제에 대해서, 1장에서 시작해서 순서대로 끝까지 읽어야 한다는 생각은 좌뇌의 고정관념일 뿐입니다. 이것은 진부한 뉴턴 물리학적 방식으로, 모든 사건이 선형적 순차를 따라 일어난다고 세상을 보는, 제한되고 또한 제한하는 관점에 기반합니다. 근시안적인 이 형태는 실재에 대한 구시대적인 패러다임에서 기원합니다. 우리의 훨씬 더 광대하고 진보한 포괄적 관점은 가장 진보된 물리학과 수학, 비선형 이론의 정수뿐만이 아니라, 누구든 경험적으로 확증할 수 있는 직관에 의지합니다.

…… 그래서 저는, 가능한 최대로, 비전문적인 용어들을 사용하여 이 주제들을 진술하려고 시도했습니다. 이 내용을 소화하기 위해 어떤 학구적인 지적 능력이 요구될까 봐 걱정할 필요가 없습니다. 그렇지 않습니다. 우리는 같은 개념들을 명백해질 때까지 순환하여 반복하고 반복할 것입니다. 우리가 다시 한 가지 사례를 언급할 때마다, 더 큰 이해가 일어날 것입니다. 이러한 학습은 비행기로 새로운 지형을 조사하는 것과 같습니다. 처음 지나갈 때 지형은 모두 낯설게 보입니다. 두 번째 돌아볼 때는 참조할 수 있는 몇몇 지점을

찾습니다. 세 번째에는 이해가 되기 시작하고 단순 노출을 통해 마침내 친숙함을 얻게 됩니다. 마음의 타고난 패턴 인식의 메커니즘이 그 나머지를 처리합니다.[30]

처음에서 시작하든 끝에서 시작하든 당신은 이 책이 '우리는 우리가 말하거나 행하는 것이 아닌, 우리가 된 것의 귀결로 세상을 바꿉니다.'라는 이 핵심 지점을 순회한다는 걸 발견할 것입니다. 호킨스 박사님은 우리 자신의 의식 수준이 아주 약간 상승하는 것조차도 세상에 큰 이익이 된다고 단언합니다. 그분은 사랑은 너무 강력해서 단 하나의 사랑 어린 생각이 그날의 모든 부정적인 생각들을 상쇄할 수 있다고 말씀하셨습니다. "당신이 길을 건너고 있는 길고양이를 발견하여 그 존재에게 사랑과 희망을 보낸다면, 그것은 시어머니나 선생님 혹은 누구든 당신이 화가 난 사람에게 아침 내내 했던 저주를 되돌릴 수 있습니다."[31]

지구에는 '세상을 변화시키려' 애쓰는 사람들로 가득 차 있지만, 근본적 수준이 아닌 증상의 수준에서만 그렇게 하려 합니다. 이런 종류의 위력force은 반발력을 만들어 내며 결국 위대함 대신 정체 상태에 빠집니다. 위대함은 내면에서 나옵니다. 자기 자신을 변화시키는 것은 용기입니다. 이 책의 메시지는 우리 사회에 꼭 필요합니다. 우리가 변화할 때, 세상이 변화합니다.

우리가 사랑으로 동기를 부여받는다면, 즉 사랑이 우리를 움직이는 힘이라면, 우리가 만지는 물건마다, 가는 곳마다, 만나는 사람마다 더욱 좋게 변화합니다. 우리가 사랑의 상태로 되었기 때문입니다. 사랑은 영감을 주고, 치유하고, 고양하고, 격려하며 모든 것을 더 좋아지게 하는 고요한 힘입니다. 그리고 사랑은 비국소적이고 비선형적인 상호 연결된 우주 에너지의 방사放射이기 때문에, 우리가 어디에 있든, 우리가 무엇을 하든 영향을 미칠 수 있습니다. 모든 것이 상호 연결되어 있기에, 생명의 어떤 작은 일부라도 사랑하는 것은 모든 생명을 사랑하는 것입니다.

호킨스 박사님이 인류 진화에 기여한 선물은 이루 말할 수 없습니다. '지도' 없이 보물은 발견될 수 없습니다. 이 길은 그것을 선택하는 모든 이에게 열려 있습니다. 출발점은 다르지만 우리는 각자 자기 손으로 미래의 방향키를 잡습니다. 매 순간은 선택의 자유를 가져옵니다.

— 프랜 그레이스 박사

종교학 교수이자 캘리포니아 레드랜드대학의 명상 프로그램 수립 책임자인 그레이스 박사는『사랑의 힘: 완전히 변모된 가슴은 세상을 변화시킨다The Power of Love: A Transformed Heart Changes the World』(2019)를 포함한 여러 권의 책을 저술했습니다. 『사랑의 힘』은 호킨스 박사님께 헌정됐고, 박사님의 안내에 따라 2008년에 설립된 501(c)(3) 비영리 재단인 inner pathway publishing에서 출간되었습니다.

1부 **기반**

David R. Hawkins

THE MAP OF
**CONSCIOUSNESS
EXPLAINED**

1부에서 호킨스 박사님은 의식 지도의 배경과 과학, 그리고 주요 구성 요소를 설명합니다. 여러분은 두 가지 핵심 개념인, 끌개장과 지배장 개념을 접할 것입니다. 다음은 박사님이 정신과 의사로 다년간 임상 진료를 할 때 있었던 이야기입니다. 이 이야기는 사랑의 끌개장이 두려움의 끌개장보다 더욱 강력하다는(지배적이라는) 것을 보여 주면서 끌개장과 지배장 개념을 명확히 합니다.

베티는 34세였지만 여위고 핼쑥하여 그보다 훨씬 더 나이 들어 보였다. 베티는 양팔 가득 종이 가방을 들고서 진료실에 들어왔다. 종이 가방 안에는 각기 다른 건강식품제제, 비타민, 영양보조제 쉰여섯 병이 들어 있고, 특수 식품이 담긴 봉투 여러 개가 들어 있다는 것을 나중에 알게 되었다. 그녀의 두려움은 세균 공포증으로 시작되었는데, 곧 주변 모든 것이 세균에 오염될 수 있는 것처럼 보였다. 베티는 전염성 질병에 걸릴까 봐 아주 두려워했고, 그것이 이제는 암에 대한 두려움으로 발전했다. 그녀는 자신이 읽었던 모든 무서운 이야기를 믿었다. 그래서 거의 모든 음식을 무서워했는데 숨쉬는 공기, 피부에 닿는 햇살도 무서워했다. 옷감의 염료가 무서워서 흰옷만 입었다.

진료실에서는 의자가 오염되었을까 두려워 절대 앉지 않았다. 처방전이 필요할 때마다, 베티는 아무도 만진 적 없는 처방전 묶음 중간의 종이에 써 달라고 요청했다. 게다가 처방전 묶음에서 자신이 직접 그 페이지를 찢고 싶어 했다. 그녀는 내가 그것을 만지는 것을 원치 않았는데, 어쩌면 직전 환자와 악수하면서 내게 세균이 묻었을 수도 있기 때문이었다. 그녀는 항상 하얀 장갑을 꼈다. 종국에는, 다시 진료실로 오는 길이 너무 두려워서 전화 진료를 요청하기에 이르렀다. 그다음 주에 전화로 베티는 잠자리에서 일어나는 게 무섭다고 말했다. 그녀는 침대에서 벗어나지 않은 채로 집에서 전화를 했는데, 이제는 거리로 나가기조차도 무서웠기 때문이다. 그녀는 강도, 강간범, 대기 오염을 두려워하게 되었다. 동시에 침대 속에 머무르며 더 악화되는 것, 그리고 자신의 온갖 다른 두려움들이 심해지는 것을 무서워했고 자신이 미쳐 가는 걸까 봐 무서워했다. 베티는 약물 치료가 도움이 안 될까 봐 무서웠고 부작용이 있을까 봐 두려웠다. 하지만 회복되지 못할 것 같다는 두려움에 약을 먹지 않는 것도 싫었다. 알약이 목에 걸려 질식할지 모른다는 두려움에 이제는 자신의 건강보조식품조차 중단했다고 이야기했으니, 처방 약은 말할 것도 없었다.

베티의 두려움은 뭐든 마비시켜서 어떤 치료 조치도 소용이 없었다. 베티는 내가 가족과 이야기하지 못하게 하려 했는데, 정신과 진료를 받는 사실을 가족들이 알고는 자신을 미쳤다고 생각할까 무서워했다. 나는 완전히 당혹스러웠고 어떻게 베티를 도울 수 있을지 수 주 동안 골머리를 앓았다. 마침내, 나는 놓아 버렸다. 나는 다음 사실을 그저 완전히 받아들이며 내맡김의 안도감을 경험했다. '베티를 돕기 위해 내가 할 수 있는 건 정말 아무것도 없어. 유일하게 남은 일은 단지 그녀를 사랑하는 것뿐이야.'

그래서 나는 그렇게 했다. 그냥 베티를 사랑스럽게 떠올렸고, 사랑 어린 생각을 자주 그녀에게 보냈다. 우리가 전화로 이야기할 때면 저는 베티에게 가능한 많은 사랑을 주었다. '사랑 치료loving therapy'를 2~3개월 한 후에 마침내 그녀는 진료실로 올 만큼 충분히 좋아졌다. 베티에게 어떤 병식*도 생기지는 않았지만, 시간이 지날수록 좋아졌고 두려움과 억눌림이 줄어들기 시작했다. 베티는 심리적 문제에 관해 이야기하기가 너무 무섭다고 말했고, 그래서 결국 몇 달 몇 년을 넘게 치료하며 내가 했던 일은 그녀를 사랑하는 것뿐이었다.

이 사례는 사랑과 같은 높은 진동이 낮은 진동(베티의 사례에서는 두려움)에 치유 효과가 있다는 개념을 잘 보여 준다. 이 사랑이 마음을 편안하게 하는 메커니즘이다. 우리가 그저 육체적으로 함께 있는 것으로, 그리고 우리가 그들에게 투사하며 에워싸는 사랑의 에너지로 그들의 두려움을 진정시킬 수 있다. 우리가 말하는 내용이 아닌 우리가 거기 있다는 바로 그 사실에 치유 효과가 있다.

---

* 정신과 환자가 자신이 정신 질환을 겪고 있음을 인식하고 받아들이는 능력―옮긴이

의식 지도의 개관

의식 지도는 의식 수준의 측정을 최초로 기록한 것이다. 우리는 이 차트에서 인간 경험의 전체 스펙트럼을 발견하고, 가장 큰 행복과 궁극적 자유를 향해서 우리 자신을 어떻게 정렬시킬지를 발견한다. 특정한 정보의 단편들은 듣기만 해도 의식이 엄청나게 도약하기 때문에 단순히 의식 지도를 접하는 것만으로도 큰 행운이다.

의식 측정에 대한 이해

모든 사람은 측정 가능한 의식 수준을 가지고 태어나는데, 그것은 의식의 무한한 장 안에 있는 에너지 장이다. 정말로, 우주의 모든 것은 영구히 남는 특정 주파수의 에너지 패턴을 끊임없이 발산한다. 이제 우리는 광도계光度計 측정과 비슷한 수단을 갖고 있어 상대적 힘에 관한 에너지 장을 측정한다.

의식의 계층화는 잘 알려져 있고 인간 역사를 통해 다양한 도식(예를 들어, 선禪의 십우도)으로 표현되어 왔다. 하지만 의식 수준들이 그 실제 에너지적 힘에 따라 척도화 되고 인간 경험의 특정 측면들과 연관 지어진 것은 이번이 처음이다.(진실에 관한 이러한 임상 과학의 출현이 『의식 혁명』에 설명되어 있다.)

의식을 측정하기 위해 우리가 사용하는 기법은 근육테스트라는 살아 있는 임상 과학이다. 근육테스트에는 민감한 생물학적 측정 도구가 필요한데, 인간 신경계와 경락 에너지 체계로 표현되는 생명 에너지를 활용한다.(살아 있지 않은 과학적 도구로는 기법이 재현될 수 없다.) 간단히 말해, 진실이 현존하면 육체의 근육계는 '강해'진다. 반대로 거짓과 마주할 때는 '약해'진다.(거짓은 진실의 부재이지 진실의 반대가 아니다.) 근육테스트는 무언가의 진실 정도를 순식간에 드러내는 빠른 반응이다. 테스트를 정확히 실시하기 위해서는 의도의 온전성이 필요하다.

의식 지도는 측정된 에너지 수준들을 차트로 만든 의식 스펙트럼 참조표이다. 온도계가 열 수치를 측정하고 기압계가 기압 수치를 측정하며 고도계가 고도 수치를 측정하는 방식과 유사하다. 측정치는 개인의 의견이나 상대주의적 지각에 기초하지 않는다. 변하지 않기 때문에 측정치는 절대적인 척도를 형성한다. 어떤 것이든 측정되어 척도 어딘가에 숫자로 위치시킬 수 있다. 숫자는 판단도, 도덕적인 진술도 아니다. 숫자는 측정되는 것이 무엇이든 단순히 그 변화도gradient를 나타낸다. 의식의 무한한 장에 관한 중요한 한 가지 진술은, 의식의 무한한 장은 절대적인 것Absolute을 나타내며 그 밖의 모든 것은 그에 관한 상대적 정도에 따라 측정될 수 있다는 것이다. 측정은 진실을 규정하지는 않고, 단지 진실을 확인할 뿐이다.

예를 들면 마더 테레사의 에너지(측정치 710)는 당연히도 아돌프 히틀러의 에너지(측정치 40)와 매우 다르며 대부분 사람들은 둘 사이 어딘가로 측정된다. 이를 직관적으로는 알았지만 이제 우리는 척도로 검증할 수 있다. 음악, 영화, 장소, 신념 체계, 책, 정치 지도자, 이념적 입장, 동물, 의도, 그리고 '모든 생명'은 자신의 본질에 관한, 사랑과 진실의 정도에 관한 측정 가능한 어떤 에너지를 내뿜는다.

의식 지도에서 각 의식 수준은 에너지적 힘에 관하여 10을 밑으로 하는 로그 척도로 측정되는데, 그 범위가 1에서 1000에 이른다. 1은 존재를 가리키며 지도 꼭대기의 1000은 이제껏 이 행성을 빛냈던 가장 높은 수준을 가리킨다. 즉 예수 그리스도, 붓다, 크리슈나의 에너지이다. 수치심(20)은 맨 아래에 있고 죽음과 가깝다. 용기(200)는 진실과 온전성의 임계점critical point이다. 사랑(500)은 영적 영역으로 가는 관문이다.

용기(200)는 부정적 에너지에서 긍정적 에너지로의 전환을 보여준다. 그것은 온전성과 자기 정직의 에너지이며 진정으로 힘을 부여하는 에너지이다. 용기 미만의 의식 수준들은 생명에 반하지만(위력force) 용기 너머의 수준들은 생명을 지지한다.(힘power) 우리는 임계 수준인 200 이상의 사람을 찾는 경향이 있다. 그런 사람들이

'고양한다high'고 하며 그들의 '긍정적' 에너지를 감사히 여긴다. 그런 사람들의 환경은 안전하고 깨끗하다. 동물은 그들에게 끌린다. 그들이 키우는 식물은 잘 자라고 자기 주위의 모든 사람에게 긍정적 영향을 미친다. 용기 수준에서 모든 부정적 느낌이 사라지진 않지만, 자기 적절성*을 다시 받아들였기에 부정적 느낌을 처리할 에너지가 충분하다. 바닥에서 꼭대기로 이동하는 가장 빠른 길은 진실과 사랑에 정렬하는 것이다.

세계 인구의 85퍼센트는 200 미만으로 측정되는데, 이는 이 행성의 어마어마한 괴로움을 설명한다. 긍정적 수준으로 측정되는 소수가 부정성의 무게를 상쇄해 준다는 사실 덕에 인류는 감사하게도 자멸을 피한다. 예를 들어 사랑 수준(500)의 한 개인이 200 미만인 75만 명의 균형을 맞춘다. 그러므로 개개인의 내적 진화의 의의가 명백해진다.

눈에 띄는 또 다른 발견은 반려동물의 수준이 245~250 정도로 측정되고 그 본성이 전반적으로 온화하다는 것이다. 이는 우리가 지구상 대다수 사람과 함께 있는 것보다 고양이나 개와 함께 있을 때 더 안전함을 의미한다!

(이러한 발견이 독자에게 '진실 쇼크truth shock'를 줄 수도 있기에 우리는 앞으로 나올 장章에서 우리의 공통된 인간 경험에 관한 다양한 맥락과 데이터 항목들을 결부시키며 빙 둘러서 그 항목들로 돌아올 것이다. 학습은 친숙함의 결과로 일어나는데, 매번 다뤄질 때마다 처

---

* 자기 적절성self-adequacy: 자신이 문제를 만족스럽게 다룰 충분한 능력이 있다고 여기는 것—옮긴이

음에 놓쳤거나 이해하지 못했을 수 있는 정보를 통합시켜 주기 때문이다.)

평범한 개인이 (온전성의 수준인 200 이상으로 측정된다면) 근육 테스트라는 간단한 방법을 이용하여 우리 척도의 숫자를 검증할 수 있다. 누군가가 다음과 같이 말하면서 당신의 팔을 내리누르며 당신을 테스트할 수 있다. "1000이 위대한 화신Avatar을 나타내는, 1에서 1000까지의 척도상에서 용기/진실은 100 이상이다. 150 이상이다. 175 이상이다. 200 이상이다." 200에서 팔은 약해질 것이다. 이전 저작에서 언급했듯이 이러한 측정치는 수십 년 동안 전 세계적으로 여러 나라에서, 임상적 환경에서, 다른 연령대와 다른 문화적 집단들 사이에서 검증되어 왔다.(기법에 관한 자세한 설명은 부록 A에서 볼 수 있다.)

요점은 이해하고 경험하기가 쉽다는 것이다. 200 이상의 에너지를 가진 어떤 것이든 당신의 근육을 강하게 하며, 200 미만인 어떤 것이든 당신을 약하게 한다. 이처럼 우리에게는 즉시 이용할 수 있는, 진실과 거짓을 구별할 수단이 있다. 몸은 생명을 지지하는 것과 그렇지 않은 것 사이의 차이를 아주 미세한 정도까지도 구별할 수 있다.

우리는 이에 놀라서는 안 된다. 모든 생명체는 생명을 지지하는 것에 긍정적으로 반응하고 생명을 위협하는 것에 부정적으로 반응한다. 즉 이것은 근본적인 생존 메커니즘이다. 변화를 감지하고 적절히 반응하는 능력은 모든 형태의 생명에 내재한다.(따라서 나무는 고도가 높아질수록 대기 중 산소가 부족해져 크기가 점점 작아진다.) 인간 원형질은 나무의 그것보다 훨씬 더 민감하다. 당신이 자기 몸을 펜듈럼으로 사용한다면, 마음에 진실을 품을 때 자동적으로 앞으로 넘어가며, 마음에 진실이 아닌 것을 품을 때 뒤로 넘어감을 알아챌 것이다. 어떤 사람이 치료를 시작할 때 "나는 치유되기를 원한다."는 진술을 시험해 볼 수 있다. 뒤로 넘어가는 것은 치료될 준비가 되어 있지 않음을 가리킨다. 그들이 앞으로 넘어간다면 그건 의도가 진실함을 가리키며, 예후가 좋다.

의식의 데이터베이스

독자가 이 연구의 본질적 메시지를 이해하지 못할 수도 있다는 나의 두려움을 잠재우기 위해, 여기 시작부터 그 메시지를 상세히 설명할 것이다.

개인적인 인간의 마음은 거대한 데이터베이스에 연결된 컴퓨터 단말기와 같다. 데이터베이스는 인간 의식 자체이고 우리 자신의 의식은 단지 인간 의식의 개인적인 표현이지만, 모든 인류의 공통 의식에 뿌리를 두고 있다. 데이터베이스는 시간과 공간, 개인적 의식의 모든 한계를 초월한다. 이는 천재의 영역인데, 인간이 된다는 것은 데이터베이스에 참여한다는 것이기 때문에, 모든 사람은 태어났다는 사실만으로 그 천재성에 접근할 수 있다. 데이터베이스에 들어 있는 무한한 정보는 이제 언제 어디서든 누구에게나 몇 초 안에 손쉽게 이용 가능하다고 밝혀졌다. 이것은 정말로 놀라운 발견으로, 개인적 삶이나 집단적 삶 둘 다를 아직은 전혀 예상하지 못할 정도로 변화시킬 힘을 품고 있다.

어디서나 볼 수 있는 원형archetypal 패턴과 상징 들을 언급한 스위스의 위대한 정신분석가 카를 구스타프 융(측정치 520)은 전체 인간 종이 공유하는 모든 경험의 끝없이 깊은 잠재의식 웅덩이, "집단 무의식"을 추정했다. 우리는 집단 무의식을 강력하고 보편적인 구조화 패턴들organizing patterns을 특징으로 하는 인간 앎awareness에 관한 숨겨진 방대한 데이터베이스로 생각할 수 있다. 언제 어디서든 이 제껏 경험되었던 모든 것에 접근할 수 있는 그 데이터베이스의 커다란 장래성은 사실상 어떤 것이든 '묻는' 순간 '아는know' 그 능력에 있다.

직관이나 예감으로, 점술이나 꿈으로, 혹은 그냥 '운 좋은' 어림짐작으로 얻어지는, 그다지 합리적이지 않거나 합리성을 초월하여 얻어진 모든 정보의 기원이 이 데이터베이스이다. 천재성의 원천이며 영감의 샘이자 '불가사의한uncanny' 심령 지식의 근원이다. 답의 잠재성이 이미 존재하지 않는다면 질문을 할 수가 없다. 그 이유는 질문과 답이 같은 패러다임에서 만들어지고 따라서 정확히 합치되기 때문이다. 이미 존재하는 '아래' 없이는 '위'도 없다. 인과는 순차적으로 발생하기보다 동시적으로 발생한다. '동시성synchronicity'은 융 박사가 인간 경험에서 일어나는 이 현상을 설명하려고 사용한 용어이다. 우리가 고등 물리학을 탐구하며 이해하듯, 우주 속 '이곳'의 사건이 우주 속 '저곳'의 사건을 '초래'하지 않는다. 대신 둘 모두가 동시에 나타나는데, 하지만 지각적 관찰은 그것에 인과적인 순차를 덧붙인다. 비유를 들면, 우리는 밤하늘을 살피며 맘에 드는 별자리를 찾는 데서 기쁨을 발견한다. 하지만 실상 별자리와 같은 것은 없다. 우리가 별이라 부르는 것이 그리는 익숙한 패턴은 완전히 관련 없는 근원에서 유래하는 빛의 점들로 구성된다. 어떤 것은 수백만 광년 더 가깝거나 더 멀리 떨어져 있고, 어떤 것은 다른 은하에 있으며, 어떤 것은 사실상 별개의 은하 그 자체이기도 하다. 많은 것이 수천 년 전에 다 타서 존재하지 않게 되었다. 그러한 빛들은 우리가 거기에 투사하는 것을 빼면 서로 공간적, 시간적으로 무관하다. 국자나 곰이나 사람 형태뿐만 아니라 '별자리'라고 하는 바로 그 패턴 자체가 보는 사람의 눈에 의해 하늘에 투사된 것이다.

원인과 결과라는 뉴턴식의 선형적 순차로 연결되지 않는다면 이런 사건들 사이의 연결성은 무엇일까? 명백하게도 두 사건은 보이지 않는 어떤 방식으로 서로 연관되어 있거나 연결된다. 하지만 그 방식이 중력이나 자력, 우주풍이나 에테르에 의한 것은 아니다. 즉 두 사건은 둘 모두를 포함할 정도로 방대한 규모의 '끌개장attractor field'으로 둘러싸인다.

마찬가지로 물고기 떼가 동시에 헤엄칠 때나 새들이 무리 지어 V 자 대형으로 날아갈 때 각 개체가 자신들이 자리한 그곳에 있는 것은, 다른 개체와 정렬해서가 아니라 그들 모두가 정확히 똑같은 끌개장에 조율되어 있기 때문이다. 따라서 무리의 가장자리에서 헤엄치는 물고기는 무려 400미터 떨어진 곳에서 자신의 동료 물고기들이 포식자들로부터 달아날 때에도 즉각 거기에 맞춰 방향을 바꿀 것이다.

비선형적인, 서로 연결된 의식 데이터베이스의 존재가 처음에는 이해하기 어려울 수 있지만 우리는 여러 가지 다른 방식으로 이 영토 위를 빙빙 돌 것이다. 그래서 끝에 가면 결국 여러분은 의식의 실상을 이해할 뿐 아니라 그 안에서 여러분의 생명을 유지하는 자리를 깨달을 것이다.

끌개 패턴의 과학적 배경

1965년 시작된 이 연구는 여러 과학적 분야가 발전하면서 점점 빠르게 진화하였는데, 그중 다음 세 분야가 특히 중요했다.

- 신경계 생리학에 관한 임상 연구와 인간 유기체의 전인적holistic 기능에 관한 임상 연구는 1970년대 **운동역학**kinesiology이라는 새로운 과학을 발전시켰다.
- 그 사이 과학 기술 영역에서는 인공 지능이라는 새로운 도구를 가능하게 한, 밀리초 단위로 수백만 번 계산할 수 있는 컴퓨터가 설계되고 있었다. 이전에는 상상도 할 수 없었던 대규모 데이터에 접근할 이 갑작스러운 기회는 **카오스 이론**chaos theory이라는 자연 현상에 관한 혁신적인 전망을 불러왔다.
- 동시에 이론과학에서는 양자역학이 고등 이론 물리학으로 이어졌다. 그리하여 고등 이론 물리학과 관련된 수학을 통해 **비선형 동역학**nonlinear dynamics이라는 완전히 새로운 연구가 모습을 드러냈는데, 우주에는 정말로 어떤 혼돈chaos도 없음을 입증했다. 즉 겉으로 무질서하게 보여도 그저 지각의 한계가 작용했을 뿐이라는 것이다.

*끌개attractor*란 겉보기에 의미 없어 보이는 대량의 데이터에서 출현한 식별 가능한 패턴을 이르는 말이다. 일관성 없는 듯 보이는 모든 것에 일관성이 감춰져 있다. 이 내부의 일관성을 수십 년 전 MIT 수학자이자 기상학자인 에드워드 로렌츠가 자연 속에서 처음 입증했다. 로렌츠는 긴 기간에 걸쳐 나타난 날씨 패턴에서 얻은 컴퓨터 그래픽을 연구했다. 표면적으로 혼돈스러우며 동떨어진 현상처럼 보였던 것이 실제로 일관성 있는 패턴을 지니는 것으로 밝혀졌다. 로렌츠가 식별했던 끌개 패턴은 기록되어 지금 '로렌츠의 나비'로 알려져 있다.

로렌츠는 겉보기에는 관련 없어 보이는 현상들이 서로 관련되어 있음을 입증했는데, 작은 변화가 아주 큰 영향을 미칠 수 있을 정도

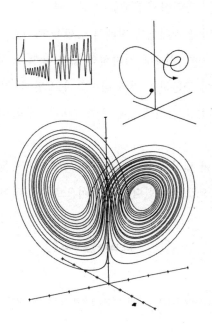

였다. 로렌츠가 표현한 대로, 나비의 날갯짓이 종국에는 토네이도가 되기도 한다. 이것이 로렌츠의 유명한 '나비 효과'로, 당시 일반적이었던 결정론적 자연관인 아이작 뉴턴의 '시계장치 우주'*에 이의를 제기하는 발견이었다. 로렌츠의 발견은 선형적 인과가 아니라, 상호 작용하는 끌개 패턴의 귀결로 출현하는 현상을 이해하는 데 혁신을 일으켰다.

우리 연구에서 가장 중요한 점은 어떤 끌개 패턴들은 매우 강력하고(예컨대 자발성이나 사랑) 어떤 것들은 그에 비해 훨씬 약하다는(예컨대 죄책감이나 분노) 발견이다. 별개의 두 가지 부류를 구분하는 어떤 임계점이 있다. 이 의식 현상은 화학 결합에 관한 수학에서 볼 수 있는 고에너지 및 저에너지 결합과 방향을 나란히 하며, 그러한 것에서 자연히 추론되는 현상이다.

지배장은 약한 패턴들에 지배적 영향을 끼치는 고에너지 패턴들로 드러난다. 이는 거대한 전자석의 훨씬 더 크고 강력한 장 안에서 작은 자기장이 공존하는 것과 비슷하다고 할 수 있다. 현상학적 우주는 다양한 힘을 가진 무수한 끌개 패턴이 상호 작용하는 것의 표현이다.

관찰 가능한 세상 속, 인과*causality*는 뉴턴 패러다임 안에서는 다음과 같은 방식으로 작용한다고 관례적으로 추정되어 왔다.

$$A \rightarrow B \rightarrow C$$

---

* 우주의 모든 현상이 시계장치처럼 물리학 법칙에 의해 기계적으로 일어난다는 주장—옮긴이

이를 결정론적 선형 순차deterministic linear sequence라고 부르는데, 서로를 순차적으로 때리는 당구공과 같다. 뉴턴 패러다임이 내포하는 추정은 A가 B를 초래하고 B가 C를 초래한다는 것이다. 물질 결정론의 이러한 체계에서는 아무것도 본질적으로 자유롭지 않으며 단지 다른 무언가의 결과가 될 뿐이다. 그러므로 제한적이다. 즉 이 체계가 정말 규정하는 것은 '위력force'의 세계이다. 위력 A는 위력 B라는 결과를 낳고, 위력 B는 위력 C로 전달되어 '귀결 D'가 된다. 차례로 D는 또 다른 일련의 연쇄 반응의 시작이 되어 끝없이 계속된다. 이는 따분하고 뻔한 좌뇌의 세계이다. 종래의 과학은 이 제한된 뉴턴 패러다임(측정치 450)으로부터 작동한다. 즉 익숙하고 통제할 수 있지만, 창조성이 없다.(과거에 의해 결정되므로 제한적이다.) 이는 천재의 세상은 아니지만 많은 이들에게 안전하게 느껴진다. 생산성과 실용성의 세상이지만 창조적인 사람들에게는 상상력 없고, 평범하고, 시시하고, 제한적으로 보인다.

놀랍게도 우리 연구는 인과가 실제로 완전히 다른 방식으로 작동하는 것을 보여 준다. 거기서 끌개 패턴 복합체 'ABC'는 그것의 '작용자operants'를 통해 나누어져서 'A, 그다음 B, 그다음 C'로 지각되는 외견상의 순차로 표현된다.

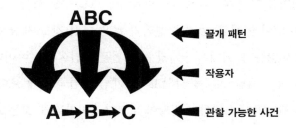

ABC ⟵ 끌개 패턴

⟵ 작용자

A➡B➡C ⟵ 관찰 가능한 사건

이 그림에서 관찰 불가능한 끌개 패턴인 근원 ABC가 눈에 보이는 순차 A⇨B⇨C—측정 가능한 삼차원 세상 속에서 관찰 가능한 현상—라는 결과를 낳는 것을 본다. 세상이 다루려 시도하는 일반적인 문제들은 A⇨B⇨C라는 관찰 가능한 수준에 존재한다. 하지만 우리 작업은 ABC, 즉 내재하는 끌개 패턴을 발견하는 것이며 거기서부터 A⇨B⇨C가 발생하는 듯 보인다. 우주가 작동되는 방식에 관한 이러한 묘사는 물리학자 데이비드 봄(측정치 505)의 이론들과 부합한다. 그는 보이지 않고 감추어진('접힌') 질서, 나타나고 드러난('펼쳐진') 질서를 가진 홀로그램 우주를 묘사했다.

우리는 보이지 않는, 접힌 우주 안에 있는 개념concept ABC가 보이는 세상으로의 출현을 활성화하고 결과적으로 A⇨B⇨C 순차를 낳는다는 것을 본다. 이처럼 보이는 세계는 보이지 않는 세계로부터 창조되고 따라서 미래에 의해 영향을 받는다. 보이지 않는 개념을 물질화할 수 있는 능력은 본래 개념 자체의 힘power에 기초한다. 내적 ABC가 생명에 관한 보편적 원리들과 더 많이 정렬될수록 그와 관련된 바깥세상의 A⇨B⇨C가 더 효과적으로 시행된다. 이 간단한 그림에서 작용자operants는 관찰 가능한 것과 관찰 불가능한 것 모두를 초월한다. 즉 우리는 작용자를 결정론적 영역과 비결정론적 영역을 잇는 무지개다리로 마음속에 그릴 수도 있다.

따라서 '이 안에서' 먼저 구상되지 않은 어떤 것도 세상 속에서 발생하지 않는다. 세계에서 가장 높은 건물을 건설하는 아이디어가 보이지 않는 개념concept을 낳았고, 그 개념이 결국 눈에 보이는 세상에서 엠파이어 스테이트 빌딩이 되었다. '저 바깥의' 모든 표현은

'이 안'에서부터 발생한다. 이 과학적 통찰은 의식 너머 순수한 앎 awareness의 상태로 진화했던 깨달은 현자들이 전 역사에 걸쳐 경험한 현실관과 부합한다. 의식 그 자체가 사람들이 추구하는 '만물의 통일장 이론'의 열쇠이다.(진술은 1000으로 측정된다.)

특정한 개념과 가치는 다른 것들보다 훨씬 더 큰 힘power을 갖는다. 어떤 ABC는 고에너지 끌개일 수도 혹은 저에너지 끌개일 수도 있다. 간단히 말해서 강력한 끌개 패턴은 몸을 강하게 하고, 약한 패턴은 몸을 약하게 한다. 당신이 마음에 용서를 품는다면, 임상 근육테스트에서 당신의 팔은 아주 강해질 것이다. 당신이 마음에 복수를 품는다면 팔은 약해질 것이다.

우리 목적을 위해서는 정말로 힘power은 당신을 강하게 만드는 반면, 위력force은 당신을 약하게 만든다는 사실을 인식하는 것만이 중요하다. 어떤 사람들은 복종적이라고 오인할 수 있는 사랑과 연민, 용서가 실제로는 심원한 힘을 부여한다. 다른 한편으로 복수, 판단주의, 비난은 필연적으로 당신을 약하게 만든다. 따라서 도덕적 옳음과는 무관하게, 길게 보면 결국 약한 것이 강한 것을 능가할 수 없음은 단순한 임상적 사실이다. 약한 것은 저 스스로 무너진다.

인류 역사상 모든 위대한 스승은 언어, 시대를 막론하고 거듭 반복해서 한 가지를 가르쳤을 뿐이다. 모두가 단순하게 '강한 끌개를 위해 약한 끌개를 포기하라.'고 말했다.

끌개는 구조화하는organizing 원리이며 구조화하는 원리에는 각기 다른 수준의 힘power이 있다. 이것이 힘 있는 사람들이 성공하는 비밀 중 하나이다. 아주 높고 강력한 원리에 완전하고 전적으로 정렬함으로써 그들의 전체 삶은 자동적이고 수월하게 구조화된다.

끌개의 적용

이제 우리는 도티 한 장만 걸친 40킬로그램의 조용한 남자, 마하트마 간디가 어떻게 대영제국을 패배시켰는지 이해한다. 매우 간단하다. 간디는 자신이 생각하고 행하고 느끼고 표현하는 모든 것에 있어서 보편적 원리로 완전하게 구조화되었는데, 바로 모든 사람이 자신의 창조의 신성에 의해 동등하며 고유한 인권을 가진다는 원리이다. 그에 비해 대영제국은 제한된 원리에서 비롯되고 있었는데, 오직 자신들의 정치적 목표에 유리한 것을 따르는 원리였다. 따라서 대영제국의 자기중심적 끌개는 마하트마 간디를 움직이고 있었던 보편적 끌개에 압도되었다. 인도에서 벌어졌던 역사적인 일은 ('지배장'에 부합하는) 더 강력한 끌개에 덜 강력한 끌개가 순응할 수 밖에 없다는 진실이 외부로 표현된 것일 뿐이다.

사랑과 같은 원리에는 커다란 힘power이 있다. 이에 관한 진실을 우리는 인간 경험에서 안다. 즉 우리는 사랑으로 인해 논리적 관점에서는 터무니없을 위험을 감수하고도 어떤 일을 할 것이다. 우리는 개인적 앙갚음과 관련된 상황에서 이를 경험해 보았다. 우리는 어떤 사람이 행한 어떤 일이 악의적이고 부당했다고 계속 마음에 품고서 평생 그 사람에게 분개한다. 그러다 어느 날 밖에서 정원 일을 하던 중, 그가 당시 그렇게 제한되어 있던 것이 얼마나 슬픈지가 갑자기 머리를 스친다. 그들은 그런 식으로 하여 그 두려움에서 벗어나야 했다. 이해의 연민이 갑자기 강력한 끌개의 문을 연다. 아주 짧은 한순간에, 해결될 수 없는 것이 즉시 해결된다. 용서될 수 없는 것이 용서될 뿐 아니라, 우리는 그 사람이 인간임humanness이라는 잘못을 범한 것 말고는, 애초에 용서할 것이 없었음을 깨닫는다. 일단 우리가 자신의 인간임을 용인하면 다른 사람의 인간임을 용서하는 일은 간단하다. 우리가 더 자주 그렇게 할수록 이는 점점 더 수월해진다.

명백하게도 우리 모두를 지배하는 한 가지 끌개 패턴은 생명 그 자체의 끌개 패턴이다. 우주의 어떤 것도 중력의 영향에서 벗어날 수 없듯이, 우리가 움직이는 데 기반이 되는 원리들도 생명 그 자체의 끌개 패턴에 부합하거나 부합하지 않거나 둘 중 하나이다. 힘power은 생명을 지지하는 것과 정렬된 지배적 끌개 패턴에 정렬하는 데서 나온다.

의식 지도를 관상하는 것은 세상이 이해하는 원인과 결과를 뒤바꾼다. 이러한 점에서 미국 독립 선언서는 가치 있는 공부 거리를 제공한다. 이 문서는 약 700으로 매우 높게 측정된다. 문장 하나하나 자세히 살펴본다면, 그 힘power의 근원이 드러난다. 즉 모두가 자신의 창조의 신성 덕분에 동등하며 인간 권리는 인간 창조에 본질적이므로 빼앗을 수 없다는 개념이다. 아주 흥미롭게도 마하트마 간디의 힘power의 근원이었던 개념과 같다. 이 매우 강력한 ABC는 관찰 가능한 A⇨B⇨C 수준에서 하나의 민주 국가로 미국이 성공한 것을 설명해 준다. 신성에 대한 언급이 건국 문서에서 제거된다면, 측정치는 상당히 떨어질 것이다.

의식 지도의 세로단

• 의식 지도의 중앙 세로단은 각 에너지 장에 대한 **의식 수준들**로 이루어지며 이는 상응하는 로그 수치에 따른 것이다. 다음 장에서는 중앙 세로단에 대해 설명하고 각 수준의 본질을 자세히 이야기할 것이다. 일단 여기서는 의식 수준 왼쪽과 오른쪽에 있는 나머지 4개의 세로단을 소개한다. 그것들은 각 의식 수준과 관련된 인간 경험의 주요한 측면들key aspects — 신에 대한 관점, 자기 자신에 대한 관점, 감정, 의식 안에서 진행되는 과정 — 을 나타낸다. 그리고 책의 뒷부분에서는 뇌 기능과 행복률 또한 의식 수준과 연관된다는 것을 보여 줄 것이다.

• 지도의 가장 왼쪽 세로단은 각 의식 수준에서의 **신에 대한 관점**을 보여 준다. 각 수준에는 신에 대한 자신만의 이해가 있으며, 이 사실은 어째서 완전히 다른 신학 체계들과 종교적 믿음들이 존재하는지를 설명해 준다. 한 사람의 신에 대한 관점은 신과는 아무 관련이 없다. 즉 오히려 그들의 의식 수준이 신에 대한 관점을 결정한다.

우리는 의식 지도의 밑바닥에서 신에 관한 악마적 묘사, 즉 신은 처벌적이고 변덕스러우며 잔인하고 무섭다는 의인화된 투사를 본다. 성경의 어떤 편에서는 그리고 원시적 믿음에서는 신을 달래기 위해 동물과 인간을 죽여서 제물로 바쳐야만 한다. 오늘날에도 '종말' 예언이 넘쳐나며 그것들은 쓰나미같이 자연적으로 발생하는 일을 신의 분노에 관한 증거로 혹은 성경의 몇몇 예언이 이루어진 것으로 묘사한다. 이는 종교의 그늘진 면이며 많은 사람이 영적이지만 종교적이지 않게 되는 이유이다. 지구에 인류가 존재하기 오래전부터 쓰나미, 지진, 허리케인이 일어났다는 사실을 우리가 떠올린다면 신에 대한 이러한 묘사가 불합리함은 명백하다! 공룡을 쓸어 버린 것은 표면적으로는 자연재해였다. 그러면 신이 공룡에게 화가 났었을까? 그러한 신에 대한 관점은 명백히 인간 에고에서 나오는 부정적 투사이다.

더 높은 의식 수준들에서 신은 자애롭고, 현명하며, 무한히 사랑하고, 자비롭다. 이 수준들에서 신이 사랑의 근원이며, 하나임의, 모든 존재임all-being-ness의 근원임을 깨닫게 된다. 마침내 신성 그 자체가 모든 것 안에서 밝게 빛나고, 그 지점에서는 'Gloria in Excelsis Deo'(지극히 높은 곳에서 하느님께 영광)가 이야기될 수 있는 전부이다.

• 의식 지도에는 또한 자기 **삶에 대한 관점**에 관한 세로단이 있다. 낮은 의식 수준에 있는 이들은 자기 자신을 증오하고 그 증오를 세상에 투사하여 모든 곳에서 악을 본다. 척도를 따라 올라가면서 자기 자신에 대한 관점과 자신의 삶에 대한 관점은 점점 더 긍정적으로 변하고 마침내 당신은 자신에게 편안해진다. "있는 그대로의 당신이 되어라.Be as you are"는 590으로 측정되며 그것은 이른바 '엘리펀트맨'이라고 하는 조지프 메릭의 의식 수준이다. 그는 뼈 질환 때문에 외형이 몹시 흉하게 손상되었다. 비웃음과 조

롱, 사회적 거부에도 불구하고 그의 태도와 처신은 진정 성인 같다고 묘사되었다. 그는 가장 비열한 무시를 마주하고도, 온화하고 관대하며 반응하지 않았고 연민 어렸다. 엘리펀트맨의 독특함은 남다르면서도 시사하는 바가 있는데, 바로 그의 삶이 극단적 조건에서도 영적일 수 있는 가능성을 상징했다는 것이다. 특히 그는 자기 연민, 피해 의식, 분개, 자신을 괴롭히는 사람들에 대한 증오의 유혹을 무시했다. 측정 수준 590에서 그는 깨달음의 문 앞에 서 있었고, 자기 자신과 세상에 평온했다.

자신에 대한 온건한 관점은 중요한 단계이며, 이는 당신이 할 수 있는 최선을 다하고 있다는 진실을 단언한다. 사실 모든 인간은 매 순간 그들이 할 수 있는 최선을 다하고 있다. 그 밖의 다른 어떤 것도 가설적 정신작용일 뿐 가능하지 않다. 부정적 에너지 장에서는, 사람들이 자신에 대한 불가능한 이상을 가설화하고 그 이상에 미치지 못하면 죄책감이나 자기 처벌로 들어간다. 중립(250)의 자기만족은 낮은 수준에서 경험되는 부정적인 자기 대화self-talk와, 움직임을 억제하는 자기 의심을 상당히 완화한다. 전반적으로 온전한 수준에서 움직이는 사람들도 특정한 삶의 영역에서는 부정적 자기관에 시달린다는 걸 발견할 수 있는데, 그 저항을 놓아 버리면 그들은 아주 자유로울 수 있다. 예를 들어 자신의 부정적 신체 이미지를 놓아 버린 여성은 다른 여성들과 자신을 비교하며 끊임없이 진을 빼던 데서 자유로워진다. 대중 연설에 대한 두려움을 극복한 남자는 승진과 자기표현을 위한 새 영역으로 자유로이 진입한다.

• 수준들 목록의 오른쪽에는 각각의 특정한 수준과 연관된 **감정**이 있다. 영원의 철학과 정신분석, 다양한 종교 전통에서 발견되는 고전적 단계들이다. 우리는 200 미만에서 정신분석이 '응급emergency' 감정이라 부르는 것들과 200 이상에서 '평안welfare' 감정이라 하는 것들을 발견한다. 모든 낮은 감정은 제약이며 우리가 자신의 참나의 실상에 눈멀게 한다.

부정적 감정에 저항하면 당신은 계속해서 거기 갇힌다. 기꺼이 부정적 감정들을 놓아 버린다면 당신은 더 자유로워지고 척도 위쪽으로 이동하여 결국 긍정적 느낌을 주로 경험한다. 척도의 맨 꼭대기에서 자신의 참나에 대한 각성realization과 다양한 수준의 빛비춤이 일어난다. 여기서 가장 중요한 점은 사람이 점점 더 고양되고 자유로워지면서 이른바 영적 알아차림, 직관, 의식의 성장이 발생한다는 것을 주목하는 데 있다. 낮은 의식 수준에서는 보거나 경험하기가 불가능한 것이 높은 의식 수준에서는 자명해지고 너무나 명확해진다. 예를 들어 사람이 욕망(측정치 125)에 휘말려 있을 때, 평온(측정치 540)이 가능하리라고는 상상도 할 수 없다. 하지만 중독에서 회복된 사람에게 평온은 일상적 현실이다.

의식의 에너지 장과 연관된 감정이 한 개인에게서 섞이지 않은 단일한 상태로 나타나는 일이 드물다는 점을 기억하면 좋다. 사람은 삶의 특정한 영역에서는 어떤 수준으로 기능하고 또 다른 영역에서는 꽤나 다른 수준으로 기능할 수도 있다. 개인의 전반적 의식 수준은 그들의 삶 안에서 작용하는 모든 다양한 수준의 영향을 합친 것이다.

• 좀 더 오른쪽으로 가면 **의식 자체 안에서 진행되는 과정**이 나온
다. 예를 들어, 자부심 수준에서는 의식 안에서 진행되는 과정이
팽창이다. 팽창은 우리 사회에서 특히 위험한데, 거기에는 (정치
적 스펙트럼의 양쪽 끝에서의) '나는 옳다.'는 논쟁을 불러오는 나
르시시즘과 군중을 죽음으로 이끄는 과대망상증 환자의 에고 팽
창이 함께한다. 이 현상을 역사적으로 나폴레옹의 사례에서 관찰
할 수 있다. 그의 의식 수준은 상당히 높은 450으로 시작했으며
매우 훌륭한 전술가이자 수학 천재였고 다른 성취도 있었다. 그
러다 갑자기 자신을 황제 자리에 앉혔을 때, 그의 수준은 200 아
래로 떨어졌다. 교황이 항상 유럽의 왕을 왕위에 앉혀 왔었지만,
나폴레옹은 스스로를 왕위에 앉혔다.—궁극의 자기 팽창! 그 순
간 그의 측정 수준은 450에서 175로 이동했다. 나폴레옹이 워털
루에서 웰링턴 공작(측정치 420)과 마주했을 때, 나폴레옹의 의
도는 75였고 그래서 그는 패배했다. 똑같은 일이 히틀러에게도
일어났는데, 그는 430에서 40으로 떨어졌다. 지도자에게 과대망
상증이 생길 때, 대중은 그런 일이 일어난 걸 알아차리지 못한다.
처음에는 히틀러의 프로그램들이 사회를 진보시켰다.(아우토반
등등) 그러다 갑자기 추락했고 괴물이 출현했다. 큰 공로자였던
사람이 사회의 엄청난 살인자가 되었다.

따라서 의식 지도는 역사의 흐름에 새 빛을 비춘다. 위력force(200
미만의 에너지)과 힘power(200 이상의 에너지) 사이를 구별하는

것은 우리 목적에 있어 중요하다. 예를 들어 우리는 인도의 영국 식민지 체제 말미와 같은 역사적 시대를 조사할 수 있다. 앞에서 간단히 다루었듯이 우리는 팽창, 자기 이득, 착취의 위치였던 그 당시 대영제국의 위치(측정치 175)가 의식 지도상 임계 수준 200 미만이었음을 발견한다. 마하트마 간디(측정치 760)의 동기는 의식 지도의 꼭대기에 가까웠다. 간디가 이 투쟁에서 승리했던 것은 그의 위치가 훨씬 더 강력한 위치였기 때문이다. 그는 다음과 같은 진실Truth의 보편적 원리에 정렬되었다. "모든 사람은 타고난 자기 결정권을 가지도록 신에 의해 동등하게 창조되었다." 대영제국은 위력force을 나타냈고, 위력은 힘power을 만날 때면 언제든 결국 패배한다.

역사적으로, 전 세계의 위대한 종교들과 영적 훈련들은 이러한 의식 수준들을 통과해 올라가기 위한 기법에 관심을 가져왔다. 그들 대부분은 또한 이 사다리를 오르는 것이 고된 과제이며, 특정한 가르침이나 영감을 제공할 스승(혹은 최소한 가르침)을 두는 데 영적 열망자의 성공이 달려 있다고 시사하거나 구체적으로 언급했다. 그러지 않는다면 열망자는 도움 없이는 목표를 성취하지 못하는 무능에 절망할 수도 있다. 바라건대 의식 지도가 이러한 궁극적인 인간의 노력을 용이하게 하는 데 도움이 되었으면 한다.

문답

문: 무엇이 사람의 의식 수준을 결정하나요?

답: 개인의 의식 수준은 그들이 전념하는 원리들로 결정됩니다. 의식의 진보를 유지하려면 원리에 관해 흔들려서는 안 되며, 그렇지 않으면 개인은 낮은 수준으로 다시 떨어질 것입니다. "목적이 수단을 정당화한다."는 편법은 절대 적절한 정당화가 되지 못합니다. 만약 다른 인간 존재를 죽이는 것이 잘못되었다면, 그 예외를 정당화하는 데 사용되는 구성 개념construct의 감정적 호소력과는 상관없이 어떤 예외도 용납될 수 없습니다. 간디는 자신의 원리로부터 흔들리지 않았습니다. 즉 간디에게 평화로운 비폭력은 수단일 뿐 아니라 목적이었고, 그는 "생각, 말, 행동"(간디의 문구)에 비폭력 원리를 고수했습니다.

문: 몇 살이면 사람이 측정될 수 있나요?

답: 우리 연구에 따르면 각각의 모든 개체는 수정되는 순간(영은 임신 3개월에 몸으로 들어갑니다.)에 이미 측정된 의식 수준을 갖습니다.

문: 측정치가 있는 의식 지도는 가치 판단 혹은 뛰어남을 암시하지 않나요? 그래서 **사랑**(500)이 **이성**(400)보다 더 낫지 않나요?

답: 의식 지도는 '~보다 낫다'를 의미하지는 않는데, 이는 에고의 투사입니다. 의식 지도는 단지 위치나 장소를 나타낼 뿐이며 차

례로 관련된 특징을 나타냅니다. 큰 나무는 작은 나무'보다 낫지' 않습니다. 벽의 아래쪽 벽돌이 위쪽 벽돌'보다 낫지' 않습니다. 즉 벽이 자리 잡는데 두 벽돌 모두가 똑같이 필요합니다. 이처럼 의식 수준은 학습 곡선상의 한 위치나 의식 진화의 한 단계를 나타냅니다. 어느 수준에서든지 자신의 잠재성을 실현하는 것은 삶의 기쁨을 가져옵니다. 각 수준에는 그 수준의 보상이 있으며, 보상은 실제로 각 개인에게 동일하게 느껴집니다. 신 혹은 더 높은 목적에 봉헌된 삶은 끊임없이 자기 충족적인 반면, 대조적이게도 개인적 이득에 헌신하는 삶은 함정과 괴로움으로 가득합니다.

각 수준은 그 자신인 것that which it is에 적합합니다. 700 수준의 어떤 사람은 목수로서 적합하지 않고, 교회를 운영하기에 적합하지 않으며, 대통령으로서 적합하지 않습니다. 700 수준에 있는 대부분 현자들은 전혀 그렇게 기능할 수가 없습니다. 현자들은 단지 자신의 아쉬람에 앉아 있고, 사람들이 인사하러 오면 행복한 미소를 돌려줍니다. 200대와 300대―세상의 건축자, 건설 노동자, 철강 노동자, 매일 일하러 가는 사람들―는 우리 사회의 중추입니다. 400대는 미국을 지배하는 논리와 추론이 함께하는 지성의 세상입니다. 500인 사랑의 영역은 드물고, 540인 무조건적 사랑은 대단히 드물며, 540 위쪽에는 실질적으로 아무도 없습니다. 500이 200보다 낫지 않습니다. 지형 지도상 다른 장소에 있는 것처럼, 당신이 다른 공간에 있을 뿐입니다. 당신이 앨버커키에서 출발할 때 혹은 덴버에서 출발할 때는 지금 있는 곳에서 저쪽으로 가는 데 마주할 문제가 각기 다릅니다. 당신은 다른 장소에 있으므로 다른 가르침을 품은 다른 지형을 살펴봅니다.

모든 것은 그저 있는 그대로 완전합니다. 부족함은 어디에도 존재하지 않습니다. 당신이 우주를 이해할 때 모든 것이 '완전'에서 '완전'으로 이동하는 것을 봅니다. 모든 것이 바로 지금 완전하고 완벽합니다. 모든 사람은 이 시점까지 자신의 카르마적 진화karmic evolution 전체를 완전하고 완벽하게 나타내고 있을 뿐입니다. 어떤 상태나 수준에 있든 모든 사람은 전체에 기여합니다.

문: 의식 측정이란 무엇인가요?

답: 의식 지도는 지각 대신 본질을 식별하는 방법을 우리에게 허용해 줍니다. 예를 들어, 어떤 사람이 당신에게 이렇게 말한다고 합시다. "우호를 위해 난 이곳에 왔어." 만일 그가 190으로 측정된다면, 그를 수색하는 것이 좋습니다! 그는 뭔가를 이야기하며 온건해 보일 수 있지만 사실 다른 꿍꿍이가 있습니다. 그의 의도는 당신에게 득이 되지 않습니다. 우리는 그러한 사람을 '양의 탈을 쓴 늑대'라고 묘사할 수도 있습니다.

우리가 의식 지도에 따라 어떤 것을 측정할 때, 우리는 어떤 대상이나 사람의 진실, 사랑, 온전성, 온건성의 수준을 식별합니다. 우리는 그 에너지 장의 진실과 본질을 알고자 하는데, 이는 동기와 의도에 관한 것입니다. 질문이 실상을 갖는다면 우리는 긍정적 답을 얻습니다. 의식 측정은 상응하는 실상을 갖는 질문과 답에 의해 결정됩니다. 거짓인 것은 의식의 무한한 장 안에서 실상을 갖지 않습니다. 의식은 오직 진실로서 존재하는 것을 등록할 수 있을 뿐입니다.

따라서 우리가 진실이 아닌 무언가에 관해 질문한다면, 그것에는 실상이 없으므로 팔은 약해집니다. 우리가 진실한 진술을 테스트한다면, 팔은 강하게 버팁니다. 시험자들의 개인적 의견이나 지각은 무관합니다. 의식의 무한한 장 속 어떤 것의 진실을 측정하기 위해 근육테스트라는 살아 있는 과학을 활용할 때, 우리는 잠재적인 것에서 실제적인 것으로 파동 함수를 붕괴시키는 양자역학 메커니즘을 사용합니다. 질문이 실상에 부응할 때, 우리는 강한 반응을 얻습니다. 과제는 측정 결과에서 완전히 거리를 두는 것입니다. 대부분 사람은 특정한 답에 대한 무의식적 집착을 갖고 있어서 그들의 시험은 정확하지 않습니다. 무언가를 시험할 때, 저는 답이 무엇인지 신경 쓰지 않습니다. 저는 오직 진실을 알고 싶을 뿐입니다.

문: 제가 저 자신을 측정할 수 있나요?

답: 저는 자신의 의식을 측정하지 말라고 사람들에게 충고하는데, 그들은 거리를 둘 수 없고 객관적일 수가 없기 때문입니다. 자신의 의식 수준을 아는 데서 편파적 이득을 얻지 않으려면 성인 상태sainthood 너머에 있어야 하기에, 당신은 정확한 결과를 얻을 수 없을 것입니다. 당신이 의식 지도를 공부하면 우세한 감정과 신을 바라보는 방식 등을 보게 되는데, 이는 당신이 어디쯤 있는지를 알려줄 것입니다. 당신이 모든 이를 증오하고 편집증이 있다면, 당신은 아마도 아직 당신의 가슴에 그렇게 관심이 있지는 않을 것입니다. 또한 사람들이 당신에게 어떻게 반응하는지를 보며 자신이 어디 있는지 알 수 있습니다. 사람들이 당신을 싫어한다면 당신에게 문

제가 있습니다!

문: 의식 측정을 하거나 의식 지도에서 도움을 받으려면 신을 믿어야 하나요?

답: 신을 믿는 것이 필요 조건은 아닙니다. 일간 뉴스에서 우리가 보듯, 이른바 신자들이 신의 이름으로 온갖 종류의 끔찍한 일을 합니다. 그들은 증오, 죄책감, 두려움, 정의로움, 자부심에서 발생하는 자신의 의도로 인해 의식 지도상에서 상당히 낮게 측정됩니다. 붓다 자신은 신과 관련된 온갖 부담스러운 관념 때문에 신에 대한 언급을 피했습니다. 대신 그는 불성을 이야기했는데, 불성을 또한 진리Truth라고 할 수도 있습니다. 사람이 진리Truth에 헌신하는가, 그렇지 않은가? 의식 진화에서 중요한 것은 그것입니다.

저는 열렬한 무신론자로 여러 해를 보냈고, 그래서 무신론자에게 동정을 느낍니다. 무신론자로서 저는 존재의 진리Truth의 핵심에 도달하는 일에 헌신했습니다. 따라서 지성적으로 정직하여 진실하게 의심하는 일에 저는 동정심이 있습니다. 솔직히 신성에 대한 믿음이 가능한지 확신할 수 없다고 말한다면, 적어도 정직한 상태입니다. 그리고 정직한 상태가 의식 지도상 온전성의 첫 번째 요구 조건입니다. 그런 다음 저는 무신론자에서 있다 없다를 말할 수 없는 불가지론자로 이동했습니다. 우리는 불가지론이 무신론보다 좀 더 세련되고 겸손하다고 말할 수 있는데, 불가지론은 지성의 한계를 인정하고, 현상을 설명하는 선형적 인과를 초월할 능력이 지성에 없음을 인정하기 때문입니다.

양자역학은 하이젠베르크 원리를 통해 뉴턴 패러다임의 제한적인 선형적 영역에서 빠져나오는 길입니다. 하이젠베르크 원리에서 우리는 흥미로운 발견을 합니다. 어떤 것을 관찰하는 자체로 이미 그 결과를 변화시킨다는 것인데, 그건 당신이 의식 그 자체의 영향을 도입했기 때문입니다. 관찰자의 의식 수준은 관찰되고 있는 것에 깊은 영향을 미칩니다. 이런 과학적 원리에 동의하기 위해 신을 믿어야 할 필요는 없습니다.

의심과 불신은 종종 의식의 큰 도약의 전조가 되며, 이러한 도약이 발생하는 것은 좌절이나 재앙 혹은 단순한 성숙으로 인해 다시 동기가 생긴 결과일 수 있고 지혜가 출현한 결과일 수 있습니다. 기적적인 일을 포함해 큰 전환을 경험했던 많은 사람(성인들조차)이 이를 언급해 왔습니다. 그러한 길 중 하나로 비극적인 환경 때문에 삶의 초기에 종교적 믿음을 상실하는 것이 포함될 수 있으며, 그 후 확증할 수 있는 진실을 추구하는 세월이 뒤따릅니다. 관련된 신념 체계가 없는 명상 수행에 의해서 그러한 내적 탐구에 속도가 붙습니다. 따라서, 비신자에게 불교는 종종 실용적이고 매력적인데, 붓다가 '신'에 대한 믿음을 포함하지 않은 팔정도를 가르쳤기 때문입니다.

양자역학이 발견한 것을 먼저 예상했던 고대 『베다』와 『우파니샤드』는 비신자에게 적합한 또 다른 길을 제공합니다. 그것들 또한 절대적 원리의 궁극적 실상the Ultimate Reality of the Absolute Principle에 대해 이야기했고, 정신 작용과 지각의 환상illusions 너머에 있는 근원적 실상Reality인 의식 그 자체의 무한한 장을 이야기했습니다. 아드

바이타(비이원성)의 길은 모든 신념 체계를 배제하는 진리를 온전하게 탐구하는 오염되지 않은 길입니다.(이것은 이전의 저작 『나의 눈』과 『호모 스피리투스』에서 상세히 설명했습니다.) 비이원성이 깨달음으로 이어지긴 하지만, 베단타 공부는 다양한 인도 철학 학파에 과도하게 몰두하는 결과로 이어질 수 있고, 그런 다음 주의를 분산시키는 신념 체계가 될 수도 있습니다.

문: 개인이 일생 동안 어떤 수준에서 다른 수준으로 진화하는 일이 흔한가요?

답: 각 개인이 갑작스러운 긍정적 도약을 이루는 것이 가능하며 심지어 수백 점을 도약하기도 합니다. 하지만 평균적으로는 개인이 태어날 때 측정되는 에너지 장이 5점 정도만 증가할 뿐입니다. 대다수 사람은 자신이 타고난 에너지 장의 다양한 변형을 공들여 다듬고 표현하는 데 자기 삶의 경험을 활용합니다. 그 너머로 나아가도록 동기 부여되어 그걸 해내는 개인은 드뭅니다. 선택을 행사하지 않는다면 어떤 진전도 일어나지 않을 것입니다. 우리가 나폴레옹과 히틀러에서 보았듯이 낮은 수준으로 '추락하는' 것 또한 가능합니다. 판단 착오의 결과로 높은 의식 수준에서 추락했던 영적 스승들의 삶에서 이러한 일이 일어났습니다. 그들은 그 수준에서 마주하는 유혹―돈, 섹스, 명예, 다른 이들을 지배하는 힘―에 대해 경고받지 못했습니다.

의식의 진화를 이해하는 데 도움이 되는 카오스 이론의 중요한 기본 원리는 '초기 조건에 민감한 의존성 법칙*the law of sensitive dependence* *on initial conditions*'입니다. 이는 약간의 차이가 시간이 흐르면서 엄청난 변화를 일으킬 수 있다는 사실을 나타냅니다. 나침반상 방위가 1도 벗어난 배는 결국 항로상 수백 킬로미터 떨어진 곳에 있는 자신을 발견할 것입니다. 이 현상은 모든 진화의 본질적인 메커니즘입니다. 단 한 가지 영적 원리를 실행하는 데 전념하는 것조차 때가 되면 결과적으로 심원한 변화를 낳을 수 있습니다. 마찬가지로 단 하나의 오류나 거짓이 충분히 자주 반복된다면, 그것은 사람이(혹은 기관이나 사회가) 경로를 상당히 이탈하도록 이끌 수 있습니다.

의식 수준들

의식 지도의 가운데를 구성하는 항목은 수준들levels 그 자체이다. 수준들은 1에서 1000까지의 의식 측정 척도에서 해당되는 수치에 따라 구성되며, 1은 존재이고 1000은 지구에서 발생한 가장 높은 진실Truth의 수준이다.

측정 수치가 산술적으로 진행하지 않고 로그적으로 진행하는 수치라는 걸 기억하는 것이 매우 중요하다. 따라서 300 수준이 150보다 두 배 큰 것이 아니다. 이는 10을 300 제곱한 것이다.(10^{300}) 따라서, 단 몇 점의 증가라도 힘power의 큰 상승을 나타낸다. 그러므로 척도를 올라갈 때 힘power의 증가 속도는 막대하다. 200 미만의 모든 수준은 위력force에서 나오며 전반적으로 개인적인 삶과 사회적인 삶 모두에 파괴적이다. 이와 대조적으로 200을 넘는 모든 수준은 힘*power*의 건설적 표현들이다. 200이라는 결정적 수준은 임계 요소 지점*critical factor point*이고, 위력*force*(혹은 거짓)과 힘*power*(혹은 진실)의 전반적 영역을 나누는 지렛대의 받침점이다.

이러한 수준들 각각은 자체의 현실 패러다임과 가치를 지니며, 자신의 영역 안에서 받아들여질 수 있는 것을 규정한다. 예를 들어 200 미만의 에너지 장에서는 혐오감을 품고, 구매자를 속이고, 적을 죽이는 것이 정상적이다. 정말이지 특정한 하위문화에서는 당신이 보복성 살인을 해내지 못한다면 자신의 목숨이 위험해진다. 하지만 200 이상의 에너지 장에서는 그러한 행위가 마음에 떠오르지도 않는다. 이성(400대)의 영역에서 사랑과 기도 혹은 다른 영적 실상이 논리로 증명될 수 없지만, 사랑(500대)의 영역에서는 그러한 것들의 진실은 의심의 여지 없이 주관적으로 잘 이해된다.

에너지 수준 20: 수치심

수치심의 수준은 위태롭게도 죽음과 아주 가깝다. 수치심에서부터 의도적 자살로 죽음이 선택될 수 있고 혹은 좀 더 미묘하게 생명을 연장하는 조치를 취하지 못하여 '수동적으로 자살'하는 죽음이 선택될 수도 있다. 피할 수 있는 사고로 인한 죽음이 흔하다. 우리 모두는 체면을 잃고 의심받으며 '하찮은 사람'처럼 느껴지는 고통을 어느 정도 알고 있다. 수치심 속에서 사람들은 자신이 눈에 띄지 않길 바라면서 고개를 숙이고 슬며시 사라진다. 수치심은 전통적으로 추방을 동반하는데, 우리 모두가 유래한 원시적 사회에서는 추방이 죽음과 동등하다.

성적 학대와 같은 수치심으로 이어지는 어린 시절의 경험은 치료로 그 문제가 해결되지 않는다면 종종 평생 비뚤어진 성격을 갖게 한다. 프로이트가 밝혔듯, 수치심은 신경증을 만들어 낸다. 수치심은 감정적, 심리적 건강에 파괴적이고, 낮은 자존감의 결과로 육체적 질병에 잘 걸리게 한다. 수치심에 기반한 인격은 부끄러워하고 고립되며 내성적이다.

수치심은 잔인함의 도구로도 사용되며, 그 희생자들 자신도 자주 잔인해진다. 수치스럽게 된 아이들은 동물에게 잔인하고 서로에게도 잔인하다. 불과 20대 의식 수준에 있는 사람들의 행동은 위험하다. 비난받는 류의 환각이 생기기 쉽고 편집증에도 잘 걸린다. 그래서 몇몇은 정신병에 걸리거나 기이한 범죄를 저지른다.

수치심에 기반한 일부 개인은 완벽주의와 완고함으로 보상하며, 자주 강박적으로 몰리게 되고 편협해진다. 이와 관련된 악명 높은 사례는 자경단을 형성하고 자신의 무의식적 수치심을 다른 이들에게 투사하는 도덕적 극단주의자들인데, 이들은 그렇게 투사한 후 정의에 따라 공격하거나 죽이는 것을 정당하게 느낀다. 연쇄 살인자들은 자주 성적 도덕주의로 행동하며 이른바 나쁜 여성들을 벌하는 것을 정당화했다.

수치심이 사람의 인격 수준 전체를 끌어내리기 때문에 결과적으로 다른 부정적 감정에 대한 취약성을 낳고, 따라서 거짓 자부심, 분노, 죄책감을 자주 생성한다.

에너지 수준 30: 죄책감

조종하고 벌주기 위해 우리 사회에서 아주 흔히 사용되는 죄책감은 여러 가지 표현으로 나타난다. 예를 들어 회한과 자기 질책, 피학증, 온갖 증상으로 나타나는 피해 의식이 있다. 무의식적 죄책감은 정신신체psychosomatic 질환과 잦은 사고 경향성, 자살 행동을 낳는다. 많은 사람이 자신의 온 생애를 죄책감과 씨름하며, 반면에 어떤 이들은 무도덕적으로 죄책감을 완전히 부정하면서 필사적으로 회피하려 애쓴다.

죄책감이 우세하면 결국 용서하지 않는 감정적 태도인 '죄'에 사로잡히는 결과를 낳는데, 종교적 선동가들은 자주 이를 강요와 통제를 위해 사용한다. 그렇게 처벌에 사로잡혀 '죄와 구원'을 파는 상인들은 아마 자기 자신의 죄책감을 외부로 행동하든지 아니면 다른 이들에게 투사할 것이다.

자기 학대라는 일탈 행동을 보여 주는 하위문화들은 잔인함의 다른 풍토적 형태를 빈번하게 드러낸다. 예를 들어 인간이나 동물을 대중 앞에서 의례에 따라 살해한다. 죄책감은 격노를 유발하며 살인이 그 격노의 표현이 되는 경우가 흔하다. 사형은 살인이 어떻게 죄책감에 사로잡힌 대중을 만족시키는지 보여 주는 한 예이다.

에너지 수준 50: 무감정

이 수준은 가난, 절망, 희망 없음이 특징이다. 세상과 미래는 암울해 보이고, 따라서 비애pathos가 인생의 테마이다. 무감정은 무력한 상태이다. 즉 모든 면에서 궁핍한 무감정의 희생자들에게는 자원이 부족할 뿐 아니라 이용 가능할지 모르는 자원이 있어도 그것을 활용하는 데 쓸 에너지가 부족하다. 돌봐 주는 사람이 외부에서 에너지를 공급해 주지 않는다면 수동적 자살을 통한 죽음이 일어날 수 있다. 살려는 의지와 희망이 없는 이들은 눈의 움직임이 멈출 정도까지 자극에 반응하지 않고 멍하니 응시하며 제공되는 음식을 삼킬 만큼의 에너지조차 남아 있지 않다.

이는 사회의 노숙자와 부랑자 수준이며 또한 나이 들거나 만성 혹은 진행성 질병으로 고립된 많은 이의 운명이기도 하다. 무감정적인 이들은 의존적이다. 그러니까 무감정에 있는 사람들은 '부담스럽고heavy' 주위 사람들에게 짐처럼 느껴진다.

너무나 흔하게도, 사회에는 이 수준에 있는 문화나 개인에게 진정으로 어떤 도움을 주려는 동기가 충분치 않으며, 이들은 자원을 소진시킨다고 여겨진다. 이는 콜카타 거리의 수준인데, 마더 테레사나 그녀를 따르는 이들처럼 성자다운 사람만이 감히 그 거리를 밟을 용기가 있다. 무감정은 희망을 포기한 수준이며 정말 그것을 똑바로 쳐다볼 용기가 있는 이는 소수이다.

에너지 수준 75: 슬픔

슬픔sadness과 상실, 낙심의 수준이다. 대부분 사람들이 일정 기간 경험한 적이 있지만, 이 수준에 계속 남아 있는 이들은 끊임없는 후회와 우울이 함께하는 삶을 산다. 이는 만성적 애통함, 애도, 과거에 대한 회한의 수준이다. 또한 습관적 실패자와 만성 도박꾼의 수준이며, 이들은 실패를 자신의 생활 방식의 일부로 받아들여서 결과적으로 직업과 친구, 가족, 기회뿐 아니라 돈과 건강도 자주 상실하게 된다.

어린 시절의 큰 상실은 이후에, 마치 비애sorrow가 감수해야 하는 삶의 대가라는 듯이 슬픔을 수동적으로 받아들이게 만들기 쉽다. 슬픔Grief 속에 있는 사람은 모든 곳에서 슬픔sadness을 본다. 어린아이의 슬픔, 세계정세의 슬픔, 삶 자체의 슬픔. 이 수준이 존재에 관한 사람의 전체 시각을 물들인다. 상실된 것 혹은 그것이 상징했던 바가 대체될 수 없다는 관념이 상실 증후군의 일부이다. 특정한 것을 일반화하고, 그래서 사랑하는 이의 상실이 사랑 그 자체의 상실과 같은 것으로 여겨진다. 이 수준에서는 그러한 감정적 상실이 심각한 우울증이나 죽음을 촉발할 수도 있다.

비록 슬픔이 삶의 묘지이긴 하지만 그래도 무감정이 가진 것보다 더 많은 에너지가 있다. 따라서 트라우마를 겪은 무감정의 환자가 울기 시작할 때, 그들이 낫고 있다는 것을 우리는 안다. 일단 울기 시작하면 그들은 다시 먹기 시작할 것이다.

에너지 수준 100: 두려움

100 수준에는 이용할 수 있는 생명 에너지가 훨씬 더 많이 있다. 즉 위험에 관한 두려움은 실제로 건강하다. 두려움은 끝없는 활동

을 자극하며 세상의 많은 부분을 움직인다. 적, 노령과 죽음, 거절에 관한 두려움, 그리고 아주 많은 사회적 두려움이 대부분 사람들의 삶에서 기본적인 동기 유발 요인이다.

이 수준의 관점에서는 세상이 위험해 보이고 함정과 위협으로 가득해 보인다. 두려움은 통제를 위해 압제적인 전체주의 정부 기관과 정권이 선호하는 것으로 잘 알려진 도구이다. 그리고 불안감은 시장을 조작하는 큰 손들이 상투적으로 쓰는 수단이다. 매체와 광고는 시장 점유율을 높이기 위해 두려움을 이용한다.

두려움의 증식은 인간의 상상처럼 끝이 없다. 즉 일단 두려움에 초점을 맞추게 되면, 세상의 끝없는 두려운 사건들이 두려움에 먹이를 준다. 두려움이 강박적으로 되며, 어떤 형태든 취할 수가 있다. 예를 들어, 관계 상실에 관한 두려움은 질투와 만성적인 높은 스트레스로 이어진다. 두려워하는 사고는 편집증으로 부풀거나 신경증적 방어 구조를 만들어 낼 수 있으며, 전염성이 있어서 지배적인 사회 트렌드가 될 수 있다.

두려움은 인격의 성장을 제한한다. 그리고 억제로 이어진다. 두려움 너머로 상승하는 데 에너지가 들기 때문에 억압받는 이들은 도움 없이는 더 높은 수준에 이를 수가 없다. 따라서 두려운 이들은 자신을 노예 상태에서 벗어나게 해 줄, 두려움을 정복한 듯 보이는 강한 지도자를 찾는다.

에너지 수준 125: 욕망

이 수준에는 이용 가능한 에너지가 한층 더 많다. 그러니까 욕망은 경제를 포함한 방대한 영역의 인간 활동에 동기를 부여한다. 광고주들은 본능적 충동과 연결되는 욕구로 우리를 프로그램하기 위해 우리의 욕망을 이용한다. 욕망은 목표를 성취하거나 보상을 얻기 위해 엄청난 노력을 쏟도록 우리를 움직인다. 돈이나 위신, 권력에 대한 욕망은 많은 이의 삶을 움직이는데, 이들은 자신을 제한하는 지배적 삶의 주제인 두려움을 넘어선다.

욕망은 또한 중독의 수준이며, 거기서는 욕망이 삶 자체보다 더 중요한 갈망이 된다. 욕망의 희생자들은 사실상 자기 동기의 기반을 알아차리지 못할 수도 있다. 몇몇 사람은 관심받으려는 욕망에 중독되고 끊임없는 요구로 다른 이들을 쫓아 버린다. 성적으로 인정받으려는 욕망이 화장품 산업, 패션 산업, 영화 산업 전반을 만들어 냈다.

욕망은 축적, 탐욕과 관련이 있다. 욕망은 계속 진행하는 에너지장이기 때문에 만족할 줄 모른다. 그래서 한 가지 욕망의 충족은 다른 무언가에 대한 불만족스러운 욕망으로 대체될 뿐이다. 억만장자들은 더욱더 많은 돈을 획득하는 데 여전히 사로잡혀 있다.

하지만 욕망은 확실히 무감정이나 슬픔보다는 훨씬 높은 상태이다. '얻기get' 위해서, 당신은 우선 '원할want' 에너지가 있어야 한다. TV는 억압당하는 많은 사람에게 큰 영향을 미쳤다. 원하는 것들을 주입시켜 그들이 무감정에서 나와 더 좋은 삶을 추구하기 시작할 만큼 욕망에 에너지를 불어넣기 때문이다. 원함want은 사람들이 성취를 이루는 길을 나서도록 한다. 따라서 욕망은 더 높은 의식 수준들을 향한 발판이 될 수 있다.

에너지 수준 150: 분노

비록 분노가 살인과 전쟁으로 이어질 수도 있지만, 하나의 에너지 수준으로서 그 수준 자체 안에서 분노는 그 아래 수준들에 비해 죽음과는 아주 동떨어져 있다. 분노는 건설적인 행위로도 혹은 파괴적인 행위로도 이어질 수가 있다. 무감정과 슬픔에서 벗어나고 삶의 방식으로서의 두려움을 극복하면서 사람들은 원하기 시작한다. 욕망은 좌절로 이어지고 차례로 분노로 이어진다. 따라서 분노는 억압된 이들이 결국 자유로 상승하게 하는 지렛대의 받침점이 될 수 있다. 사회의 부당함, 부당한 취급, 불평등에 대한 분노는 사회 구조의 주요 변화들로 이어졌던 큰 운동을 만들어 냈다.

하지만 분노는 매우 자주 분개나 복수로 자신을 표현하기에 격해지기 쉽고 위험하다. 분노가 생활 방식인 사례에는 과민하게 폭발하는 사람들의 경우가 있다. 이들은 무시에 지나치게 예민하며 '불의 수집가injustice collectors'가 되거나 걸핏하면 싸우는, 호전적이고 소송하기를 좋아하는 사람이 된다.

분노는 좌절된 원함에서 기인하므로, 분노는 자신보다 아래에 있는 에너지 장인 욕망에 기반을 둔다. 좌절은 욕망하는 것들의 중요성을 과장하는 데서 일어난다. 분노한 사람은 좌절한 유아처럼 격노하게 될 수도 있다. 분노는 쉽게 증오로 이어지며, 증오는 개인 삶의 전 영역을 부식시키는 영향을 미친다.

에너지 수준 175: 자부심

175로 측정되는 자부심에는 미 해병대를 운영하기에도 충분한 에너지가 있다. 자부심은 오늘날 많은 사람들이 열망하는 수준이다. 더 낮은 에너지 장과는 대조적으로 사람들은 이 수준에 이를 때 긍정적으로 느낀다. 이러한 자존감의 상승은 더 낮은 의식 수준들에서 경험되는 모든 고통을 달래 주는 진통제이다. 자부심은 좋아 보이며, 그 사실을 안다. 즉 자부심은 삶의 행진 속에서 스스로를 뽐내며 걷는다. 자부심은 수치심이나 죄책감, 두려움에서부터 충분히 떨어져 있다. 예를 들어 빈민가의 절망에서 해병대가 되는 자부심으로 상승하는 것은 막대한 도약이다. 이처럼 자부심은 대개 평판이 좋고 사회적으로 장려되지만 우리가 의식 수준 도표에서 보듯이 여전히 임계 수준 200 아래에 있을 만큼 충분히 부정적이다. 자부심이 단지 더 아래에 있는 수준들과 대조할 때만 좋게 느껴지는 이유가 이것이다.

우리 모두가 알다시피 문제는 "교만pride이 패망의 선봉."이라는 점이다. 자부심은 방어적이고 취약한데 이는 외부 조건에 의존하고 있기 때문이다. 외부 조건이 없다면 자부심은 갑자기 더 낮은 수준으로 되돌아갈 수 있다. 팽창된 에고는 공격에 취약하다. 자부심은 약한 상태로 머무는데, 자부심이 꺾이면서 수치심으로 돌아갈 수 있기 때문이다. 이는 자부심 상실에 관한 두려움에 불을 지피는 위협이다.

자부심은 분열을 낳고 파벌을 일으키며, 따라서 그 귀결은 값비싸다. 인간은 늘 자부심을 위해 죽었다. 민족주의라고 하는 자부심을 견지하기 위해 군대는 아직도 정기적으로 서로를 학살한다. 종교적 전쟁과 정치적 테러리즘, 광신, 그리고 중동과 중앙 유럽의 끔찍한 역사는 모두 사회가 치르는 자부심의 대가다.

따라서 자부심의 그늘진 면은 오만과 부인denial이다. 이런 특성들은 성장을 가로막는다. 즉 자부심에서는 중독으로부터의 회복이 불가능한데, 감정 문제나 성격 결함을 부인하기 때문이다. 부인denial에 관한 모든 문제가 자부심의 문제이다. 따라서 자부심은 진정한 힘power을 획득하는 데 아주 큰 장애물이다. 진정한 힘은 진짜 위상과 위신으로 자부심을 대체한다.

에너지 수준 200: 용기

200 수준에서 사실상 처음으로 힘power이 나타난다. 우리가 200 미만인 어떤 에너지 수준으로 피험자들을 시험할 때, 그들 모두가 약해지는 것을 손쉽게 발견할 수 있다. 모든 사람은 생명을 지지하는 200을 넘는 장들에 반응하여 강해진다. 이는 생명에 미치는 영향이 긍정적인지 부정적인지를 구별해 주는 임계 수준이다. 용기의 수준에서는 진정한 힘power에 도달하는 일이 일어나며 그러므로 용기는 힘을 부여하는 수준이기도 하다. 이는 탐구와 성취, 꿋꿋함,

결단의 구역이다. 더 낮은 수준들에서는 세상이 어쩔 수 없고, 슬프며sad, 무섭고, 좌절을 준다고 여겨진다. 하지만 용기의 수준에서 삶은 흥미진진하고, 도전적이며, 자극을 주는 것으로 여겨진다.

용기는 기꺼이 새로운 것을 시도하고 기꺼이 삶의 부침을 다루는 자발성을 내포한다. 힘을 부여하는 이 수준에서 사람은 삶의 기회에 응하여 이를 효과적으로 처리할 수 있다. 예를 들어 200에서는 새로운 직무 기술을 배우기 위한 에너지가 있다. 성장과 교육은 달성 가능한 목표가 된다. 두려움이나 성격 결함을 직면할 능력이 있고 그러한 결함에도 불구하고 성장할 능력이 있다. 불안 또한 노력을 방해하지 않는데, 더 낮은 진화 수준에서는 불안이 노력을 방해한다. 의식이 200 미만인 사람들을 좌절하게 만드는 장애물이 진정한 힘power의 첫 수준으로 진화한 이들에게는 자극제로 작용한다.

이 수준에 있는 사람들은 자신들이 받은 만큼 세상으로 에너지를 되돌려 놓는다. 반면, 더 낮은 수준들에서, 개인뿐 아니라 집단들은 사회로부터 에너지를 소모시키며 돌려주지 않는다. 성취가 긍정적 피드백을 낳기 때문에, 보상과 존중은 점차적으로 스스로를 강화하게 된다. 이곳이 생산성이 시작되는 곳이다. 인간 의식의 집단적 수준은 여러 세기 동안 190에 머물렀다가 묘하게도 1980년대가 되어서야 200 너머로 도약했다.

에너지 수준 250: 중립

우리가 중립적이라고 일컫는 수준에 도달할 때 에너지는 매우 긍정적이게 된다. 왜냐하면 더 낮은 수준들의 특징이 되는 위치성positionality에서 풀려나는 것이 중립의 전형이기 때문이다. 250 미만에서, 의식은 이분법을 보는 경향이 있고, 경직된 위치들을 보이는 경향이 있는데 그것은 흑과 백이 아닌 복잡하고 많은 요소로 이루어진 세상에서 장애물이다.

그러한 위치를 취하는 것은 양극화를 창조하고 양극화는 결국 대립과 분열을 창조한다. 무술에서 그러하듯 경직된 상태는 약점이 된다. 즉 구부러지지 않는 것은 부러지기 쉽다. 사람의 에너지를 분산시키는 장애물이나 대립물 너머로 상승하면서, 중립 상태는 유연성을 허용하며 문제에 관해 판단적이지 않은, 현실적인 평가를 허용한다. 중립적이라는 것은 상대적으로 결과에 집착하지 않음을 의미한다. 자신의 마음대로 하지 못하는 것이 더 이상 패배시키는, 무서운, 혹은 좌절감을 주는 것으로 경험되지 않는다. 중립 수준에서 어떤 사람은 이렇게 말할 수 있다. "음 내가 이 직업을 얻지 못한다면 나는 다른 직장을 얻게 될 거야." 이는 내적 자신감의 시작이다. 즉 자신의 힘power을 감지하고 그리하여 쉽게 위협당하지 않는다. 뭔가를 증명하도록 내몰리지 않는다. 삶의 오르내림에도 자신이 유연히 대처할 수만 있다면 기본적으로 삶이 괜찮을 거라 예상하는 것은 250 수준의 전형적인 태도이다.

중립인 사람들에게는 평안한well-being 감각이 있다. 그래서 이 수준의 표식은 자신감 있게 세상을 살아가는 능력이다. 따라서 이 수준은 경험적으로 안전함safety의 수준이다. 이 수준에 있는 사람들은 어울리기 쉽고, 이들 주변에 있으면서 교제하는 것은 안전하다. 이들은 갈등이나 경쟁, 죄책감에 관심이 없기 때문이다. 이들은 편안하며 기본적으로 감정이 불안하지 않다. 이런 태도는 판단적이지 않고 다른 사람들의 행동을 통제할 욕구로는 조금도 이어지지 않는다. 이와 상응하여 중립적인 사람들은 자유를 가치 있게 여기기 때문에 통제하기가 어렵다.

에너지 수준 310: 자발성

매우 긍정적인 이 에너지 수준은 더 높은 수준들로 가는 관문으로 여길 수 있다. 예를 들어 중립 수준에서는 일을 적절히 하는 데 그치지만, 자발성 수준에서는 일을 잘하며 모든 노력이 흔히 성공한다. 성장이 빠르다. 즉 이들은 진보하도록 선택받았다. 자발성은 사람들이 삶에 대한 내적 저항을 극복하여 참여에 힘쓴다는 것을 의미한다. 측정 수준 200 미만에서 사람들은 마음이 편협한 경향이 있지만 310 수준에 이르면 마음이 크게 열린다. 이 수준에서 사람들은 진심으로 친근해지고 사회적, 경제적 성공은 자동적으로 뒤따르는 듯 보인다. 자발적인 이들은 생업을 잃었다고 해도 그다지 고민하지 않는다. 일해야 할 때는 어떤 일이든 할 것이며, 경력을 쌓거나 혼자서 자영업을 하면 되기 때문이다. 이들은 서비스업에 종사하거나 바닥에서 일을 시작한다고 품위가 떨어진다 느끼지 않는다. 이들은 자연스럽게 다른 이들에게 도움이 되고 사회의 선에 공헌한다. 또한 기꺼이 내적 문제를 직면하며 배우는 데 큰 장애물이 없다.

이 수준에서는 본래 자존감이 높은데, 인정과 감사, 보상의 형태로 사회에서 오는 긍정적 피드백에 의해 자존감이 강화된다. 자발성은 공감하며 다른 이들의 필요에 반응한다. 자발적인 사람들은 사회의 건설자이자 기여자이다. 역경을 딛고 일어서며 경험에서부터 배우는 능력으로 스스로 교정하는 경향이 있다. 자부심을 놓아 버렸기에 이들은 기꺼이 자신의 결점을 살펴보고, 기꺼이 다른 이들에게서 배움을 얻는다. 자발성 수준에서 사람들은 훌륭한 학생이 된다. 이들은 가르치기 쉬우며 사회를 위한 힘power의 상당한 근원에 해당한다.

에너지 수준 350: 받아들임

이 앎awareness의 수준에서는 주요한 변형이 일어나며 자신이 자기 삶의 경험의 근원이자 창조자라는 이해가 함께한다. 그러한 책임을 지는 것은 이 정도 진화의 특유한 것이며, 이는 삶의 위력들forces과 조화를 이루어 사는 능력을 특징으로 한다.

200 미만 수준에 있는 모든 사람은 무력한 경향이 있고 자신을 삶에 휘둘리는 희생자로 여기곤 한다. 이는 자기 행복의 근원 혹은 문제의 원인이 '저 바깥에' 있다는 신념에서 기인한다. 이 수준에서는 행복의 근원이 자신의 내부에 있다는 각성과 함께, 자기 자신의 힘power을 되찾는 거대한 도약이 이루어진다. 더 진화된 이 단계에서는 이른바 저 밖에 있는 어떤 것도 사람을 행복하게 만들 능력이 없으며 사랑은 다른 사람이 주거나 빼앗는 것이 아닌 내면으로부

터 창조되는 어떤 것이다.

받아들임은 무감정의 증상인 수동성과 혼동되지 않아야 한다. 여기서 말하는 형태의 받아들임은 삶의 방식에 따라 거기에 참여하게 해 주며 삶이 예정안을 따르게 만들려고 애쓰지 않는다. 받아들임에는 감정적 고요가 함께하고 부인denial을 초월해 지각이 넓어진다. 사람은 이제 왜곡이나 잘못된 해석 없이 상황을 본다. 즉 '전체 그림을 볼' 수 있도록 경험의 맥락이 확장된다. 받아들임은 근본적으로 균형, 조화, 적절함과 관련이 있다.

받아들임 수준에 있는 개인은 옳고 그름을 결정하는 데 흥미가 없으며 대신에 쟁점을 해결하고 문제에 관해 무엇을 할지 찾아보는 데 전념한다. 힘든 일이 불편함이나 낙담을 초래하지 않는다. 단기간의 목표보다 장기간의 목표를 우선하고, 따라서 자기 규율과 숙달mastery이 두드러진다.

받아들임 수준에서 우리는 갈등이나 대립에 의해 양극화되지 않는다. 즉 다른 사람도 우리와 똑같은 권리를 가졌음을 알며 그래서 평등을 존중한다. 낮은 수준들은 완고함을 특징으로 하는 반면 이 수준에서 사회적 다원성plurality*이 문제 해결의 한 형태로서 출현하기 시작한다. 따라서 이 수준에는 차별이나 편협함이 없다. 즉 평등이 다양성을 배제하지 않는다는 앎awareness이 있다. 받아들임은 거부하기보다 포함한다.

---

* 다원주의pluralism는 20세기 후반 정치, 사회, 문화 전반에서 등장한 개념으로 다양한 가치관, 이념, 문화 간의 다름을 인정하고 다양한 구성원의 공존을 추구하는 태도이다. ─옮긴이

에너지 수준 400: 이성

낮은 수준의 감정주의emotionalism가 초월될 때, 지성과 합리성이 전면에 나온다. 이성은 많은 양의 복잡한 데이터를 다룰 수 있고 관계, 그라데이션*, 미세한 차이의 복잡한 사항들을 이해함으로써 빠르고 정확한 결정을 내릴 수 있다. 추상적 개념들이 점차 중요해지면서 상징을 전문적으로 잘 다룰 수 있다. 이는 과학과 의학의 수준이며 개념화하고 이해하는 능력이 전반적으로 늘어난 수준이다. 지식과 교육을 가장 중요한 것으로 추구한다. 이해와 정보는 성취를 이루는 주요한 도구이고, 400 수준을 보증하는 특징이다. 노벨상 수상자들과 위대한 정치가, 대법관 들의 수준이다. 아인슈타인과 프로이트, 역사 속의 다른 위대한 사상가들 또한 이 수준으로 측정된다. '서양의 위대한 저서Great Books of the Western World' 시리즈의 저자들도 이 수준으로 측정된다.

이 수준의 결점은 '상징'과 '상징이 나타내는 것' 사이의 차이를 명확히 구별하지 못하는 것, 그리고 객관적 세상과 주관적 세상을 혼동하는 것이며, 이 혼동이 인과에 대한 이해를 제한한다. 나무를 보느라 숲을 보지 못하기 쉽고, 개념과 이론에 열중하게 되면서 결국 주지주의intellectualism에 이르러 본질적인 요점을 놓치기 쉽다. 지성화하는 그 자체가 목적이 될 수 있다. 이성은 본질을 식별하거나 복잡한 문제의 임계점을 식별할 능력을 제공할 수 없다는 점에서

---

* 색상표에서 나타나듯 경계 없이 연속적으로 이어지는 변화나 정도 — 옮긴이

제한적이다. 그리고 이성은 대개 맥락을 무시한다.

이성 그 자체로는 진실에 대한 지침을 제공하지 못한다. 이성은 방대한 양의 정보와 문서를 생산하지만 데이터와 결론의 불일치를 해결할 능력이 없다. 모든 철학적 논쟁은 그 자체로는 설득력 있게 들린다. 이성은 논리의 방법론이 두드러지는 기술 세계에서 대단히 효과적이지만 역설적으로 더 높은 의식 수준에 도달하는 데에는 중대한 장애물이다. 이 수준을 초월하는 것은 상대적으로 드문데, 오직 세계 인구의 4퍼센트만이 초월한다.

에너지 수준 500: 사랑

이 수준은 대중 매체에서 묘사되는 사랑을 의미하지 않는다. 세상이 보통 사랑이라고 언급하는 것은 강렬한 감정성인데, 이는 육체적 매력과 소유욕, 통제, 중독, 에로티시즘, 새로움이 결합한 것이다. 보통 덧없고 요동치며, 변동하는 조건에 따라 오르내린다. 이러한 감정은 그것이 좌절될 때 밑에 깔려 가려져 있던 분노와 의존성을 드러낸다. 흔히 사랑이 증오로 변할 수 있다고 하지만 이 개념에서 이야기하고 있는 것은 사랑이라기보다는 중독적 감상성과 집착에 따른 것이다. 증오는 자부심에서 기인하지 사랑에서 기인하지 않는다. 아마도 그러한 관계에서는 실제 사랑이 전혀 없었을 것이다.

무조건적이고 변하지 않으며 영구적인 사랑이 발달하는 것이 500 수준의 특징이다. 그것은 오르락내리락 변동하지 않는데, 왜냐하면 사랑을 하는 사람 내면에 있는 사랑의 근원이 외부 조건에 의존하지 않기 때문이다. 사랑함은 존재 상태state of being이다. 용서하고, 보살피고, 지지하며 세상과 관계하는 방식이다. 사랑은 지성적이지 않으며 마음에서 비롯되지 않는다. 사랑은 가슴에서 뿜어져 나온다. 사랑은 그 동기의 순수함 때문에 다른 이들을 북돋우며 위대한 업적을 달성할 역량이 있다. 이 발달 수준에서 본질을 식별하는 능력이 우세해진다. 즉 어떤 사안의 핵심에 중점적으로 초점을 두게 된다. 이성이 우회되면서, 어떤 문제의 총체성을 즉각 인식하는 능력과 맥락의 커다란 확장—특히나 시간과 과정에 관한—이 발생한다. 이성은 특정한 것을 다룰 뿐이지만, 사랑은 전체를 다룬다. 종종 직관으로 인한 것이라 여겨지는 이 능력은 순차적 기호 처리 과정에 의지하지 않고 즉각 이해하는 능력이다. 이 현상이 추상적으로 들릴 수도 있지만 실은 꽤나 구체적이다. 즉 뇌에서 측정 가능한 엔도르핀의 분비를 동반한다.

사랑은 위치를 취하지 않고, 따라서 전체적이며 위치성의 분리를 넘어선다. 그러면 '서로 함께하는' 것이 가능한데 더 이상 어떤 장벽도 없기 때문이다. 따라서 사랑은 포괄적이고 계속해서 자아 감각을 확장시킨다. 사랑은 온갖 것으로 표현되는 생명의 선함에 초점을 맞추며 긍정성을 증강시킨다. 사랑은 부정성을 공격하기보다 재맥락화하여 녹인다.

이는 진정한 행복의 수준이다. 비록 세상이 사랑이라는 주제에 매료되며, 모든 실용적 종교가 500 이상으로 측정되긴 하지만 오직 세계 인구의 4퍼센트만이 이러한 의식 진화 수준에 도달한다는 사실은 흥미롭다. 무조건적 사랑의 수준인 540에 도달하는 사람은 오직 0.4퍼센트에 불과하다.

에너지 수준 540: 기쁨

사랑이 점점 더 무조건적이게 되면서, 내면의 기쁨으로 경험되기 시작한다. 일이 즐거운 방향으로 전환되어 느끼는 갑작스러운 기쁨이 아니다. 즉 그것은 모든 활동에 끊임없이 동반된다. 기쁨은 어떤 외부적 근원에서가 아니라 존재의 매 순간 내면에서 발생한다. 또한 540은 치유의 수준이며 영적인 것에 기반하는 자조 그룹의 수준이다.

540 수준 이상은 성인saint과 영적 치유자, 진보된 영적 제자의 영역이다. 이 에너지 장의 특징은 엄청나게 인내하는 능력과 장기간의 역경을 마주하고도 긍정적 태도를 지속하는 것이다. 이 상태의 보증마크는 연민이다. 이 수준에 이른 사람들은 다른 이들에게 주목할 만한 영향을 미친다. 그들은 열린 눈으로 지속적으로 응시할 수 있고, 이는 사랑과 평화의 상태를 유발한다.

500대 후반에서 사람이 보는 세상은 절묘한 아름다움과 창조의 완벽함으로 밝게 빛난다. 모든 것이 동시성에 의해 수월히 일어나고, 세상과 그 안의 모든 것은 사랑과 신성의 표현으로 여겨진다. 개인적 의지는 신성의 의지로 녹아든다. 현존Presence이 느껴지는데, 그 현존의 힘power은 관습적으로 기대되는 현실 범위 바깥에 있는 현상들을 촉진하며 평범한 관찰자는 그런 현상을 기적적이라 일컫는다. 이러한 현상들은 에너지 장의 힘power을 나타내지 개인의 힘을 나타내는 것은 아니다.

이 수준에서 타인에 대한 책임감은 더 낮은 수준에서 보이는 것과는 다른 특성을 가진다. 자신의 의식 상태를 특정한 개인을 위해서가 아닌 생명 자체에 이롭도록 이용하려는 욕망이 있다. 많은 사람을 동시에 사랑하는 이 능력은 더 사랑할수록 더 많이 사랑할 수 있다는 발견을 동반한다.

그다음 500대 후반에 드러남revelation의 수준이 변형과 연민으로의 길을 열고 이는 황홀경과 600에 근접한 상태들로 이어진다. 이것들은 지복의 상태들이며 빛비춤 상태와 깨달음의 시작이다. 그것들은 자주 빛Light의 느낌을 동반한다. 예를 들어, '익명의 알코올 중독자들AA, Alcoholics. Anonymous'의 빌 윌슨이 영적 체험을 했을 때 방이 환히 빛났다. 그는 방이 무한한 현존Infinite Presence으로 빛났다고 말했다.(측정치 575) 600의 에너지 장에 다가가기 시작한 것이다. 그 광휘Radiance는 전 세계의 위대한 12단계 운동으로 세상 속에 퍼졌으며 이를 통해 AA는 수백만 명의 사람들을 회복시켰다.

결과적으로 변형되는 것이 특징인 임사체험에서 사람들은 540과 600 사이의 에너지 수준을 종종 경험했다.

에너지 수준 600: 평화

이 에너지 장은 초월transcendence, 참나-각성Self-realization, 신-의식God-consciousness과 같은 용어가 가리키는 경험과 연관된다. 이는 극히 드물다. 이 상태에 이를 때 주관과 객관 사이의 구별이 사라지며 지각의 특정한 중심점이 없다. 뒤따르는 지복의 상태가 일상 활동을 하지 못하게 하기에, 이 수준에 있는 개인들은 흔히 스스로 세상에서 물러난다. 어떤 이들은 영적 스승이 되고 어떤 이들은 인류의 향상을 위해 익명으로 일한다. 몇몇은 각자의 분야에서 위대한 천재가 되어 사회에 커다란 기여를 한다. 이러한 사람들은 성자와 같으며, 결국에는 성자로 공식 지정될 수도 있다. 하지만 이 수준에서 보통 공식 종교formal religion는 초월되고 모든 종교의 기원이 되는 순수 영성으로 대체된다.

600 이상의 수준에서 지각이 슬로우모션―시공간상 천천히 움직이며 떠 있는―으로 일어나는 것으로 때때로 보고된다. 그렇지만 아무것도 정지되어 있지는 않으며 전부 살아서 빛난다. 이 세상은 다른 이들이 보는 세상과 똑같은 세상이긴 하지만, 그 의의와 근원이 압도적인, 절묘하게 조율된 진화적 춤 속에서 계속해서 흐르고 진화하게 되었다. 이 놀라운 드러남은 비합리적으로 일어나고 그래서 마음에 무한한 침묵이 자리하며 개념화를 중단시켰다. 목격하고 있는 것과 목격되고 있는 것이 동일한 정체성을 띤다. 즉 관찰자는 풍경 속으로 녹아들고 관찰의 대상과 동일해진다. 무한하고 절묘하게 부드러운, 하지만 바위처럼 굳건한 힘power의 현존Presence에 의해서 모든 것이 다른 모든 것과 연결된다.

600과 700 사이로 측정되는 위대한 미술 작품과 음악, 건축물은 우리를 일시적으로 더 높은 의식 수준들로 데려갈 수 있으며 또한 영감을 주고 시대를 초월하는 것으로 널리 인정받는다.

에너지 수준 700~1000: 깨달음

이는 역사상 위대한 이들의 수준이다. 그들은 영적 패턴들을 창안했고 수많은 사람이 여러 시대에 걸쳐 그것을 따랐다. 전부가 신성Divinity과 연관되며, 종종 그들은 신성과 동일시된다. 이 수준은 강력한 영감의 수준이다. 즉 이러한 존재들은 여러 시대에 걸쳐 모든 인류에게 영향을 미치는 끌개 에너지 장들을 자리 잡게 한다. 이 수준에서는 다른 이들과는 분리된, 개인적이고 사적인 자아를 더 이상 경험하지 않는다. 오히려 의식Consciousness과 신성Divinity을 참나Self와 동일시한다. 나타나지 않은 것The Unmanifest은 마음 너머의 참나Self로 경험된다. 이러한 에고의 초월은 또한 다른 이들에게 본보기가 되어, 마침내 어떻게 그것이 달성될 수 있는지 가르쳐 준다. 이는 인간 영역에서 의식 진화의 정점이다.

위대한 가르침들은 대중을 고양시키고 전 인류의 앎awareness 수준을 끌어 올린다. 그런 비전을 갖는 것을 은총이라고 하는데, 은총이 가져다주는 선물은 언어를 넘어 형언할 수 없다고 묘사되는 무한한 평화이다. 이 수준의 각성에서 사람의 존재 감각은 모든 시간과 모든 개인성을 초월한다. 더 이상 육체를 '나me'로 동일시하는 일이 없고, 따라서 육체의 운명에 아무 관심이 없다. 몸은 단지 마음의 중재를 통한 의식의 도구로 여겨질 뿐이며 그 주요한 가치는 의사소통을 하는 것이다. 자아는 참나 속으로 다시 녹아든다. 이는 비이원성 혹은 완전한 하나임Oneness의 수준이다. 거기에는 의식의 국소화가 없다. 즉 앎awareness은 모든 곳에 똑같이 현존한다.

깨달음 수준에 이른 개인들을 묘사한 훌륭한 미술품들에서는 특징적으로 손바닥이 축도祝禱를 방사하는 무드라라고 하는 특정 손 자세를 한 스승이 보인다. 이는 인류 의식에 이 에너지 장을 전송하는 행위이다. 신성의 은총인 이 수준은 1000까지로 측정되는데, 1000은 기록된 역사 속에 살았던 누구든 그들이 이를 수 있었던 가장 높은 수준이다. 즉 '주Lord'라는 칭호가 적절한 위대한 화신들, 주 크리슈나, 주 붓다, 주 예수 그리스도의 수준이다.

의식 수준들이 어떻게 인간의 행동을 결정하는지 보여 주는 일상의 사례

의식 지도에서, 두 가지 임계 받침점은 큰 진보를 허용한다.

1. 첫 번째는 처음 힘을 부여하기 시작하는 200 수준에 있다. 여기에서 비난하기를 그만두려는 자발성과 자기 자신의 행동과 느낌, 신념에 대한 책임을 받아들이려는 자발성이 발생한다. 원인과 책임이 자신의 바깥에 투사되는 한, 사람은 무력한 피해자 모드에 머물러야 한다. 분명 우리의 행복과 번영, 영적 에너지를 증가시키는 유일한 방법은 더 높은 의식 수준으로 이동하는 것이다. '저 바깥에 있는' 행복(소유물, 인정, 상賞, 학위 등)을 끝없이 추구하는 것은 지속적인 행복을 전혀 가져오지 못한다. 행복은 의식 진보의 자동적인 부산물이다.
2. 두 번째는 500 수준에 있는데, 사랑과 비판단적 용서를 하나의

생활 방식으로 받아들이고 모든 사람과 사물, 사건에 *예외 없이* 무조건적 친절을 행함으로 도달한다.(12단계 회복 그룹에서는 정당한 분개와 같은 것은 없다고 말한다. 누군가가 "당신에게 잘못을 했다."고 할지라도 당신은 여전히 자신의 반응을 선택하고 분개를 놓아 버릴 자유가 있다.) 이것에 전념하면 지각이 진화하면서 당신은 좀 더 온건한, 다른 세상을 경험하기 시작한다.

아래 도표에서 볼 수 있듯, 우리 연구는 의식 수준이 수많은 사회적 변수와 개인의 행동을 결정하는 요인임을 보여 준다.

의식 수준들과 사회적 문제의 상관관계

의식 수준	실업률	빈곤율	행복률 ("인생은 괜찮다")	범죄율
600 +	0%	0.0%	100%	0.0%
500~600	0%	0.0%	98%	0.5%
400~500	2%	0.5%	79%	2.0%
300~400	7%	1.0%	70%	5.0%
200~300	8%	1.5%	60%	9.0%
100~200	50%	22.0%	15%	50.0%
50~100	75%	40.0%	2%	91.0%
〈 50	97%	65.0%	0%	98.0%

예시를 통해 의식 수준들이 가지는 결정 효과를 더 잘 이해하려고 해 보자. 소위 부랑자라고 하는 이가 길모퉁이에 있는 걸 상상해 보라.

큰 도시에 부유층이 사는 지역에서, 누더기를 입은 나이 든 어떤 남자가 갈색 돌로 지은 세련된 집 모퉁이에 기대어 혼자 서 있다. 다양한 의식 수준들의 관점으로 그 남자를 살펴보고, 그가 어떻게 다르게 보이는지 그 차이에 주목해 보라.

척도 밑바닥의 20 수준(수치심)에서, 부랑자는 더럽고 역겹고 수치스럽다. 30 수준(죄책감)에서 부랑자의 상태는 그 자신의 탓일 것이다. 그는 그럴 만하니까 그런 것이다. 그러니까 그는 아마도 사회 보장 복지 혜택을 이용해 먹는 게으른 사기꾼일 것이다. 50(무감정)에서 그의 처지는 절망적으로 보일 수 있고, 이는 사회가 노숙자 상태에 대해 아무것도 할 수 없다는 것을 증거한다. 75(슬픔)에서는 나이 든 남자는 비극적이고 의지할 데 없으며 고독해 보인다.

의식 수준 100(두려움)에서 우리는 그 부랑자를 사회적으로 위협적인 골칫덩이로 여길 수도 있다. 그가 어떤 범죄를 저지르기 전에 어쩌면 우리는 경찰을 불러야 할 수도 있다. 125(욕망)에서 그는 불만스러운 문제를 나타낼 수도 있다.—어째서 누군가 조치를 취하지 않는 거지? 150(분노)에서 나이 든 남자는 폭력적으로 보인다. 아니면 다른 한편으로, 그러한 상태가 존재한다는 사실에 격분할 수도 있다. 175(자부심)에서 그는 골칫거리로 보일 수 있고 혹은 잘 살려는 자기 존중이 부족하다고 여겨질 수 있다. 200(용기)에서 우리는 지역 노숙자 쉼터가 있는지를 의욕적으로 알아볼 수 있다. 그에게는 직업과 거주지만 있으면 된다.

250(중립)에서 부랑자는 괜찮게 보이고 심지어 재미있어 보일 수도 있다. 우리는 "우리도 살고 남도 살리자.Live and let live"라고 말할 수 있다. 결국에 그는 누구도 다치게 하지 않을 것이다. 310(자발성)에서 우리는 그곳으로 내려가서 그의 용기를 북돋기 위해 뭘 할 수 있는지 알아보려고 할 수도 있고, 혹은 지역 구호 시설에서 얼마간 자원봉사를 할 수도 있다. 350(받아들임)에서 모퉁이의 그 남자는 아주 흥미롭게 보인다. 그는 아마도 들려줄 만한 재미있는 이야기가 있을 것이다. 즉 그가 거기 있는 이유는 우리가 전혀 이해하지 못하는 것일 수도 있다. 400(이성)에서, 그는 현재의 경제적, 사회적 침체 사태의 징후이며 혹은 어쩌면 정부 보조금을 받을 수 있는, 깊이 있는 심리학 연구를 위한 좋은 연구 대상일 수도 있다.

더 높은 수준에서 그 나이 든 남자는 흥미로울 뿐 아니라 친근하게, 심지어는 사랑스럽게 보이기 시작한다. 그러면 우리는 그가 사실상 사회적 한계를 초월하여 자유로워진 사람이라고 볼 수도 있다. 얼굴에 세월의 지혜와 물질적인 것들에 무관심한 데서 오는 평온함을 지닌, 기쁨에 찬 노인으로 말이다. 600(평화) 수준에서 부랑자는 일시적으로 표현된 우리 자신의 내적 자아임이 드러날 것이다.

그 나이 든 남자에게 다가가면, 그 역시 이렇게 각기 다른 의식 수준들에 대하여 다양하게 반응할 것이다. 그는 어떤 사람들은 안전하게 느끼고, 어떤 사람들은 무섭게 느끼거나 그들에게 풀이 죽게 될 것이다. 어떤 이들은 그를 화나게 할 것이고 어떤 이들은 그를 아주 기쁘게 할 것이다. 따라서 그는 어떤 이들은 피할 것이고 어떤 이들은 기쁨으로 맞이할 것이다.(그러므로 우리가 마주하는 것은 사실상 거울이다.)

우리의 의식 수준이 우리가 보는 것을 결정하는 방식에 대해서는 이쯤 해 두자. 이와 마찬가지로, 우리 앞의 현실에 그러한 심상 구조construct가 놓이기에, 자신의 관찰이 비롯되는 수준에 의해 예견되는 방식으로 우리가 반응하리라는 점 또한 진실이다. 외부 사건들이 조건을 규정할 수는 있지만 인간이 반응하는 의식 수준을 결정하지는 않는다. 우리는 좀 더 사실적인 상황인 현재의 형벌 제도를 예로 들 수 있다.

극도로 스트레스 받는 환경에 동일하게 놓인 각각의 수감자들은 의식 수준에 따라서 엄청 다양한 방식으로 반응한다. 척도상 의식이 가장 낮은 쪽에 있는 재소자들은 때때로 자살을 시도한다. 누군가는 정신병 증상을 보이고 다른 누군가는 망상 증상을 보인다. 같은 상황의 누군가는 낙심에 빠지며 말을 잃고 먹지 않는다. 또 다른 누군가는 슬픔의 눈물을 숨기려고 손으로 머리를 감싸 쥐고 앉아 있다. 편집증적 방어성을 포함하여 두려움을 경험하는 일은 매우 흔하다. 똑같은 독방棟의 또 다른 재소자들은 더 많은 에너지를 가지고 있어 격노하며 폭력적이고 공격적이게 되어 살인에까지 이른다. 자부심은 어디에나 있으며, 남자다움을 으스대며 허풍을 떠는 형태와 우위를 차지하려고 투쟁하는 형태를 보인다.

이와는 대조적으로 어떤 수감자들은 어째서 자신이 거기 있는지, 그 진실을 마주할 용기를 발견하고 자신의 내적 삶을 정직하게 살펴보기 시작한다. 그냥 '힘든 상황에도 잘 맞춰 가며' 몇 가지 읽을거리를 완독하려 하는 이들도 항상 있다. 받아들임 수준에서, 우리는 도움을 구하고 지지 단체support groups에 가입하는 재소자들을 본다. 때로는 수감자가 배우는 데 새로운 관심을 갖고, 교도소 도서관에서 공부하기 시작하거나 교도소 변호인*이 되는 것도 드문 일은 아니다.(역사적으로 가장 영향력 있는 정치 도서 몇몇은 철창 속에서 쓰였다.) 몇몇 재소자는 의식의 변형을 거치며 동료들의 애정 어리고 너그러운 간병인이 된다. 높은 에너지 장에 정렬된 재소자가 영적으로 깊어지거나 심지어 적극적으로 깨달음을 추구하는 것은 전례 없는 일이 아니다.

앞의 사례에서 이것만은 꼭 알았으면 한다. 우리가 어떻게 반응하는가는 우리가 반응하고 있는 세상처럼 보이는 것에 달려 있다. 우리가 무엇을 보는지, 어떤 사람이 되는지는 모두 지각에 의하여 결정되며, 단순히 지각이 지각적, 경험적 세상을 창조한다고 할 수 있다.

의식 지도를 관상하는 것은 우선 진보를 막는 주요 장애물인 인과에 대한 믿음부터 시작해서, 인간 삶의 핵심 영역에 대한 당신의 이해를 변형시킬 수 있다. 당신의 의식 수준과 함께 지각 자체가 진화하면서 세상이 원인의 영역이라고 부르는 것이 사실상 결과의 영역임이 명백해진다. '저 바깥의' 어떤 것도 당신 삶의 경험을 초래하지 못하고 오히려 '이 안에' 있는 것이 그렇게 하는데, 당신 삶에서 작용하는 에너지 장이 그것이다. 자신의 지각의 귀결에 책임

---

* 수감자의 권리 등의 법률에 밝은 수감자—옮긴이

을 지면서 당신은 희생자 역할을 초월할 수 있고 '저 바깥의 어떤 것도 당신을 휘두를 힘이 없다.'는 이해에 이를 수 있다. 삶의 사건들이 아니라 당신이 사건들에 반응하는 방식이나 그것들을 대하는 태도가 그 사건들이 당신 삶에 긍정적 영향을 미칠지 부정적 영향을 미칠지를 결정하고, 기회로 경험될지 스트레스로 경험될지를 결정한다. 어떤 것도 그 자체로는 스트레스를 '창조'할 힘power을 가지고 있지 않다. 어떤 사람에게는 혈압을 상승시키는 시끄러운 음악이 다른 이에게는 기쁨의 원천일 수 있다. 원치 않았다면 이혼이 정신적 외상일 수도 있지만, 바랐던 것이라면 자유로운 해방일 수도 있다. 따라서 당신 삶의 경험을 변화시키는 유일한 방법은 높은 에너지의 끌개 패턴과 정렬하여 당신의 의식을 진화시키는 것이다.

문답

문: 어떤 사람이 아주 좋은 상태에 있다가 한순간 정말로 엉망인 상태가 되는 것이 어떻게 가능한가요?

답: 그것을 인간 존재being human라고 합니다! 우리를 인간으로 만드는 전전두엽 피질은 오래된 동물 뇌에 덧붙여진 것입니다. 파충류 뇌가 여전히 작동하기에 당신이 파충류 뇌를 선택한다면 코모도드래곤처럼 순식간에 죽일 수 있는 킬러가 될 수도 있습니다. 당신은 파충류 뇌에 반응하지 않는 법을 배워 왔지만 죽이려는 그 충동은 다른 원시적 충동들처럼 여전히 올라옵니다. 누군가 도로에서 앞에 끼어들 때 당신의 살인 충동에 주의를 기울이세요.

감정적인 면에서 대부분 사람들은 폭넓게 경험합니다. 당신의 의식 수준이 어떤 좋은 수준에 있다가도 갑자기 죄책감, 수치심, 슬픔, 두려움, 욕망, 분노 등으로 들어갑니다. 이것들은 금세 사라집니다. 당신의 전반적인 의식 수준이 지배적이긴 하지만 그 의식 수준이 개인의 무의식으로부터 올라오는 감정의 범위를 차단하지는 않습니다. 그중 몇몇은 당신이 세상에 투사했던 것입니다. 이제 당신은 영적 책임을 지기 때문에, 문득 그것들에 대해 죄책감을 느낍니다. 하지만 그건 죄책감의 에너지를 일시적으로 처리하는 것입니다. 즉 당신의 의식이 죄책감 수준으로 내려갔다는 걸 의미하지는 않습니다!

또 다른 고려사항은 새로운 패턴에 동화되어 그것으로 성장하는 데는 시간이 걸린다는 것입니다. 너무 많이 너무 빠르게 변화하려는 것은 매우 파괴적일 수 있기 때문에 그러기보다는 그것과 함께 성장하면서 그것이 일종의 자리를 잡게 하는 것이 좋습니다. 각 개인은 자신의 능력, 자신의 의도, 자신의 준비됨, 자신의 카르마적 무르익음에 맞추어 성장합니다. 그리고 당신은 그 속도가 어떠한지 알지 못합니다.

문: 어떤 사람이 의식 지도 전체를 오르락내리락한다고 느끼는 것은 정상인가요?

답: 대부분의 영적 구도자는 절망에서 기쁨 혹은 심지어 황홀경에까지 이르는 다양한 단계를 통과합니다. 또한 아무것도 일어나지 않는 듯 보이는 긴 기간이 있고, 자신이 아무런 진전도 없다고 느낄

수도 있습니다. 이런 기간 사이사이에 침체와 좌절, 자기 비난, 심지어 희망 없음처럼 보이는 시기들이 있습니다. 전반적 과정 안에서 이 기간들은 모두 정상입니다. 인내와 봉헌은 당신이 끝까지 헤쳐 나가게 해 줍니다. 만약 진정한 스승이나 헌신적인 그룹을 구할 수 있다면 그 길은 더 쉬워집니다.

당신은 또한 '사랑은 사랑의 반대되는 것을 불러일으킨다.'는 것을 발견하게 될 텐데, 그래서 무조건적으로 사랑하려는 바로 그 의도가 초월되어야 할 장애물(질투, 분개, 성급함 등)을 내어놓습니다. 사랑과 평화는 '에고'에게 가장 큰 위협이며, 무의식 속에 숨어 단단히 자리 잡은 위치성들에 의지하여 에고는 스스로를 방어합니다. 이러한 사랑하지 않는 태도들은 생존을 지향하는 생물학적 동물 뇌로부터 어린 시절 발생했고, 잘 알려진 심리학적 메커니즘인 억압, 부인, 억제, 반동 형성, 투사, 합리화를 통한 부모와 사회의 압력에 의해 강제로 숨겨집니다. 카를 구스타프 융은 인격의 거부된 부분들을 나타내기 위해 그림자라는 단어를 만들었는데, 그것들은 심리학적 발달 과정 속에서 인정되고 연구되어야 합니다.

당신이 더 사랑하게 되기를 열망하는데, 이러한 부정성들이 무의식에서 분출되면 혼란스러울 수 있습니다! 당신은 진화하는 데 헌신한 귀결로 이러한 부정성들을 마주한다는 것을 예상할 수 있습니다.

열망자에게는 알려지지 않은 과거 카르마 또한 영향력 있는 요인입니다. 그러므로 당신은 경험의 시기와 세부 사항에 관해서 다른 이들과 비교할 수 없습니다. 의식 지도에서 상승하고 더 큰 에너지에 접근하게 되면서 당신은 부정적 카르마를 불러와 처리할 권리를 얻을 수 있고, 따라서 재정적 어려움, 병, 다른 예견할 수 없는 도전들을 겪을 수도 있습니다. 따라서 역행처럼 보이는 것이 실제로는 진화할 기회입니다.

문: 사람의 의식을 상승시키는 최선의 방법은 무엇인가요?

답: 일관성constancy입니다. 열의로 하다가 말다가 하는 것보다는 일관성과 지속성이 효과적인 영적 노력입니다. 영적 진화의 각 상태는 자기 보상적이고 만족을 주며 자체로 완전합니다. 이전의 괴로웠던 순간이 노력할 가치가 있었던 것으로 밝혀집니다.

그리고 겸손함입니다. 의식 수준의 큰 도약에는 항상 나는 안다라는 환상illusion을 내맡기는 일이 선행합니다. 따라서 당신은 비밀스럽게 나는 안다고 생각하는 걸 기꺼이 놓아 버려야 하고 "나는 모른다."고 말해야 합니다. 흔히, 이런 변화하고자 하는 자발성에 이르는 유일한 길은 사람들이 '바닥을 치는' 때입니다. 즉 행동할 방안들이 끝까지 다 떨어져서 헛된 신념 체계가 패배하는 때에 말이죠. 빛은 닫힌 상자에 들어올 수 없습니다. 그러니까 재앙의 긍정적인 면은 더 높은 앎awareness 수준이 들어오도록 열어 주는 것일 수 있습니다. 삶을 스승으로 본다면 그때 삶이 바로 그렇게 됩니다. 삶의 고통스러운 교훈이 겸손을 통해 성장과 발달의 관문으로 변모되지 않는다면, 그것들은 허비됩니다.

문: 당신은 의식을 측정하는 행위만으로 의도에 의해서 무언가의

측정치를 변화시킨다고 말했습니다. 어떻게 그것이 가능한가요?

답: 우리는 200 이상인 사람들이 사랑임lovingness에서부터 무언가를 관찰할 때, 그들이 이미 그것의 측정된 의식 수준을 어느 정도 상승시킨다는 것을 발견했습니다. 예를 들어, 우리가 어떤 것이나 누군가를 사랑스럽다고 여길 때, 204였던 측정치가 310 정도로 도약할 것입니다. 이것이 무엇을 의미하는지 아시겠나요? 당신은 밖으로 나가서 화려한 일을 할 필요가 없습니다. 모든 존재의 성스러움을 그저 목격하고, 모든 생명에게 공경과 선의를 가지고 다가가세요. 그렇게 함으로써 당신은 하이젠베르크 원리에 의해 세상을 변화시킵니다. 하이젠베르크 원리에서는 뭔가를 관찰하는 것이 그것을 변화시킨다고 진술합니다. 우리가 고양이의 갸르릉거림을 살펴보기 전에는 그것이 500인지 모르지만, 이제 그것은 500입니다.

관찰자의 의식 수준이 더 높을수록 관찰된 것에 미치는 영향이 더 큽니다. 우리가 집단적으로 하고 있는 작업*을 관찰하는 것만으로 우리는 측정된 의식 수준과 사회의 많은 부분을 실제 변화시켜 왔습니다. 우리가 사랑스럽게 바라보는 모든 것은, 심지어 코모도드래곤까지도 그 측정치를 상승시킵니다. 녀석은 그저 자신인 바what he is로 있는 매우 훌륭한 코모도드래곤일 뿐입니다. 매우 훌륭한 코모도드래곤은 정확하게 단 한 번 깨물어서 당신을 잡아먹을 수 있습니다! 인상적이지요. 그리고 우리는 창조Creation의 펼쳐짐—그 안에서 모든 것이 궁극적인 것the Ultimate에 봉사합니

---

* 강연(2005년 8월 SERENITY, CD2 28분 27초)에서 호킨스 박사가 한 말로 '집단적 작업'은 강연을 의미할 수 있다. —옮긴이

다.—속에서 신성의 표현인 코모도드래곤의 사랑스러움을 봅니다.

세상은 우리가 마음에 품은 것이 되어 갑니다.* 그리고 만약 그것이 사랑으로 의도된다면 매우 강력합니다. 당신이 가지고 다니면서도 몰랐던 그 모든 힘power을 살펴보세요! 그래서 우리가 바라보는 모든 것이 그 자신으로 있음에 그것을 용서하며 사랑하고 그 성스러움을 목격한다면, 그리고 그것을 진화상 어떤 수준에 있는 진화의 표현으로 여기며 어떤 궁극적 목적에 봉사함을 목격한다면, 그러면 우리의 관찰은 그것에 영향을 미칩니다.

자연 채널에 나오는 악어를 보면 분명하게 이해될 것입니다. 당신이 영성에 관해 많은 것을 배우고 싶다면 그냥 자연 채널을 시청하세요. 왜냐하면 자연 속에서 당신은 어떤 편견 없이 세상을 보기 때문입니다. 해변에 하마와 악어가 있습니다. 하마는 악어에게 일종의 모성 본능을 가집니다. 그러니까 하마가 아니라면 누가 악어를 사랑할 수 있을까요? 하마를 제외한 모두가 악어를 두려워합니다. 대부분의 다른 동물들보다 하마는 매년 사람들을 더 많이 죽입

---

* 원강연(2005년 8월 SERENITY CD2 28분 27초) 내용은 다음과 같다. "우리가 집단적으로 하고 있는 작업을 관찰하는 것만으로 우리는 측정된 의식 수준과 사회의 많은 부분을 실제 변화시켜 왔습니다. 대단한 일 아닌가요? 그래서…… 우리가 사랑스럽게 바라보는 모든 것이…… 코모도드래곤이 어떻게 지내는지 봅시다. (청중 웃음) 음 저는 코모도드래곤을 살펴보고 싶습니다. 녀석은 그저 자신인 바로 있을 뿐입니다. 훌륭한 코모도드래곤으로 말이죠. 물론 녀석은 모든 것을 먹어 치웁니다. 훌륭한 코모도드래곤은 40으로 측정됩니다. (긍정 반응) 사랑스러운 코모도드래곤은 45 이상으로 측정됩니다. (긍정 반응), 48 (부정 반응), 47 (긍정 반응). 신성의 표현, 창조의 펼쳐짐으로써 코모도드래곤의 사랑스러움을 보며, 그래서 우리가 창조의 펼쳐짐을 목격하고 그 근원이 신성임을 인정하면서 우리는 이미 이 세상 속에 있는 모든 것의 수준을 상승시킵니다. 와우! 그래서 이 세상은 우리가 마음에 품은 것이 되어 갑니다. 저항하세요. (긍정 반응) 와우. 당신이 가지고 다니면서도 몰랐던 그 모든 힘을 살펴보세요! 아시겠나요?" ─옮긴이

니다. 하지만 하마조차도 악어에게 마음 쓰는 능력이 있습니다. 하마는 악어에게로 가서 살짝 밀치고 심지어 핥기도 합니다. 악어가 편안하도록 말이죠. 어떻게 하마가 악어를 향해 모성 본능을 가질 수 있을까요? 녀석들은 수천 년에 걸쳐 친구가 되었던 듯 보입니다. 악어는 실룩거리고, 하마는 악어가 행복할 때까지 밀어젖힙니다. 악어를 핥는 걸 상상해 보세요. 자, 거기에는 어떤 사랑과 받아들임이 있습니다! 우리는 좀 더 하마처럼 되어야 하며, 그래서 세상이 호모 끔찍이*Homo horribilis*로 멸시하는 모든 것에 보살피는 마음을 가집니다.

2004년에 우리가 『진실 대 거짓』을 위해 측정했던 몇몇 측정치가 단지 우리가 그것들을 측정했던 귀결로 변했습니다. 진화하고 있음을 우리가 단지 알아차리는 것에 의해 어떻게 의식이 진화하는지 아시겠나요?* 진실을 알려는 욕망은 우리에게로 진실을 끌어당기는 경향이 있습니다. 당신의 의식 수준이 더 높을수록 당신의 사랑임lovingness이 더 커지며, 따라서 당신의 관찰과 의도의 영향도 더 커집니다.

---

* 원강연(2005년 8월 SERENITY CD2 33분 20초) 내용은 다음과 같다. "따라서 몇몇 불일치는…… 이 작업은 몇 년에 걸쳐서 이루어졌습니다. 『진실 대 거짓』의 측정치들은 2003년에서 2005년 초반까지 측정되었습니다. 몇몇 측정치는 그걸 자각하지 못한 채 단지 우리가 그것을 측정한 귀결로 변했습니다. (근육테스트 시행) 저항하세요. (긍정 반응) 좋습니다. 그래서 우리는 오늘 점심에 막 그게 어떤 일이었는지를 알았습니다. 제가 진화한다고 말하는 것이 그것입니다. 진실을 알고자 하는 인간의 욕망이 그에게로 진실을 끌어당기는 경향이 있습니다. 아시겠나요? 왜냐하면 이는 단지 각성이었기 때문입니다. 그것에 관해 어떤 생각도 없었습니다. 단지 갑자기 당신은 깨닫습니다." — 옮긴이

의식의 진화

의식은 우리가 그것이 진화하고 있다고 알아차리는 것만으로도 진화하기에, 의식의 진화를 상세하게 적음으로써 우리는 생명에 중대한 기여를 하게 된다.

소유-행위-존재

의식 지도 전체를 살펴보면 진화의 세 가지 국면이 드러난다. 즉 소유*havingness*에서 행위*doingness*로 그리고 존재*beingness*로의 진화이다.

• 의식의 낮은 수준에서는 사람들이 가진 소유물이 중요하다. 소유물이 가치 있게 여겨진다. 가진 것이 자신의 가치에 대한 자아

상을 만들고 세상 속 지위를 준다. 특정 브랜드의 옷을 입고 특정 종류의 차를 운전한다는 사실이 그들이 속한 사회 집단에서 본인의 유력함을 증명한다. 가깝게 어울리는 이들조차 그들에게는 대부분 지위의 상징이 되기 때문에 팔짱을 끼고 있는 연인이 다른 사람들에게 자신을 괜찮아 보이게 해 주기를 원하고, 자신이 멋진 사람들과 어울리는 것으로 보이길 원한다. 어떤 상황에서는 특정 브랜드의 스니커즈를 갖기 위해, 또는 어떤 구역을 손아귀에 넣기 위해, 또는 귀중하게 여기는 소유물이면 무엇이든지 얻기 위해 살인이나 절도까지 한다.

소유 행위*having*는 생존과 경쟁력, 소유욕, 경쟁의식과 동일시된다. 측정치 190 근처에서는 어떤 '무리'와 같은 집단의 충성심이 추가된다. 나의 공동체이고 나의 단체이고 나의 세력권이다.

• 자신이 원하는 건 무엇이든 가질 수 있고, 자신의 기본 욕구를 충족할 수 있으며, 자신의 욕구와 자신에게 의존하는 타인의 욕구를 채워 줄 힘*power*을 갖고 있음을 스스로 증명하게 되면, 마음은 행위에 더 흥미를 가지게 된다. 그러면 사람은 다른 사회적 태도*social set*로 이동하는데 거기서는 세상에서 하는 행위가 자신의 가치와 평가의 기준이 된다. 지위와 역할이 무엇인가? 이름 뒤에 어떤 학위가 뒤따르는가? 얼마나 많은 위원회에서 활동하는가? 그들은 널리 인정받고 존중받으면서 생기는 안도감을 통해서 성과를 생존과 연결시킨다. 그들은 그룹 협업이 공동의 목표 — 예를 들어, 공동체 활동을 통해서 자신의 이익단체가 생존하는

것 — 를 이루는 데 도움이 된다고 바라본다.

- 사람들이 사랑임lovingness으로 상승할 때 그들의 행위는 자기 홍보 self-promotion에 덜 사로잡히게 되고 다른 이들에게 봉사하는 존재 상태being에 더 초점을 맞추게 된다. 의식이 성장하면서 다른 이들 을 향한 애정 어린 봉사가 자신의 욕구를 저절로 충족하는 결과 를 가져온다는 것을 경험한다.(이는 희생을 뜻하지 않는다. 봉사 는 희생이 아니다. 개인의 내적 완전함과 기쁨에서 나눠주는 것이 다.) 그 사람들의 행위는 저절로 그들 주위의 생명을 사랑하고 양 육한다.

  그 시점에서는 더 이상 자신이 세상에서 하는 행위가 중요하지 않고 자신의 존재가 중요하다. 기꺼이 마음을 낸다면, 자신이 필 요한 걸 가질 수 있다는 것과 무엇이든 대부분 할 수 있다는 것을 그들은 스스로 증명해 왔다. 그리고 이제는 스스로에게, 그리고 남들에게 자신의 존재가 가장 중요해진다. 사람들은 누군가가 가 진 소유물이나 하는 일, 사회적 칭호 때문이 아니라 되어 있는 존 재 때문에 그들과 함께하고 싶어 한다. 그 사람들의 존재와 사랑 이 지니는 성질 때문에 대중은 그냥 그들 주위에 있고 싶어 한다. 그러면 그 사람들에 대한 사회적 묘사는 변화한다. 더 이상 세련 된 아파트와 유행하는 차를 가진 사람이 아니고, 무슨 무슨 회사 의 사장이나 다른 직함으로 꼬리표가 붙지도 않는다. 이제 '정말 꼭 만나야 하는' 빛나는 사람으로 묘사된다.

  이러한 존재의 수준은 익명의 자조 집단들의 전형이다. 그곳에서는 다른 이들이 세상에서 무엇을 하는지, 무엇을 가지고 있는지, 무슨 성씨인지조차 관심 갖지 않는다. 정직, 개방성, 사랑임 lovingness, 도우려는 자발성, 겸손, 깨어 있음과 같은 특정한 내적 목표를 다른 이들이 성취했는지 여부만 관심을 가진다. 존재의 성질에 관심을 가진다.

그러므로 우리는 의식이 생존에서 사랑으로 진화하는 것을 본다. 즉 자기중심적으로 자신의 생존에만 초점을 맞추다가 관심의 범위가 넓어져 다른 이들의 행복과 안정安靜이 자신의 생존만큼이나 중요하게 된다. 더 나아가 최종적으로는 개인이 어떤 '원인' 때문에 생존한다는 신념을 초월하기에 이른다. 그 시점에서 개인은 생명 그 자체에 속하며 어떤 보상도 요구하지 않고 기꺼이 다른 이들을 사랑하고 베푼다.

생존에서 사랑으로의 진화

측정된 의식 수준을 이해하기 위해서는 의식이 지구에 출현하는 과정과, 의식이 동물계를 거쳐 인류라는 의식의 표현으로 진화하게 되는 과정을 개괄하는 게 도움이 된다. 여기에서 우리는 연민 어린 이해가 필요한, 본유적 한계를 지닌 에고의 진화에 관심의 초점을 둔다.

핵심은, 에고는 적이 아니라 우리의 생물학적 유산이라는 점이다. 에고가 없다면 그 누구도 살아 있는 상태에서 에고의 한계를 한탄하지 못할 것이다! 살아남는 데 에고의 본질적 중요성과 그 기원에 대한 이해를 통해, 에고는 대단히 이롭지만 해결되거나 초월되지 않는다면 제멋대로 굴며 감정적, 심리적, 영적 문제를 초래하기 쉽다는 것을 알 수 있다.

어떻게 지구에 생명이 발생했을까? 나타나지 않은 것Unmanifest에서 나타난 것Manifest으로 의식 자체의 에너지가 물질과 상호 작용했고, 그 상호 작용을 통해 신성의 표현으로 생명이 발생했다. 가장 초기 형태에서 생명의 동물적 표현은 매우 원시적이었고, 내부에 선천적 에너지의 근원을 가지고 있지 않았다. 결국 생존은 외부의 에너지 획득에 달려 있었다. 이는 식물계에서는 문제가 되지 않았는데, 거기에서는 엽록소가 자동으로 태양 에너지를 필수 화학 반응 과정들로 변형시켰기 때문이다. 하지만 동물은 필요한 것을 환경에서 획득해야 했고, 이러한 생존 원리는 에고의 주요 핵심을 형성했다. 이는 생존하기 위해 다른 유기체와 경쟁할 때와 사리 추구, 획득, 정복할 때 여전히 주되게 관여한다. 그러나 중요하게도, 에고는 또한 궁금해하고 탐색하는 특성을 지녔고 이에 따라 학습하는 특성도 지녔다.

측정치 200 미만

생명은 처음에는 자기중심성으로 살아남았다. 에고는 이러한 생존 욕구의 중추이며, 생명이 박테리아(측정치 1)에서 곤충(측정치 6) 그리고 파충류와 공룡의 출현까지 진화할 때 필요한 일을 했을 뿐이었다. 코모도드래곤은 40으로 측정되며 공룡 시대를 보여 주는 살아 있는 표본이다. 코모도드래곤의 유일한 의도는 '나me'이며

'내me'가 생존하기 위해 '너you'를 먹을 필요가 있다는 것이다. 사실 몇몇 인간 존재는 이 수준과 동일하게 측정되고 그 에너지 장과 에너지 장의 패턴이 그들을 움직인다. 코모도드래곤은 그 과정을 완벽하게 숙달했다. 단 한 번 물고 나서는 몸을 편히 한 채 당신이 죽기를 기다린다. 당신이 죽으면 코모도드래곤은 따뜻한 저녁 식사를 즐긴다! 코모도드래곤의 의도는 영적으로 타락하지 않았다. 녀석은 당신을 먹어서 그저 살아남으려고 하는 것뿐이다.

진화가 진행될수록 생존 메커니즘은 지성의 성질과 함께 더 정교해졌고, 이 지성을 통해 정보를 획득, 저장, 처리, 비교, 통합, 연결, 계층화한다. 생명은 타고난 지성이 있다. 이러한 관찰이 신성이나 창조주에 대한 어떠한 추정도 필요로 하지 않는 '지적 설계'(측정치 480) 이론의 근거이다.

생명은 이후에 더 높은 형태의 생명체로 점점 진화해 나갔다. 이것을 시간의 거대한 진화 연대에 도표로 그리면 동물계에서 생명의 표현은 분명해진다. 의식 수준 200 미만에서(대부분의 조류를 제외하고) 생명을 육식성이라고 묘사할 수 있다는 점은 주목할 만하다. 호랑이는 우아해 보이지만 먹잇감을 사냥하고 죽일 때는 탐욕스럽다. 의식 수준 200 미만에서는 다른 생명을 대가로 자신의 에너지를 획득한다. 생존이 획득에 기반을 두기 때문에 다른 생명을 라이벌, 경쟁자, 적대자로 바라본다. 현대적 용어로 표현하자면 소유적, 포식적, 경쟁적, 적대적이라 할 수 있고 극단적으로 표현하자면 공격적이고 야만적이라 할 수 있다. 관찰해 보면 200 미만에서 인간의 일부는 자신이 살아남기 위해 필요하다고 여기는 것을 행한다는 점에서 (적대적이고 포식적이며 경쟁적인 모습들과) 크게 다르지 않음을 알 수 있다. 억겁의 세월 동안 동물계의 진화를 지켜보면 인간 에고의 온갖 속임수를 관찰할 수 있다. 동물계에서는 속임수, 경쟁, 위장, 위력force이 생존을 유리하게 한다. 우리는 늑대(측정치 190)를 통해 집단 무리 형성, 알파 수컷과 알파 암컷의 지배적 모습, 영역을 지키는 습성, 방심한 먹잇감에게 다가가는 기만적 위장의 사용 등을 본다. 이러한 늑대의 패턴은 오늘날 모든 사회의 특징이다.

측정치 200 초과

의식 수준 200에서 동물계에는 더 온건한 쪽으로의 전환이 있다. 즉 동물계에 육식동물에 이어 초식동물이 출현한 것이다. 아프리카와 북미의 대평원에서 풀을 뜯어 먹는 동물의 등장은 의식에 있어 중대한 변형이었다. 200에서 기린과 얼룩말은 풀을 뜯어 먹는다. 즉 기린과 얼룩말은 사냥하거나 죽이지 않는다. 풀을 뜯어 먹는 동물은 질소가 풍부한 비료물을 토양에 돌려주기도 하고 그 결과 생명을 살아가게 한다. 자신의 배설물 거름 속에 있는 씨앗을 퍼뜨림으로써 식물이 증식하게 돕는 것이다. 사슴, 엘크, 소, 코끼리, 양, 말은 200보다 높게 측정된다.

200보다 높은 의식 수준부터 모성적 돌봄이 타인에 대한 관심과 함께 처음으로 나타난다. 그리고 이후에 표현되는 인간 본성 — 관계성, 사회화, 놀이, 가족과 동반자 사이의 유대, 공동 목표(예를 들어 공동체 활동을 통한 생존)를 위한 그룹 협동 — 이 시작되면서 생명의 본성은 더 조화로워진다. 우리는 어미 새가 자기 자식을 돌보는 것을 본다. 파충류는 다른 개체를 신경 쓰지 않는다. 파충류 어미는 알을 낳고 훌쩍 떠난다. 그렇지만 어미 새는 작은 아기 새와 알이 살아남을지 염려한다. 포유류 생물체로 진화하면서 타인에 대한 진정한 의미의 지속적 관심이 모성애의 형태로 처음 나타나는 것을 우리는 본다. 사랑은 이와 같이 여성성을 통해 지구에 처음으로 나타났고 관심과 돌봄으로 표현되었다.

진화가 진행되어 직립이족 동물이 보행에 필요 없는 두 팔을 가진 모습으로 나타났다. 자유로워진 두 팔로 인해 손재주가 발달했고, 엄지손가락의 발달로 도구를 만드는 기능이 발달할 수 있게 된다. 늘어난 복잡성은 인간 지능의 해부학적 자리인 전뇌와 전전두엽 피질의 출현으로 원활하게 됐다. 하지만 동물 본능의 우세 때문에 초기에 지능은 원시적 본능을 보조했다. 따라서 전전두엽 피질은 동물적 생존 동기들에 복종하게 됐다.

인간 진화

진화의 계보에서 원시 인류는 새싹으로 나타났다. 추정컨대 300만 년 전에 '루시'로 시작하여 한참 후에 네안데르탈인과 크로마뇽인, 호모 에렉투스, 그 외 종으로 나타났다. 이 모든 원시 인류는 대략 80에서 85로 측정된다. 사람과科의 새로운 각각의 종은 서로 섞이지 않는다. 대신에 새로운 가지가 자신의 고유한 표현으로 끊임없이 생긴다. 가장 최근에는 수십만 년 전쯤에 현대 인류의 조상일 수 있는 호모 사피엔스 이달투가 아프리카에 나타났고, 이들의 의식 수준 역시 80에서 85였다.

결국 의식 수준 200 미만에서 전전두엽 피질은 동물 본능의 지배 아래 남아 있고 이후에 모든 동물적 생존 전략은 더 정교해진다. 인간은 이빨로 공격하지 않고 언어와 다른 무기들로 공격한다. 전쟁과 경쟁이 일상적으로 계속되고, 모든 신문 1면에서 어느 동물원의 원숭이 섬에서나 관찰할 수 있는 동일한 사건을 보고한다. 이 원숭이 무리는 저 무리를 '나쁘게' 만들고 다른 무리는 '좋게' 만든다. 이쪽이 저쪽을 지배하려고 시도한다. 수컷들은 뒤에서 남몰래 모든 암컷을 사로잡으려고 애쓴다. 모든 개체가 자신의 배설물 더미를 경쟁 상대보다 더 높게 만들려고 애쓰고, 위협적으로 보이는 누구한테라도 그것을 내던진다! 익숙하게 들리는가?

의식이 인간 안에서 진화하며 의식 수준 200을 넘어갈 때 동물 욕구는 영적 힘power, 진실, 사랑의 에너지와 갈등을 빚기 시작한다. 에고의 속임수는 교묘한데, 에고는 자신의 희생자를 속여서 가해자가 '저기 밖'에 있다고 믿게 만든다. 하지만 그것은 실제로 생물학적 생존 과정에 타고난 것이고, 그러므로 '여기 안'에 있다.

에고를 이해하는 것(이해: 측정치 400)과 에고를 애완동물로 받아들이는 것은 에고의 최종적인 붕괴를 가능하게 한다. 에고는 다른 이나 스스로를 해치지 않도록 관리 감독이 필요한, 귀엽고 조그마한 애완동물로 간주될 수 있다. 결국 사람이 에고의 경향성들을 알아차리게 되면서 그것들을 멈출 수 있게 된다.

사랑(측정치 500)으로 시작하는 비선형적 영역으로 진화하여 400대의 합리성을 벗어나는 사람은 거의 없다. 500대에서는 의식이 변형된다. 객관적 세계에 관심을 덜 가지게 되고 그 대신에 앎 Awareness의 주관적 상태에서 살아간다. 측량할 수 없지만 깊은 곳에서는 식별 가능한 은총의 내부 영역, 즉 내면에서 삶의 경험이 일어난다는 것을 깨닫는다.

인간에게서 원시적인 에고가 존속하는 것을 '에고주의egotism'의 자기애적 핵심이라고 부른다. 측정 수준 200 미만에서 그것은 이기심이 지속되고 다른 이의 권리를 무시하고 다른 이를 협력자보다는 적대자와 경쟁자로 보는 것을 가리킨다. 안전을 위해서, 인간은 집단으로 연합했으며 상호관계와 협동의 이로움을 발견했다. 이것 역시 동물 세계(집단, 무리, 가족을 형성하는 포유류와 조류)의 귀결이었다.

인간의 측정된 의식 수준은 느리게 진화했다. 붓다 탄생 당시에 집단의식은 90으로 측정됐다. 그리고 예수 그리스도 탄생 당시에 100으로 상승했고 지난 2000년간 190으로 천천히 진화해서, 1980년대 후반까지 190에 수 세기 동안 머물렀다. 그리고 1980년대 후반 조화로운 수렴의 시기쯤에 갑자기 190에서 204~205로 도약했다. 이렇게 다른 수준으로의 전환은 인간 진화의 새 시대가 열렸다는 조짐으로 보인다. 즉 호모 스피리투스(책 『호모 스피리투스』참고)의 출현이다.

세계 인구 약 85퍼센트는 여전히 200 미만이고 그러므로 (매일 밤 뉴스에서 보여 주듯이) 동물적 본능, 동기, 행동에 지배받는다. 이러한 200 미만의 수준은 감정적 위력이든 육체적, 사회적 위력이든 표현에 상관없이 위력force에 의존한다는 점을 보여 준다. 로그 단위로 진보하는 수준에서 200 이상은 힘*power*의 수준을 나타낸다.

'200 미만'과 '200 초과' 사이의 차이

가장 중요한 것은 뇌의 생리학이 의식 수준 200에서 극적으로 변한다는 점이다. 이 수준에서 인간종뿐 아니라 동물계에서도 생명의 특성이 포식성에서 온건함으로 변한다. 이것은 단지 사적인 자기self에 관심 갖기보다는 타인의 복지, 생존, 행복에 대한 관심이 출현하는 것으로 표현된다. 이러한 보살핌과 영적 성장이라는 진화의 이로움이 다음 도표에 명백하게 나타난다. 의식 수준 200을 넘어섰을 때 에테르 뇌가 출현한다. 에테르 뇌는 원형질이 아니며 해부학상에 있지도 않고 오히려 에너지적이다. 에테르 뇌는 자극을 더 효과적으로 처리할 수 있게 하고, 원형질이 반응할 수 없는 높은 에너지 주파수를 등록하기도 한다. 이것은 물리적 세상에서도 마찬가지이다. 물리적 세상에서 감각 능력을 넘어선 높은 주파수 에너지 장을 알아차리려면(귀 자체로는 라디오 주파수를 들을 수 없다.) 더 민감한 도구가 필요하다. 에테르(에너지) 뇌는 비언어적, 비선형적 앎knowingness이 가능하다. 오른손잡이는 우뇌 우위가 되고 왼손잡이는 좌뇌 우위가 된다. 이러한 비非우세 뇌반구들은 예술, 음악, 이타주의, 심미성aesthetics에 자극받는다.

뇌 기능과 생리학

낮은 마음(200 미만)

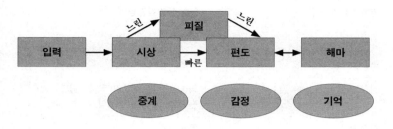

높은 마음(200 초과)

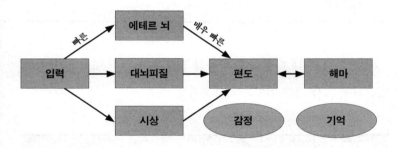

200 미만	200 초과
오른손잡이에서 좌뇌 우위	우뇌 우위
왼손잡이에서 우뇌 우위	좌뇌 우위
선형적	비선형적
스트레스―아드레날린	평화―엔돌핀
싸움 또는 도주(경보/저항/소진)	긍정적 감정

흉선 스트레스	흉선 지지
킬러세포와 면역 감소	킬러세포와 면역 증가
방해된 침술 경락	균형 잡힌 침술 경락
질병	치유
부정적 운동역학 반응	긍정적 운동역학 반응
신경전달물질(세로토닌) 감소	의식 수준 200 이상인 몇몇 사람도 세로토닌 보충이 필요할 수 있다.(4장을 보라)
동공 확장	동공 수축
감정 경로가 전전두피질 경로보다 두 배 빠르다.	감정 경로가 전전두, 에테르 피질에서보다 느리다.
낮은 마음의 태도	높은 마음의 태도

낮은 마음의 태도와 높은 마음의 태도를 구별한 아래 도표에서 입증되듯 그룹 간의 차이는 중대하다.

낮은 마음(측정치 155)	높은 마음(측정치 275)
축적	성장
획득하다	음미하다
기억하다	숙고하다
유지하다	진화하다
생각	과정
감정, 원함에 지배받는다	이성, 영감에 지배받는다
탓하다	책임지다
부주의한	훈련된
구체적, 문자 그대로의	추상적, 상상적인
도덕	윤리

정의	본질, 의미
매정한	자비로운
비판적인	받아들이는
의심skepticism	파악하다
문자 그대로의	직관적
통제	내맡김
경쟁	협동
디자인	예술
죄책감	후회
위력Force	힘Power
순진한, 영향 받기 쉬운	박식한, 지식을 갖춘
과도한	균형 잡힌
말기의	초기의
등급 매기다	평가하다
피하다	마주하고 받아들이다
동정하다	공감하다
원하다	선택하다
욕망	가치
유치한	성숙한
공격	회피
비난하는	용서하는
인색한	관대한
냉소적	낙천적, 희망적
의심하는	신뢰하는
자금이 부족한	필요한 만큼 충분한
주장하다	요청하다
서두르는, 급한	'꾸준히 움직이는'
정욕	욕구
고마워할 줄 모르는	감사해하는
저속한, 추잡한	미묘한, 교양 있는
암울한, 심각한	유머, 유쾌한

삶의 일곱 가지 영역에 대한 고찰

특정 사항의 정보는 단순히 그것을 알아차리는 것만으로도 개인의 의식을 도약시킬 수 있다. 여기 삶의 여러 영역에 이해를 높여 주는, 의식 측정 연구로 발견한 몇 가지 사항이 있다. 모든 생명이 진화 중이라는 사실 자체가 희망을 준다. 심한 곤경을 겪는 기간조차도 성장하는 과정에 어쩔 수 없는 본질적 부분으로 이해될 수 있다.

1. 동물

동물계의 측정 수준은 총 개체 수의 평균을 나타내며, 총 개체 수 안에서 개별 차이가 있고, 측정된 행동 수준의 차이도 있다. 예를 들어 '놀이'는 일반적 기능의 수준보다 10점 더 높은데, 이것은 동물과 인간 모두에게 의미심장하다. 다른 흥미로운 점은 인간 가족이 동물을 기르기 시작하면 그 동물의 의식 수준은 5점에서 10점까지 상승한다는 것이다. 그중에서도 돌봐 주는 인간과 오랫동안 상호 작용을 경험한 특정한 조류와 동물은 실제 400으로 측정된다. 훈련된 고릴라 코코는 언어와 모성애(녀석은 새끼 고양이 한 마리를 입양하고 이름을 지어 주었다.)에서 놀라운 능력을 보이며 405로 측정된다. 이 측정 수준은 사고와 이성의 능력을 가리킨다. 결국 측정 수준은 어떤 동물의 행동이 생각하는Reason 능력을 실제로 반영하는지 아닌지에 관한 실험 과학자 사이의 논쟁을 해결하는 데 도움이 된다. 게다가 고양이의 갸르릉거림, 명금의 지저귐, 강아지의 꼬리 흔들기 모두 500으로 극히 높게 측정된다는 사실(실제로 인구

대다수보다 높은 수준)을 발견한 것은 특별하다. 500 수준은 가슴의 에너지이다. 애완동물이 상호 작용 역량과 사랑을 발산하는 역량을 가진다는 사실은, 사랑받는 이런 동물들이 어떻게 사랑이 가능한지 추후 연구로 알아내야 할 분야를 가리킨다. 즉 애완동물은 '가슴 차크라'의 진보된 발달을 보이고 다양한 질병을 앓고 있는 사람에게 치료적 치유 효과를 보인다고 알려져 있다.

2. 사랑의 영향

사랑은 조류와 포유류에서 모성애의 모습으로 최근에야 지구상에 처음 나타났다. 수천 년 동안의 의식 진화에서 지구상에 삶의 질이나 환경에 대해서는 말할 것도 없고, 타인에게 관심을 갖게 된 것도 극히 최근이라는 점을 알면 도움이 된다. 이 사실은 현재 우리 시대에 사랑의 현존에 감사함을 느끼게 하고, 이러한 감사함은 사랑을 증가시키는 효과가 있다.

우리가 일상으로 먹는 음식 영역에서 볼 수 있듯이, 무엇이든 사랑으로 행한다면 정말 그 측정치를 높인다. 기계로 만든 음식은 188에서 200으로 측정된다. 하지만 가정에서 만든 음식은 209로 상승하고 축복받는다면 215로 상승한다. 기계로 만든 슈퍼마켓 빵은 188로 측정되지만, 같은 슈퍼마켓의 베이커리에서 만든 빵은 203으로 상승하고, 축복받는다면 더 높아진다. 가족을 위해 만든 과자는 520으로 측정된다. 이러한 측정치 차이는 하이젠베르크 원리와 유사하게 인간 의식과 의도의 도입이 장을 바꾼다는 점을 독특하고 분명하게 보여 준다. 또한 기도 자체가 단순한 희망 사항 이상이라는 증거가 된다. 결과적으로는 우리가 매일의 삶에 동기부여 요소로서 의식적으로 사랑의 현존에 초점을 두는 것만으로도 삶에 더 많은 사랑이 생긴다. 이는 예를 들어 가족을 위해 저녁 식사를 만들 때나 고양이 상자를 청소할 때, 청구서를 지불하려고 일하러 갈 때 사랑이 포함되어 있는 것으로 알아차릴 수 있다. 사랑으로 행한 평범한 노력이 큰 힘power을 수반한다. 의식 측정은 마더 테레사의 유명한 경구 "작은 일을 큰 사랑으로 하세요."의 진실을 입증한다.

3. 사회의 지도자층

사회의 지도자층에서 높은 에너지 장은 드물다. 하지만 그들의 힘power이 해결할 수 없어 보이는 사회적 분열을 극복해 내고, 위력 force보다는 평화로운 수단을 이용해 위대한 돌파구로 이끈다는 점을 최근 역사적 사례가 방증한다. 위력force은 "목적이 수단을 정당화한다."고 고집하면서 편의를 위해 자유를 팔아먹는다. 위력force은 빠르고 쉬운 해결책을 제공한다. 힘power에서는 수단과 목적이 동일하지만, 힘의 '목적'이 결실을 가져오려면 더 큰 성숙, 규율, 인내가 요구된다.

위대한 지도자들은 그들의 절대적 온전성의 힘power과 신성한 원리에 정렬을 통해 우리가 믿음과 신뢰를 갖도록 영감을 준다. 이러한 인물들은 원리에 타협하게 되면 힘power을 그대로 유지할 수 없다는 것을 이해한다. 윈스턴 처칠(측정치 510)은 영국인에게 위력 force을 사용할 필요가 전혀 없었다. 간디(측정치 760)는 분노하지 않고 손 하나 까딱하지 않은 채 대영제국을 격파했다. 넬슨 만델라

(측정치 505)는 아파르트헤이트* 속에서 27년간 감옥 생활을 하며, 부족의 전사에서 통합을 이루는 인본주의 선지자로 심원한 내적 변형을 겪었고 남아프리카에서 첫 민주주의의 시작을 알렸다. 미하일 고르바초프(측정치 500)는 총알 한 발 쏘는 일 없이 세계 최대의 단일 정치 조직에서 완전한 혁명을 이루어 냈다. 이 혁명은 고르바초프의 영감과 비전으로 단 몇 년 만에 이루어졌다.

위력force의 특성 한 가지는 오만이다. 힘power은 겸손을 특징으로 한다. 위력force은 잘난 체하며, 모든 답을 가지고 있다. 힘power은 나서지 않는다. 스탈린은 군사적 우위를 과시했지만 1급 범죄자로 역사 속으로 사라졌다. 반면 겸손한 미하일 고르바초프는 수수한 정장을 입고 잘못을 쉽게 인정했으며, 노벨 평화상을 수상했다.

오류나 결점에도 불구하고, 지도자들이 여러 인간 노력의 분야에서 본보기로 보여 준 강점, 성격 요인, 미덕의 결합은 전 세계에서 참된 '위대함'이라고 인정받는다.(측정치 460~700)

- 에이브러햄 링컨
- 마더 테레사
- 벤저민 프랭클린
- 헬렌 켈러
- 윈스턴 처칠
- 로널드 레이건

- 엘리너 델러노 루스벨트, 프랭클린 델러노 루스벨트
- 수잔 브라우넬 앤서니
- 마틴 루터 킹 주니어
- 넬슨 만델라
- 오프라 윈프리

---

* 남아프리카 공화국에서 비-유럽인들에게 시행했던 인종 분리 정책과 정치, 경제 차별 정책을 말한다.(출처: 『브리태니커 백과사전』) ─ 옮긴이

- 마하트마 간디
- 파크스 리스
- 미켈란젤로
- 베토벤
- 모차르트
- 니진스키
- 우주 비행사들

- 칼 구스타프 융
- 조 디마지오
- 레이철 카슨
- 루이 암스트롱
- 릴리 톰린
- 메리 올리버

…… 그 외 수많은 사람이 있다. 이들은 모두 위업을 나타내며, 온전성, 탁월함, 아름다움, 용맹함과 함께한 본보기를 보여 준다.

낮은 의식 수준은 위대한 지도자를 일상적으로 공격한다. 역사적으로 특히 전쟁 기간에 모든 대통령은(예를 들어, 에이브러햄 링컨) 치명적 공격이나 극단적 비방 혹은 암살까지도 당했다. 그리고 모든 대통령은 트루먼 대통령의 괴로운 결정—제2차 세계대전을 끝내기 위해 원자폭탄에 의지할지 안 할지—처럼 도덕적으로 고뇌하는 가혹한 시련을 겪어야만 했다. 트루먼 대통령의 결정은 475로 측정된다. 그것은 600만 명에서 700만 명으로 추정되는 인원의 죽음을 예방하기 위해 18만 명의 시민을 죽이는 일의 도덕적 영향을 저울질해야 하는, 즉 중증도를 분류해야 하는 어려운 상황이었다.

4. 현실성Realism

의식의 진화는 다른 이들이 자신과 똑같은 가치를 공유한다고 추정하는 것이 중대한 오류임을 드러내 준다. 뇌 생리학 도표에서 우리는 200 미만으로 측정된 사람과 200 초과로 측정된 사람이 어떤 방식으로 지각하는지, 정보를 처리하는지, 세상에서 반응하는지에 있어 완전히 다른 두 부류의 사람이라는 것을 알게 된다. 이전에 언급했듯이 세계 인구 85퍼센트는 200 미만이고 탐욕, 증오, 자부심과 그 외 자기중심적 목표에 따라 동기를 부여받는다. 그 사람들은 신뢰할 수도 없고 교육되지도 않는다. 결국 다른 이들이 자신과 동일한 온전성을 가지고 있다는 추정은 순진한 것이다.

역사를 통해 우리는 이러한 순진함으로 치른 대가를 본다. 선량한 사람이 자신의 내적 온당성이 야비한 이들에게도 동일하게 있다고 추정하고, 그 때문에 '양의 탈을 쓴 늑대'를 구별하는 데 실패하여 결국 수천만의 생명을 잃게 된다. 200 바로 밑으로 측정되는 늑대는 자기보다 큰 먹잇감을 무리를 지어 사냥하고 죽이는 데 여러 지능과 능력, 공격적 자신감을 가지고 있다. 늑대들은 위장(속임수)을 사용해서 방심하고 있는 먹잇감에게 다가간다. 양은 210으로 전혀 다른 에너지이다. 양은 먹이로 풀을 뜯는 온건한 비육식성 초식동물이다. 인간과 몇몇 전체 사회들은 190으로 측정된다. 그리고 그들은 상냥함, 선의, 심지어 '화해peacemaking'라는 '양'의 모습으로 가장하여 진짜 의도를 숨기는 위장에 능하다. 의식 측정은 양의 모습으로 숨어 있는 늑대의 본질을 순식간에 드러낸다.

'양의 탈을 쓴 늑대'의 측정치는 120이다. 이 측정치는 대부분의 정치적 방법이 190 정도(자부심에 찬 에고주의)라는 점에서, 예상했던 것보다 더 나쁘다. 120의 측정치는 세상 물정에 밝아지는 것, 그리고 본질과 지각은 서로 완전히 별개라고 깨닫는 것이 극도로 중요함을 의미한다. 잘못 지각하는 것은 가볍지 않은, 심각한 오류이다. 당신이 '인도주의자'이고 '동물 애호가'라서 코모도드래곤을 안전하게 여긴다는 점이 당신이 샌들을 신고 코모도드래곤의 우리에 들어가도 되는 것을 뜻하지는 않는다. 서구 문명의 그늘진 면은 "우리는 모든 코모도드래곤에게 잘 대해 줘야 하고 여기에 초대해야만 해. 코모도드래곤이 정말 괜찮은 동물이니까 말이야."라는 믿음에 기반해서 행동한다는 점이다. 이 오류는 꽤나 심각하다.

그것은 영국 총리 네빌 체임벌린의 오류였다. 체임벌린은 제2차 세계대전 중에 상호 평화 조약에 서명하기 위해 아돌프 히틀러를 만났고, 런던에 돌아와 "우리 시대에 평화"를 자부심에 차서 선언했다. 히틀러는 체임벌린의 '어리석음'을 비웃었다. 뮌헨 협정에 서명할 때 히틀러는 특정 영토를 받는다면 다른 영토를 침범하지 않겠다고 체임벌린에게 약속했다. 1년도 안 되어 영국에 폭탄이 쏟아졌고, 체임벌린은 현실 검증력이 떨어지는 바보로 여겨지게 됐다. 당연히 히틀러는 양의 탈을 쓴 늑대로 연기하고 있었고 협정을 지킬 의도가 전혀 없었다. 체임벌린의 현실성 부족(측정치 185)은 자신의 나라를 보호하지 못하는 실패로 이어졌다. 체임벌린의 의도는 고결(500)했지만 역량은 모자랐다.

최근에도 비슷한 역동dynamics이 일어난다. 정치 지도자들은 어떤 국가들이 선한 의도를 갖고 있다고 순진하게 신뢰하지만 그 국가들은 사실 어떻게든 핵무기를 사용해 우리를 파괴하려고 한다. 테러주의에 대한 유화정책은 '낮은 마음'(155)으로 측정되고, 테러리스트에게 이 정책은 나약하고 비겁하게 보인다. 포식자가 보기에 앉아 있는 오리들은 잡아먹는 게 '당연하다.' 그것은 잠그지 않은 차에 열쇠를 남겨 둔 차 주인과 같다. '관용'(슬로건으로서 관용은 측정치 190)은 '극좌' 옹호자의 오류이고, 극좌 옹호자는 고위험 요소에 대한 정직한 평가를 악마화함으로써 자신도 모르게 트로이의 목마를 맞이한다. 늑대 무리가 먹잇감의 약점을 감지하는 것처럼 침략자들도 미국의 순진한 이상주의를 이용한다.

의식 측정은 각 진영의 근본적 의도를 순식간에 발견할 수 있기 때문에, 어떤 정치, 외교 갈등이든지 진실을 드러내 준다. 『진실 대 거짓』에서 국가 목록에 적혀 있듯이, 특히 핵전쟁 수행 능력이 있거나 그것을 적극적으로 갖추려고 할 때, 특정 국가들과 그 지도자들 혹은 국가나 지도자 둘 중 하나라도 예리한 식별력을 갖췄다고 할 만한 수준으로 측정되어야 한다. 421로 측정되는 미국은 자신의 핵전쟁 수행 능력을 합리성과 규제, 즉 낮은 의식 수준이 '약하다'고 비웃는 높은 수준의 가치로 접근한다. 대조적으로 200 미만으로 측정되는 국가나 정치 운동은 증오와 같은 가치들에 따라 움직인다. 현재는 '관용'하는 것이 정치적으로 유행이지만, 죽어 버린 상대주의자relativist보다는 살아 있는 현실주의자realist가 되는 것이 낫다고 할 수 있다.

대중매체가 만든 '공정하고 균형 잡힌Fair and balanced'이라는 기억하기 쉬운 밈은 환상을 만들어 내고, 그 결과 현실성이 결여되는 원인이 된다. 당연하게도 그 영향은 상대주의를 통해서 거짓이 진실과 같은 가치를 갖게 되고, 표면상의 가치만으로 다소 터무니없는 추정을 하게 되는 것이다. 이를테면 우리는 '지구가 둥글다.'는 관점에 공정하고 균형 잡힌 긍정 표현으로 '지구가 편평하다.'는 관점을 제시할 수 있다. 이것은 거짓된 믿음인 "모든 문제에는 양면이 있다."를 기반으로 하여 더욱 정교해질 수 있다.(이 믿음은 거짓으로 측정되는데, 어떤 공무원이 현금을 훔쳐 자기 집 지하실 깡통들에 감추려고 하다가 현장 체포되는 영상에서 한 말이었다.)

미국 사회는 집단적으로 421(2007년 11월 시기)로 측정된다. 대조적으로 미국에 대한 비평가들은 집단적으로 190으로 측정된다. 평화 집회는 305로 측정되는 반면, 평화 시위는 170으로 측정된다. 개념으로서 발언의 자유는 340으로 측정되지만, 미국에서 시행되는 발언의 자유는 자기애적 수준인 187로 측정된다. 현재 사회에서는 공공연하고 공격적인 반미 반체제 태도('할리우드주의', 측정치 170~190)를 취하는 것이 인기 있으며 대중매체의 관심을 통해 이득을 얻는다. "권위에 의문을 가져라."라는 범퍼 스티커는 적대적이고 160으로 측정되는 반면, 정직한 비동의는 495로 측정된다.

5. 안전장치

서구 문명에 대한 연구는 다음을 보여 준다. 현재 서구 문명의 전반적 의식 수준이 내려가고 있고, 그렇기 때문에 대중매체와 학계에 퍼져 있는 노골적인 비온전성과 터무니없는 거짓말에 대해서 더 이상 공공교육이 안전장치가 아니라는 것이다.

가장 실용적인 대응책은 다음과 같다.

1. 진실에 영적으로 정렬하기(뇌화학에 유리한 변환을 촉진한다.)

2. '서양의 위대한 저서' 시리즈에 친숙해져서 지적으로 정교해지기

3. 의식 지도에 깨어 있기

4. 검증된 영적 가르침과 식별 원리(이 책 8장과 9장 참고)를 따르고 연습함으로써 개인 자신의 의식 수준을 진보시키기

6. 연민

누군가 살아남아 이 책을 읽을 수 있다는 것마저도 에고의 끈질 김 덕분이다. 수천 년간의 진화적 조망으로 에고를 바라보면 우리 에게 연민을 일으키는 어떤 이해가 일어난다. 에고는 우리의 '적'이 아니라 보살펴야 하는 '애완동물'이다. 비난하고 증오하며 죄책감 으로 에고를 대하기보다는 실제 있는 그대로(즉 우리 진화적 기원 의 잔존한 흔적) 객관적으로 에고를 바라보는 것이 그 동력원을 끊 는 방법이다. 역설적이게도 에고는 비난, 죄로 이름 붙이기, 베옷을 입고 재를 덮어쓰며 회개하기*, 죄책감에 빠지기로 강화된다. 이러 한 접근은 에고를 공격하기 위해 에고를 사용하는 것에 불과하며 그 결과 에고는 강화된다.

프로이트가 발견했듯이 우리는 죄책감으로 인해 동물 본성을 억 압하고, 동물 본성을 다른 사람이나 신격 ― 최악의 인간과 동일한 성격 결함을 가졌다고 알려져 있는 ― 에게 투사한다. 에고는 에고 의 표현인 공개 비난이나 자기 증오로 해소되지 않는다. 오히려 에

---

* 베옷을 입고 재를 머리에 뿌리는 것은 자신이 마땅히 죄인임을 인정하고 참회한다는 것을 나타낸 다. 마태복음 11장 21절에 "그들이 벌써 오래전에 굵은 베옷을 입고 재 속에서 회개하였으리라." 라는 구절이 있다. ― 옮긴이

고의 본질적 본성과 기원을 이해함으로써 생기는 온건하면서 비도덕적인 수용과 연민을 통해 해소된다. 죄책감과 양심의 가책이 개인의 영적 진화에서 짧은 기간 어떤 실용적 유용함이 있을 수는 있지만, 의식 지도를 탐구함으로써 다음을 주목해야 한다. 죄책감, 증오(자기 증오), 후회, 낙심과 같은 모든 부정적 위치성들이 척도의 밑바닥에 존재하는 반면 용서, 사랑, 수용, 기쁨은 맨 위에 존재하고 깨달음으로 이끈다.

의식 지도는 세상이 무한한 파노라마를 제공한다는 점을 드러낸다. 그리고 우리는 자신으로 존재하면서 역할을 담당하는 것으로 다른 이들에게 봉사한다. 우리 각자는 이곳에 존재하는 것만으로 다른 이들에게 봉사한다. 의식 수준이 낮은 사람들이 자신으로 존재하는 것이 '나쁜' 게 아니다. 그들의 현실과 가치를 재맥락화하게 함으로써 우리에게 봉사하기 때문이다. 우리는 결국 그 사람들을 모두 존중한다. 우리가 생각하기에 그들이 잘못되었다 하더라도, 국가와 신, 혹은 신념을 갖고 하는 일을 위해 자신의 목숨을 기꺼이 희생하는 사람을 존중할 수 있다.

전쟁 자체는 의식의 진화를 돕는데, 수백만 명의 사람들이 숭고한 원리, 신, 국가, 왕 혹은 가족을 위해 빗발치는 총알을 뚫고 지나가면서 그들에게 비겁함에서 용기로 건너갈 수 있는 길이 주어진다. 역사적으로 전쟁 행위는 남성이 전사의 역할을 통해 200이라는 임계선을 건너왔던 길이다. 여성은 전통적으로 출산 과정에서 새 생명을 탄생시키기 위하여 죽음을 무릅쓰며(종종 죽기도 하며) 동일한 단계를 밟는다. 결국 의식의 진화에서 그 무엇도 판단하거나 비난할 필요가 없다. 각각의 표현이 그 시점에 그것이 되었던 것으로써 전체에 기여하기 때문이다.

7. 평형추

의식 측정 연구는 약 92퍼센트의 사회 문제가 200 미만으로 측정되는 사람들로부터 발생한다는 점을 드러낸다. 그 사람들이 시민에게 치르게 하는 전체 재정 비용은 너무나도 거대해서 계산할 수없다. 결국 비온전성을 과도하게 허용하거나 지지하는 사회는 삶의질뿐 아니라 단순하고 일상적인 신체 안전에 이르기까지 삶의 모든 영역에서 천문학적 비용을 치르게 한다.

온전한 개인은 자신이 실제로 소수집단에 속한다는 것을 보통은 이해하고 있지 않기 때문에, 세계 인구의 15퍼센트만이 200이라는 임계 의식 수준을 넘는다는 점을 다시 한번 짚고 넘어갈 만하다. 하지만 그 15퍼센트의 집단적 힘power은 나머지 85퍼센트의 부정성을 상쇄할 만큼의 영향력이 있다. 힘power의 척도는 로그 단위로 증가하기 때문에 의식 수준 1000인 한 명의 화신이 실제로 전 인류의 집단 부정성을 완전히 상쇄한다. 운동역학 테스트는 다음의 사실을 나타낸다.

• 700 수준 1명이 200 미만의 7000만 명을 상쇄한다.
• 600 수준 1명이 200 미만의 1000만 명을 상쇄한다.
• 500 수준 1명이 200 미만의 75만 명을 상쇄한다.
• 400 수준 1명이 200 미만의 40만 명을 상쇄한다.

• 300 수준 1명이 200 미만의 9만 명을 상쇄한다.
• 700 수준 12명은 1000 수준인 1명의 화신과 동일하다.

이러한 평형추가 아니라면 인류는 억제되지 않은 대량의 엄청난 부정성으로 인해 스스로를 파괴했을 것이다. 사랑하는 생각과 두려워하는 생각 사이에는 힘power의 차이가 너무나 커서 인간의 상상으로 이해할 수 있는 범위를 넘어선다. 위의 분석에서 볼 수 있듯, 하루를 보내는 동안 몇몇 사랑하는 생각들만으로도 그 엄청난 힘power에 의해 우리의 모든 부정적 생각을 충분히 상쇄한다.

세상에서 개인의 힘power을 증진시키는 유일한 길은 온전성, 이해, 연민의 능력을 향상시키는 것이다. 인류의 다양한 인구에서 이러한 인식이 생길 수 있다면 인간 사회의 생존과 그 구성원의 행복이 더 확고해질 것이다. 개인의 의식 수준을 높이는 것이 세상의 부정성을 줄인다는 점을 단순히 알기만 해도 척도 위로 진화하려는 의도에 동기를 부여한다.

의도: 인과성을 초월하여 진화하기

진지한 구도자는 오직 몇 가지를 알기만 하면 된다. 단순히 그것들을 듣거나 읽기만 해도 이미 과정은 시작된다. 모든 것이 저절로 일어난다는 점을 아는 것이 가장 중요하다. 어떤 것도 다른 무엇 때문에 '초래'되지 않는다. 모든 현상은 무한한 장의 자동적 귀결이다. 그 장은 보이지 않는 무한한 전능한 힘power의 장이다. 무한한 장은 거대한 전자기장처럼 전부를 포괄하고, 공간이나 시간 측면에서 시작과 끝이 없으며, 영원하고 언제나 현존한다. 그 현존은 절묘하게 부드럽고 또한 절묘하게 강력하다. 그 힘power은 모든 잠재성이 실재성이 되도록 활성화시킬 정도다.

순수한 의식 상태에서 사람은 모든 것이 신성Divinity의 장의 무한한 힘power으로 인하여 자연발생적으로 일어남을 목격한다. 모든 것은 있는 바의 귀결인 자기 자신의 본성에 따라 발생하지, 행하는 바의 귀결 때문에 발생하지 않는다. 행하는 바의 귀결로 발생한다면, 행동에서 행위자의 이원성을 암시한다.

세상이 진화라고 여기는 것은 실제로는 창조를 목격하는 것이고, 그것은 끊임이 없다. 나타나지 않은 것Unmanifest은 창조의 총체성the Totality of Creation인 신성의 섭리Divine Providence에 따라 나타남Manifest이 된다. 그것은 애씀 없이 일어난다. 장 안에서 잠재성은 의도를 통해 실현된다. 결국 각각의 사물은 자신의 카르마적 유산을 드러내면서 나타난다. 즉 각 사물의 카르마는 내재적 잠재성이고, 조건이 적절하다면 장의 무한한 힘power의 귀결로 인해 잠재성은 그 자체만으로 실재성이 된다.

장은 엄청 강력하기 때문에 사람이 계속해서 한 생각을 품는다면 그 생각은 나타날 것이다. 그렇지 않다면 누구도 깨닫게enlightened 되지 못할 것이다. 결국 의도는 막강한 힘이 있다. 에고는 매우 영리하다. 잠재성이 나타나기 시작할 때 에고는 그것의 공로를 차지한다. 사람이 가위를 들고 사과 꼭지를 자른다면 에고는 자신이 사과를 땅으로 떨어지게 했다고 여긴다! 에고는 중력을 무시하지만,

그런 식으로 일체가 중력처럼 저절로 일어난다. 어떤 것을 일어나 도록 초래하는 내면의 분리된 '개인적 자아'는 없다. 우리가 중력을 의식하지 못하지만 중력 없이는 지구에서 떨어져 나가게 되는 것과 유사하게 사람은 무한한 힘의 장인 신성을 의식하지 못하지만 신성이 없으면 존재가 불가능하다.

뉴턴식의 인과성 패러다임이 당신에게 믿도록 만들었던 것과 다르게, 의도는 에고 마음이 아니라 에테르 체에서 나온다. 당신이 움직이려고 결정할 쯤에 움직임은 이미 일어났다. 나는 이러한 실상을 열여섯 살에 발견했는데, 당시 토끼가 차 앞으로 뛰어왔다. 발이 즉시 차 브레이크를 밟았고 내 에고가 그 공로를 주장한다는 점을 알아차렸다. 에고는 '내가 토끼 목숨을 구하기 위해 브레이크를 밟았다.'라고 생각하고 있었다. 아니다. 브레이크는 마음이 그것을 정신적으로 처리하기 이전에 이미 밟아졌다. 에고의 '경험자experiencer' 핵심은 현상에서 주관적 판독으로 이동하는 데에 0.0001초(1만분의 1초)가 걸린다. 에고는 실상이 일어나고 0.0001초 뒤에 기록되는 테이프 모니터다. 즉 지각은 본질인 것에서 0.0001초 뒤에 있다. 에고의 모니터링이 멈추어 앎awareness과 경험하기가 동시에 일어날 때 충격에 휩싸인다. 그러므로 지각은 개인적으로 동기화되며 선택적이다. 그에 반해 본질은 총체성에 대한 비개인적 목격witnessing이다. 모든 것을 등록하지만, 그것을 추구하거나 탐색하지 않고 수동적으로 그렇게 한다.

익숙해지고 반복하면서 배우는 우뇌를 위해서, 오직 한 가지만 알면 된다는 점은 다시 한번 되짚을 만하다. 즉 다른 이유가 아닌 신성의 장이 지닌 무한한 힘으로 인해 나타나지 않은 것Unmanifest은 그 자체로 나타난 것Manifest이 되면서, 전부가 신성한 섭리에 따라 저절로 일어난다. 벌어지는 일은 마음이 1만분의 1초 사이에 자신이 행위의 저자라고 재빨리 주장하는 것이다. 대다수 사람의 역량 밖이지만 사람이 철저하게 근저에서부터 정직하게 된다면, 어떻게든 1만분의 1초를 깰 수 있게 되고 실상Reality에 전적으로 내맡길 수 있게 된다. 그 실상이란 모든 것이 다른 이유 때문에 일어나는 것이 아니라 신의 뜻인 신성의 섭리Divine Providence로 일어나는 것이다. 그러한 이해에 있어 유일하게 대립하는 것은 에고이다. 에고의 주된 일은 신이라고 주장하는 것이고, 수천 년의 생물학적 진화 후에 에고는 그 일을 잘하게 됐기 때문이다.

진실과 무한한 장

이 무한한 장의 기본 전제는 그것이 순식간에 진실을 인식한다는 점이다. 의식의 무한한 장은 시간에 걸쳐 이제껏 일어났던 전부를 등록한다. 모든 생각, 감정, 움직임, 행동 하나하나는 영원히 기록된다. 프라이버시 같은 것은 존재하지 않는다. 모든 것은 수천 년 뒤에도 확인할 수 있는 에너지를 방출한다. 우리는 존재하는 모든 정보에 1초 안에 접근할 수 있다! 우주에 있는 어느 비밀이든지 밝혀내는 데 그 정도밖에 걸리지 않는다.

거짓에서 진실을 즉시 구별할 수 있는 것은 어마어마한 선물이다. 진실과 거짓의 차이를 구별하지 못하는 것은 인류를 끌어내려

끝없는 전쟁, 가난, 야만성, 아픔, 극도의 고통, 괴로움, 죽음을 겪게 했다. 인간 고통은 무지로 인한 고통이었다. 모든 위대한 화신과 크리슈나, 그리스도, 붓다는 오직 한 가지 '죄', 오직 한 가지 문제만 존재하는데 그것이 무지라고 이야기한다. 우리는 위대한 영적 스승의 말씀 외에는 진실과 거짓을 식별할 방법을 가지고 있지 않았다. 우리는 이제 시간을 거치며 인간 의식이 진보한 귀결을 보여 주는 선물을 가까이에 두게 되었다.

진실이 진보한다고 꼭 바다가 잔잔해지지는 않는다. 일정 기간 동안에는 실제로 상황을 곤란하게 만들 수도 있다. 영적인 사람은 눈물을 자아내는 감상적인 미래를 추정하고, 평화 행진이나 다른 활동들로 인해 평화가 생겨날 가능성을 추정한다. 우리는 평화를 갖게 될 것이다. 자, 그런데 그 일은 수천 년이 걸릴 수도 있다! 의식 진화에 서두를 필요가 없다. 최선으로 기여하는 길은 내적으로 더 사랑하고 더 친절하고 스스로를 더 책임지는 사람이 되려는, 조용하고 성실한 작업이다.

모든 것이 외부 원인 없이 저절로 일어난다는 것을 단순히 알기만 해도, 행위자를 상정하는 이원주의의 환상이 해체되기 시작한다. 대부분의 영적 제자는 '이것'이 '저것'을 초래한다는 현실의 뉴턴 패러다임에 갇혀 있어 어려움을 겪는다. 이 이원적 신념 체계는 에고의 핵심에 자리 잡고 있고, 분리된 개별적 '나'가 존재한다는 생각의 최초 근원the very source이다.

이곳에서 말하고 있는 분리된 개인적 '나'는 존재하지 않는다. 청중이나 독자 덕분에 현존Presence인 장이 그 자체Itself로서 그 자체Itself

에 되돌려 말하고, 강연자나 작가로서의 '나'는 그것과 관련이 없다. 수년 전에 개인적 자아는 사라졌고 마음은 고요해졌으며, 그 상태는 오늘날까지 이어지고 있다. 무한한 현존은 정말 강력해서 그 자체Itself를 제외한 어떤 것이든 소멸시킨다.

문답

문: '나I' 없이 내 삶을 어떻게 이해할 수 있나요?

답: 이해하려 하지 마세요! '비이원성'이라고 부르는 개념에 갇히게 될 뿐입니다. 진실은 개념이 아니라 각성realization입니다. 당신이 만물은 '있음what is'으로 인해 자연발생적으로 출현한다는 것을 듣기만 해도, 다른 무엇을 할 필요 없이 이 진실을 알아차리려고만 하면 됩니다. 그것을 생각하거나 의미를 알아낼 필요가 없습니다. 만물이 '그것임what it is'으로 인해 자연발생적으로 출현하고, 무엇도 그 어떤 것을 초래하지 않음을 그저 알아차리기 시작하세요.

순수한 의식 상태에서, 모든 투사는 그치고 만물이 그것인 바which it is로 완전하게 드러납니다. 실상에서는, 어떤 것이든 그 의미는 '그것임what it is'이라는 것을 알게 됩니다. 그게 바로 그것it의 의미입니다. 그것it의 의미는 '그것임what it is'입니다. 기린의 의미가 무엇이냐고요? 기린의 의미는 기린으로 존재하는 것입니다.

문: 당신은 창조와 진화가 하나라고 했습니다. 어떻게 그렇게 될 수 있나요?

답: 사람이 목격하는 것은 잠재성이 창조로서 끊임없이 나타나고 있는 것입니다. 진화가 바로 창조입니다. 전통 종교는 그 둘을 분리했고, 신이 창조를 일주일 만에 완성하고 나서 "안녕. 심판의 날에 보자꾸나!"라고 말했다고 암시합니다. 전통 종교는 신이 우주를 창조하고 공ball을 던지고 나서 "여러분 행운을 빌게, 성공을 빌어!"라고 말한다고 상상합니다. 실상Reality에서 창조는 연속적이며, 그것은 창조 안에 있는 잠재성이 실재성이 된다는 점을 의미하고, 그런 후에 당신은 그 출현을 목격합니다. '변화'를 목격하는 것도 아닙니다. 그것은 또 다른 환상인데, '변화'에는 시간이 필요하지만 실상Reality에서는 시간이 없기 때문입니다. 이러한 것은 모두 정신화mentalizations입니다. 만약 내가 토끼에게 "지금 몇 시예요?"라고 물어본다면 토끼는 내가 무엇을 말하는지 모를 것입니다. 시간은 에고가 경험에 투사하는 정신화입니다. 시간 속에서 선형적 연쇄로 나타나는 진화라는 것은 정신화입니다. 당신이 실상Reality에서 보는 것은 시간이나 연쇄 혹은 변화가 아니라, 잠재성이 실재성으로 끊임없이 일어나는 것입니다.

모든 곳에 가 봤고, 모든 것을 해 봤고, 모든 사람의 얘기를 들어 봤던 이들에게 깨달음에 이르는 큰 장애물은 인과성의 원리입니다. 인과성의 원리는 모든 것이 선형적 원인과 연쇄를 가진다는, 그리고 '이것'이 '저것'을 초래한다는 설명입니다. '이것'이 '저것'을 초래한다고 믿는 한, 당신에게는 가해자와 희생자, 에고와 영, 자아와 참나가 있게 되고, 그렇게 되면 당신은 갇힙니다. 인과성의 원리는 460 정도로 측정되고, 이 수치는 다윈의 진화론과 동일합니다. 베리타스 강연의 일반 청중은 420 정도로 측정되기 때문에 청중에게 460은 해박하게 들리지만, 550 이상 수준에서 그것은 터무니없게 들립니다! 지고의 진실은 전부가 신성의 현존에 의해서 존재로 나타난다는 것입니다. 그 밖의 다른 무엇도 그것 안에 스스로 존재를 창조할 힘power을 가지지 않습니다. 창세기(측정치 600)는 신격에서 빛Light이 발했고, 그 빛으로부터 생명과 우주가 기원했다고 언급합니다. 생명은 신격의 자연발생적 진화에서 나옵니다. 모든 것은 신의 현존Presence of God의 무한한 힘Infinite Power으로 인해 잠재성에서 실재성으로 자연발생적으로 일어납니다. 마음에 연쇄적이고 인과적으로 보이는 것은 전혀 연쇄적으로, 인과적으로 일어나고 있지 않습니다. 당신과 나는 이 순간에 무한한 장 속에서 우리인 바what we are로 자연발생적으로 존재합니다.

문: 세상이 신의 현존으로 인해 일어나고 있다면, 신의 현존은 사랑이라고 하는데 왜 선한 사람에게 나쁜 일이 생기나요?

답: '좋은' 또는 '나쁜'이라는 것은 당신의 지각입니다. 역경은 실제로 선물로 볼 수 있습니다. 많은 암 생존자는 "암은 저에게 일어난 가장 좋은 일이에요."라고 당신에게 말할 것입니다. 신성은 전지하지만 당신은 그렇지 않습니다. 당신의 지각은 실상Reality이 아닙니다. 당신이 '불공정'하다고 지각하는 것이 바로 해방의 수단이 될 수도 있습니다. 당신이 알고 싶어 하는 것은 세상에 내재적인 정의가 있는지 그리고 세상에서 일어나는 일이 정의롭고 공정하게 발생하는지입니다. 네, 그렇습니다. 인간 삶은 카르마적으로 공정합니

다. 완전히 그리고 전적으로요. 모든 이는 자신의 카누를 조종하고 있습니다. 사랑은 궁극의 우주 법칙이기 때문에(진술은 750으로 측정된다.) 사람 각자는 영적으로 최대 이득인 환경에 태어납니다.

어떤 것이 '불공정'하려면 우주가 우연이거나 변덕스러워야 할 것입니다. 그 무엇도 우연이 아니고 신성은 변덕스럽지 않습니다. 모든 시간 내내 무한한 힘Infinite Power을 지니는 비선형적 영역, 즉 신성은 힘이 무한하며, 무한한 차원의 전자기장과 같습니다. 그 안에서 작은 철가루는 자신의 '전하charge'에 따라 자동적으로 줄을 섭니다. 존재를 갖는 모든 것은 카르마적으로 극성, 즉 전하를 가집니다. 신성Divinity의 영역 안에 있는 모든 것은 자기의 카르마적 유산에 따라서 그 장 안에서 정렬됩니다. 그렇기 때문에 신의 정의Justice of God는 즉각적입니다. 철가루는 그 자신이 있는 곳 외에는 다른 곳에 있을 수 없습니다.

신의 현존은 부분, 위치, 움직임이 없는 무한한 힘입니다. 신의 현존은 신인동형성*적인 투사가 없고, 감정이 없으며, 심리학적 문제와 무의식적 마음이 없습니다! 신성은 변덕스럽지 않습니다. 신성은 화나 있지 않으며 감정적으로 불안해하거나 복수심에 차 있지 않습니다. 그리고 정신분석이나 치료요법을 받을 필요가 없습니다! 신성은 힘Power의 무한한 장Infinite Field이고 그렇기 때문에 필연적으로 분리divisions를 갖고 있지 않습니다. 신성은 마치 중력처럼, 그 내부에서 우리 각자가 카르마적 유산에 따라 줄을 서는 분리되

---

* 신에게 인간의 본질이나 속성이 있다고 인정하는 것을 말한다. ─옮긴이

지 않는 장입니다. 카르마적 유산은 한 수준에서 보자면, 기억하든 못하든 우리가 이제까지 그것에 동의했던 것의 전체 합계입니다. 언제나 선택의 자유가 있습니다. 그렇기 때문에 각 순간에 우리는 자신의 결정을 내립니다. 우리는 이 세상을 의식 진화에 필요한 최대의 기회로 묘사할 수 있습니다. 이곳은 가장 끔찍하고 소름 끼치는 것부터 가장 기쁨이 넘치는 것까지, 선택에 제한이 없는 차원입니다.

'카르마적 기회로서 세상'은 600으로 측정되고, 그것은 세상에서의 모든 가르침이 영적 진화를 위한 기회가 된다는 점을 보여 주는 붓다의 가르침이기도 합니다. "인간으로 태어나는 것은 드물다. 깨달음에 대해 듣게 되는 것은 더욱더 드물다. 깨달음을 추구하는 것은 극히 드물다."

문: 저는 마음이 인과성이 존재하지 않는 곳에 인과성을 투사하고, 그런 후 반대되는 모든 데이터를 무의식적으로 무시하는 경향이 있다는 점을 알게 됐습니다. 어떤 것이든 원인을 실제로 구별하려면, 저는 모든 시간 동안 일어났던 것 전부를 알아야만 할 것입니다. 모든 것은 다른 모든 것과 연결되어 있기 때문입니다. 이것이 맞습니까?

답: 당신은 지성의 한계를 알아차렸습니다. 지성에 갇히지 않게 하는 안전장치는 겸손입니다. 지성은 특정 영역 안에서만 특정 작업을 할 수 있을 뿐이고, 그 영역을 넘어서면 장애물입니다. 지성은 비선형적 영역이 아니라 선형적 영역에서 쓸모가 있습니다. 당신은

수프 캔을 따려고 망치를 사용하지는 않을 것입니다. 당신은 영적 실상을 이해하려고 지성을 사용하면 안 됩니다.

신체와 의학의 선형적 분야 속에서는 지성이 세상에 주는 위대한 가치를 보게 됩니다. 제가 의사로 처음 일하기 시작했을 때 저는 큰 병원의 책임자였고, 그 병원은 사람들이 일상적으로 질병에 걸려 죽어 가던 곳이었습니다. 지금은 존재하지도 않는 질병으로요! 소아마비는 더 이상 거의 존재하지 않습니다. 400대는 엄청난 이점이 있었기 때문에 우리는 지성을 존중합니다. 지성은 사회에 큰 은인이었습니다. 사람의 의식 수준이 올라가면서 사람은 세상에 더욱더 이롭게 됩니다. 그리고 400대의 사람은 큰 영향을 끼칩니다. 과학계는 병과 고통, 절망에서 상대적으로 덜 아픈 수술과 출산, 수많은 질환에서의 회복으로 우리 삶을 변형시켰습니다. 지성과 과학은 우리가 정말로 감사해야 하는 도구입니다. 우리는 지성을 폄하하지 않습니다. 우리는 지성에 자부심을 느낍니다. 지성이 없다면, 여기에 지금 아무도 없을 것이기 때문입니다! 지성에 한계가 있다는 것은 그저 받아들여야 할 사안입니다. 지성은 신이 아니기 때문입니다.

문: 세상은 무엇이고, 의식 진화에 세상이 어떻게 봉사합니까?
답: 세상을 바라보는 여러 관점이 있고, 그 관점들은 각각의 진실 수준에 따라 측정될 수 있습니다.

• 세상에 대한 사람의 관점은 관찰자의 의식 수준에 따른 결과다: 485

- 세상은 실제로 속죄와 구원을 위한 기회의 장소다: 575
- "나는 내가 보는 세상을 창안했다": 350
- 세상과 우주는 신으로부터 떨어져 있기 위해 에고가 만들어 낸 덧없는 허상일 뿐이다: 220
- 인간 삶은 신의 의지 God's Will의 표현이고, 신의 의지로 인해 신격이 무한한 잠재성에서 실재화를 실현한다: 560
- 인류는 별에서 하강했고 천국에서 추락했다: 160
- 인류는 원숭이로부터 기원했다: 160
- 세상과 인류는 신으로부터 창조됐고, 그러하기에 세상과 인류는 신성의 힘으로 영감받고 본질적으로 신성하다: 545
- 세상은 물리적 우주의 물리적 부산물일 뿐이다: 190
- 그렇기 때문에 생명과 인류는 순전히 다윈의 생물학적 진화(기계적 환원주의)의 우연한 부산물이다: 190
- 생존은 적자생존에 의한 자연선택 때문이다: 440
- 세상과 인간 생명은, 아담과 이브가 호기심의 유혹으로 위반하고 굴복해서 생긴 추락의 귀결이다. 그러므로 삶은 원죄에 대한 참회이다: 190
- 세상은 희극, 비극, 정치적 게임판 같은 것이다: 240
- 이곳은 역경과 고통의 연옥적 세상이다. 그러므로 천국을 구하라: 350
- 세상은 나쁜 카르마를 취소하고 영적 공덕을 얻음으로써 영적 성장과 진화를 극대화할 드문 기회다: 510
- 착취적인 세상: 180

- 불공정한 세상: 200
- 카르마적 표현으로서의 세상: 575
- 카르마적 기회로서의 세상: 600

문: 사람의 개인적 진화가 세상과 대략 어떤 연관이 있나요?

답: 영적 노력과 진화의 보이지 않는 이점은 인간 의식의 집단적 수준 자체에 그것이 끼치는 긍정적 영향입니다. 진화하는 영적 헌신자 각각은 의식 수준이 상당히 낮은 수많은 사람의 부정적 결과를 상쇄합니다. 의식 측정 연구는 인류의 집단의식 수준이 그 겉모습에도 불구하고 전반적으로 상승하고 있다는 점을 드러내 줍니다. 결국, 낙관적 관점이 타당하게 됩니다. 사람은 카르마적 이득에 있어서 무한한 잠재력을 가진 인간으로 태어난 것을 감사할 수 있습니다. 사람은 또한 깨달음에 대해 들었다는 점과 깨달음을 추구하기를 선택했다는 점에 감사해할 수 있습니다. 그러한 개인은 정말 극히 드물기 때문입니다. 이전 저작에서 보고했듯, 사람이 삶의 주요 목적으로 깨달음을 추구할 가능성은 통계적으로 천만 명 중의 한 명입니다.

더 사랑임loving 상태가 되기를, 그리고 의식 지도 에너지 장 맨 위에 의도를 정렬하기를 단순히 소망하기만 해도 세상에 전체적으로 도움이 됩니다. 세상의 부정성을 상쇄하는 방법은 거짓을 공격하는 것이 아니라, 여러분 각자의 영역이나 삶에서 가능한 친절하고 사랑하게 되는 것입니다. 친절한(255) 사람 한 명이 적대적인(125) 사람 다섯 명보다 강력합니다.

문: 세속의 삶에서 얻을 수 있는 진정한 가치는 무엇입니까?

답: 세상은 에고가 공공연하게 극적 표현으로 투사된 것일 뿐이므로 내적 성장을 위한 최적의 자극으로 보일 수 있습니다. 세상의 허상들에 현혹되거나 동일시나 집착으로 그 덫에 걸리기보다는 세상을 통해 배우는 것이 최선입니다. 세속적 파노라마는 의식 수준들의 가장 분명한 표현으로 전체 의식 수준 척도를 반영합니다. 그 파노라마는 식별력을 배우는 학교와 같은데, 그곳에서는 극단적인 것들이 외관 밑에 있는 본질을 드러내도록 도움을 줍니다. 겉으로 보이는 모든 사건은 학습의 기회를 제공합니다.

문: 그럼 어떻게 세상과 관계 맺어야 최선일까요?

답: 세상 속에 존재하되 세상에 속하지 마세요. 세상은 수단이지 목적이 아닙니다.

David R. Hawkins

2부에서 호킨스 박사님은 인간의 중대 관심사인 세 가지 영역, 즉 육체적 건강, 성공, 중독 회복에 의식 지도를 적용합니다. 실마리를 주는 한 가지 가르침은 "우리가 마음에 품은 것은 나타나는 경향이 있다."입니다. 또 다른 아주 중요한 가르침은 다른 이들에 대한 정중함을 연습하는 것입니다. 박사님은 우리가 다음과 같은 방법으로 정중함을 기른다고 말합니다. "도로에서 운전 중 항상 다른 이들이 당신 앞에 끼어들도록 하라." 박사님은 여기에 성공의 비결이 되는 힘power이 놓여 있음을 약속합니다!

중독으로부터 회복을 다룬 6장에서, 우리는 호킨스 박사님이 수십 년의 세월을 12단계와 함께한 임상 경험과 '익명의 알코올 중독자들' 공동 설립자인 빌 윌슨과 가까운 관계였던 것에서 혜택을 입습니다. "영적 기반으로서의 익명성", "개인성보다 원칙을 앞세우기", "홍보가 아닌 끌림"과 같은 전통들은 그룹이 적절한 정렬 속에 머물도록 합니다. 박사님은 또한 12단계가 에고 자체에 대한 중독 극복을 포함하여 어떤 인간 문제에도 적용될 수 있다고 제안합니다.

치유의 여정은 전반적으로 우리의 본유적 행복과 기쁨의 표현을 가로막는 부정적 에너지를 놓아 버리는 것입니다. "구름이 걷힐 때 태양이 밝게 빛난다."는 호킨스 박사님이 가장 좋아하는 격언입니다. 여기 박사님이 그 과정을 이야기한 예가 있습니다.

우리가 더 많이 놓아 버릴수록 우리는 더욱 사랑하게 된다. 우리가 사랑하는 일을 하는 데 점점 더 많은 삶을 보낼 것이며, 함께하는 사람들에게서 점차 증가하는 사랑을 느낀다. 이러한 일이 일어나면서 우리 삶은 변형된다. 사랑은 감정 에너지 진동 중 가장 강력하다. 사랑을 위해서 사람들은 고생도 마다하지 않을 것이며 어떤 돈을 주어도 절대 하지 않을 일들을 하게 될 것이다. 부정적 장애와 "나는 할 수 없어."가 제거될 때, 삶에서 완전히 새로운 영역들이 우리에게 열린다.

타고난 음악적 재능이 많은데도 삶의 대부분을 지루한 일을 하며 보냈던 한 젊은 여성을 예로 들어 보자. 그녀는 경제적 이유로 그 직업을 계속해야만 한다고 느꼈다. 그녀가 정말로 좋아했던 일은 집에 혼자 있을 때 악기를 연주하는 것이었다. 악기 연주는 오로지 개인적인 즐거움을 위해서만 했던 일이었다. 자신감이 부족하여 다른 사람들을 위해서, 심지어 가까운 친구를 위해서도 거의 연주하지 않았다.

자신의 내적 제약 — 자기 표현을 차단하고 있던 모든 낮은 에너지 느낌들 — 을 놓아 버리기 시작한 후에 능력과 자신감은 아주 빠르게 성장했고, 그녀는 대중이 모인 곳에서 연주하기 시작했다. 그녀의 재능은 좋은 평가를 받았고, 바쁘게 음악 경력을 쌓기 시작했다. 전문 음반을 냈으며 그 음반은 그녀가 파트타임으로 근무 시간을 줄일 수 있을 만큼 성공적이었다. 막 꽃을 피우기 시작한 커리어에 더 많은 시간과 에너지를 쏟으며 큰 기쁨과 만족을 얻었다. 비록 사업에 관해서는 아무것도 몰랐지만 이제 그녀는 자신의 음악 사업을 시작하여 1년 안에 그 음반을 나라 전체에 유통시켰으며, 그 후 유럽에도 유통시켰다.

기쁘게도 그녀는 가장 잘하고 싶었던 일을 하며 매우 성공한 자신을 발견했다. 모든 사람이 그녀의 활력과 행복이 점점 증가하는 것을 명백히 알았으며, 성공은 그녀 삶의 다른 영역들로 확산되었다.

성공은 우리가 가장 잘하고 싶은 것을 하는 데서 기인한다. 하지만 대부분 사람들은 자신이 *해야* 한다고 상상하는 것에 얽매인다. 제약을 포기할 때, 창조성과 표현에 관한 완전히 새로운 길을 이용할 수 있다. 기꺼이 두려움과 자기 의심을 놓아 버린 음악가의 사례에서, 이 단 하나의 내적 전환으로 어떻게 그녀의 외부 삶이 전혀 상상도 못 한 방식으로 펼쳐지는지를 볼 수 있다.

건강과 행복

이미 논했던 원리들에서 명백히 볼 수 있듯이, 용기, 받아들임, 사랑, 너그러움과 같은 강력한 끌개장과의 정렬을 통해 우리가 자신의 내적인 힘power을 인정하면서, 진정한 변화가 내면에서부터 발생한다. 이것은 우리의 경험이 출현하는 곳인 우리 삶의 'ABC'(구조화 원리, 내적 태도, 전반적 의도)에 초점을 맞춘다. 따라서 우리의 건강이나 행복, 성공을 증가시키는 단 하나의 방법은 우리의 의식 수준을 증가시키는 것이다. 만약 외부 요인들 A⇨B⇨C를 변화시켜서 우리 삶을 더 좋게 만들려고 시도한다면, 우리는 결국 좌절에 이른다. 이런 소용없는 접근법을 다음의 널리 알려진 문장에서 볼 수 있다. "그건 마치 타이타닉호의 갑판 의자를 재배치하는 것과 같아." 대부분 사람들의 전략 또한 정확히 그러하다. 그들은 그 모든 것이 출현하는 내면의 무대를 들여다보지 않고 자기 삶의 외부 요소들을 변화시키려 노력한다.

좋은 소식은 단지 하나의 강력한 진실에 당신 자신을 정렬시킴으로써 삶에서 큰 차이를 만들 수 있다는 점이다.

건강에 있어, '나는 몸이다.'에서 '나는 몸을 가진다.'로 전환하는 것이 이러한 강력한 진실이다. 보통의 개인은 몸에 사로잡히고 몸의 기능, 수행performance, 외모, 생존에 사로잡힌다. 사람들은 보통 몸을 '나'로 동일시하며, 따라서 눈 뜨고 깨어 있는 동안 몸이 어떻게 움직이며 어떻게 보이는지, 치수가 몇으로 측정되는지 많은 주의를 쏟는다. 이는 매우 제한된 의식 수준이다. 그것은 앎awareness을 현저히 좁게 만들기에 거짓 동일시이다. 마치 당신 코에 여드름이 나서 이제 온 세상이 그 여드름 중심으로 돌아간다고 생각하며, 마음속 가장 신경 쓰이는 그 여드름과 함께 하루를 보내는 것과 같다.

몸은 마음을 따른다

알아야 할 기본 금언은 '몸은 마음을 따른다.'이다. 그러니까 몸은 마음이 믿는 것을 나타내는 경향이 있다. 신념은 의식적으로나 무의식적으로 품을 수가 있다. 이 금언은 다음 진술이 말하는 의식의 법칙에서 나온다. 우리는 오직 우리가 마음에 품은 것에 지배받는다. 어떤 것이 우리를 지배할 힘을 갖는다면 그 유일한 힘은 우리가 거기에 부여한 신념의 힘이다. 여기서 '힘power'이란 에너지와 믿으려는 의지를 의미한다.

의식 지도를 들여다본다면 어째서 마음이 몸보다 더 강력한지 쉽게 보인다. 마음의 신념들과 개념들이 있는 이성의 에너지 장(측정치 400)은 육체의 에너지 장(측정치 205)보다 훨씬 강력하다. 따라서 신념이 의식적이든 무의식적이든 몸은 마음속에 품은 신념을 표현한다. 의식의 과제 중 하나는 스스로를 비하하지 않고 자신의 외모(그것이 어떠하든지)를 포용하는 것이다.

부정적 신념을 잘 받아들이는 경향성은 애초에 우리가 얼마나 많은 부정성을 지니고 있는지에 달려 있다. 예를 들어 긍정적인 마음은 부정적 생각을 받아들이길 거절하는데, 그저 그것들을 자신에게는 진실이 아닌 것으로 거부할 것이다. 흔히 붙들고 있는 부정적 생각을 받아들이길 거절한다. 우리는 죄책감에 사로잡힌 사람에게 자기 비난을 믿게 하는 것이, 혹은 두려움에 찬 사람에게 어떤 질병에 대한 두려움을 믿게 하는 것이 얼마나 쉬운지를 안다.

'감기는 옮는다.'는 생각이 좋은 예이다. 충분한 죄책감과 두려움이 있고 의식 법칙에 관해 순진한 사람은 '모든 사람이 감기에 걸린다.'는 생각에 동의할 것이다. 무의식적 죄책감으로 인해서 어떤 사람은 무의식적으로 자신이 감기에 '걸릴 만하다'고 느낀다. '잘 옮고' 전염되는 바이러스가 감기를 초래한다는 마음의 신념을 몸이 따른다. 그리하여 마음의 신념에 조종당한 몸에 감기가 나타난다. 죄책감과 두려움이라는 기저의 부정적 에너지를 놓아 버렸던 사람은 '감기가 유행하고 있어서 난 아마도 다른 사람들처럼 감기에 걸릴 거야.'라고 믿는 두려운 마음을 갖지 않는다. '감기가 유행하고 있다.'는 많은 사례에서 실은 많은 사람이 감기에 걸린 이들과 똑같은 환경에 노출되었는데도 감기에 '걸리지' 않는다.

생각(측정치 400)은 강력하다. 육체성(측정치 205)보다 더 높은 진동을 갖기 때문이다. 하나의 생각은 사실상 하나의 사물thing이다. 즉 그것은 에너지 패턴을 갖는다. 우리가 어떤 생각에 더 많은 에너지를 부여할수록 그 생각이 물리적으로 나타나도록 하는 힘power이 더 많아진다. 이것이 이른바 많은 건강 교육의 역설이다. 그 역설적 효과는 두려운 생각이 강화되고 그 생각에 너무나 많은 힘이 부여되어서 전염병이 실상 미디어에 의해 창조되는 것(예를 들어 신종 플루)이다. 건강이 위험해질 거라는 두려움에 기반한 경고는 실제로 두려워하는 바로 그것이 발생할 정신적 환경을 마련한다. 어떻게 그럴 수 있을까? 육체에 덧씌워진 에너지체는 그 형태가 육체의 형태와 매우 비슷하며 에너지체의 패턴이 실제로 육체를 통제한다. 의도와 생각은 그 패턴에 영향을 미친다. 고급 양자 물리학이 보여주듯, 단순한 관찰이 아원자 고에너지 입자들에 영향을 미치는 것이다.

몸을 지배하는 마음의 힘power은 임상 연구로 입증되었다. 예를 들어 한 연구에서 어떤 그룹의 여성들에게 월경 주기를 2주 빠르게 할 호르몬 주사를 놓을 거라고 이야기했다. 그리고 그들에게 플라시보 식염수 주사를 놓았을 뿐이었는데도 70퍼센트가 넘는 여성에게 온갖 육체적, 정신적 증상을 동반하는 월경 전 긴장이 일찍 생겼다.

이 의식의 법칙을 명확히 실증해 주는 또 다른 사례는 해리 장애를 가진 이들에게서 관찰된다. 한 몸에 있는 각기 다른 인격은 육체적으로 다른 것들을 동반한다. 예를 들어 전위에 따라 기록되는 뇌

파가 변화하며 글씨 쓰는 손, 통증 역치, 전기 피부 반응, IQ, 월경 주기, 대뇌 우세반구, 언어 능력, 억양, 시력이 달라진다. 그러므로 알레르기를 믿는 인격일 때, 그 사람은 알레르기가 있다. 하지만 다른 인격이 몸에 있을 때는 알레르기가 사라진다. 한 인격은 안경을 필요로 하고 다른 인격은 그렇지 않을 수도 있다. 이러한 인격들은 안압이나 다른 생리적 측정치에서 눈에 띄는 차이를 보인다.

이런 육체적 현상들은 해리 장애가 없는 사람들이 최면의 영향 아래 있을 때도 바뀐다. 간단한 암시로 알레르기가 나타나거나 사라지도록 할 수 있다. 최면 상태에서 장미 알레르기가 있다는 암시를 받은 개인은 최면 상태에서 깨어나 의사 책상 위의 꽃병 속 장미를 발견하면 재채기를 시작할 것이다. 그 장미가 조화造花라고 할지라도 말이다.

노벨상 수상자 존 에클스 경은 일생을 연구한 끝에 과학이나 의학이 믿었듯 뇌가 마음의 근원이 아니라, 그 반대라는 것이 명백해졌다고 진술했다. 마음이 뇌를 통제하고 뇌는 수신소(라디오 같은)처럼 작용하는데, 생각들은 라디오파와 유사하고 뇌는 수신기와 유사하다.

뇌는 수신기, 교환기와 비슷하며, 생각 형태들을 수신하고 그것들을 뉴런 기능과 기억 저장소의 형식으로 전환한다. 예를 들어 최근까지도, 근육의 수의 운동이 뇌의 운동 피질에서 기원한다고 믿었다. 하지만 이제 에클스가 발표했던 것처럼 움직이려는 바로 그 의도가 운동 피질 옆에 있는 뇌의 보조운동 영역에 기록된다. 따라서 뇌는 마음의 의도에 의해서 활성화되지 그 반대가 아니다.

우리는 이것을 명상 상태에 있는 사람들에게 했던 여러 뇌 영상 연구들에서 본다. 예를 들어 매디슨에 있는 위스콘신대학 리처드 데이비슨 박사의 연구는 연민과 자애 명상 수행이 (행복 같은 긍정적 감정의 자리인) 좌뇌 전전두엽 피질의 활동 증가를 자극하고 (확장된 앎awareness, 기민함, 통찰의 징후인) 고진폭 감마파 동기화 생성을 자극한다는 것을 입증했다. 마음에 품은 것은 뇌 활동과 뇌 신경 구조를 바꿀 힘power이 있다.

우리 몸의 체계는 마음이 품고 있는 무의식적, 의식적 신념의 온갖 영향에 지배된다. 이러한 신념에는 여러 음식에 있다고 추정되는 영향, 알레르기 유발 항원, 갱년기 및 월경 장애, 감염, 그 외 특정 신념 체계와 연관된 온갖 질병이 있으며, 이 신념들은 억제된 부정적 느낌의 존재로 인하여 스트레스를 받기 쉬워지는 기저의 경향성과 결부된다.

30년간 《새터데이 리뷰Saturday Review》 편집장이었던 노먼 커즌스는 자신의 심각한 육체 질병을 웃음으로 치유하며 이 원리를 입증했다. 그는 『웃음의 치유력』이라는 책을 썼는데, 고용량의 비타민 C, 그리고 마르크스 형제가 출연한 영화의 배꼽이 빠질 듯한 웃음을 통해 손상성 관절염 질환에서 회복한 경험을 쓴 책이다. 그는 웃음에 자신의 통증을 2시간 동안 가라앉힐 수 있는 마취 효과가 있다는 것을 발견했다. 웃음은 부정적 에너지 장을 놓아 버리는 방식이다. 웃음을 통해서, 커즌스는 계속해서 기저의 감정적 압력을 놓아 버렸고, 부정적 생각들을 취소했다. 이는 몸 안에 매우 긍정적이고 이로운 변화를 낳아 결과적으로 그가 회복되도록 촉진했다.

부정적 프로그램 극복하기

우리 몸을 변화시키는 방법은 부정적 개념, 감정, 신념 체계를 놓아 버리면서 우리 생각과 느낌을 바꾸는 것이다. 우리는 세상에서 혹은 우리 자신의 신념 체계에서 비롯되는 부정적 프로그래밍을 취소해야 한다. 우리가 두려워할수록 우리는 더 빠르게 프로그램되고, 그런 후 몸은 그에 맞춰 반응한다. 물질, 음식, 공기, 에너지 그리고 온갖 종류의 자극에 관한 두려움은 주위 환경에 대해 편집증적이 되는 지점에까지 이르렀다. 날마다 새로운 화학물이나 물질이 해로운 영향을 미친다고 발표된다!

우리는 음식과 화학물, 주위 환경 속 물질에 대한 두려움에 시달리는 사람들에게서 두려워하는 부정적 프로그래밍의 유해한 영향을 볼 수 있다. 의식 지도에서 두려움은 일상적인 삶이 무섭다는 신념과 불안으로 인한 위축에 부합하는 에너지 장이다. 어떤 사람들은 환경과 그 안의 모든 것에 대해서 큰 공포증을 가지게 되며, 그들의 세상은 점점 더 작아지게 된다. 매일 점점 더 두려워하게 된다. 어떤 사람들은 세상을 피해 달아나는 단계에 굴복하여 자기 마음의 희생양이 된다. 지구상에 안전하게 먹을 수 있는 것이 몇 가지 남지 않았고, 그래서 그걸 갈색 종이봉투에 가지고 다닌다. 연회에 가면 그가 독이라고 여기는 것으로 가득 찬 음식을 모든 이가 먹고 있다. 그는 생각한다. 이들은 완두콩, 과일, 상추에 있는 농약과 스테이크로 스스로를 죽이고 있어. 그의 관점에서 사람들이 스스로를 죽이는 동안, 그는 자신의 갈색 종이봉투에서 음식을 꺼내 먹는다. 그는 다른 '갈색 종이봉투' 사람들이 모여 있는 식탁 뒤쪽 구석에 앉는다.(이것은 어떤 성대한 연회의 실제 장면이었다.) 그는 단식을 많이 한다. 달리기를 많이 하고 '건강에 좋은' 일을 많이 한다. 당연하게도 그는 지금 죽었다. 매일 달리기를 하며 그렇게 건강하려 애썼는데 어째서 죽었을까? 자신을 옭아매기 시작한 편집증적 세계관을 가진 거품 인간bubble person이 되었기 때문이다. 그는 신뢰하며 숨을 쉴 수가 없었다. 카펫조차도 누릴 수 없었는데, 아마도 카펫이 독성 오프가스off-gases와 그를 숨 막히게 하는 섬유 입자 같은 알레르기 유발 항원을 내뿜고 있을 것이기 때문이었다. 암이 생기게 하는 페인트나 절연 자재에서 나오는 유독 가스 혹은 담배의 연기 입자와 같은 것들도 그의 삶을 점점 더 작아지게 했다.

이런 종류의 상황에서 일어나는 일은, 실제로 우리에게 영향을 미칠 힘이 없는 세상에서 비롯된 인과라는 환상illusion에 우리 존재의 힘을 점차 넘겨주면서 우리 자신에 관한 진실을 점차 부인하는 것이다. 이것은 진실이 뒤집힌 것인데, 우리는 우리 자신에 관한 거짓을 믿음으로써 점점 더 취약해져 희생자가 된다. 그러다 결국 거품 인간이라는 완전한 편집증을 갖기에 이른다. 이들은 '환경 알레르기'가 있어 오직 정제 공기가 들어 있는 보호 거품 안에서만 살 수 있고, 갈색 종이봉투에 담은 날음식만 먹는다. 이는 합리적인 사람에게도, 심지어 의사에게도 일어날 수 있다. 그것은 꽃가루, 돼지풀, 말비듬, 강아지와 고양이 털, 먼지, 깃털, 양모, 초콜릿, 치즈, 견과류로 시작되었다.(모두 알레르기를 초래한다고 믿어지는 것들이다.) 이후 설탕이 금지되었고(고혈당), 거기다 식품 첨가물(암), 달

걀과 유제품(콜레스테롤), 내장육(통풍)이 금지되었다. 다음으로 '유해한' 목록에는 식용 색소, 사카린, 카페인, 색소, 알루미늄, 합성 섬유, 소음, 형광등, 방충 스프레이, 탈취제deodorants, 고온에서 요리된 음식, 물속 미네랄, 물속 염소, 니코틴, 담배 연기, 석유 화학 제품, 자동차 배기가스, 양이온, 낮은 수치의 전기 진동, 산성 음식, 농약, 씨가 있는 음식이 추가되었다.

세상이 너무 작게 오그라들어서 먹거나 입기에 안전한 것이 아무것도 없었다. 숨 쉴 공기도 없었다. 몸에는 이를 증명하는 온갖 알레르기나 반응, 질병 들이 있었다. 저녁을 먹으러 외출하는 것은 과거의 낙이 되고 말았는데, (당연히 철저하게 씻은) 상추를 제외하고는 먹을 수 있던 것이 메뉴에 아무것도 없었기 때문이다. 그리고 식당 식기를 집을 때는 흰 장갑 착용이 필수였다!

그러다 하나의 핵심 진실을 배우면서 전체 패턴이 풀렸다. (무의식적 신념을 포함해) 마음에 품은 것은 나타나는 경향이 있다. 범인은 세상이 아니라 마음이었다. 모든 부정적 프로그래밍과 무섭게 하는 조건화가 마음속에 있었고, 몸은 마음에 복종했다. 이 의식의 법칙이 급증하던 편집증을 역전시켰다. 각각의 내적 신념을 살펴보고 놓아 버리면서 모든 부정적 신체 반응, 질병, 증상이 사라졌다. 다시 말해, 알레르기 반응을 초래했던 것은 덩굴옻나무 나뭇잎이 아니라 덩굴옻나무가 알레르기 유발 항원이라는 마음의 신념이었다. 마음이 자신의 프로그래밍을 놓아 버리면서 몸의 반응들도 사라졌다.

자가 치유 과정

자가 치유 과정은 어떠할까? 우리가 질병이 역전되도록 하는 데 적용할 수 있는 의식 기법은 무엇일까? 우리는 경험하고 있는 감각들에 저항하기를 놓아 버리는 것으로부터 시작하여 그것들에 꼬리표 붙이기를 그만둔다. 예를 들어, 우리는 '십이지장 궤양'이나 '천식'을 경험할 수 없다. 이것들은 꼬리표이자 정신적 구성물, 정교한 프로그램, 신념 체계이다. 우리는 정확한 감각에 대한 내적 경험으로 들어가 그것들에 저항하는 것을 놓아 버린다. 사실상 우리는 그 감각의 내적 경험을 환영하여 그것들과 정렬하면서 결국 그것들을 '사라지게' 할 것이다. 동시에 마음 안에서 우리는 어떤 꼬리표도 취소한다. 우리는 그걸 '궤양'이라고 부르길 그만두고 대신에 그것의 내적 감각 속으로 들어간다. 그 내적 감각은 압박감이나 타는 듯한 감각일 수도 있다. '타는 듯한'과 '압박'이라는 단어조차 꼬리표이다. 우리는 그것들을 취소하고, 다시 우리가 육체적으로 경험하고 있는 것의 핵심 속으로, 그 절대적 본질 속으로 들어가 그 경험에 저항하기를 놓아 버린다.

자가 치유 단계

간단히 말해, 근본적 진실의 의식 기법에는 특정 질병을 치유하는 다음 다섯 단계가 있다.

1. 그것의 감각적 경험에 저항하기를 놓아 버리기

2. 그것에 이름표나 꼬리표를 더 이상 붙이지 않기

3. 내적 감각의 경험을 환영하며 어떤 단어도 사용하지 않기

4. 정신적 꼬리표와 생각 형태, 신념 체계를 취소하고 그것을 다음의 진실로 대체하기: *나는 더 이상 그것을 믿지 않는다. 나는 무한한 존재이며, 나는 그것에 지배받지 않는다. 나는 오직 내가 마음에 품는 것에 지배받는다.*

5. 치유하는 사랑의 에너지 장 선택하기

우리가 연관된 에너지의 기초 물리학을 살펴보고 의식 지도가 로그 척도임을 유념한다면, 이것들이 지수로 된 수준들이기에 어째서 두려움(측정치 100)이 사랑(측정치 500)에 압도되는지를 알 수 있다. 따라서 사랑의 힘power은 10^{500}으로 표시되는 반면 두려움은 오직 10^{100}이며 이는 아주 큰 차이이다. 자신을 540인 무조건적 사랑의 에너지 장에 두는 것은 자동적으로 가장 깊은 수준에서 자신을 치유한다. 사랑하는 사람이 되기로 선택하면 뇌에서 엔도르핀이 분비되고 그것은 육체의 건강과 행복에 심원한 영향을 미친다.(3장의 '뇌 기능과 생리학' 도표를 보라.)

종교적/영적으로 믿음에 정렬하면 두려움의 전반적 수준을 감소시킬 수 있다. 영적 에너지는 좀 더 온건한 처리 과정 체계가 두뇌에서 우세하도록 바꾸며 그로 인해 스트레스 호르몬을 엔도르핀, 최적화된 수치의 세로토닌, 그리고 다른 신경전달물질로 대체한다.

하지만 영적 정렬이 감정적 괴로움의 시기나 카르마적 패턴에서 전적으로 벗어나는 것을 의미하지는 않는다. 예를 들어 우울증은

광범위한 인구에 생화학적으로 영향을 미친다. 최소한 어른의 3분의 1은 살면서 언젠가 심각한 우울증이나 중등도 우울증을 겪을 것이다. 우울증은 가벼운 후회의 형태일 수도 있으며 혹은 사랑하는 이를 상실한 애통함, 재정적 재앙, 이혼 등의 심각한 형태일 수도 있다. 우울증에는 뇌 생리의 주요한 변화와, 노르에피네프린과 세로토닌 같은 결정적 신경전달물질의 농도가 낮아지는 현상이 동반된다. 우울증 성향에는 강한 유전 요인과 카르마적 요인들이 포함되며, 이는 종종 집안 내력이다.

임상적으로 우울증은 보통 전문적인 도움을 필요로 한다. 적절한 조건하에서 심각한 우울증을 치료해 나갈 수 있긴 하지만 심각한 우울증은 보호와 지지뿐 아니라, 정신과나 다른 전문적 임상 지원이 꼭 필요한 상태임을 시사한다. 희망과 살려는 의지를 상실하여 우울증이 동반되는 일은 외롭고 고립된 개인, 어르신 들에게서 그리고 심각한 스트레스로 심리적 고갈을 겪었던 일반인들에게서 빈번히 발생하는데, 그러한 사례에는 실업, 이혼, 사랑하는 이의 상실, 비통함grieving 과정 자체 등이 있다. 자살은 청소년 사망의 주요 원인이다.

모든 것은 육체적이며, 정신적이고, 영적이다. 육체적 수준에서는 몇몇 우울증 환자가 단순히 설탕을 피하는 것만으로 회복되었다. 많은 수가 항우울제에 잘 반응한다. 우울증 상태에서는 뇌의 특정 영역에서 필수 신경전달물질이 손실된다. 따라서 항우울제를 사용하여 이런 증상의 발현을 개선할 수 있다. 면밀한 임상적 관리(특히 소아와 청소년에서)만 한다면, 일반적으로 대다수 환자의 우울증에서 항우울제를 사용하는 약물학적 치료는 안전하다. 약물학적으로 항우울제는 사람을 지도 밑바닥에서 데리고 나와 더 높은 수준으로 들어 올리고, 그러면 그들은 취약함을 유발하는 상태를 완화시키려 하는 정신 치료나 영적 상담에 반응할 수 있다. 정신약리학의 위험은 자살 위험과 비교 검토되어야 하는데, 특히나 무감정적 우울증이 초조성 우울증이 될 때(이제 사람에게 자살을 수행할 충분한 에너지가 있다.) 그러하다.

행복은 부정적인 것을 놓아 버리고 사랑이 의식 내부에서 그 부정성을 대체하도록 허용하는 자발성에서 발생한다. 약화되지 않는다면 의식의 본질적 성질은 사랑임lovingness이기 때문이다. 우리는 어린아이의 순진무구함 속에서 사랑임lovingness이 인간 본성의 본질적 표현이라는 것을 본다. 마치 아이는 아직 두려움이나 의심, 한계로 들어가도록 프로그램되지 않은 것 같다.

정확한 메커니즘을 들여다보면, 우리는 마음에 품은 것이 물리적 영역에 나타나기 시작하는 것을 본다. 비교적 중립적인 생각조차 중대한 귀결을 가질 수 있다. 예를 들어, '난 하와이에 갈 생각이야.'라는 생각이 그 여행을 준비하기 위한 자금 사정과 향후 6개월간의 계획에 즉각 에너지를 공급한다.

우리가 마음에 품은 것은 나타나는 경향이 있다. 자가 치유에서 극복하기 어려운 것 중 하나는 이 진술의 진실을 기꺼이 받아들이려는 자발성이다. 병의 희생자가 되길 선호하고, 관심을 즐기며, 마음의 힘power을 믿고 싶어 하지 않고, 병에 책임지고 싶어 하지 않는 어떤 부분이 우리에겐 있다. 하지만 우리가 진실로 치유되길 원한다면, 부정적 생각을 그냥 놓아둘 수 없다. 자신에게 "난 당뇨가 있어."라는 혼잣말을 하는 것을 그냥 놓아둘 수는 없다. 그러한 신념체계는 너무나 강력하여서 단지 '나는 당뇨가 있어.'라고 믿는 것만으로 그 질병에 잠재성을 더하기에 충분하다. 그러는 대신 우리는 그걸 취소하고 이렇게 말해야 한다. "저는 한때 그렇게 생각했던 사람입니다. 하지만 저는 오직 제가 마음에 품는 것에 지배받습니다. 저는 무한한 존재이며, 저는 당뇨에 지배받지 않습니다." 진실을 말하면서 우리는 어떤 특정 질병의 세부 증상에 있어서 온전성의 경계인 200 너머로 이동한다.

자신을 향한 연민

그 전체 경험에서 자신을 향한 우리의 태도는 무엇인가? 우리가 용서하고 연민을 가지겠다는 결정으로, 생명을 비난하거나 도덕적으로 '잘못되게 만드는' 대신 생명을 지지하고 돌보는 자가 되겠다는 결정으로 들어가면서, 우리는 아픈 상태에 대해 스스로를 공격하는 것을 놓아 버린다. 영적 작업이나 형이상학 공부에 빠져 있는 어떤 사람들은 자신에게 육체적 질병이 있다고 스스로를 '잘못된 것으로' 만들어 문제를 악화시킨다. 물리적 수준에서 표현되고 있는 것이 무엇이든 그것을 받아들이려는 자발성, 우리의 주의를 끌어당기고 있는 것이 무엇인지 보기 위하여 우리 자신의 의식 내부를 들여다보려는 자발성, 우리 삶에서 무엇이 일어나고 있든 그것이 치유를 위한 것임을 보려는 자발성을 갖는 게 도움이 된다.

우리가 육체적 질병을 가진 영적 구도자임을 부끄러워하는 대신에 우리는 감사하게 되어 말한다. "아하! 무언가가 치유되기 위해 올라오고 있구나." 우리는 그것을 진보의 신호로 여길 수 있고 우리에게 치유할 기회가 있다는 데에 행복해할 수 있다. 역설적이게도, 크거나 빠른 영적 진보가 이러한 것들을 불러올 수 있다.(즉 카르마) 우리가 무조건적 사랑과 같은 높은 진실에 전념할 때, 바로 그러한 의도가 우리 삶 속에 그와 반대되는 것을, 사랑으로 포용되고 치유되길 원하는 무언가를 끌어당긴다. 우리가 이야기했듯이 사랑에 전념하는 것은 '그와 반대되는 것을 불러온다.' 역사 속 위대한 신비주의자 대부분이 많은 육체적 질병에 관하여 기록하였다.(예를 들어, 『브리태니커 백과사전』에서 아빌라의 성녀 테레사와 빙엔의 성녀 힐데가르트처럼 잘 알려진 신비주의자들 항목을 보라.)

병은 단지 우리 의식이 살펴볼 필요가 있는 무언가를, 우리가 죄책감, 두려움, 혹은 다른 어떤 부정적 감정을 느끼는 무언가를 주목하라고 주의를 환기할 뿐이다. 우리가 품고 있는, 놓아 버려지고 취소되어야 할 신념 체계가 있다. 용서되어야 하는 어떤 것이 있으며, 사랑받아야 하는 우리 내면의 어떤 것이 있다. 그래서 그 병에 대해 스스로를 판단하는 대신, 우리는 우리 앎awareness으로 무언가를 가져오는 그것에 감사한다. 우리는 말한다. "고마워, 궤양. 그래, 내가 자신을 비난했고 사랑하지 않았던 그 방식을 살펴보도록 네가 이끌었구나. 고마워, 저혈당. 내가 얼마나 두려움 속에서 살았는지를 나에게 보여 주어서 말이야." 우리는 자신의 모든 병에 감사한다. 그 병들이 우리를 위와 같은 자발성과 받아들임으로 데려가 사랑임lovingness의 장에 들어가도록 했고, 이제 우리는 연민으로부터, 이것이 육체가 자가 치유를 불러오는 방식임을 깨닫는 기쁨으로 들어가기 때문이다.

육체와 연관된 모든 두려움을 놓아 버리고, 신념 체계를 취소하며, 우리의 진정한 참나가 무한하고 한계에 지배받지 않음을 재확언하기 시작하면서, 우리는 건강하고, 잘 지내며, 활력 있는 더 높은 상태로 들어간다. 우리 자신에게 그걸 말하는 유용한 방식은, "난 무한한 존재이며 (   )에 지배받지 않는다."이다. 우리는 빈칸에 어떤 질병이나 물질이든 우리에게 '위험'이 될 수 있다고 마음이 보도록 프로그램된 것을 넣는다.

내적 자유의 상태

제한된 신념 체계들을 내맡긴 개인은 무엇이든 먹을 수 있고, 어디든 갈 수 있으며 더 이상 오염물, 공해, 찬바람, 세균, 전자기 주파수, 카펫, 매연, 먼지, 동물 비듬, 덩굴옻나무, 꽃가루, 식용 색소 같은 것에 대한 두려움에 종속되지 않는다. 이들은 두려움, 죄책감, 자부심을 내맡겼고, 부정적 에너지 장에 딸려 있는 온갖 제한하는 신념 체계를 내맡겼다. 몸에 대한 지각이 바뀌고 이제 몸은 꼭두각시인형이나 애완동물처럼 보인다. 지각의 이러한 전환은 '나는 몸이다.'에서 '나는 몸을 가진다.'로의 전환이다.

몸은 전혀 스스로를 경험하고 있지 않다는 것이 점차 명백해진다. 오히려 몸을 경험하고 있는 것은 마음이다. 몸은 마음 없이 전혀 지각될 수 없다. 팔은 자신의 팔-임arm-ness을 경험할 수 없다. 오직 마음만이 팔-임을 경험할 수 있다. 물론 이것이 마취의 가장 기본이 된다. 마음이 잠들 때, 몸에는 아무 감각이 없다. 사실상 몸은 어떤 감각도 가지고 있지 않다는 것이 우리에게 서서히 분명해진다. 즉 오직 마음만이 그런 기능을 할 수 있다.

이것은 매우 중요한 의식의 전환이다. 이 전환으로 인해 이제 몸에 사로잡히지 않고 몸을 방어하는 데 사로잡히지 않기 때문이다. 우리는 사람들이 정말이지 전혀 우리 몸에 반응하고 있지 않으며, 우리의 내적 태도, 내적 에너지 상태, 앎awareness 수준에 반응하고 있다는 걸 알아채기 시작한다. 우리는 육체의 겉모습에 관한 걱정을 놓아 버리는데, 세상 속 모든 사람과 모든 것이 실제로는 우리의 의식 수준, 의도, 그들에 관해 갖는 느낌에 반응한다는 것이 어느 날 문득 우리에게 분명해지기 때문이다. 우리는 마더 테레사, 달라이 라마, 마하트마 간디처럼 성인 같은 사람들이 지닌 자석 같은 매력을 기억한다. 그들이 사랑스러운 이유가 그들의 육체적 겉모습—보통은 인상적이지 않은—이 아니라 그들이 내뿜는 사랑과 평화의 내적 광휘에 있음을 본다. 육체적 수준에서 의식 수준으로 초점이 바뀌면 빠른 결과를 가져온다. 우리는 자신의 내적 건강에 에너지를 쏟기 시작한다.

부정적 느낌과 태도들을 계속해서 내맡기는 것은 관련된 죄책감 또한 끊임없이 포기되고 있음을 의미한다. 죄책감에 사로잡히지 않은 의식은 더 이상 질병을 끌어당기지 않는 경향이 있다. 무의식 속에서 죄책감은 처벌과 질병을 필요로 하며 거기에는 고통과 괴로움이 수반되는데, 이는 마음이 자기 보복을 위해 가장 자주 사용하는 수단이다. 이러한 자기 보복은 사고나 감기, 독감 발병, 관절염의 형태를 취할 수도 있고, 혹은 마음이 만들어 냈거나 달라붙었던 다수의 질병 중 어떤 것이든 취할 수 있다. 이러한 질병들은 텔레비전과 언론의 관심으로 인해 유행병 형태를 취한다. 저명인사가 대중과 어떤 심각한 병을 공유할 때, 그 병의 발생률이 갑자기 뛰어오르고 그 병이 점점 더 성행하게 된다. 무의식이 어떤 질병을 움켜쥐고서 그것을 대갚음하는 데 활용한다. 내적 죄책감을 끊임없이 내맡기면서 대갚음할 것은 점점 줄어든다. 따라서 부정성과 죄책감에서 자유로운 사람은 질병과 괴로움에서 자유로운 경향이 있다.

그래서 건강과 평안well-being은 대개 죄책감과 다른 부정성들을 놓아 버린 자동적 귀결이며, 건강과 평안well-being의 긍정적 경험에 대한 우리의 저항을 놓아 버린 자동적 귀결이다. 카르마적 경향과 같은 알려지지 않은 요인으로 인해 질병과 병약함이 조금도 수그러들지 않고 계속되는 흔치 않은 사례가 있을 수도 있다. 계속되는 내맡김은 내면의 존재being 수준에서 치유를 불러온다. 그래서 몸이 제약으로 고통받는 듯 보이고 다른 이들의 눈에 비극적으로 보일 수 있는 동안에도 그 사람은 평화로우며 다른 이들을 고양시키는 내면의 평안well-being을 방출한다. 그러한 개인들은 아주 깊은 내맡김을 통해 자기 연민self-pity과 죄책감, 삶의 상황에 대한 저항을 놓아 버렸다. 자신의 병이 개인적 행복을 가로막는 장애물이라는 관점을 초월했고, 그것을 다른 이들을 축복하는 수단으로 여긴다. 고인이 된 교황 요한 바오로 2세는 이 현상의 잘 알려진 최근의 사례에 속한다. 그는 자신의 계속되는 파킨슨병에 대해 접근할 때 다른 이들의 괴로움을 떠맡는, 혹은 다른 이들의 괴로움과 함께하는 영적 기회로 접근했다.

내맡김의 이 과정은 사람을 의식 지도 꼭대기까지 이르는 내내 데려간다. 처음에 '나는 몸이다.'라는 동일시가 있다. 내면의 자각이 계속되면서 '나는 몸이 아니라 몸을 경험하는 마음이다.'가 상당히 명백해진다. 더 많은 느낌, 생각 패턴, 신념 체계들이 내맡겨지면서, 결국에는 다음의 앎awareness이 온다. '나는 마음도 아니다. 나는 마음, 감정, 몸을 목격하고 경험하는 그것이다. 나는 의식 자체이다.'

내면을 관찰하여 외부 세상에서나 몸, 감정, 마음에 무엇이 일어나든 끊임없이 똑같이 남아 있는 무언가Something를 깨닫는다. 이 앎awareness과 함께, 완전한 자유의 상태가 온다. 내면의 참나Self가 발견되었다. 모든 움직임, 활동, 소리, 느낌, 생각 등의 기저를 이루는 앎Awareness의 침묵 상태가 무시간적 평화의 차원이라는 것이 발견된다. 일단 이 앎Awareness과 동일시되면, 우리는 더 이상 세상이나 몸, 마음에 민감하게 영향 받지 않으며, 이 앎Awareness과 함께 내면의 고요함, 정적, 심원한 내적 평화감이 온다. 우리가 항상 추구했지만 몰랐던 것이 이것임을 깨닫는데 왜냐하면 우리는 미로 속에서 길을 잃었었기 때문이다. 우리는 정신없이 바쁜 삶의 그 모든 현상들—몸과 몸의 경험, 의무, 일, 직위, 활동, 문제, 느낌 등—이 자신이라고 생각했었다. 하지만 이제 우리는 자신이 무시간적 공간이며 그 안에서 현상들이 일어나고 있음을 깨닫는다. 우리는 영화 스크린에 그 드라마를 풀어내고 있는 점멸하는 이미지가 아니라 스크린 자체—시작도 끝도 없으며 그 잠재성이 무한한, 삶이라는 펼쳐지는 영화의 비판단적 목격자—이다. 우리의 참된 본성에 관한 이러한 점진적 각성은, 의식 지도 꼭대기에서 신성 그 자체를 의식 Consciousness의 정체성으로 깨닫는 궁극적 각성Ultimate Realization을 위한 토대를 마련한다.

노력이 영적인 종류(참나-각성Self-realization)의 것이든 혹은 직업적인 종류의 것이든 성공을 위한 원리들이 본질적으로 똑같음을 우리는 알게 될 것이다.

10단계로 본 성공의 'ABC'

우리의 참나Self 실상 경험을 스스로에게 어느 정도 허용하지 않았는지는 실제 그것을 허용했던 이들을 향한 우리의 분개로 나타난다. 우리는 자신에게 장애가 있다고 느끼는 영역에서 그들이 활력 넘치는 것에 분개한다. 우리가 의식 지도상 200 미만의 에너지장에서 비롯될 때, 우리는 더 높게 측정되는 것을 싫어하고, 비판하고, 평가 절하한다. 작은 나self는 다른 이들을 깎아내리며 명성과 부를 추구한다.

여기 이 부정적 경향성을 보여 주는 이야기가 있다.

어떤 남자가 해변을 따라 걷다가 게로 가득 찬 양동이를 들고 있는 어부를 우연히 만났다. 그 남자는 어부에게 말했다. "그 양동이에 뚜

껑을 씌우는 게 좋겠어요. 아니면 게가 나올 거예요." "음, 아니에요."
라고 현명한 늙은 어부가 말했다. "그럴 필요 없어요. 그러니까, 게
한 마리가 나가려고 양동이 벽을 기어오르면, 다른 게가 팔을 뻗어
잡아채 녀석을 도로 끌어내리거든요. 그래서 뚜껑이 필요 없어요."

우리가 더 자유로워지고 행복해지면 세상의 본성이 게가 있는
그 양동이와 같다는 걸 볼 것이다. 그러고서 자신과 다른 이들 안의
위대함을 인정하는 내적 태도와 생활 방식을 기꺼이 받아들이면서
그 부정적인 끌어들임을 초월하려 할 것이다. 진정한 성공은 이른
바 적을 공격하는 데서 오는 것이 아니라 우리 자신과 주위의 모든
이의 성공을 키우고 보살피는 데서 온다.

천재적인 많은 개인들이 대중에게 발견되어 유명해진 후에 비극
적인 경력을 갖는데, 이는 작은 성공success이 있고, 또 그와 다른 참
성공Success이 있음을 보여 준다. 전자는 흔히 삶을 위태롭게 하는 반
면, 후자는 삶을 향상시킨다. 진정한 참성공Success은 영을 생기 넘치
게 하고 지지한다. 즉 참성공은 단발적인 성과가 아니라, 당신 자신
과 주위 모든 이들을 이롭게 하는 성공적인 생활 방식을 이룬 총체
적 개인으로서 성공하는 것이다. 작은 나는 약한 끌개 패턴과 정렬
한다.(즉, 게 사고방식crab mentality) 반면, 참나는 높은 힘high-power 에
너지 장과 정렬된다.(즉, 사랑)

참으로 성공한 이들은 성공을 질투하거나 증오하는 대신 성공을
모방하고, 따라 하고, 성공과 동일시하며, 그 패턴을 발달시킨다. 자
기 자신의 행동과 행동의 귀결에 책임을 지는 것은 그 자체로 극히

강력하여 거의 즉각 사람의 의식 측정 수준을 200 이상으로 올린다. 영적으로 진화한 모든 개인이 성장 과정에서 배운 지극히 가치 있는 통찰은, 자신의 개인적 의식이 자기 삶에서 일어나는 모든 것을 결정하는 중대한 영향을 미친다고 여기는 것이다.

참으로 성공한 이들은 ABC와 동일시한다. 그들은 자신이 바깥 세상에 성공을 창조하기 위해 작용하는 '통로'임을 깨닫는다. 그들은 단순히 자산이 아닌 성공의 실제적 근원과 동일시하는 만큼, 상실에 관한 불안이 없다. 그들은 자신의 재산이나 지위를 상실하고서도 금세 다시 만들어 낼 수 있다. 왜냐하면 그들의 ABC에서 그 모든 것이 나오는데, 그 ABC는 그들 내면의 힘power이기 때문이다. 우리는 그러한 사람들에 대해서 말한다. "그들이 무엇을 만지든 금으로 변한다." 하지만 자신의 성공을 외부적인 것, 즉 A⇨B⇨C의 영역 속에서 보는 다른 사람들은 항상 불안정하다. 성공의 근원이 '저 바깥에' 있다고 생각하기 때문이다.

진정한 성공은 당신 삶을 높은 힘power 에너지 패턴과 정렬시키고 특정한 단계들을 따르는 것의 자동적인 귀결이다. 진정한 성공은 단지 직업이나 기업, 은행의 돈에 관한 것이 아니다. 당신이 무엇을 하든 관계없이 영감을 주며, 고양시키고, 아름다움을 더하는 어떤 에너지 장으로서, 총체적 개인total person으로서 당신이 누구인지에 관한 것이다. 진정한 성공은 생명 에너지에 정렬되는 것에서 기인한다.

1단계: 의도INTENTION

**A⇨B⇨C에 관한 뭔가를 조금이라도 하기 전에 당신의 ABC를
검토하라.**

당신이 움직일 때 바탕으로 하는 기본 원리에 보편적인 호소력
이 있는가? 그것이 사람들에게 알려진다면 모든 사람이 진정으로
동의할 수 있는가? 그렇지 않다면, 성공은 시작부터 자동적으로 제
한된다.

우리는 국제적 수준에서 나치 독일의 사례를 살펴볼 수 있다. 나
치 독일은 분명 잠시 동안 승자의 모든 특징을 가진 듯 보였다. 그들
은 지구상에서 이제껏 모인 군대 가운데 가장 인상적인 군대를 모았
다. 하지만 몰락했다. 그들의 슬로건은 무엇이었을까? *Deutschland
uber Alles.* "세계에서 으뜸가는 독일"은 전혀 보편적으로 호소하지
못한다. 그렇지 않은가? 그러한 점에서 벨기에인, 프랑스인, 영국
인, 혹은 그 밖의 다른 이들의 가슴을 사로잡기는 거의 불가능하다.
그것은 승리-패배 명제이다. 우리는 이기고 저들은 패한다!

상을 타기, 혹은 마을의 다른 자동차 딜러보다 더 많은 차를 팔
기, 부유해지고 유명해지가 시작의 동기라면 그 시도는 진정한 성
공을 향한 출발선에서 발을 떼지도 못할 것이다. 당신이 어떤 것에
있어 최고가 되어야 한다거나, 당신이 부유하게 되고 유명해져야
한다는 사실이 당신에게는 호소하겠지만, 다른 사람들은 거기에 관
심이 있을까? 그렇지 않다. 다른 이들이 그들 자신의 목표를 이루도
록 돕는 서비스와 태도가 당신에게 있다면, 당신의 기업에는 보편

적 호소력이 함께한다.

야망만으로는 성공을 가져오지 못한다. 하지만 목적이 이 세상을 모든 사람이 더 살기 좋은 세상으로 만드는 것이라면, 혹은 안전, 기쁨, 삶의 아름다움을 증가시키는 것이라면, 모든 사람이 동의할 수 있다. 보편적 원리에서 비롯되는 것은 힘power으로부터 비롯된다. 자기 이득에서 비롯되는 것은 위력force으로부터 비롯되며, 반대 위력counterforce으로 이어진다.

어떤 측면에서는 의식 지도를 에고의 척도로 볼 수도 있다. 척도에서 200 수준은 이기적임이 사심 없음으로 향하기 시작하는 지렛대의 받침점이며, 500 수준은 사심 없음이 사람의 내적 봉헌이 되는 지렛대의 받침점이다. 진정한 성공을 보장하는 특징은 200 너머로 측정되는 동기, ABC이다. 측정치가 높을수록 더 힘이 있는데, 개인적 에고주의를 넘어 더 넓게 호소하기 때문이다.

우리는 올림픽 경기라는 아주 뛰어난 차원에서 이런 수준들 사이의 차이를 본다. 사적인 삶과 공적인 삶 모두에서, 200 미만 수준에서 나온 동기의 처참한 귀결은 스캔들에 의해 너무나 명백하게 보여진다. 이용 가능한 어떤 수단을 써서라도 올림픽 메달을 거머쥐고 자신의 적을 패배시키려는 과도한 열의는 윤리적 원리라는 힘power을 포기하고 위력force의 가장 흉한 수준까지 내려가기에 이르렀다.

자부심을 표명하는 몇 가지 모습에는 본질적으로 아무 잘못도 없다. 우리는 모두 우리의 올림픽 선수들이 메달을 딸 때 당연히 자랑스러워할 것이다. 그것은 에고주의와는 다른 종류의 자부심이다.

즉 그것은 가슴에서 비롯된다. 그것은 개인적 자부심을 초월하는 인간 성취에 대한 예우이다. 인간 분투의 가장 큰 드라마 중 하나인 올림픽은 경쟁자가 개인적 자부심에서 어떤 존중으로 이동하도록 영감을 준다. 그 존중은 무조건적 사랑의 표현이며, 자신의 상대들 또한 똑같은 고결한 원리들에 헌신한 것에 대하여 경의를 표한다.

운동선수의 진실한 힘power에서와 같이, 진정한 성공은 우아함, 세심함, 내적 고요를 특징으로 한다. 역설적이게도 맹렬하게 경쟁하는 이들조차 비경쟁적인 보통의 삶에서 온순함을 보이는 특징이 있다. 성취를 가져오는 ABC는 자신보다 더 높은 어떤 것(팀 동료, 신, 나라 등)에 대한 봉헌이다. 그것은 의식 지도에서 높게 측정되는 자기 초월의 에너지이다. 우리는 그런 챔피언들을 축하하는데, 그들이 희생을 통해서 그리고 더 높은 원리에 대한 봉헌을 통해서 개인적 야망을 극복했음을 인식하기 때문이다. 위대한 이들을 본보기로 가르칠 때, 그들은 전설적으로 남는다. 그들이 가진 것이나 그들이 하는 것이 아니라 그들이 '되어 온' 것이 우리 모두에게 영감을 준다. 그들의 ABC는 보편적으로 호소하는데, 그것이 우리 모두의 내면에서 사심 없는 봉헌에 대한 공경을 불러일으키기 때문이다.

2단계: 즐거움ENJOYMENT

성찰하라, 그것은 당신이 즐기며 하는 어떤 일인가?

일단 당신이 자신의 의도가 보편적으로 호소한다고 확신한다면, 그 노력이 당신이 즐기며 하는 어떤 것인지를 스스로에게 물어보

라. 우리는 매일 아침 억지로 일하러 가도록 스스로를 강요하는 사람들을 지켜본다. 어떤 일을 해야만 한다고 스스로를 확신시켰지만 그들의 가슴은 거기에 없다. 성공하는 방법은 당신이 하고 싶은 것을 하고, 당신이 하는 것을 즐기는 것이다. 그렇게 함으로써, 자연스럽게 당신은 최선의 능력으로 그것을 하고, 최선을 다한 데서 비롯되는 기쁨을 경험한다. 삶에 모든 것을 가졌는데도 비참했던 탓에 병원에 온 한 환자의 사례가 여기 있다.

그 환자가 불평했다.
"저는 제 삶에 흥미를 잃었습니다. 아침에 일하러 가는 것이 싫습니다. 저는 제가 원할 수 있는 모든 것 — 캐딜락, 값비싼 집들, 인상적인 직위, 수백만 달러, 훌륭한 가족 — 을 가졌지만 저는 우울합니다. 그 모든 것에 무슨 의미가 있는지 모르겠습니다. 저는 친구들에게서 어떤 동정도 받지 못합니다. 그들 모두가 저를 부러워합니다."
"무엇을 하고 싶으세요? 당신이 즐기는 취미가 있나요?"
그가 말했다.
"박사님, 이것이 당신에게 미친 소리처럼 들리겠지만, 저는 인형 집 만들기를 사랑합니다. 집에 작업장이 있고 제 아이, 여자 조카, 남자 조카 들을 위해 인형 집 만드는 것을 사랑합니다."
"인형 집을 하나라도 팔아 본 적 있어요?"
그가 답했다.
"오, 거기에 관해서는 생각도 해 보지 않았습니다. 만드는 데 너무나 많은 시간과 노력이 들어가서 절대 그것들을 팔아 돈을 벌 수가 없었습니다."

나는 간단한 제안을 했다.

"음, 재미로 당신이 지금 작업하고 있는 것을 가져다가, 이익을 볼 만큼의 가격을 계산해서 가격표를 붙이고, 어떤 가게에든 위탁 판매품으로 내놓는 건 어때요? 다른 상품들 사이에서 매몰돼 행방불명되어 보이지도 않을 장난감 가게는 빼고요."

그리고 그는 그렇게 했다. 뜻밖에도, 그는 철물 사업을 하는 누군가를 알았다. 그 지인은 기꺼이 인형 집을 상품 진열장에 두었는데, 사실 그는 인형 집을 계단 디딤판을 파는 데 사용했다.(그 인형 집에는 작은 계단이 있었다.) 그 인형 집은 금방 팔렸다. 그다음 인형 집은 '전시용'으로 두고 주문을 받았다. 비참했었던 그 환자는 오래되지 않아 행복하게 인형 집 사업을 하며 그가 만들 수 있는 가장 빠른 속도로 인형 집을 만들어 팔았고, 그 일을 하는 데 누군가를 고용했다.

정말로 사랑스러운 그 수공예 인형 집은 아이들의 가슴에 기쁨을 가져다주었다. 그것이 그가 비롯되었던 ABC였다. 그가 "난 아이들의 가슴에 기쁨을 가져다주고 싶어요."라고 말했을 때 말이다. 이는 거의 누구도 논쟁할 수 없는 보편적 원리이다. 보편적 원리를 시험하는 방법 중 하나는 그것이 가슴에 호소하는지 여부이다. 만약 당신의 상품이나 서비스가 오직 머리에만 호소한다면, 제한된 성공을 이룰 것이다. 상당한 이득을 올릴 수도 있지만, 세상 속 위대한 성공은 당신 스스로가 사랑하고 믿는 그러한 일들이며, 그것이 사람들의 삶을 바꾼다.

3단계: 실용성SERVICEABILITY

고려하라, 당신이 하고 싶은 것을 실제로 누군가 필요로 하는가? 그것이 진정 세상에 봉사하는가?

당신은 자신을 던져 넣으려는 것이 그저 애착 있는 프로젝트나 개인적 선호가 아님을 분명히 하고 싶어 한다. 라즈베리 비네그레트 샐러드드레싱은 고급 요리에 대한 어떤 셰프의 아이디어일 수 있지만, 그 개인적 입맛이 꼭 많은 대중과 공유되지는 않을 것이다. 호기심으로 한두 번 식당에 들어갔다가 다시는 돌아오지 않을 수 있다. 그저 랜치 드레싱을 원했는데 그것을 선택할 수 없기 때문이다. 결과적으로 그러한 사업은 주로 관광객을 대상으로 하게 되고 그 수요가 제한적이기 때문에 현지인에게 호소하지 못할 수 있음을 우리는 알아챌 것이다. 그저 깜찍하거나 독특한, 색다른 발상이라는 것 말고는 아무런 실제적 필요도 채우지 못한다. 우리는 스스로 질문함으로써 이 단계를 삶의 어떤 무대에도 적용할 수 있다. '나 자신이 특별히 선호하는 것을 강요하고 있는가? 아니면 그것은 실제로 내가 관계하고 있는 사람들의 필요를 충족하는가?'

4단계: 미학AESTHETICS

모든 감각 유형을 확인해 보고 자신의 개성과 맞지 않는 것들을 그 분야 전문가와 상담하여 다루어라.

이것은 무엇을 의미할까? 신경 언어 프로그래밍Neuro-Linguistic

Programming, NLP 연구는 사람들이 자기 삶의 경험을 어떤 주된 감각 유형을 통해서 처리한다는 걸 입증했다. 어떤 이들은 주로 청각적이다. 어떤 이들은 시각적이다. 어떤 이들은 느낌에 의지한다. 물론 냄새와 촉감도 중요하다.

매우 매력적인 한 식당을 생각해 보자. 그곳을 운영하는 여성은 분명히 시각적인 사람이다. 사람들은 그 식당에서 장식이 아름답다는 것을 본다. 그녀는 음식도 잘하며 좋은 가격으로 제공한다. 그러나 음향이 끔찍하다. 사람들은 대화는 물론 생각조차 거의 할 수가 없다. 너무 시끄럽고 부적절한 음악이 잠시도 쉬지 않고 계속 재생된다. 그녀가 좋아하는 음악임은 분명하지만 그것이 다른 이들을 그 장소에서 떠나게 한다.

그와는 반대로, 당신이 알맞다고 느끼기만 하면 어떻게 보이는지 그다지 신경 쓰지 않는 사람이라면, 삶의 주된 감각이 시각적인 몇몇 사람을 불러서 그들에게 어떻게 보이는지 물어보는 게 현명하다. 우리는 사람들이 정보를 어떻게 처리하는지 그들의 언어로 알 수 있다. "난 그 의미가 뭔지 보여. 이것이 너에게는 어떻게 보이니?"라고 말하는 사람들은 아마도 시각적으로 처리하는 사람일 것이다. "그건 내게 좋게 느껴지지 않아. 그건 알맞게 느껴지지 않아."라고 말하는 사람들은 명백하게도 느낌에 의지하는 사람이다. 청각적인 사람들은 말할 것이다. "그건 내게 올바르게 들리지 않아." 그저 이러한 단서를 알아차리는 것만으로도 우리에게 그 유형들은 명백해질 것이다.

당신은 자신의 강점이 아닌 감각 유형을 확실하게 처리하고 싶어 한다. 이는 오래 걸리지 않는데, 아이디어를 전해 줄 그 분야의 전문가와 함께라면 많아 봐야 한 시간이면 된다. 한 식당은 다른 무엇보다 배경 음악을 바꿔 실패에서 성공으로 성장했다. 시끄럽고 평키한 서양 음악에서 부드러운 바로크 음악으로 바꿨고 그 변화는 소득이 높은 단골 고객들을 불러왔다.

사람들은 저녁에 느긋이 쉬고 싶어 한다. 그들은 테이블보, 천으로 만든 냅킨, 적절한 음악, 알맞은 조명이 있기를 바란다. 환한 형광등과 원색은 아침 식사를 하는 식당에는 훌륭할 수 있지만, 저녁 장사는 망칠 것이다. 비록 패스트푸드 체인점은 이 명백한 사실과 모순되는 듯 보이지만, 사람들은 실제로 자신의 삶에 품위를 원한다. 그걸 충족시키거나 그러한 상태를 성취할 수단을 제공하면 사람들은 당신에게 사례하고 감사할 것이다. 당신이 무엇을 내놓든지 반드시 모든 감각 유형을 고려하여 가능한 최고의 스타일이 특색이 되도록 하고, 가능한 많은 감각 유형을 만족시키도록 하라. 이는 많은 노력을 들일 가치가 충분하다.

앞서 말한 감각 유형들 외에도, 높은 비율의 대중들이 편안함을 자신의 순위표에서 아주 높은 위치에 둔다. 앉을 의자를 찾을 수 없다는 단순한 사실 때문에 잠재적 고객들이 가게 밖으로 나간다. 많은 사람이 오직 앉아 있을 때만 뭔가 곰곰이 생각하고서 구매에 관한 결심을 한다. 고객들은 이러한 종류의 배려에 고마워한다.

5단계: 끌림|ATTRACTION

홍보보다는 끌림에 의지하라.

홍보에는 공격적이고 강압적인 마케팅, 광고, 구입 권유가 함께하며, 이는 아주 외부 지향적이고 시간과 돈, 에너지가 든다는 것을 유념하라. 반면에 끌림에는 시간이나 에너지, 노력, 돈이 들지 않는다.

홍보는 위력force으로부터 온다. 위력force이 반대 위력counterforce과 맞닥뜨린다는 것이 우주의 법칙이다. 설득은 구매 저항과 맞닥뜨린다. 홍보에 많은 돈을 쓸수록 당신은 그 시장 가격을 더 많이 올려야만 할 것이다. 그런 이유로 결국 가격 저항 상한선이 생기게 되고, 자신의 상품과 경쟁자의 상품 사이의 가격 격차가 좁아질 것이다.

아무런 시간이나 에너지, 노력을 들이지 않고도 성공을 끌어당기고 만들어 내는 것은 무엇일까? 바로 당신의 평판이다. 평판은 당신이 어떤 마케팅 기업을 고용하여 제작한 가짜 이미지가 아닌 당신이 노력한 실제의 진정성이다. 그 진정성은 당신이 하는 모든 것에서 밝게 빛나고 모든 이들에게 자명하다. 어떤 회사의 이름이나 상표 자체는 우리 안에서 따뜻한 느낌을 자아내는데, 왜냐하면 그들은 즉각 응대하는 신뢰할 만한 고객 서비스를 제공하며, 공들여 만든 믿을 만하고 독특한 상품이나 서비스로 오랜 시간 스스로를 증명했기 때문이다. 그들의 평판은 긍정적 에너지 ABC의 효과이다. 대부분 기업들이 (정부 관료 조직과 같이) 약 200 정도로 측정되는 반면 이러한 회사들은 300대로 측정되는데, 이는 그들이 (단지 기능성에만 치중하기보다는) 인간 감정에 공감한다는 것을 보여 준다.

우리가 마음에 품은 ABC는 끌어당기는 힘power이 있는 자석이며 거기에는 아무런 비용이 들지 않는다. 당신이 일을 잘하고 있다면, 사람들이 당신을 찾아낼 것이다. 그렇다고 그것이 당신이 있는 곳과 어떤 서비스를 이용할 수 있는지, 이번 주 특별 품목이 무엇인지, 영업시간이 어떻게 되는지를 사람들에게 알리지 않아야 한다는 걸 의미하지는 않는다. 비즈니스에서는 "만족한 고객이 최고의 광고"라는 오래된 격언이 있다. 모두가 고개를 끄덕이며 말한다. "오 그래, 나도 알아." 그러고서 계속 그걸 무시한다.

일반적으로, 특정한 지름길로 가고픈 유혹이 있을 때 그것이 당신의 사업을 망칠 위험을 감수할 가치가 있는지 스스로 묻는 게 좋다. 겉보기에 사소해 보이는 '지름길로 질러간' '어제의 도넛' 사례를 잘 생각해 보라. 하루를 마감하는데도 아직 십여 개의 도넛이 남았다. 다음 날 당신은 그것들을 오늘의 도넛이라고 되어 있는 유리장에 넣는다. 그러는 대신 가격 할인 표시를 붙이고 어제의 도넛이라고 했다면, 그 도넛이 완전히 만족스럽지는 않더라도 모두 팔렸을 것이고, 당신은 사업에 어떤 위험도 감수하지 않았을 것이다. 솔직하게 '어제의 도넛'이라고 표시했기 때문에 고객들은 아무런 불만이 없을 것이다. 만약 그것들을 진열장에 놓고 오늘의 도넛으로 판매한다면 당신은 몇천 원을 더 벌 수도 있다. 하지만 그 고객이 가족에게 "모르겠어. 이 도넛 뭔가 좀 이상해. 실망스러워. 평소 같지가 않아."라고 불평할 때, 한 가족 전체에게 당신의 평판을 망쳐 버릴 것이다. 그 가족에게는 친구들이나 다른 친척들도 있다.

당신의 평판을 해치는 지름길로는 절대 가지 마라. 그저 당신의 고객들이 무슨 일이 진행되는지 안다고 추정한다면 그것이 맞을 것이다. 사실 사람들은 그게 뭔지 말할 수는 없지만 정말 '그냥 안다.' 품질을 떨어뜨리는 일을 합리화하는 것은 다음과 같은 문구의 위력force에서 비롯된다. "그들이 알지 못하는 것이 그들을 해치지는 않을 것이다." 그것은 진실이다. "그들이 알지 못하는 것이 그들을 해치지는 않을 것이다." 하지만 그것은 확실히 당신을 해칠 것이다! 그들은 의식적으로 그걸 알지는 못할 것이다. 하지만 틀림없이 무의식적으로 안다. 이는 삶의 모든 영역에서 진실이다.

6단계: 신뢰성RELIABILITY

일관성과 신뢰성을 제공하라.

성공의 가장 중요한 요소 중 하나는 여러 가지로 당신에게 기댈 수 있음을 아는 사람들이다. 문을 일찍 닫는 등 영업시간을 바꾸는 것과 같은 간단한 일에도 많은 고객을 잃을 수 있다. 고객들은 편리함과 자신들의 시간을 존중해 주는 것을 가치 있게 여긴다. 당신이 의식 지도상 온전성 있는 어떤 수준에서 비롯될 때, 당신은 다른 이들의 행복에 관심을 가진다. 예를 들어 자발성(측정치 310)의 수준에서 당신의 의도는 각각의 고객들에게 서비스를 제공할 때 믿을 수 있고 친근해진다. 그들의 입장이 되어 보고 그들의 경험을 가능한 멋지고 편안하게 만들기 위해 당신은 할 수 있는 모든 것을 한다.

사소하지만 진저리나는 온갖 것—작동하지 않는 자동 응답기나

무례한 직원, 점원이 한 명만 있는 계산대에 길게 늘어선 줄, 식당의 더러운 카펫, '점심 식사 하러 나감' 표시 — 을 하지 않는 게 중요하다. 스스로 물어보라. '세상에 필요한 것을 제공하는 데 내 사업을 얼마나 이용할 수 있는가?' 오직 주중에만 문을 열면서 오후 5시에 닫기 때문에 많은 사업이 망한다. 자기 병원을 자리 잡으려고 하는 젊은 의사들에게 충고할 때 나는 항상 말했다. "사람들이 감당할 수 있는 요금으로 시작하고, 저녁과 토요일에도 이용할 수 있게 하세요."

편리함이 사람들에게 얼마나 가치 있을까? 그 답은 '대단히 가치 있다.'는 것이다.

7단계: 고결함NOBILITY

오직 하나의 고객만이 있으니 이는 인간 본성 자체임을 명심하라.

당신이 봉사할 하나의 고객, 기쁘게 할 하나의 고객만이 있으며 그 고객의 이름이 '인간 본성'이라는 기본 법칙을 명심한다면 당신은 실수를 저지를 수 없다. 어떤 겉가죽을 뒤집어쓰고 있든지 인간 본성은 모든 사람 내면에 있는 똑같은 고객이다. 당신의 고객을 이해하는 것은 쉽다. 그냥 어떤 상품에서 자신이 찾는 품질qualities이 무엇인지 스스로 물어보라. 그 단어가 '품질'이라는 것에 주목하라. 우리가 찾고 있는 품질이 거기에 없다면 어떤 가격으로도 그것을 우리에게 팔지 못할 것이다. 이 부분에서 당신은 사람들의 약한 기질에 영합하려는 마음의 경향성을 주의해야 한다. 당신이 부정성에 영합한다면 이득이 있을 수도 있다. 당신은 꽤나 잘 살아남을 수도 있다. 하지만 절대 성공하지는 못할 것이다. 병들고 비정상적인 것과 결탁하지 않는 것은 '도덕군자'처럼 구는 것이 아니다. 현실적인 것이다. 당신이 우주를 속일 수가 있을까? 운동역학의 과학에 따르면 그렇지 않다. 설사 사람들이 그 사실을 의식적으로 알지 못한다고 하더라도, 그 주제에 관한 지식이 조금도 없는 완전히 문외한인 사람들을 시험할 때, 그들이 온전성이 결여된 무언가에 초점을 맞춘다면 약해지게 되는 것을 발견할 것이다.

우주 안의 모든 것은 다른 모든 것과 연결된다. 처음 그 사실을 알게 될 때 잠시 우리는 다소 편집증적이 되겠지만, 그것은 치료적 편집증일 것이다. 만약 어떤 사람이 '할복 인형'을 제조한다면, 할복 칼, 실물 같은 내장, 전자 비명, 스며 나오는 가짜 피가 완비된 그 인형을 구매할 이상한 사람들이 저 바깥에 많이 있을 것이다. 누군가는 또한 그것에서 이득을 볼 수 있을 것이다.

하지만 그러한 취향을 이용하는 대가는 엄청나다. 그 대가가 그들에게는 보이지 않지만 다른 모든 이에게 상당히 명백하다. 우리가 앞의 두 문단에서 묘사했던 것은 인간 본성이 아니라 *비인간적 본성*이다. 우리가 스스로 약해지지 않으면서 약한 것에 영합할 수 있다고 생각한다면, 스스로를 속이는 것이다. 그것은 물들인다.

인간 품위를 침해하여 이득을 얻는 듯 보이는 이들이 얼마간은 좋아 보일 수도 있다. 하지만 그들의 삶을 장기적으로 상세하게 검토해 보면, 그 황폐함은 이해가 어려울 정도로 충격적이다. 우리는 무언가를 반대하여서 그것을 극복하는가? 그렇지 않다. 우리가 그

걸 극복하는 방식은 성장하여 거기서 벗어나는 것이다. 우리 삶의 어떤 것이 반생명적이거나 미성숙하거나 피상적이라는 것이 명확해질 때, 이것은 정말로 본 모습을 감춘 허영심이다. 그 안에 사랑이나 선의가 없다는 것을 우리가 발견할 때, 우리는 죄책감을 느끼거나, 스스로를 벌하거나, 개혁가가 되어야 할까? 그렇지 않다. 오히려 해결책은 성숙과 지혜이다. 우리가 그것에 굴복하지 않고 맞서 싸우지도 않을 때, 우리의 의식은 그 너머로 진화한다. 우리가 좀 더 의식적이고 알아차리게 되면서, 더 이상 오리 사냥은 우리 마음을 끌지 못한다. 우리는 스키트 사격으로 바꾼다. V 자를 형성하여 끼루룩 울며 나는 새들은 살아남아서 내년에 새로운 무리를 기를 수 있도록 남쪽으로 가려고 한다.

이전에 작은 마을을 방문했을 때, 나는 현지 가게 주인에게 말했다. "다들 어디 있어요?"

그가 말했다. "음, 오늘 다람쥐 시즌이 열려요." 보아하니, 마을의 모든 건장한 남자들이 야생 동물을 사냥해서 바닥내 버렸다. 곰, 퓨마, 엘크, 무스, 양, 사슴, 헤블리나, 호저, 비버, 여우, 버펄로, 무스탕, 백조, 오리, 비둘기와 그 밖의 움직이는 건 뭐든지. 이제 그들은 다람쥐까지 이르렀다. 고성능 라이플이나 샷건이 조그마한 다람쥐를 어떻게 할지 그 순전한 기괴함이 이해가 가지 않는다. 비둘기와 다람쥐 사냥은 65로 측정된다.

금전적 이득이나 순간적 흥분을 위해 의도적으로 생명을 죽인 그 사람은 어떤 대가를 치를까? 다른 이들의 부정성에 영합하는 그 사람은 어떤 대가를 치를까? 장기간에 걸쳐 연구되었던 사례들에 의하면 그 사람이 치르는 대가는 엄청나다. 그러한 사람들에게는 진정한 개인적 힘power이나 자석같이 끌어당기는 힘이 없다. 그저 그들 자신who they are으로 있는 것으로 상황을 변형시키는 힘power이 그들에게는 없다.

내면의 힘power으로부터 비롯되는 사람들은 단지 그들의 현존에 의하여 상황을 변형시키는 능력을 갖는다. 그들의 현존 하나로 모든 차이를 만든다. 당신이 자신의 내면의 힘power을 소유했다면, 중요한 것은 당신이 가진 것이나 행하는 것이 아니다. 당신이 누구인지who you are가 중요하다. 당신이 되어 온 바what you have become가 중요하다. 힘power은 위대함greatness이다. 위대함은 위상stature이다. 위상은 현존presence이다. 현존은 당신이 자신의 내면에서 소유한 ABC로부터 온다. 그것은 구입할 수도, 얻어낼 수도 없다. 그것은 다른 이들에게 영감을 주는데, 단지 위대함의 이러한 현존 덕에 다른 이들은 자신 안의 최상을 경험하게 된다. 위대함은 그들의 내적인 고결함을 확인해 주고, 그들의 숨겨진 잠재성을 성장시킨다. 세상은 이 내적 힘power의 현존을 인정하는데, 이는 단지 그것이 '있기' 때문이다.

넬슨 만델라는 훌륭한 사례이다. 그는 단지 자기 자신의 인종 그룹만이 아닌 모든 남아프리카 공화국 사람들을 보살피는 ABC에서부터 움직이며 통합하는 정신을 가져왔는데, 이는 온갖 악조건에도 불구하고 오래 지속된 비인도적 아파르트헤이트 정책을 해체할 만큼 강력했다.

8단계: 성질QUALITY

당신이 다른 이들에게 기여하려는 성질을 결정하라. 그리고 다른 이들에게 기여한 것을 정확히 당신 자신 안에서 불러낼 거라는 걸 알 아차려라.

당신은 자신이 기여하는 그것을 당신 자신에게로 끌어당긴다. 두 주인을 섬기는 것은 불가능하다. 당신이 인간의 약함에 영합하 면서 강해질 수는 없다. 강함을 지지하면서 당신은 강해지게 된다. 다른 이들의 생기 넘침을 지지할 때 당신은 활력 있게 된다. 다른 이들의 위대함을 지지할 때 당신은 위대하게 된다. 삶의 아름다움 을 지지할 때 당신은 아름답게 된다. 당신이 진정 가슴에서 비롯되 고 있다면, 당신은 성공에 관해 걱정할 필요가 없다. 세상이 당신을 사랑할 것이고, 당신에게 충실할 것이며, 당신을 지지할 것이고, 온 갖 종류의 실수에도 당신을 용서할 것이다.

실질적 설명을 위해 우리는 위대함의 전형적인 예를 살펴볼 수 있다. 마더 테레사(측정치 710)는 우리 시대의 위대한 성공담 중 하 나이다. 그녀는 40킬로그램의 작은 여성이었고, 광고나 시장 전략, 홍보에는 전혀 돈을 쓰지 않았으며, 그녀에게는 판매팀도, 매디슨 가 이미지 메이커도, 연설 원고 작성자도 없었다. 그녀는 자신의 새 끼손가락을 꼼지락거리기만 했을 뿐인데도 수백만 명을 모았다. 군 중이 그녀를 따랐다. 잠시라도 그녀를 보려고 사람들은 수천 마일 을 여행하고 햇볕과 빗속에서 아프고 지친 발로 몇 시간 동안 서 있 곤 했다.

그녀의 마법은 무엇이었을까? 그녀가 유명 인사여서 그랬을까? 인기 있어서 그랬을까? 아니다. 그건 그저 그 모든 것의 A⇨B⇨C 일 뿐이다. 사람들이 그녀를 잠시라도 보길 바랐고 그녀의 현존 속에 잠시라도 있기를 바랐던 것은 오히려 그녀의 ABC를 경험하기 위해서였다. 사람들이 경험하기를 원했던 것은 그녀의 '현존'이었다. 광고도, 마케팅도, 이미지 메이킹도 하지 않았지만 그녀에 관한 많은 책이 저술되었다. 그녀에게는 전 세계적으로 따르는 팬들이 있었다. 그녀는 노벨상 수상자였고, 국제적으로 우리 시대의 위인 중 한 명으로 칭송받았다.

마더 테레사의 위대함과 힘이 발생했던 것은 그녀가 인간 본성 안의 가장 고결한 성질인 무조건적 사랑과 판단하지 않는 연민에 초점을 맞추었기 때문이다. 비록 그녀는 작았고 쭈글쭈글했고 구부정했으며, 자기 돈이나 소유물이 없었지만, 가슴 중의 가슴을 드러내 보였다. 그녀와 함께하려는 긴 대기자 명단이 있었다. 실제로, 그녀의 단체에 합류할 자격이 되는지를 보기 위하여 사람들은 8년의 견습과 시험 기간, 고된 일을 하는 봉사 기간을 거쳐야 했다. 명백하게도 그녀는 마스터의 수준에 있었다. 그녀는 모든 사람을 능가했다. 어떻게 그런 일이 일어났을까? 자선으로? 세상 속 많은 사람이 자선을 베푼다. 공상적 박애주의로? 아니다. 많은 전문적인 공상적 박애주의자들이 있다. 그들은 노벨상을 받지 못한다. 그녀의 친절함으로? 아니다. 세상에 많은 친절한 사람들이 있다. 어째서 그녀는 그러한 모든 사람보다 한층 뛰어났을까? 그것은 그녀의 정렬과 몰두, 봉헌, 개인적 희생이 헌신이라고 묘사할 수밖에 없는 수준에 이르렀기 때문이다. 어떤 사람이 보편적 진실의 원리를 이행하는 데 자신의 삶을 봉헌할 때, 그는 자석처럼 사람을 끌게 된다. 그들은 매력의 힘power을 발달시킨다. 그들이 가진 것과 그들이 행하는 것은 그들인 바what they are에 비해 부차적이다. 세상이 인정하는 것은 그 성질이며, 우리가 성공이라 칭하는 것을 그들에게 가져다 주는 것도 그 성질이다.

마더 테레사가 다른 이들 안에서 인정했던 것, 그리고 그렇게 함으로써 우리 모두가 그녀에게서 볼 수 있도록 숭고하게 내놓았던 것은 무엇이었을까? 그녀가 콜카타 거리의 가난한 이들과 아픈 이들과 죽어 가는 이들을 보살폈을 때, 그녀는 그들을 죽음에서 구하려 했을까? 그녀가 가난한 이들을 위한 기금을 모으려 했을까? 아니다. 그녀가 보살피고 인정했던 것은 인간의 존엄성, 가치, 고결함, 사랑스러움, 위대함이라는 본유적 진실이었다. 모든 인간 존재에게 이러한 성질들은 본유적인데 이는 외부 삶의 상황이 아무리 참담해 보일지라도 그러하다.

마더 테레사는 그들이 자신 안에서 인정하지 못했던 것을 그들을 위해 인정하고 알아주었다. 그 결과, 그녀는 그들을 비추는 거울처럼 작용했다. 그녀를 바라보면서 그들은 자신이 부인해 왔었던 그들 자신의 있음beingness, 즉 존재의 장엄함이 도로 비춰지는 것을 보았다. 낮은 이들 가운데 가장 낮은 이들조차 인간으로 존재한다는 것의 본질적 존엄을 인정하는 존중을 받아야 마땅하다. 그 인간 경험을 공유하는 것은 변형적transformative이다. 마더 테레사의 눈에 그것이 비춰지는 것을 보면서 자신의 내면에서 이를 보았고, 이를 목격했고, 이에 관한 진실을 알았기에, 그들은 더없이 행복한 상태에서 얼굴에 미소를 띤 채 죽었다. 그것이 진정한 힘power이다.

9단계: 나눔SHARING

성공을 다른 이들과 나누는 것이 성공의 길임을 인식하라.

당신의 성공을 다른 이들과 나누지 않음으로써, 당신의 성공을 지지하려는 그들의 동기를 잃게 만든다. 만일 당신의 성공에 다른 이들이 해 온 중요한 역할을 알아주고 인정한다면, 그들 모두가 성공을 지지하고 축하하며 당신과 함께할 것이다. 평생의 적을 만드는 방법은 어떤 사람이 당신 삶에 이바지하게 하고, 그걸 인정하기를 거부하는 것이다. 너무나 많은 사람이 배우자에게 이렇게 하는데, 그들은 배우자의 영감이나 노력이 성공을 거두는 데 했던 역할을 알아주지 않는다.

많은 사업에 문제가 생기는 것은 소유주가 자신의 성공을 직원들과 나누기를 거부하고, 나아가 고객들과도 어떤 식으로든 나누기를 거부하기 때문이다. 직원들은 거리감 있고 인간미 없는 기업에 고용되어 시급을 받는다. 우리가 그곳에 갈 때면, 확실히 그런 것 같다는 느낌이 든다. 그들은 우리에게 조금도 관심이 없다. 그들은 큰 감동을 주든 그렇지 않든 같은 액수의 돈을 벌 것이고 그들도 그걸 안다. 동기가 완전히 사라졌다. 인간 노력의 기초가 제거되었다. 그들은 개인으로서의 존엄성과 가치를 부정당했다. 그들은 기계적이고, 기쁨이 없으며, 시늉만 하는 직원들이다. 활기 없는 분위기의 기계적인 환경 속에서 기계적인 사람들이 제공하는 기계적인 음식이 있다. 비록 가격이 저렴하다고는 해도 우리가 낸 돈으로 우리가 받는 것을 비교해 보면 그건 매우 비싸다. 능률을 따지는 전문가들과 컴퓨터는 정말로 한물가 버렸으며 경험 전체를 성공적으로 비인간화했다.

그와는 대조적으로, 내가 지역의 어떤 슈퍼마켓으로 들어갈 때면 해마다 똑같은 웃는 얼굴의 종업원들을 본다. 줄 선 손님들도 계산원과 함께 웃는다. 나이 많은 손님들은 그 가게 앞의 작은 탁자에 앉아서 친구들과 함께 담소를 나누며 시간을 보내고, 거기서 오후 클럽 모임을 갖는다. 매니저 자리 위쪽에는 상패가 있다. 놀랍게도, 그 상패에는 뭐라고 되어 있을까? 그건 "친근한 가족Friendliness Family"에게 매년 주는 상이다. 단지 한 개인이 아니라 한 가족의 공로를 표창한다. 그들의 성과에 단 한 명의 개인이 아닌 보다 많은 사람이 기여했음을 인정한다. 그 상은 가장 많은 판매를 올린 종업원에게 주어지지 않고 가장 친근한 이에게 주어진다. 놀랍지 않은가?

성공하게 되는 데 얼마나 걸릴까? 답은 딱 한순간이다. 당신이 어떤 방식으로 존재하기로 결정하는 순간 당신은 이미 성공했다. 성공이 '저 바깥에' 있지 않다는 걸 아는 순간 성공은 당신의 것이다. 당신이 가진 것이 아니다. 당신이 하는 것도 아니다. 행위는 이바지할 뿐이며, 소유는 꾸며 줄 뿐이다. 성공을 창조하는 것은 '당신인 바what you are'이다. 어떤 방식으로 존재하기로 결정하는 것이 필요한 전부이다. 석사 학위나 졸업장, 통신 강좌, 지루한 강연, 워크숍은 필요하지 않다.

일단 당신이 특정한 방식으로 존재하기를 결정하면, 당신은 사람들에게 새로운 중요성이나 의의를 띠기 시작한다. 사람들을 끌어 당기는 것은 당신이 행하거나 말하는 것이 아니라 당신의 바로 그 '현존'이다. 당신이 그들의 삶 안에 있는지 그렇지 않은지가 그들에게 영향을 준다. 당신이 그들의 파티에 참석할 것인지 그렇지 않을지가 그들에게 영향을 준다. 사람들은 당신을 위해 일하는 것을 자랑스러워한다. 그들은 당신을 아는 것이 영광이라는 듯 행동하기 시작한다. 긍정적인 인간의 성질은 전염된다.

당신이 의식적으로 표현하지 않을 때조차 하루 24시간 내내 끊임없이 특정한 원리가 작용하면 성공에 도움이 된다. 그 지점에서 당신은 의식 지도상의 더 높은 에너지 장을 목표로 하지 않는다. 즉 그 에너지 장을 당신 삶으로서 산다.

10단계: 인자함GRACIOUSNESS

삶이 되먹임 고리feedback loop* 임을 깨달아라.

삶은 당신의 되먹임 고리이다. 당신이 다른 이들에게서 강화하는 것과 동일한 것들을 당신 자신의 내면에서 강화한다. 이 임상적 사실에는 엄청난 함의가 있다. 즉 다른 이들의 긍정적인 점을 끊임없이 지지하는 것이 좋다는 명백한 결론이 도출된다.

우리는 어떤 사람들은 부정적이고 어떤 사람들은 긍정적인 것이

---

* 자신의 행위가 여러 인과관계를 거쳐 자기 자신에게로 되돌아오는 것을 되먹임 고리(피드백 루프)라고 한다. —옮긴이

그냥 우연인 것처럼 말한다. 그것은 전혀 우연이 아니다. 어떤 사람들은 부정적이고 어떤 사람들은 긍정적이라는 점은 위에서 언급한 임상적 사실을 간단명료하게 보여 주는 실제 예이다. 우리가 사람들의 대화에 귀 기울인다면, 어떤 이들은 부정적 험담에 끼어 타인의 삶이나 세상의 사건들에 관해 말할 수 있는 온갖 부정적 사실을 이야기하는 걸 듣게 될 것이다. 그들이 깨닫지 못하는 점은 똑같은 바로 그것들을 자신 안에서 강화하고 있다는 것이다.

주변 모든 사람이 성인 같다고 묘사했던 나의 할머니는, 내가 어렸을 때 이렇게 말씀하시곤 했다. "만약 네가 누군가에 대해서 좋은 이야기를 할 게 없다면, 아무 말도 하지 말렴." 나는 수년 동안 골똘히 생각했다. 정신과 의사로서의 임상 경험이 풍부해진 후에야 이 원리들이 작용하는 결과들을 볼 수 있었고, 나는 할머니가 의미했던 바를 이해하기 시작했다.

그것이 다음의 원리이다. 당신이 할 수 있다고 여기는 어떤 사소한 방식으로든 다른 이들의 성공을 지지하라. 이것은 또한 그들의 성공을 인정하고 알아준다는 것을 의미하며, 그렇게 하는 것은 그들의 내면에서뿐 아니라 당신 자신의 내면에서 긍정적인 것들을 강화하는 경향이 있다. 이는 조종하려 아첨하는 것과는 관련이 없다. 오히려 당신이 마주치는 모든 이의 긍정적 특성을 진심으로 인정하는 것이다. 점원과 서빙하는 직원, 동료, 가족, 친구, 손님, 안면만 있는 사람, 단지 지나가면서만 마주쳤을 사람들을 포함해서 말이다. 이것은 당신이 긍정적인 것들을 찾게끔 가르쳐 주는, 가치가 큰 훈련이다.

이 방법은 '얻으려는' 태도보다는 '주려는' 태도로 당신을 이동시킨다. 다양한 태도들에 대해서 우리 주변의 모든 이가 무의식적으로 다르게 반응한다. 누군가가 사람들에게서 뭔가를 '얻으려' 애쓸 때 사람들은 그걸 의식적이거나 무의식적인 수준에서 안다. 그들은 경계하며 조심하고 저항한다. 동물조차 이를 감지한다면, 우리는 훨씬 더 진화된 인간 존재 또한 감지한다는 걸 확신할 수 있다.

많은 사람은 주는 태도를 취하는 것에 저항한다. '주는 것은 잃는 것이다.'라는 등식이 그들에게 있기 때문이다. 그들은 이 되먹임 메커니즘을 이해하지 못한다. 따라서 그들은 우리가 주는 것보다 항상 더 많이 돌려받는다는 걸 발견할 만큼 충분히 오래 시도하지 못한다. 성공은 자동적으로 그 자체를 확장시키는 경향이 있다. 눈덩이가 힘들이지 않고 내리막길을 굴러가면서 탄력을 받아 커지는 것과 같다. 당신이 다른 이들에게서 좋은 느낌을 창조할 때마다 그들은 고마움을 느끼고 당신을 향한 긍정적인 태도를 발달시키며, 그것은 당신 삶의 본성을 완전히 변화시킨다. 우리는 어떤 사람들이 매력적인charmed 삶을 사는 듯 보인다고 말한다. 이는 그들이 다른 이들에게 매력적charming이기를 힘썼기 때문임을 우리는 잊는다. 이 매력적임charmingness은 내적 태도이다. 그것은 기회주의적이거나 조종하려 하지 않으며 이득을 위해 행하지도 않는다. 그들은 무언가를 받기 위해 우리를 매료시키려 하지 않는다. 대신에 그것은 진실로 그 사람들의 본성을 반영한다.

이 성질을 이해하기 위해서는, 절대 다른 이들에게 '선심' 쓰지 말라. 어째서 그럴까? 선심 쓰는 것은 정말로 교묘한 조종이기 때문이다. 그건 뭔가가 돌아오길 기대하는 흥정이다. 누군가를 위해 뭔가를 하고 나서, 그들이 갚아야 한다고 느낀다면 당신은 전체 요점을 완전히 놓친 것이다. 준다는 건givingness 돌려받으려는 기대가 없다는 걸 의미한다.

이 마지막 진술은 결정적인 중요성을 갖는다. 대부분 사람이 다른 이들에게서 인정을 얻어내거나 다른 이들을 빚지게 하여 조종하려는 데에 정말로 애쓰고 있는 것을 우리는 쉽게 관찰할 것이다. "난 너를 위해 이것을 했어. 이제 넌 나를 위해 저걸 해야 해." 이러한 조종하려는 거래, 흥정하는 입장은 결국 분개로 끝나고 그래서 우리는 자주 이런 말을 듣는다. "내가 그렇게나 해 줬는데." 치과 의사가 휴가 간 동안 당신이 그의 강아지를 돌봐 줄 거라는 기대가 딸려 온다는 걸 안다면, 누가 '공짜'로 치과 치료를 받길 원할까?

당신이 다른 누군가를 위해 정말로 뭔가를 할 때는, 어떤 형태로도 돌려받을 기대 없이, 심지어 감사나 인정도 기대하지 않고 한다. 생명 그 자체의 성질에 기여하려 하기 때문에, 당신은 다른 인간 존재를 보살피려고 뭔가를 한다. 이는 내면의 비밀이며 우리는 깊은 내적 이해를 통해서만 그것에 도달한다. 그 이해란 우리가 생명을 지지할 때 생명이 답하여 우리를 지지한다는 것이다. 물론 이것이 철학적으로 들리긴 한다. 하지만 이는 내면 관찰과 경험을 통해서 우리가 도달하는 자명한 이치이다.

매일의 성공 연습

이러한 앎awareness과 연결하여, 진정으로 성공하게 되는 데 관심이 있는 누구든 매일 시도해 볼 수 있는 간단한 연습은 이러하다. 차가 막힐 때, 항상 다른 이가 당신 앞에 끼어들게 하라. 좀 미친 소리로 들리는가? 그 연습 속에 성공적인 사람이 되는 비밀스러운 힘power이 숨겨져 있다. 당신이 이 테크닉을 연습하면서, 결국 진정으로 정중한 사람이 되는 기쁨을 발견할 것이다. '정중하다'는 건 무엇을 의미할까? 다른 이들의 삶과 행복을 지지한다는 것을 의미할 뿐이다. 당신은 다른 이들을 가로막는 단기간의 만족으로부터 다른 이들을 지지하는 데서 비롯되는 장기적인 내면의 앎awareness으로 전환할 것이다.

만약 다른 이들을 끼워 준다면, 당신은 자신을 관대하게 경험한다. 당신은 다른 이들이 감사해하며 당신에게 손을 흔드는 걸 알아챈다. 당신의 삶은 감사와 친절, 고마움, 원원하는 결과들로 가득하게 되는데, 왜냐하면 당신이 그 원리들을 고수하며 삶의 기준으로 삼기 때문이다.

다음 연습은 사무실이나 아파트, 집, 정원에 항상 뭔가를 기르는 것이다. 창문에 토마토일 수도, 분재 식물일 수도, 작은 선인장일 수도 있다. 사람들 마음에 드는 어떤 것이든 괜찮다. 설사 창가 화단의 제라늄에 단순히 물을 주는 일이라 할지라도 당신이 개인적 책임을 지는 어떤 것이어야 한다. 넬슨 만델라는 감옥에 있는 동안에도 버려진 쓰레기통에 토마토를 길렀고, 자신의 그 노력의 결실을 교도관과 교도관의 가족들에게 나눠주었다는 사실은 눈여겨볼 만하다.

당신의 나침반 정렬시키기

성공을 위한 능력은 모든 이에게 있다. 우리 중 누구라도 다른 이들이 스스로를 좋게 느끼게 만들 수 있다. 그렇게 하면서 우리는 우리 자신을 좋게 느끼기 시작한다. 이는 옮아 가기 시작하고 우리의 나침반이 점차 긍정적인 방향을 향하게 만든다. 거기서는 성공이 단지 우리 자신이 되어 온 바의 자동적 부산물일 뿐이다.

선행 연구는 우주에서 일어나는 모든 일 내부에 식별 가능한 패턴과 구조화 원리가 있다는 걸 입증했다. 사실, 구조화 원리가 없다면 어떤 우주도 가능하지 않을 것이다. 구조화 원리들은 각기 다른 수준의 힘power을 갖는다. 이제 우리에게는 힘 있는 사람들의 성공 비밀 중 하나가 있다. 매우 높고 강력한 원리에 완전하고 전적으로 정렬하고 몰두하면서, 그들의 전체 삶은 자동적이고 수월하게 구조화된다. 이것이 마하트마 간디가 대영제국을 패배시켰던 방법이다.

힘power은 생명을 지지하는 지배 끌개 패턴과 정렬하는 데서 온다. 우리는 이 성향을 진실로 성공한 사람들의 우아함과 친근함에서 본다. 그들은 다른 이들의 편안함과 평안well-being을 지지하면서 편안하게 해 주고 싶어 한다. 그들의 꾸밈 없음이나 순진함, 서투름조차 우아함이라는 전반적 맥락 안에서 행해진다. 마치 그들은 서투르면 가장 우아한 때를 무의식적으로 아는 것 같다. 그 순전한 서투름이 다른 사람들을 편안하게 한다. 삶을 되돌아볼 때 우리가 단지 다른 사람을 편안하게 해 주려는 목적으로 갑자기 뭔가를 잊었던 척했거나 허둥지둥하는 척을 했던 적이 얼마나 있었을까? 그것은 좋은 여유에서 행동하는 것이었고, 이는 다른 이들에 대한 우리의 배려가 그 순간의 필요를 채우는 자동적인 우아함을 불러온다는 것을 우리에게 확신시켜 준다.

성공은 우리가 갖는 어떤 것도, 우리가 하는 어떤 것도 아니다. 성공은 우리인 바what we are의 자동적 귀결이다. 우리의 삶, 그리고 우리가 세상에서 달성한 것은 단지 우리 내면에서 진정 우리인 바what we are의, 그리고 우리가 기여하기로 결정했던 바의 결과일 뿐이다. 이 진실은 일을 쉽게 만든다.

우리가 배의 키를 잡고서 나침반상 1도만 방향을 바꾼다면, 항해한 지 며칠 후에는, 그러지 않았을 경우 있었을 곳에서 수백 마일은 떨어져 있게 될 것이다. 따라서 내적 태도의 조그만 변화가 우리 삶에 막대한 귀결을 낳을 수 있다. 아마 누구도 알코올이나 다른 중독에서 회복한 사람들보다 이를 더 잘 알지는 못할 것이다.

중독에서 빠져나오는 길

우리는 물질이 아니라 진정한 참나Self 경험, 즉 내면이 평화롭고 모든 생명을 사랑하는 상태에 중독되어 있다.

고전 영화 「잃어버린 지평선」은 더 높은 의식 수준으로 깨어나는 여정과, 어떤 일이 있어도 그것을 추구하려는 그 이후의 욕망을 보여 준다. 로날드 콜먼은 로버트 콘웨이라는 주인공 역할을 연기했는데, 그 인물은 히말라야에서 일어난 비행기 추락사고에서 살아남아 샹그릴라(대략 600으로 측정되는 영원성과 무조건적 사랑임 lovingness의 상태)라는 아름다운 계곡에 이르게 된다. 콘웨이는 영국의 평범한 삶(200 근처로 측정되는 삶)으로 돌아가 성공도 하지만 샹그릴라에서 경험했던 깊은 평화와 비할 수 있는 만족감을 어디에서도 찾을 수 없었다. 이것은 어떠한 대가를 치르더라도 그 내면의 의식 상태로 되돌아가고자 하는 욕망을 불러일으켰다. 콘웨이는 샹그릴라(영화에서는 샹그릴라를 장소로 묘사했지만 우리는 이것이 실제로는 의식 자체의 내면에 존재한다는 것을 알고 있다.)로 돌아갈 입구를 찾으려고 목숨을 건다.

이것이 알코올 중독자가 음주를, 약물 중독자가 마약을 혹은 우리 중 누구라도 '기분 좋아지려고' 찾은 다른 방법을 탐닉하는 이유이다. 우리는 자신의 의식을 낮은 수준에서 높은 수준으로 바꾸려고 하고 있다. 우리가 두려움(측정치 100)으로 마비될 때, 알약 하나를 털어 넣거나 술 한 잔을 들이켜면 바로 내적 기쁨(측정치 540)을 경험하고 행복과 자유를 느끼며 심지어 파티의 스타가 된다는 것은 놀라운 발견이다. '취하기' 위해 무엇을 하든 우리는 그저 내면의 샹그릴라로 가는 입구를 찾으려 하고 있을 뿐이다.

중독에 관한 진실

우리가 경험하고 싶은 것에 관해 솔직해진다면, 무엇을 경험하고 싶은가? 그것은 물질이나 우리 외부의 어떤 것이 아니다. 그것은 낮은 감정을 일시적으로 차단하는 메커니즘, 우리가 실제 찾고 있는 본래의 높은 참나를 경험하게 허용해 주는 메커니즘일 뿐이다. 사실 대부분의 사람들은 쾌락을 구하며 하루를 보내거나 아니면 기껏해야 자신의 내면 의식 상태를 바꿀 어떤 방법을 찾으며 하루를 보낸다. 마약과 술은 빠른 해결책인데, 몇 초 만에 달콤하고 천국과 같은 기쁨의 상태에 도달할 수 있기 때문이다.

처음에는 효과가 있다. 그렇지 않다면 아무도 그걸 하지 않을 것이다. 하지만 안도감은 잠깐일 뿐이다. 우리는 기억에 따라 좌우되기 때문에 그게 효과적이지 않음을 깨닫는 데는 다소 시간이 걸린다. 하지만 이는 인위적으로 유도한 행복의 경험이라 시간이 흐르면서 그와 대등하고 반대되는 부채가 생긴다. 우주는 자신이 기만당하는 때를 알고 있다. 통증이나 불편감 혹은 안절부절못함은 단지 지연되었을 뿐 해소되지 않았다. 불안이나 슬픔이나 분개는 잠시 치워졌을 뿐 나중에는 무시할 수 없게 된다. 의식 지도에서 상승하기 위해 인위적 수단을 사용하는 것은 효과가 없다. 우리는 낮은 수준을 마주하고 헤쳐 나가는 용기를 가짐으로써 그것을 초월하며, 그런 후에는 우리의 에너지 장이 벗어나고 싶어 하는 다른 이들에게 반송파가 된다.

여기에 중요한 포인트가 있다. 높은 의식 상태를 추구하는 것을 결코 부끄러워하지 말라. 그리고 그 상태를 경험하기 위해 쓰는 다양한 방법을 결코 부끄러워하지 말라는 것이다. 마약과 술을 통해 추구하는 목표는 부끄러워해야 할 것이 아니다. 영적 세계 전체가 그 높은 의식 상태를 추구한다. 그것은 우리가 열망할 수 있는 가장 위대한 것, 즉 높은 자아와 지고의 의식 수준을 경험하려는 것인데, 특정 종교들에 따르면 물질세계를 초월하여 영적으로 깨어나려는 열망을 갖게 되는 데에도 수많은 생이 걸린다고 한다.

중독은 영적으로 깨어나는 과정이다. 다른 사람에게는 아이나 사랑하는 누군가의 죽음, 불치병 진단, 깊은 절망에 빠진 상태와 같이 다른 종류의 무력감을 통해 그 과정이 일어난다. 높은 참나는 영리하기 때문에, 우리가 깨어나기에 적합한 절벽으로 우리를 던질 것이다. 완전히 희망이 없는 상태에서 우리는 내맡기게 되고, 내맡기면서 겸손이 찾아오고 영원히 잃었다고 여겼던 그 높은 상태로 바로 되돌아간다. 다만 이제는 마약 없이, 더 안정적이고 진정으로 자유롭게 된다. 에고가 약해졌기 때문에, 우리가 명상하거나 기도를 하려고 앉은 상태에서 (무신론자이든 아니든 상관없이) 더 높은 어떤 것에 도달하기를 청하면, 그 일이 일어난다. 우리가 바닥을 치면 에고는 금이 간다. 이는 술과 마약으로 도달하곤 했던 곳과 동일한 공간에 들어가도록 허용해 주지만 이제는 부정적인 결과가 없기 때문에 훨씬 더 좋다. 우리는 마약이나 술로 추구했던 것이 언제나 우리 내면에 있었음을 배운다. 구하려고 애쓰지 않아도 그것은 드러난다. 부정성을 청소함으로써 불현듯 모든 것의 아름다움이 빛을 발한다.

에너지 장과 중독

이제 우리는 마약을 하거나 술을 마시는 경험에서 무엇이 일어나는지 이해할 수 있다. 이 에너지 장은 강력하게 매력적이고 큰 기쁨을 주는 생명 자체의 에너지 장이며, 언제나 빛나고 있는 태양과 같다. 낮은 에너지 장은 이 내면에 있는 태양의 경험을 막는 구름과 같다. 마약과 술은 낮은 에너지 장의 경험을 차단하고 높은 에너지 장의 경험을 허용한다. 560 수준 미만의 모든 에너지 장을 차단할 수 있다면 우리는 남아 있는 것, 즉 황홀경Ecstasy의 에너지 장을 경험할 것이다. 심지어 특히나 560 미만의 에너지 장의 경험을 차단하도록 만들어진 엑스터시Ecstasy라고 불리는 합성 약물도 있다. 마약 경험을 하면서 무언가가 약리 효과를 통해 낮은 에너지 장을 차단하여, 방해받지 않고 높은 에너지 장을 경험할 수 있게 허용해 준다. 그렇기 때문에 하루가 끝날 무렵 두려움, 슬픔, 후회, 불안으로 가득 찬 사람은 마티니 두 잔을 마시러 잠시 들르고, 갑자기 일시적으로 낮은 에너지 장을 뛰어넘어 '달콤하다mellow'고 부를 만한 500 정도의 에너지 수준으로 올라선다.

달콤한 수준Mellow은 모든 사람에게 사랑을 느끼고 모든 사람을 기꺼이 용서하려고 하는 에너지 장이다. 우리는 관대하고 느긋하여 이 상태에 있으면 모든 아이가 우리를 좋아하며, 우리는 아이들에게 줄 장난감과 배우자에게 줄 꽃을 들고 집에 간다. 이 높은 에너지 상태가 마약 경험에서 추구되는데, 마약이 낮은 에너지 수준을 차단하기 때문이다. 이전에 말했듯이 이 상태를 한번 경험하게 되면 마음은 그 상태로 되돌아가길 원하기 때문에, 이는 중독성 있는 경험이다.

우리가 술이나 중독 문제를 가진 사람들에게 그들이 추구하고 있는 것을 살펴보기를, 상습적이 되어 어떤 대가를 치르고서라도 자꾸만 다시 돌아가길 원하는 경험을 살펴보기를 요청한다면, 우리는 그들이 내면의 의식 상태를 추구하고 있다는 것을 발견한다. 실제로 그 사람들은 마약 자체에 관심조차 없다. 마약은 그 상태로 들어가기 위해 당시 알고 있는 유일한 방법, 즉 수단일 뿐이다. 그것은 자신의 있음beingness을 경험하는 하나의 특정한 방법, 기분 좋고,

매우 활기를 주는 상태이다. 이것이 그 사람들이 추구하는 것이다. 만약 마약이 낮은 에너지 장을 차단하지 않고 지복의 내면 상태를 경험하는 것을 막는다면 마약은 더 이상 사용되지도 않고 중시되지도 않을 것이다. 우리는 마약이나 술 자체가 아니라 높은 의식 수준 자체에 중독된다는 것을 알 수 있다.

중독에 대한 어떤 심리학적 설명들은 사람이 두려움이나 우울의 낮은 경험에서 도망치기 때문에 술이나 마약에 중독되는 것처럼 설명하려고 한다. 몇몇 탁월한 약물은 불안이나 우울을 없애지만 '황홀감high'이 없기 때문에 중독을 일으키지 않는다. 그러므로 전통 약물은 높은 상태를 경험할 수 있을 만큼 충분할 정도로 에너지 장을 차단하지 않아서 중독성 물질로 여겨지지 않고, 우울이나 불안, 두려움, 분노를 약리 효과를 통해 잘 완화시켜 준다.

우리는 사람이 내면의 에너지 장에, 그러한 높은 의식 상태에 중독된다는 것을 볼 수 있는데, 그것이 그 상태로 돌아가려는 열망을 불러일으킨다. 어떠한 비용을 치르더라도 그 경험에 돌아가도록 마음이 요구하기 시작하기 때문에 그 사람은 대가를 치르길 꺼리지 않는다. 기꺼이 대가를 치르려는 마음은 시간이 지날수록 커져서 마지막에 가서는 결국 육체 자체를 요구할 것이다. "그렇게 계속 술을 마신다면, 당신은 몇 주나 몇 달 안에 죽을 거예요." 그 말을 들은 사람이 어떻게 하는지 아는가? 그는 길가를 건너 자신의 오랜 벗인 바텐더 조에게 가서 마티니 한 잔을 주문한다. "의사가 오늘 내게 뭐라 했는지 맞혀 볼래요?" 그 시점에 바텐더는 좋았던 옛 시절을 추억하며 술 한 잔을 건네고, 중독자는 육신에 작별의 키스를 보낸다. 우리는 사람들이 이 의식 상태에 중독되면서 기꺼이 치르는 대가를 보게 된다.

이것은 마약 경험을 통해 그 의식 수준에 들어가 보지 못했던 사람들을 어리둥절하게 만든다. 약물 중독자와 알코올 중독자는 우리가 평화 또는 지복(내면의 샹그릴라)이라고 부르는 에너지 장에 돌아가기 위해 모든 것을 기꺼이 희생하려고 한다. 「잃어버린 지평선」은 특정 의식 상태를 위해 기꺼이 삶 전부를 희생하려는 마음을 보여 줌으로써 우리에게 중독이 생기는 동기를 이야기해 준다.

왜 중독을 포기해야 할까?

중독은 진실을 경험하는 그릇된 시작일 뿐인데, 이는 효과가 없기 때문이다. 그러므로 술과 마약 혹은 다른 중독을 포기하는 이유는 그것이 '잘못'돼서가 아니라 더 이상 효과가 없어서다. 마약과 술로 인해 낮은 에너지 장의 역경과 부정성이 동반될 뿐만 아니라 내면의 자기 존중감을 점점 잃어버리게 되므로, 효과가 없는 것이다. 관계, 지위, 재정, 신체 건강, 잠재력의 충족, 신체 기관의 기능 유지에 실패하는, 즉 부정적 사건들을 삶에서 경험하기 시작한다. 이 모든 것은 진실을 부인denial하면서 초래된 몰락의 과정을 나타낸다. 200 수준 아래가 진실을 부인하는 이유는 힘power을 자신의 외부에 두기 때문이다. 중독 상태에서 사람은 자신의 행복과 삶의 의미의 근원이 바깥세상에 있다고 투사하고, 그 힘을 자신들 바깥에 있는 어떤 물질에 줘 버린다.

마약 그 자체는 높은 경험을 창조할 힘power이 전혀 없다. 중독과 회복 분야에서 수십 년간 일하면서, 우리는 강연 청중 및 현재 중독 문제를 처리 중인 이들을 대상으로 하는 수업에서 수백 명에게 연구 질문을 임상적으로 테스트했다. 진실과 거짓을 근육테스트를 통해 구별하는 진단 방법을 사용해 "마약은 이런 높은 경험을 창조할 힘power이 있다."는 명제를 테스트했다. 사람들 100퍼센트가 보편적으로 이 진술에 약해졌고 이는 이 진술이 거짓임을 증명한다. 마약은 어떠한 힘power도 없다. 그런 후에 우리는 그 사람들에게 반대 명제를 제시했다. "마약은 에고 자아에서 생긴 에너지 장을 차단해서 나의 진짜 참나임의 기쁨을 내가 경험할 수 있게 해 준다." 즉시 그 교실에 있는 모든 사람은 강해졌는데 이는 이 진술이 참이라는 것을 뜻했다.(그 연구는 오디오 및 비디오 강연인 '의식과 중독'뿐 아니라 『치유와 회복』에 기록됐다.)

마약에는 이러한 경험을 창조할 어떠한 힘power도 없지만, 부정적 에너지 장을 차단시켜 사람이 최소한 비슷한 상태에는 들어갈 수 있게 해 주는 약리학적 효능이 있다는 것이 우리가 검증한 진실이다. 중독 물질로 유도한 경험은 사람 스스로 점진적 영적 작업을 통해 얻은 진정한 지복Bliss 상태가 아니다. 진정한 지복 상태의 에너지는 사람 자신의 존재의 진실과 가깝다. 그럼 우리는 중독에서의 회복을 이해하는 데 이런 지식을 어떻게 활용할 수 있을까?

회복할 때 의식에서 일어나는 과정

회복의 시작 단계는 모순되게도 종종 실패처럼 보인다. 습관을 끊으려는 시도는, 그렇게 못 하는 것에 실망하게 되고, 형언할 수 없는 공포로 이어지며, 입원 생활과 편집증에 이르기도 한다. 안정제를 끊으면서 두려움이 생긴다. 각성제를 끊으면서 우울에 이른다. 그 놀라운 상태를 다시는 경험할 수 없다는 사실을 마주하면 희망이 사라지기 때문에, 마약을 치우게 되자마자 무감정과 슬픔이 발생한다. 중독 물질을 성공적으로 끊지 못하면 그 수치심과 죄책감 때문에 의존성이 커지는 것을 감추려고 술과 마약의 용량을 높이는 시도를 한다. 이는 일, 평판, 재정, 관계, 건강 관리와 같은 삶의 모든 영역에 부정성이 퍼지게 한다. '그냥 한번 알아보려고' 또는 법정 명령으로 회복 모임에 방문할 수도 있지만, 그곳에서 보게 되는 모습은 희망을 주지 못하거나("내 경우는 달라. 이게 저 사람들에겐 효과적이지만 나에겐 아니야.") 자존심을 건드려서 부인하도록("나는 저 패배자들과 전혀 달라!") 자극한다.

사람은 자신의 '밑바닥'을 치기 전에는 준비되지 않는다. 이는 개인마다 다양하지만 의식 내면에서는 공통된 과정을 거친다. 삶은 그들에게 내적인 고통이나 외부의 비극을 직면하게 하고 결국 12단계 중 1단계 — 그들이 그 물질에 "무력하다"는 것과 그들의 삶은 "수습할 수 없는" 지경에 이르렀다는 진실을 말하는 것 — 에 이르게 한다.

어떤 것에 대한 진실을 분명히 말하면 부정적인 것이 긍정적인 것으로 전환된다. 용기(200) 수준에서 사람은 의식의 여정을 시작하게 되고 스스로에게 힘을 부여하기 시작한다. 예기치 않게도, 진실을 말하는 용기는 필요한 모든 도움을 불러온다. 이는 진실을 마주하기 두려워하는 사람에게는 알려지지 않은 사실이다. 진실을 마주하려는 용기를 가지는 것, 즉 생명의 에너지 자체를 긍정yes하자마자 생명은 그들을 긍정하며 앞으로 향하는 길을 열어 준다. 진실은 겸손을 요하고 부인denial을 놓아 버리기를 요구하지만, 수많은 중독자는 이 단계를 밟기보다는 차라리 죽기를 선택한다.

궁극적 상태에 이르고자 몰두하는 것은 우리가 중독자와 알코올 중독자에서 확인하는 무엇이다. 사람은 내면의 높은 의식 상태의 경험에 중독되고 이후에는 가장 높은 상태에 이르고자 하는 어마어마한 욕구를 드러낸다. 생명의 위험을 무릅쓰고 그것을 위해 모든 것을 포기한다. 목표는 여전히 유효하고 고귀하다. 단순히 기법을 바꾸면 되는 문제이며, 내면의 평화 상태를 추구할 필요가 없음을 깨달으면 되는 문제이다. 평화는 언제나 내면에 존재하기 때문이다. 마치 태양이 언제나 존재하지만 에고가 구름처럼 구는 것과 같다. 구름이 갤 때 태양이 밝게 빛난다. 회복은 절망, 죄책감, 수치심, 두려움, 분노, 자부심이라는 구름을 제거하는 과정이다. 낮은 에너지 장을 직면하고 놓아 버리면서 전부 초월하는 것이다.

사람이 중독에 대한 치료를 찾고 있을 때 보통 자기혐오, 후회, 의존성에 가득 차서 의식 지도 밑바닥에 있다. 무감정(50)의 에너지 장은 희망 없고 절망하는 상태이고, 사람이 스스로 헤쳐 나갈 수 없는 상태이다. 희망 없다는 것은 말 그대로이다. 예를 들어 주州 변호사 협회 대표는 하숙집에서 홀로 살며 문자 그대로 굶어 죽었다. 그는 진정제와 술을 섞어 마시는 데 중독됐다. 누구에게도 도와 달라고 전화하지 않았다. 뛰어난 능력을 지닌 그 남성에게는 많은 친구가 있었고, 친구들 모두 그를 돕기 위해 무엇이든 할 수 있었지만, 그는 희망이 없으므로 전화를 거는 것은 의미가 없다고 느꼈다. 사람의 상태 중 희망 없음은 종종 다음과 같이 표현된다. "당신은 이것으로 잘 회복될 수도 있겠지만 내 경우에는 희망이 없어요."

무감정의 수준에 있을 때 그 사람에게 신은 죽어 있고, 우리는 그들에게 에너지를 쏟아부을 수 있을 뿐이다. 의식 안에서 일어나는 과정은 에너지의 소실이다. 사람은 활력을 잃게 되고, 텅 비고, 전적으로 의기소침해진다. 해결책은 그 사람에게 사려 깊음, 사랑임 lovingness, 육체적 현존, 영양, 그 외 가능한 모든 것을 통해 에너지를 쏟아부어 다음 에너지 장인 슬픔으로 상승시키는 것이다.

슬픔(75)은 과거와 관련 있으며, 사람이 공허하고 충격받은 상태에서 벗어나면 울음이 나오고 중독의 대가로 잃게 된 모든 것을 후회하기 시작한다. 재활 시설이나 어느 곳이든 중독 때문에 이르게 된 곳에 자신이 있다는 사실에 후회와 함께 자기 연민과 비애의 감정을 느낀다. 그들은 삶과 자신의 중독을 슬퍼하고 신에게 완전히 버림받았다고 느낀다.

이 수준에서 과거에 대한 후회가 있기에, 우리는 개인의 에너지장을 이동해서 다음 수준인 두려움(100)으로 올라간다. 이 시점에서 사람은 걱정과 불안과 함께 중독을 두려워하기 시작한다. 두려움은 미래와 관련 있다. 사람은 더 이상 부인denial하는 팽창된 상태에 있지 않다. 오히려 그는 위축된다. 세상은 무섭게 보이고 어쩌면 신이 과거의 죄로 자신을 처벌한다고 느낄 수도 있다. 그들은 중독을 처벌로 잘못 해석하고 추가적 처벌과 미래에 따라올 상실을 두려워한다. 우리는 그 수준의 에너지(그들이 그것에 대하여 작업한다면)가 어떻게 그들을 다음 에너지로 상승시키는지를 알게 된다. 사람은 무언가 더 나은 것을 욕망함으로써(욕망, 측정 수준 125) 중독의 두려움을 초월한다. 그 사람들이 원함과 갈망의 희생자가 되는 것에 질리게 되면 분노로 상승한다.

분노(150)는 두려움이나 욕망보다 훨씬 많은 에너지를 가지고 있으므로 그 에너지는 유용할 수 있다. 분노의 형태 자체가 아니라 분노의 에너지가 유용할 수 있다는 것이다. 그 분노의 에너지 안에서 그들은 자신이 겪는 삶의 어려움과 희생자가 된 것을 분노한다. 이 분노는 패배주의에서 벗어나는 전환점으로써 건설적인 방식으로 사용될 수 있다. 자부심(175)은 사람들을 희망 없음에서 빠져나오게 하고, '자존심 문제로' 행동을 취해서 무엇을 하도록 하고, 스스로를 돌보고 자신의 위치를 돌보기 시작하게 한다. 그리고 이것은 다음 에너지 장인 용기(200)로 이동하게 한다.

진실을 말하는 용기는 회복에서 필수적인 단계이다. '익명의 알코올 중독자들' 12단계의 첫 번째 단계—술과 마약에 무력함을 인정하는 것—의 강력한 효과를 알게 되는데, 이제 직면하고 대처하며 다루고 적합하게 될 능력을 허용한다. 이는 힘을 다시 부여하는 것을 나타낸다. 그러면 세상은 기회로 보이고, 열린 마음 덕분에 처음으로 진실이 마음에 들어갈 길이 생긴다. 자부심(175)은 사람이 용기(200)로 상승하도록 활용될 수 있고, 사실을 바라보게 활용될 수 있다. 그렇게 하는 것은 다음 위치인 중립(250)으로 상승하도록 북돋아 준다. 즉 사실에 저항하기를 놓아 버리고 그 저항에서 풀려나면서 세상을 '괜찮은' 장소로 바라보기 시작한다.

이렇게 내면이 풀려나면서 사람은 탐색하고 확장하는 내면의 자유를 경험할 수 있게 된다. 그런 후에 자발성(310)으로 올라가서 삶의 기회에 '예yes'라고 답하고, 탐사에 동참하여 같이하기로 동의한다. 자발성 수준에서 결국에 사람은 우호적인 세상에 존재하는 전인적 회복 과정을 알아보는 역량이 발전하고, '익명의 알코올 중독자들' 그리고 다른 치유 프로그램을 믿을 수 있고 희망찬 것으로 바라본다. 자발성 수준의 사람은 자신이 회복할 것을 긍정하며 낙관한다.

받아들임(350)은 이러한 결정들을 내릴 수 있는 내면의 힘power을 깨닫는 매우 강력한 에너지 장이다. 세상이 조화롭다는 것을 경험하면서 적합하다는 느낌인 자신감이 생기고 변형이 일어난다. 한편으로 삶은 사람에게 문제점을 보여 주지만, 반대로 답을 제공하기도 한다. 자비로운 신이 해결책을 제공하기 때문에, 비록 그들도 중독을 겪을 수 있지만 그 답을 찾은, 아주 기꺼이 도움을 주려는 수많은 사람이 주위에 있다. 사람이 이성(400)으로 올라가면, 중독의 과학과 정신건강에 중독이 끼치는 영향을 이해하기 위해 교육에 에너지를 쏟는다. 그렇게 하면서 여러 의학 자료들과 유용한 철학을 자신에 대한 이해로 통합한다.

지식을 얻는 것에 대한 지성의 초점을 놓아 버림으로써 사람은 자신의 있음beingness에 가치를 두기 시작하고, 영성과 감사라는 완전히 다른 패러다임에 속하면서 가슴에서 나오는 사랑임lovingness(500)의 에너지 장이 나타난다. 사람은 12단계 모임 중 하나에 참가하는 것을 통해 치유하는 에너지 장에 헌신한다. 12단계 모임은 본질적으로 치유하는 에너지를 가진다.('익명의 알코올 중독자들'은 540으로 측정된다.) 그 에너지 장에 정렬하고, 치유를 받아들이려는 그 사람의 자발성이 필수적이다. 그러한 자발성을 통해서 보살피고 지지하며 이해하고 무조건적으로 사랑하는 에너지 장에 속해 있어야 할 진정한 필요성을 받아들이게 된다. 그런 장 속에서, 자신이 안전한 공간에 있다는 것과 그 안에 머무르면 자신의 단주斷酒가 보장되고 결국 생존이 보장된다는 것을 알게 된다. 그런 경험을 통해 기쁨Joy이 생기고 내면의 고요를 경험하기 시작하며 에너지 장—그 사람 자체가 이제 필수 요소가 된—의 완전함과 단일성을 보기 시작한다.

12단계: 장애물 제거하기

앞서 적었듯이 낮은 에너지 장은 태양('익명의 알코올 중독자들'의 이른바 '영spirit의 햇빛')을 가리는 구름과 같다. 그 태양은 언제나 빛나고 있으므로 그것을 가리는 구름을 제거하면 되는 문제이고, 12단계는 제거하는 과정이다.

'익명의 알코올 중독자들'의 12단계는 모든 인간 문제에 적용되어 왔고 놀랄 만한 효과를 보였다. 어떤 것이든 중독을 극복하기 위해, 바로 이와 똑같은 단계들을 적용하는 것이 매우 유용할 수 있다. 예를 들어 사람은 1단계에서 '알코올'이라는 단어를 에고로 대체할 수 있다. 이 장에서 우리는 12단계를 의식 지도에 적용해서 전형적인 회복 과정을 보여 준다.

'익명의 알코올 중독자들' 12단계

- **1단계**: 우리는 알코올에 무력했으며, 우리의 삶을 수습할 수 없게 되었다는 것을 시인했다.
- **2단계**: 우리보다 위대하신 힘이 우리를 본정신으로 돌아오게 해 주실 수 있다는 것을 믿게 되었다.
- **3단계**: 우리가 이해하게 된 대로, 그 신의 돌보심에 우리의 의지와 생명을 맡기기로 결정했다.
- **4단계**: 철저하고 두려움 없이 우리 자신에 대한 도덕적 검토를 했다.
- **5단계**: 우리 잘못에 대한 정확한 본질을 신과 자신에게 그리고 다른 어떤 사람에게 시인했다.
- **6단계**: 신께서 이러한 모든 성격적 결점들을 제거해 주시도록 완전히 준비했다.
- **7단계**: 신께서 우리의 단점을 없애 주시기를 겸손하게 간청했다.
- **8단계**: 우리가 해를 끼친 모든 사람의 명단을 만들어서 그들 모두에게 기꺼이 보상할 용의를 갖게 되었다.
- **9단계**: 누구에게도 해가 되지 않는 한, 할 수 있는 데까지 어디서나 그들에게 직접 보상했다.
- **10단계**: 인격적인 검토를 계속하여 잘못이 있을 때마다 즉시 시인

했다.

- **11단계:** 기도와 명상을 통해서 우리가 이해하게 된 대로의 신과 의식적인 접촉을 증진하려고 노력했다. 그리고 우리를 위한 그의 뜻만 알도록 해 주시며, 그것을 이행할 힘을 주시도록 간청했다.
- **12단계:** 이런 단계들의 결과, 우리는 영적으로 각성되었고, 알코올 중독자들에게 이 메시지를 전하려고 노력했으며, 우리 일상의 모든 면에서도 이러한 원칙을 실천하려고 했다.

1단계는 자신이 알코올이나 마약에 무력하다는 진실과 알코올이나 마약이 자신의 삶을 수습할 수 없게 만들었다는 진실을 기꺼이 인정하는 것이다.

2단계에서는 우리 자신보다 위대한 힘에 의해 "우리가 본정신으로 돌아오게 되는" 점에서 매우 의미가 있다. 그에 따라 에고는 신에게 '내맡긴다.'(작은 에고 자아self가 높은 참나Self의 힘에 내맡긴다.) 우리는 의식 지도에서 사랑, 기쁨, 평화의 높은 에너지 장이 500 근처에서 시작해서 600까지 계속 이어지는 것을 보게 된다. 이러한 에너지 장들은 의식 안에 있는 그러한 높은 상태를 사람이 다시 경험하고 싶게 끌어당기는 강력한 전자기석과 같다. 마약이나 알코올은 사람들에게 그러한 높은 에너지들을 일시적으로 경험하게 해 준다. 그러므로 마약이나 알코올을 다루려면, 그것들을 대체하기 위해 그러한 경험과 동일한 힘을 가진 무언가가 필요할 것이다. '익명의 알코올 중독자들'(측정치 540) 및 다른 12단계 모임의 집단 에너지 장은, 자신의 높은 참나를 가장 진실된 형태로 경험하는 데 계속 끌어당겨지도록 에너지 장을 제공한다. 회복하고 있는 사람들 일부는 실제로 자신의 '익명의 알코올 중독자들' 집단을 '자신의 높은 힘Higher Power'이라고 부른다.(예를 들어, 신GOD은 '술 취한 사람들의 집단Group of Drunks'*을 나타낸다.) 2단계는 그러한 강력한 에너지 장에 대한 이끌림을 다루기 위해서는 에고나 제한적인 작은 나self보다 위대한 무언가가 필요할 것이라는, 굉장히 직관적인 앎awareness이다.

3단계는 자신의 생명을 "자신이 이해한 대로의" 신에게 넘기는 자발성과 내맡김에서 생겨나는 결정이다. '자발성'이므로, 자기 자신이 이해한 신은 기대할 수 있고 자비롭게 반응하는, 이미 친구 같은 신이다. 기꺼이 신뢰하려는 마음은 신앙의 요소를 이루므로, 깊이 내맡기는 3단계는 사람이 540 이상의 에너지 장에 실제로 정렬하도록 이동시켜 준다. 나머지 12단계들은 의식 수준의 관점에서 이해할 수 있다. 사람이 무조건적 사랑인 ABC라는 540의 강력한 끌개장에 정렬하면, A⇨B⇨C의 외부 수준에서 치유는 시간이 흐르며 일어날 수밖에 없다.

4단계는 성격상 어떤 결점이든 발견하기 위해 정직하게 자기 자신의 내면을 바라보고 두려움 없이 내면의 재고inventory 조사를 하는 것이고, 이는 자신 삶에서 부정적이었던 모든 것과 그것들이 끼친

---

* '익명의 알코올 중독자들'의 12단계 중 3단계부터 신에 대한 언급이 나온다. 영미권 모임 참가자 일부는 다음과 같이 신GOD의 약자를 풀어서 이해하기도 한다. 무신론자 일부는 신GOD을 '술 취한 사람들의 집단Group of Drunks'이나 '선하고 평화로운 지침Good Orderly Direction'을 나타낸다고 생각하기도 한다. —옮긴이

영향을 기꺼이 바라보고 인정하려는 마음을 수반한다.

이어지는 **5단계**는 진정한 치유의 단계이며 그것을 통해 자신과 신, 그리고 또 다른 인간 존재에게 자기 결점의 정확한 본질을 시인하는 것이다. 이 단계를 밟은 사람은 자신의 가장 깊은 비밀을 12단계의 후원자 같은 다른 누군가에게 털어놓음으로써 고통의 충격을 경감시킨다. 수치스럽게 느껴 왔던 일을 있는 그대로 말하면 그 강도가 줄어든다. 어떤 사람은 단 한 가지 사건으로 자존감이 무너지고 20년간 고통스러울 수 있지만, 그것을 공유하고 나면 그 사건은 "그게 뭐 어떻다고."가 된다. 그 사건을 공유하는 것은 그 사건에서 부정적 극성을 제거해서 에너지 장을 변화시킨다. 부정성을 벗겨 내는 것이 과거의 일을 바꾸지는 않았지만, 과거의 일을 품는 방식이 바뀌면서 이전에 좀먹고 파괴하는 능력을 가졌던 것을 무력화시킨다.

'익명의 알코올 중독자들'의 공동설립자 빌 윌슨은 과거를 바로잡는 태도는 "적절한 뉘우침"이라고 말하곤 했다. 이것은 자기 증오나 수치심, 죄책감에 빠져 있는 것과는 꽤나 다르다. 그 대신 가슴에서 비롯하게 된다. '익명의 알코올 중독자들'은 가슴의 언어이며, 유머와 받아들임, 밝음, 과거를 치유하려는 자발성을 통해 치유한다.

치유는 5단계에서 일어나기 시작하고 **6~9단계**에서 보상으로 표현된다. 6~9단계는 정말로 회복하게 하는 단계이다. 이 단계들에서 고칠 수 있는 어떠한 손상이든 고치고, 보수할 수 있는 어떤 울타리든 보수하므로, 이는 단순히 정신적이고 지적인 연습이 아니다. 자신의 능력이 닿는 한, 세상으로 되돌아가서 일어난 손상을 교정할 수 있는 데까지 고치려고 한다. 그러면 치유는 삶에서 진짜가 되고 과거 자신이 벌인 일에 대한 죄책감에서 해방된다.

10단계는 자기 의식의 내용에 책임지는 일과 그것을 기꺼이 청소하려는 마음을 갖는 일이 일상적인 삶의 방식이 된다고 말한다. 날마다 하는 재고 조사에서는 온전하지 않았던 것이 무엇인지, 어디에서 자신이 더 잘할 수 있었는지, 어디에서 더 사랑할 수 있었는지 기록한다. 10단계는 영적 진보 과정에 책임지는 것과 삶의 방식으로 헌신하는 것이다.

11단계는 흥미롭다. 왜냐하면 이 단계에서는 1~10단계를 철저히 해냈다면, 애초에 마약과 알코올을 통해 추구했던 그 무엇에 재연결될 것이라고 말하기 때문이다. 11단계는 기도와 명상이 자기 자신이 이해한 대로의 신과 "의식적인 접촉을 증진"시킬 것이라고 말한다. "우리를 위한 그의 뜻만 알도록 해 주시며, 그것을 이행할 힘을 주시도록 간청했다."

11단계는 "시작"한다고 말하지 않는다는 점이 주목할 만하다. 11단계는 "증진"시킨다고 말하며 의식적인 접촉이 이미 일어났다고 가정한다. 그것은 삶의 방식으로서 사랑임lovingness에 내적으로 내맡기고 성실하게 전념하는 것을 통해 발생한다. 신성한 것, 신인 것, 사랑인 것은 모두 동일하기 때문에 사람은 가슴을 통해 신과 연결된다. 사랑임lovingness을 삶의 방식으로, 즉 능력껏 최선을 다해 세상에 존재하는 방식으로 전념함으로써, 알코올과 마약을 통해 맨 처음에 추구하던 것과 비슷한, 불변하고 기쁜 내적 경험에 재연결된다.

12단계는 중독 전체 과정을 드러내고 의식의 장에서 중독의 본성을 드러낸다. 12단계는 "이런 단계들의 결과, 우리는 영적으로 각성되었고"라고 말하며, 이는 제정신이 든 것이 전체 중독 경험 덕분임을 긍정한다. 통합성과 헌신으로 과정을 따랐던 사람들은 이제 남에게 "이 메시지를 전하는" 능력을 갖게 되고, 이를 자신 삶의 모든 영역에서 표현한다.

12단계는 중독 과정의 모든 목적이 그들을 깨어나게 하는 것, 의식의 한 수준에서 다른 수준으로 상승시키는 것이라고 한다. 즉 잠들어 알아차리지 못하는 상태에서 깨어 있고 제정신이며 알아차리는 상태로, 무의식적이고 무책임하며 무기력한 희생자 상태에서 스스로 자기 삶의 행복과 성공에 영적으로 책임이 있음을 인정하는 상태로 달라진다. 이는 행복의 근원을 자기 바깥에 두지 못하게 한다. 그들은 행복의 근원이 생명의 근원과 동일하다는 것과, 스스로를 영적으로 깨어 있는 사람으로 책임 있게 인정하는 데에서 온다는 것을 깨닫는다.

중독은 진행성의 치명적 질환이며, 영적으로 깨어나고 제정신을 더욱 차리는 것만이 중독에서 회복하는 유일한 길이다. 각자의 높은 참나는 그 사람을 성장할 수밖에 없게 만드는 무언가를 선택해 왔다. 이를 통해 스스로를 중대하게 마주하면서 제정신이 드는지에 따라 생명 자체가 달려 있다. 거기에는 물러설 곳이 없기 때문이다. 자신의 의지를 신(에고보다 높은Higher 그것)에 내맡기는 게 유일한 선택지이고 그렇지 않으면 미치거나 죽는다. 뇌세포의 프로그램이 짜여지면 재설정되는 일은 없다. 어떤 사람이 중독 과정에 빠지게 된다면, 아슬아슬한 줄타기를 하게 되고 되돌아올 곳은 없다. 거기에는 자신에 대한 진실을 인정하는 마주함만이 있을 뿐이다. 그 과정을 받아들이고 그 과정에 기쁘게 나아가고 감사를 표하는 데 회복이 달려 있다.

사랑 상태의 집단이 가지는 치유의 힘

12단계 집단의 에너지 장은 무조건적 사랑(540)이다. 수렁에서 빠져나오는 길은 다른 이들에게 관심을 갖는 것이다. 우리는 사랑으로 하는 모든 행위와 사랑하려는 모든 의도, 우리 자신과 타인을 용서하려는 자발성을 통해 상승한다. 무조건적 사랑은 다른 이들에 따라 바뀌거나, 그 사람들이 무엇을 하느냐 안 하느냐에 따라 바뀌는 감정 기복이 아니다. 사랑은 다른 이들로부터 오는 것이 아니다. 사랑은 우리가 언제나 선택하길 원하는 의식 상태에 관해서 내리는 내적 결정이다. 그 수준에서부터는, 사람들은 우리가 그들을 사랑하지 못하게 막을 수 없다.

회복 중인 사람은 사랑이 전해질 수 있음을 발견하고 삼투현상으로 인해 사랑을 경험한다. 삼투현상이란, 사랑임의 상태인 사람들과 어울리는 것이다. 사랑임의 에너지 주파수 수준에서 진동하는, 신체를 둘러싸고 그 안을 흐르기도 하는 에너지체가 존재한다. 진동이 높아질수록 힘은 강하다. 의식 지도에 높은 의식 수준에서의 진동은 200 미만의 수준에서의 진동보다 더 많은 힘을 갖는다. 신을 꼭 믿지 않아도 된다. 치유 에너지를 발산하는 사람들과 같은 방에 있기만 해도 개인은 사랑의 에너지를 포착한다. 비유하자면 우리가 햇볕이 바로 드는 곳에 앉아 있을 때 따뜻해질 수밖에 없듯이!

여러 문제로 우울한 기분이거나 '처진' 기분으로 12단계 모임에 들어왔다가, 그 문제를 전혀 이야기하지 않았는데도 더 높은 수준으로 걸어 나가는 경험은 흔하다. 집단이 지니는 무조건적 사랑의 에너지 장은 "화가 어떻게 났는지도 모르겠어."라는 공간으로 들어가게 끌어올려 준다. 우리는 삶의 사실이 아무것도 의미하지 않음을 발견한다. 우리가 그 사실을 어떻게 느끼는지에 따라 우리에게 삶의 경험이 생긴다. 그 사실을 어떻게 느끼는지는 우리의 관점이 무엇인지에 달려 있고, 이 관점은 우리의 의식 수준에 따라 결정된다. 결국 모든 문제는 관점을 바꿈으로써 사라진다. 즉 높은 의식 수준으로 옮겨 가는 것이다. 우리는 문제를 고칠 필요가 없다. 우리는 문제를 넘어서 진화하기 때문이다.

"삼투현상으로 얻기"

사랑 상태의 집단에 참가하며 얻는 큰 이점은 우리가 진화된 사고 형태를 전달하는 사람 옆에 앉아 있다는 것이다. 무감정과 우울, 다른 부정성들에서 벗어나는 기법은 우리가 분투하는 문제를 이미 해결한 다른 이들과 함께 있기로 선택하는 것이다. 이것이 자조 집단의 큰 힘 중 하나다. 부정적인 상태에 있을 때 우리는 부정적인 사고 형태에 많은 에너지를 부여하고, 긍정적인 사고 형태는 무력하다. 높은 진동에 있는 이들은 자신의 부정적 사고의 에너지로부터 자유롭고, 긍정적인 사고 형태에 에너지를 불어넣었다. 그 사람들의 현존에 존재하는 것만으로도 이롭다. 몇몇 12단계 집단에서는 이를 "성공한 사람과 어울리기"라고 부른다. 이때 의식의 심령적psychic 수준에서 이점이 있으며, 긍정적 에너지를 전송해 주고 잠재된 우리 고유의 긍정적 사고 형태를 재점화해 준다. 이것은 "삼투 현상으로 얻기"라고도 부른다.

사고thoughts는 특정한 전자기장 에너지 형태를 갖는다. 우리가 직면하고 있는 삶의 문제를 해결한 사람들의 현존 앞에 앉아 있다면, 그들의 내적 성취는 우리에게 비언어적으로 영향을 끼쳐서 낮은 수준의 에너지가 높은 사고 형태로 대체된다. 그 높은 사고 형태는 문제를 절호의 기회로 본다. 우리가 모임 이전에 상실로 봤던 것을 비언어적 전송 덕분에 이제는 이익으로 본다. 사실은 변하지 않았지만, 우리의 의식 수준이 변화하여 우리가 어떻게 상황을 바라보는지가 바뀌었다. 변화는 발화된 언어에 따라 일어나지 않고 높은 지혜를 전달하는 사랑 상태인 사람의 오라의 현존 속에 존재함으로써 일어난다. 간단히 말하면 우리는 친근하게 교제하는 친구로부터 부정적이거나 긍정적인 영향을 받는다. 우리 자신과 같은 문제가 있는 무리들에 속해 있기로 선택한다면 그 문제를 극복할 가능성은 낮다.

사랑은 우리가 다른 이들과 공유할 수 있는 에너지의 충만함에서 생긴다. 우리 내면의 부정성이 처리되면 우리에게 사랑의 충만함이 생기고, 우리는 다른 이들과 그것을 공유하기 시작할 수 있다. 우리의 에너지가 부정적인 감정에 매여 있을 때 다른 이들과 공유할 수 있는 것은 별로 없다. 우리가 자신에게만 전적으로 초점을 맞추기 때문에 실제로 그들은 우리를 위해 존재하지 않는다. 우리가 충만하고 가득 찰 때만 다른 이들과 공유하기 시작할 수 있다. 빠르게 기분이 좋아지는 방법은 사랑임 상태인 누군가의 오라 안에 들어가는 것이다. 그들과 가까이 앉고, 그들과 잠들고, 그들을 껴안고, 그들과 함께하라. 사랑임 상태인 존재의 오라 속에 머무르면 저절로 들어 올려지고, 우리는 모든 것을 다르게 바라볼 것이다. 결국에 우리는 이로운 은총을 타인에게 전달하는, 그러한 통로가 된다.

감사, 은총, 평온

이제 12단계 모임에서 발화자들이 자신이 알코올 중독자나 중독자가 된 것에 감사하다고 말하는 이유를 이해할 만하다. 처음 온 사람에게는 정말로 미친 소리처럼 들린다. 감사하다고? 어떻게 저 사람들은 중독에 빠져 알코올 중독자가 된 데에 감사할 수 있지? 그 질환과 고통이 그 사람들을 성장시키고 제정신이 들게 했기 때문이다. 그 질환과 고통은 그 사람들을 깨어 있게 하고, 따라서 과정에 감사를 표하게 된다. 처음에 그들은 분개하고 저항하지만, 그런 후에는 받아들이고 동의한다. 그들은 사랑하기 시작하고, 기쁨을 경험하기 시작하며, 결국 그들이 거의 모든 모임에서 기도했던 평온함Serenity이라고 부르는 상태에 도달한다.

신이시여, 우리가 바꿀 수 없는 것을 받아들이는 평온함과
바꿀 수 있는 것을 바꾸는 용기와,
그리고 이 둘을 분별하는 지혜를 우리에게 허락하소서.

그 사람들의 감사에는 이것이 자신들의 운명—그것을 하는 방식과 선택됐던 방식—이었다는 내적 앎knowingness이 있다. 이는 다른 어떤 방식으로도 이 커다란 이해에 결코 도달할 수 없었을 것이라는 앎awareness을 가져온다. 우리 중 일부는 이 방식으로 그냥 그것을 경험해야만 했다. 에고는 바닥을 치고 나서야 내맡기고 신을 발견할 수 있다. 바닥을 치고 내맡긴 이들은 의식 자체의 본성에 관한 커다란 이해와 더불어 커다란 감사함이 일어난다. 우리는 수치심부터 평화까지 의식 지도 전체를 여행해 왔다. 이제 우리는 자신의 인생 경험으로부터 확증할 수 있다. 즉 신에게 내맡긴 이들은 신의 은총을 받는다.

David R. Hawkins

THE MAP OF
CONSCIOUSNESS
EXPLAINED

3부에서 호킨스 박사님은 의식 지도를 통해 의식이 어떻게 진보하는지를 명확하게 설명합니다. 박사님은 이 도표 속 전체 영역을 여행해 본 비범한 경험을 한 사람으로서, 따라야 할 원리와 다루어야 할 수행, 피해야 할 함정을 우리에게 알려 줍니다. 많은 여행자가 도중에 길을 잃습니다. 바다를 성공적으로 건너 본 숙련된 선원의 안내 없이 신참 선원이 어떻게 바다를 건널 수가 있을까요? 호킨스 박사님은 우리에게 의식 지도를 제공했을 뿐 아니라 3부에서는 여정의 구간마다 무엇을 조심해야 하는지 그리고 여정에서 특정한 도전을 어떻게 헤쳐 나갈지 세부 사항을 서술했습니다.

호킨스 박사님은 에고가 놀라울 정도로 '익숙한' 것에 매달리고, 아주 좋은 변화라도 거기에 저항한다고 합니다. 그래서 그분은 에고의 왜소함에서 벗어나게 하는 단계를 우리에게 하나하나 가르쳐 줍니다. 에고와 그 한계에 대해 연민을 가지는 것이 매우 중요하다고 말합니다. 우리가 자신이나 다른 이들 안에 있는 에고를 비난한다면, 우리는 에고를 강화시킵니다.

당신이 어떤 에고의 장애물을 전 생애에 걸쳐 지니고 있었더라도, 놓아 버리려는 영적 의지가 있으면 즉시 초월될 수 있습니다. 다음은 호킨스 박사님의 『놓아 버림』에 나오는 이야기인데, 단 하나의 돌파가 어떻게 당신이 전체 의식 지도를 통과하게 이끌 수 있는지 보여 줍니다. 이 남성은 "나는 춤을 못 춰."라는 무감정에 빠져 있었고, 그 진짜 의미는 "나는 춤을 안 출 거야!"였습니다. 자의식 과잉 때문에 시도조차 거부했었습니다. 이 과정에서 그 남성은 무감정과 두려움에 '놓아 버림' 기법을 사용했고, 기꺼이 내맡김을 받아들이면서 황홀경에 이르는 문을 열었습니다.

이러한 진보의 실제 사례로 인생 내내 춤을 출 수가 없었던, 지적이고 성공한 중년 전문직 남성의 경험을 들 수 있다. 그는 몹시 춤을 추고 싶어 했기에 살면서 몇 차례 댄스 수업을 가 본 적이 있었다. 하지만 그때마다 딱딱하고 우스꽝스러우며 남의 시선을 의식하는 자신을 발견했다. 순전히 의지력으로 무대에서 간신히 동작을 밟아 가곤 했지만, 전혀 즐기지 못했고 늘 불안감을 느꼈다. 동작은 딱딱하고 계산적이었으며, 전반적인 경험은 만족스럽지 않아서 그의 자존감에 아무 도움이 되지 않았다.

내맡김 메커니즘으로 1년 정도 작업을 한 이후의 일이다. 그는 어떤 여성과 함께 파티에 있었는데, 그 여성은 그에게 일어나서 춤추러 가자고 몇 번이나 말했다. 그 남성은 "아시다시피 저는 춤을 못 춰요."라고 말했다.

그녀가 "아, 와 봐요, 해 봐요."라며 애원했다. "발의 움직임은 잊어버리세요. 그냥 저를 지켜보고 제가 하는 몸동작을 하세요."라며 계속 고집했다.

그 남성은 마지못해 동의했고, 계속해서 저항감과 불안감을 놓아버렸다.

무대 위에서 그는 완전히 놓아 버렸다. 내면 감정은 순식간에 무감정에서 사랑으로 의식 척도가 상승했으며, 스스로도 놀라울 정도로 갑자기 항상 꿈꾸고 부러워했던 모습처럼 춤추기 시작했다! '나는 할 수 있다!'라는 각성이 그를 덮쳤다. 그리고 사랑에서 기쁨으로, 그리고 황홀경에까지 이르렀다. 그의 기쁨이 모든 이에게 전해졌다. 친구들은 멈춰 서서 지켜봤다. 그 남성은 환희에 찬 상태에서 돌연 댄스 파트너와 하나임의 경험 속으로 들어갔다. 그는 그 여성의 눈에서 자신의 참나가 바라보고 있다는 것을 알았고, 모든 개인 자아 뒤에 오로지 하나의 참나만이 실재한다는 것을 깨달았다. 둘은 텔레파시로 연결되었다. 그는 파트너가 스텝을 밟는 찰나에 그녀의 모든 스텝을 알았다. 그들은 완전한 조화 속에 있었고, 몇 년간 연습하고 같이 춤춘 것처럼 몸을 움직였다. 그는 자신의 기쁨을 억누를 수 없었다. 춤추는 데 애를 쓸 필요가 없게 됐고, 춤 순서를 전혀 의식하지 않아도 그것이 스스로 일어나기 시작했다. 더 오래 춤출수록 더 많은 에너지를 느꼈다.

이것은 남성의 삶을 바꿀 절정의 경험이었다. 그날 밤 그는 집에 돌아와 좀 더 춤을 췄다. 프리스타일 디스코는 암기해야 할 형태가 없었기 때문에 다른 어떤 춤 방식보다 늘 두려웠었다. 즉흥성과 자유로운 감정을 필요로 하는 춤이었는데, 이런 것들은 특히 그가 이전에는 체험할 수 없었던 것이었다. 그는 집에서 디스코 음악을 틀어놓고 몇 시간 동안 춤을 추기 시작했다. 자기 자신을 거울로 보며, 육체의 내맡김과 내면의 자유로운 감정에 매료됐다.

불현듯 그는 전생을 생생하고 상세하게 기억했다. 그는 위대한 무용가였고, 이제는 이전의 삶에서 스승들이 가르쳐 줬던 세부 지침을 기억하기 시작했다. 스승들의 지침을 따른 결과는 놀라웠다! 자신 안에 중력을 축 방향으로 하는 균형 센터가 있음을 발견했으며, 그 센터 주위를 완벽한 균형 상태에서 회전하기 시작했다. 움직임은 힘이 들지 않았고 그는 그저 춤의 목격자가 됐다. 더 이상 '나'라는 감정이 없었다. 기쁨과 춤 자체만이 있었다. 그 즉시 데르비시*의 수피 회전춤의 기초를 이해했다. 어지러워하거나 지치지 않고 돌며 회전하는 수피들의 능력—그러한 특정 의식 상태—은 개인의 자아를 내맡긴 결과로 일어났다.

이 남성이 댄스 무대에서 경험했던 돌파는 이후에 그의 삶에서 이전에는 막혀 있던 다른 여러 영역으로 전파됐다. 한계가 있던 영역에서 빠르게 확장이 일어났다. 이러한 변화는 그의 친구들과 가족에게 매우 분명하게 보였고, 그들의 긍정적 피드백은 그의 자존감을 높여 주었으며, 삶에서 기쁨을 경험하지 못하게 막았던 부정적 감정과 생각을 놓아 버리려는 욕구 또한 높여 주었다.

이 경험을 꽤나 상세히 예를 든 것은 몇 가지 이유 때문이다. 이것은 의식 지도를 설명한다. 50년간 이 남성은 자신의 삶의 이 영역에서 '나는 못 해.'라는 신념을 가진 채로 척도 가장 아래에 있었다. 이 제약은 자존감을 떨어뜨렸고 회피행동을 불러왔다. 몇 년 동안 그 남성은 춤을 출 것 같은 사회적 행사를 어떻게든 피해 왔다. 자신의 제약 때문에 스스로 화가 났고, 누군가가 그에게 춤을 추게 하면 화가 났다. 수 초, 수 분 만에 그 남성은 의식 지도의 감정 하나하나를 경험했으며 꼭대기까지 완전히 올라갔다. 그 지점에서 매우 높은 질서의 영적 앎awareness이 높은 의식과 함께 갑자기 출현했

---

* 종교 의식으로 춤을 추며 빙글빙글 도는 이슬람 종파의 교도—옮긴이

다. 높은 의식과 함께 이해가 따라왔고 심령 능력(텔레파시 의사소통, 동시성, 전생 회상)이 외적으로 나타났다. 결과적으로 그 남성의 삶에 행동의 변화가 생겼으며 탄력을 받아 끝없이 이어지는 장애물과 한계들을 없앴다. 긍정적인 사회적 반응이 있었고, 긍정적 피드백은 이미 진행 중이던 성장 동기를 강화했다.

높은 의식을 가로막는 장벽 초월하기

의식 지도에 '관한' 지식은 경험적 각성realization과는 상당히 다르다. 구도자들은 자주 오랜 기간 어떤 장벽에 '갇혀 있다.'고 느끼는데, 이는 영적 절망을 가져올 수 있다. 그러니까 그들은 '모든 걸 읽었고, 모든 곳에 가 봤고, 모든 걸 시도해' 보았지만 아직도 매일 똑같은 내면 상황에 있음을 깨닫게 된다. "내 마음은 스펀지 같아. 모든 정보를 흡수해 왔어. 그런데도 난 아직 똑같은 장소에 갇혀 있는 것 같아!"

영적 의지

어떻게 평생의 두려움 패턴에서 벗어나 높은 상태로 들어갈까?

어떻게 불가능하게 보이는 장벽들을 초월할까?

의식 진화에 관한 정보 덕분에 지금은 깨닫게 될 확률이 과거보다 1000배 더 높다. 하지만 정보만으로는 충분치 않다. 사실 영적 작업에서 가장 결정적 역할을 하는 것은 영적 의지Spiritual Will이다. 영적 의지Spiritual Will는 신성의 개입Divine intervention을 초대하기에 극히 중요한데, 그 중요성에 비해 상대적으로 별로 주의를 기울이지지 않았다.

이 필요한 단계를 명확히 하는 데에는 강력한 사례가 유용하고 도움이 될 수 있다. 아마도 가장 광범위하고 인상적인 사례는 2차 세계 대전 참전 용사들일 것이다. 2차 세계 대전에서 개별 전투 부대원들의 경험은 물론 집단의 경험도 그 끔찍함이 극한에 이르렀다. 전쟁이 끝난 후에, 이전의 적군 전투원 대다수가 아주 빠르게 서로 용서했고, 심지어 격식을 갖춰 서로에게 경례하며 갈등이 끝난 것을 축하했다. 그들은 다시 시작된 상호 간의 존중 안에서 악수했다. 거기에는 자신의 배를 폭격하고, 전우를 죽이고, 많은 이를 부상당하게 하여 불구로 만든 가미카제 조종사들이 있었다. 상대편 미국인들은 수천 명의 민간인을 죽인 원자폭탄을 떨어뜨린 이들이었다. 전쟁이 종료되고, 모든 게 다 끝났다는 그리고 모든 게 '그냥 전쟁에 관한 일'이었을 뿐이라는 이상한, 거의 그냥 덮어 두자는 식의 받아들임이 있었다. 이전의 전투원들은 심지어 친밀한 벗이 되었고 주기적으로 서로의 가족들을 방문했다. 양측 병사들에게 모두 똑같이 온전했다는 이해가 있었는데, 병사들은 사회 속 자신의 역할이나 신, 나라, 가족에 대한 의무를 다하기 위해, 혹은 그들이 싸웠던 목적이 무엇이었든 그것을 이루기 위해 필요하다고 생각했던 일을 했기 때문이다.

용서를 내키지 않아 하는 것은 지각된 부당함의 에고 '단물'을 놓아 버리길 꺼려하는 것의 귀결이며, 또한 다른 이들이 용서 '받을 자격'이 없다는 환상illusion의 귀결이기도 하다. 현실에서 가장 이득을 보는 이는 용서하는 자이지 용서받는 자가 아니다. 위 사례의 목적은 가장 혹독한 상황마저 초월될 수 있음을 입증하기 위한 것인데, 이는 증오심과 복수를 품은 마음을 기꺼이 내맡기려는 자발성을 가진 의지의 행위로만 이루어질 수 있다.

강제 수용소 수감, 기아, 개인이 겪은 고문, 심한 잔학 행위, 대학살을 포함하여 양측의 끔찍한 상황을 고려해 볼 때, 어떻게 그런 성인聖人과 같은 변형이 가능한지 질문할지도 모른다. 실제로 그리고 심리학적으로도, 그것은 정말이지 에고/마음에 의해서는 조금도 행해질 수가 없다. 왜냐하면 불과 30으로 측정되는 죄책감/증오의 에너지 장에 휘말릴 때 에고/마음에는 벗어나는 데 필요한 힘이 없기 때문이다. 따라서 변형을 일으키는 힘의 근원은 마음이나 개인적 '나'라고 하는 개인성에서 생겨날 수 없다. 필요한 힘은 '의지Will*'라 일컫는 의식의 비선형적 성질 안에 거한다. 그러한 의지Will 만이 에고의 위치성을 녹이는 데 필요한 힘으로 향하는 문을 열 수 있다.

---

* 대문자로 시작하는 Will은 개인의 의지를 뜻하는 소문자 will과는 다른 의미이다. 다음 페이지에서 언급하는 '영적 의지Spiritual Will'와 같은 맥락에 있다. ―옮긴이

은총의 역할

성령이 초대에 *의해서by invitation* 이해를 변경시키는데, 이는 은총의 치유력이 현존하는 덕이다. 에고가 온 힘을 다하여도 들어 올릴 수 없는 것이 신의 은총에게는 깃털과 같다. 변형 과정의 결과, 다른 이들에 대한 우리의 관점이 혐오스러움에서 온건함으로 변형될 뿐 아니라 우리 자신에 대한 관점 또한 변형된다. 앞서 언급했듯이, 이는 중독 패턴 속에 있는 이들이 삶을 자신보다 더 큰 힘에 전적으로 내맡길 때 일어나는 일이다.

그러한 갑작스러운 변형은 선불교 가르침인 "천국과 지옥은 불과 종이 한 장만큼 떨어져 있다."의 진실을 확인해 준다. 우리는 극도의 끝없는 고뇌 속에서 의식 지도 밑바닥에 있을 수 있는데, '신이 계시다면 저는 그분에게 도움을 청합니다.'라고 영적 의지Spiritual Will로 간청을 하자마자 충격적인 변형이 일어난다. 그 변형 속에서 무한한 신의 영광이 모든 존재로부터 밝게 빛난다. 어떤 사람들은 오직 지옥 구덩이 맨 밑바닥의 절대적 절망 속에서만, 심지어는 육체의 죽음이 바로 임박한 지점에 이르러서야만 에고가 내맡겨질 수 있다.

진실되게 청하는 이들에게 신의 은총Grace of God이 기다린다. 신성은 누구도 억지로 진화하도록 강제하지 않는다. 모든 이가 우주에 책임이 있으며, 우주의 동역학 그 자체에 의하여 신성한 정의Divine Justice에 종속된다. 각각의 영혼은 바닷속 코르크처럼 자신의 부력에 따라 떠오르는 것이지, 바다가 임의로 어떤 행동을 한 것은 아니다. 자신의 손 외에 배의 키를 잡고 있는 손은 없으며 그것이 신이 생명에게 부여한 완전한 자유이다. 사람은 단지 자신의 손에 의해서만 추락할 뿐이다. 이른바 '우연히' 발생했다는 일조차 단지 지각일 뿐이다. 우주에 우연은 없으며 가능한 일조차 아니다. '우연'은 단순히 어떤 것이 선형적 에고와 그 한계로 인해 예측할 수 없거나 이해할 수 없음을 의미하는데, 선형적 에고의 한계는 450으로 측정되는 뉴턴식 인과성 패러다임으로 제한된다.

사람들은 그들이 같은 끌개장에 정렬되어 있기 때문에 그룹으로 모인다. "끼리끼리 모인다."는 일반적인 표현이다. 강력한 자석 같은 장을 각자 개별적으로 따르는데, 그 강력한 장은 더 상위의 끌개장에 차례로 종속되고, 그렇게 계속하여 신성에까지 이른다.

비록 갈등이 해결 불가능하게 보일 수도 있지만, 영적 처리 과정의 입증된 도구들을 엄격히 고수하면 그 해결이 사실상 놀랍도록 간단할 수 있다. 입증된 도구란 신에게 내맡기려는 자발성, 그리고 신성의 도움Divine assistance을 청하며 영적 의지Spiritual Will(측정치 850)의 힘을 불러내 저항을 놓아 버리는 것이다. 사람은 '나 자신[에고]은 혼자서 이 단계를 해낼 수가 없습니다.'라는 진실을 시인함과 더불어 성령의 도움을 요청할 수 있다. 사실 이는 상황을 다르게 이해하고 맥락화하여 역설로 보이는 것을 해소하게 해 달라는 요청이다. 은총Grace에 의하여 주어진, 드러나고 재맥락화된 좀 더 확장된 관점에서 볼 때 '갈등'이나 '장벽'은 곧 해소된다.

개인적 의지는 개인의 진화상 특정 시기에 측정되는 의식 수준으로만 작동하며, 따라서 바라는 변화를 가져오기에는 너무 약한 경우가 많다. 에고 메커니즘을 통해 변화하려던 과거의 노력은 의심, 자신감 결여를 낳을 수도 있고, 패배주의로부터 문제를 직면하길 거부하는 결과를 낳을 수도 있다. 이것은 흔히 "난 시도해 봤어."라는 진술로 표현되며, 그 진술은 실제로 사실이다. 즉 시도했던 것은 작은 나self이며, 그 시도는 결단력 있는 행동보다는 바람인 경우가 더 많다.

좋은 의도가 개인의 '의지력'이라는 암초에 걸려 허우적거린다. 개인의 의지력은 자주 추가적인 죄책감과 자기 비난을 자아내는 도덕적 몽둥이로 사용된다. 개인의 '의지력'이라는 환상illusion을 내맡기고 그것을 선언적 '결정'으로 바꾸지 않고는 신 혹은 높은 힘에 진실로 깊이 내맡기는 것이 실제 일어날 수 없다. 에고는 이렇게 통제를 내맡기는 데 저항하는데, 에고 자신이 어떤 위치성에 빠져 있든 그 위치성의 보상에서 즐거움을 얻기 때문이다. 따라서 에고는 불편함에 대한 예상이나, 변화에서 오는 상실, 실패에 대한 두려움 등 두려움의 형태로 저항을 창조한다. 하지만 이것들은 영적 자부심을 나타내며 그 또한 내맡겨질 필요가 있다.

따라서 어떤 장벽을 초월하기 위해서, 자신을 신의 종으로 선언하고, 신의 이름으로 영적 작업에 자신을 바치는 것은 도움이 된다. 이는 사람의 진화하고자 하는 의도를 무한히 강력한 장 속에 두는데, 그 장은 각 수준을 그 자리에 붙들어 두는 집착과 혐오, 에고의 보상을 내맡기는 은총Grace을 청하는 장이다.

경험자: 에고의 최선단

사람들은 묻는다. "어째서 저는 이 너머에 이를 수가 없나요? 저는 갇힌 것처럼 느낍니다." 그렇게 갇히는 이유는, 각각의 수준에 우리의 동물 본성에서 발생하는 뿌리 깊은 태도와 연관된 보상이 있기 때문이다. 보상이 없다면 아무도 거기에 머무르지 않을 것이다. 진화하기 위하여 오직 한 가지만 알면 된다. 당신을 뒤로 붙잡아 두는 것은 당신이 그 자리에 있음으로써 얻는 '단물$_{juice}$', 보상, 만족이다. 흔히 "우리가 할 수 있는 최대한 뽑아 먹자."고 이야기하는 것처럼 말이다. 만약 에고가 그 자리에 있음으로써 얻는 보상을 기꺼이 놓아 버린다면, 그 장벽은 녹아 버린다.

어떤 에고 위치성이든 그것을 초월하기 위하여 출발할 장소는 에고의 최선단인 '경험자$_{experiencer}$'이다. 경험자는 마치 정보 탐사기와 같은데, 항상 경험을 추구하고, 보상을 찾고, 이득을 구한다. 생명이 생존하기 위하여 에고의 경험자는 끊임없이 정보를 얻어야 했다. 예를 들어, '먹을 수 있는/먹을 수 없는' 그리고 '친구/적'과 같이 말이다. 에고의 전체 구조에 관해 걱정하는 대신 우리는 에고의 최선단에 초점을 맞추는데, 그것이 경험자이다.

경험자는 무엇이 좋은지, 무엇이 독인지, 누가 적인지, 누가 친구인지 매우 빠르게 끊임없이 결정하는 처리자$_{processor}$이다. 1만분의 1초 안에 엄청난 정보 더미를 처리한다. 어떤 컴퓨터 조합도 도저히 그렇게 할 수 없다. 그것은 정말 너무나 복잡한데, 이는 가치, 의미, 의의, 우선순위 설정을 포함하기 때문이다. 컴퓨터는 어떤 것에 다른 것보다 더 높은 가치를 매기지 못하기 때문에 그렇게 할 수 없다. 컴퓨터는 저 정보 조각보다 이 정보 조각을 더 높이 평가하여 생각하지 않지만, 당신 에고의 처리자는 그렇게 한다.

경험자는 실상에서 1만분의 1초 벗어나 있다. 따라서 에고는 있는 바*what is*를 전혀 경험하지 못한다. 에고는 있는 바*what is*에 대한 자신의 경험을 경험한다. 비유하자면, 에고는 기록되고 있는 그 대상*that which is being recorded*을 경험하지 못한다. 즉 에고는 기록 장치에서 재생되는 것을 경험하고 있다. 1만분의 1초 전에 막 기록되었던 것을 경험하고 있다. 이는 대단치 않게 보일 수도 있지만 그 성질이 완전히 변화한다. 1만분의 1초의 이쪽 편에서는 나무가 나무처럼 보이고 꽃이 꽃처럼 보인다. 1만분의 1초의 다른 편에서는 그것들이 신성을 내뿜는다! 깨달음은 경험자를 우회하는 것이다. 경험자는 그냥 갑자기 사라진다. 그것은 점차 약해지지 않는다. 즉 경험자는 그저 갑자기 소멸되고, 그러고 나서 마음은 경외 속 침묵에 든다.

궁극적으로 인간 존재는 경험하는 것experiencing에 중독된다. 그것이 우리가 계속해서 채널을 돌리고, 음악을 틀고, 게임을 하고, 이것저것 한 입 베어 무는 이유이다. 어째서 우리는 경험하는 것에 빠져 있을까? 진화 중에 동물은 경험하는 것을 통해 생존했기 때문이다. 에고에는 영적 에너지의 내적 원천이 없어서, 경험하는 것이 에고를 살아 있도록 유지한다. 에고는 오직 동물적 에너지만을 가진다. 결과적으로, 모든 경험에서부터 에고는 동물적 존재의 근원인 '단물'을 뽑아내야 한다. 예를 들어, 에고는 다른 이들의 괴로움에서 고소한 즐거움을 얻고, 옳고 승리함으로써 단물을 얻는다. "야,

녀석이 그 일을 당했네. ×× 같으니라고, 녀석은 그래도 싸!"

경험자는 자기애적 만족에서 즐거움을 느낀다. 경험자는 그 단물을 '정당화된 분개', 공상적 박애주의, 발언의 자유free speech, 정당한 피해자 의식이나 그와 비슷한 것들로 가장하려 시도한다. 하지만 우리가 두려움 없이 스스로 정직하게 자신에 관한 재고 조사를 한다면, 자신을 괴롭히는 어떤 부정성이든 우리가 거기에서 보상을 얻기 때문이라는 걸 알게 될 것이다. 당신은 "아무도 자기 연민을 느끼고 싶지 않을 거예요."라고 말할 수도 있다. 하지만 사실 많은 사람이 순교, 부당하게 대우받는 것, 뭔가가 자신을 불편하게 만드는 것에서 큰 즐거움을 얻는다. 이는 날마다 피해자 이야기에 귀 기울이는 치료사, 정신과 의사, 사회복지사에게는 처음 듣는 내용이 아닐 것이다. 세상 그대로가 누군가에게 불편하게 느껴진다고 해서 전체 세상이 바뀌어야 할까? 그러한 것의 병적 에고주의와 자기애는 명백하다. "그것이 나를 불편하게 만들어." 자기애에 빠진 개인들은 자신을 변화시키는 대신 세상을 변화시키려 애쓴다. 법원 청사 위에 신의 이름이 있어 밤에 당신이 잠 못 이룬다면, 단지 당신이 더 잘 자도록 우리가 그 역사적 건축물을 바꾸어야 할까? 의식 수준들을 초월하는 열쇠는 다른 사람들이나 사회를 바꾸는 대신 기꺼이 자신을 바꾸는 데 있다. 일단 자신을 바꾸면 당신은 다른 이들을 다르게 경험한다.

어떤 장벽에 관해 당신이 유일하게 알아야 할 것은 그 에고 보상이 무엇인가이다. 경험자가 그 위치성에서, 그 부정성에서, 그 '갇힌' 자리에서 얻고 있는 단물은 무엇일까?

에고의 이원성: 매력과 혐오

『의식 수준을 넘어서: 마음을 초월하여 깨달음에 이르는 계단』은
각 수준에 관해서, 그 수준의 특정한 이원성을 내맡겨 그것을 어떻
게 초월하는지에 관해서 깊이 있게 다룬다. 여기에서 우리는 에고
의 매력과 혐오에 대한 전반적인 것들을 다루는데, 따라서 독자는
그 과정이 정신 속에서 어떻게 일어나는지 직관할 수 있다. 아래에
개괄된 매력과 혐오 쌍은 모든 에고 프로그램과 의식 수준에 적용
가능하다.

매력	혐오
익숙함, 안정감	변화, 불확실
매달림	새로운 것에 관한 두려움
쉬움	노력

경험자에게 매력은 언제나 익숙한 것과 관련 있다. 군중 속으로
들어갈 때 우리는 먼저 익숙한 얼굴을 찾으려고 주변을 둘러본다.
혐오는 불확실성에 대한 것이다. 우리는 걱정한다. '내가 거기 가서
아는 사람을 아무도 못 만나면 어쩌지?' 따라서 우리는 알려진 것에
매달리며 미래를 두려워한다. 과거는 확실하고 미래는 불확실하다.
에고는 확실한 것을 좋아하며, 그래서 자신이 아는 것에 매달린다.
우리는 틀리더라도 편안하고 싶다. 직장에서 집으로 돌아올 때 새
로운 길로 오기를 시도해 본 적이 있나? 이내 당신은 똑같은 옛날

길로 돌아간다. 우리는 익숙한 것을 좋아하고 습관적인 것을 좋아한다. 참신한 것에 대해 느끼는 경험자의 매력으로 선택한 것이 아니라면 우리는 변화를 좋아하지 않는다.(아래를 보라.)

에고는 변화를 일으켜 일시적으로 균형이 무너짐을 느끼기보다는 항상성에 관한 자신의 허상을 꽉 붙잡고 싶어 한다. 따라서 사람들은 부정적이고 심지어 파괴적이기까지 한 방향, 관계, 일에 머무르는데, 이는 단지 변화하는 데 어느 정도의 노력이 요구되기 때문이다.

경험자는 쉬운 것에 끌리며 노력을 혐오한다. 변화를 위해 노력하기보다 그냥 어떤 옛날 방식에 동조하는 게 더 쉽다. 그러면 당신은 긍정적 변화를 만들기 위해 노력하는 일에 대한 혐오를 어떻게 극복할 수 있을까? 실제로는 그렇게 많은 노력이 요구되지 않는다는 걸 봄으로써 극복할 수 있다. 주의를 기울이는 것 하나만으로 습관이 자동적으로 줄어들기 때문이다.

예를 들어, 당신이 20년 동안 쿠키를 지나치게 먹어서 매일 먹는 쿠키 숫자를 줄이고 싶어 한다고 해 보자. 당신은 말한다. "난 언젠가 쿠키를 끊을 거야." 당신은 자신에게 거짓말을 하고 있다. 20년 동안 하루에 50개 이상의 쿠키를 먹어 왔는데 어떻게 갑자기 끊을 수 있을까? 의지력을 행사하는 건 죄책감과 실패의 느낌을 가져오기만 한다. 그 비밀은 노력이 아니라 당신의 주의를 기울이는 데 있다. 매일 먹는 쿠키를 세기만 하고, 그것에 관해 어떤 것도 '하려고' 시도하지 마라. 쿠키를 정리해 펼쳐 놓고 하루가 끝날 때 당신이 몇 개의 쿠키를 먹었는지 세어 보라. "월요일 쿠키 68개, 화요일 64개,

목요일 72개." 요점은 쿠키에 관해 어떤 것도 '하려고' 시도하지 않는 것이다. 그냥 주의를 기울이라. 그것을 유념하고 달력에 적기만 하면 된다. "월요일 쿠키 63개, 화요일 쿠키 18개, 오, 와우. 수요일 평소로 돌아가 쿠키 58개." 뭔가를 관찰하는 것이 그것을 변화시킨다는 하이젠베르크 원리가 의도에 의해서 노력 없이도 적용되기 시작할 것이다. 따라서 당신의 알아차림awareness 자체가 쿠키의 매력을 감소시키기 시작한다. 월말에 이르러 당신은 쿠키 14개로 내려갈 것이다. 두어 달 뒤쯤엔 쿠키 6개로 내려갈 것이다. 그러다 갑자기 당신은 말할 것이다. "뭐야, 난 쿠키가 필요하지 않아." 이러한 일에는 노력이 전혀 들지 않는다! 분투하거나 스스로 상처 입히거나 죄책감으로 자신을 조종할 필요가 없다. 당신이 그걸 알아채기만 한다면 노력 없이 하이젠베르크 원리가 적용되고, 그러면 에고의 위력force에 의존하는 대신 자신의 의도로 그 장field의 힘을 능히 가져온다.

익숙한 것을 바꾸고 놓아 버리기는 쉽지만 당신은 회피한다. 에고에는 그것이 노력처럼 보이기 때문이다. 자신을 힘들게 밀어붙여 스스로 해내겠다고 열심히 달려든다면 그건 단지 노력처럼 보일 뿐이다. 자신에 관해 좋지 않은 어떤 것이든 —사람들에게 짜증 내기, 욕하기 등등— 당신이 하루에 몇 번 그러는지 적어 두면 초월될 수 있다. 당신은 그저 주의를 기울이고 추적하기 시작한다. 알아채는 일은 어떤 사람이든 할 수 있다. 즉 애쓸 필요가 없으며, 단지 주의만 기울이면 된다.

매력	혐오
자부심	겸손
분노 / '강함'	수동성 / '약함'
승리	패배

　자부심의 매력은 당신이 다른 이들보다 더 낫고 최고이며 무적이라는 것이다. 겸손은 지위의 상실로 여겨지고, 그래서 당신은 도저히 '굽힐' 수 없으며, 굽힌다면 당신은 입지를 잃는다. 우리는 자신의 모든 위치성에 자부심을 가지며 겸손을 혐오하는데, 겸손을 굴욕과 혼동한다. 진정 겸허한 사람은 굴욕을 당할 수 없다. 겸허하고 정직한 사람은 이미 자신의 그늘진 면을 인정하므로 상처 입을 수도, 모욕당할 수도, 무시당할 수도 없다. 그들은 다른 누군가가 자신들에게 동의하지 않는다고 해서 무시당했다고 느끼지 않는다.

　만약 당신이 감정을 쉽게 다친다면 가만히 앉아서 생각할 수 있는 자신의 그늘진 면을 모두 목록으로 작성하라. 그러고서 역사상 위대한 코미디언들이 당신의 문제를 논하는 것을 마음에 그려 보라. 코미디언들은 인류를 치료하는 위대한 치료사이고, 우리가 자조적인 웃음을 짓도록 만들기 때문이다. 내가 위스콘신에서 자랐을 때, 우리 남자들은 서로를 별명으로 불렀다. 해군에서 사람들은 나를 꼬맹이라고 불렀는데, 예민한 요즘 사람들은 이 별명이 키에 근거한 차별이라 자신의 권리를 침해한다고 말할 것이다. "당신 자신을 너무 심각하게 여기지 마라."는 12단계 그룹의 위대한 모토 중 하나이며, 이는 가벼운 마음과 태평함에 관한 것이다.

우리는 에고가 분노와 강함을 혼동하고 수동성과 약함을 혼동하는 것을 본다. 분노는 당신이 본래 자신보다 더 강한 것 같은 인위적인 흥분을 제공한다. 가라테와 다양한 무술에서 잘 알려져 있듯 사실 분노한 사람은 훨씬 더 약하다. 일단 미친 듯 화가 나면 그 사람은 분노에 고착되고, 당신은 단 하나의 움직임만으로도 그를 쉽게 이길 수 있음을 안다.

동물은 다른 이를 위협하며 분노로 부풀어 오르는데, 두려움이 수동적이거나 약한 것으로 여겨지기 때문이다. 어떤 문화권에서는 수동적이거나 약하다고 여겨지는 것이 당신을 죽게 만들 수 있다. 어떤 지역에서는 자신이 경멸당하게 놔두면 그것이 당신이 기억하는 마지막이 된다.

따라서 200 이상의 실상은 200 미만의 실상과는 완전히 다르다. 다른 사람들이 당신과 같은 식이라는 추정은 순진하다. 그들은 그렇지 않다. 사실 그들은 정반대이다. 당신은 돈을 내는 것이 좋은 생각이라 여기는 반면 그들은 그런 당신을 멍청이라고 생각한다. 당신은 진실을 말하거나 사과를 하는 것이 온전하다고 생각하는데 그들은 그것이 멍청하다고 생각한다. 200 미만에서는 분노를 분노로 돌려주고, 복수하고 이기는 것이 중요하다. 이원적 세상에서는 한 사람은 이기고 다른 한 사람은 진다.("그리고 지는 사람이 내가 아닌 게 더 낫다.") 그것은 '윈-윈win-win'에 대한 의식이 없는 '윈-루즈win-lose' 사고방식이다.

200 이상에서는 다른 관점이 열린다. 당신은 에고의 상실이 보통 영에게는 이득이며, 그 반대로 에고의 이득이 영에게 상실이라는

것도 본다. 카르마적으로, 어떤 상실은 당신 삶의 가장 큰 이득일지 모르는데, 왜냐하면 세상은 실제로 부정적 카르마를 해소하고 긍정적 카르마를 얻기 위한 최적의 장소이기 때문이다. 따라서 세상을 바꾸고 싶어 하는 것은 별 의미가 없다. 모든 공상적 박애주의do-gooderism는 사람들에게 나쁜 카르마를 지속하게 하는 형벌을 선고할 수도 있다. 상실이나 비극처럼 보이는 것은 은총과 궁극적 자유의 문을 연다는 점에서 사실상 엄청난 이득이다.

매력	혐오
중요성	'아무것도 아닌 사람'
얻다	잃다
돈	가난
흥분	지루함

에고는 중요해지고 싶어 하며 아무것도 아닌 사람이 되는 걸 몹시 두려워한다. 에고는 주목받아야 하고 대중에게 주목받는 것을 매혹화한다. 더 높은 수준에서 당신은 아무것도 아닌 사람인 것에 안도하고, 평범하다는 것에 감사하며, 온갖 요란스러움을 면한다.

에고의 움켜쥠clutchingness은 에고가 통제를 원한다는 것이다. 에고가 어떤 것을 '내 것'이라고 생각하는 순간, 그것은 특별함으로 부풀려진다. 그냥 '어떤' 시계가 '나의' 시계가 된다면, 이제 그것은 '낡은 할아버지 시계'처럼 특별하고 감상적이 된다. 당신이 '내 것'이란 말을 덧붙이자마자, 그것은 에고 팽창이 되고 당신은 걸려든다. 실은 아무것도 당신에게 속하지 않는다. 모든 것은 신에게 속한다. 당신은 몸을 포함해 그러한 것들의 청지기로서 단지 일시적인 관리권을 가질 뿐이다. '그the' 몸이고 '그the' 마음이며, 당신이 '나의' 몸과 마음으로 언급하길 그만둘 때 그것들은 매력적인 에고 투자를 상실한다.

당신은 "분명, 제 머릿속 생각들은 제 것입니다!"라고 말한다. 사실 그렇지 않다. 마음의 생각이 '내' 생각이라고 생각하는 것은 마음이 건 최면 때문이다. 실제로 생각들은 의식의 장에서 비개인적으로 나온다. 각 의식 수준은 자기 자신만의 우세한 생각 장field을 갖는다. 당신이 특정한 의식 수준에 연결되자마자, 당신은 어떤 끌개장에 연결된다. 그 끌개장은 수천 년 동안 똑같은 생각들을 가지고 있었다. 당신 생각의 내용에 관한 한 새로운 것은 아무것도 없다. '난 줄 맨 앞에 서고 싶어.' 그 생각을 당신이 만들었다고 생각하는가? 에고는 스스로를 중요시하는 것과 더불어 이득을 원하도록 디자인되어 있고, 금전적 이득이 마침내 어떻게 행복을 가져올 것인지에 대해서 많은 생각을 한다. 흥미롭게도 우리 연구는 행복이 부나 건강이 아닌 의식 수준과 연관된다는 것을 발견했다. 사람은 아무것 없이도 아주 기뻐할 수 있다. 사실 특정 수준에서는 적게 가질수록 더 좋다! 당신은 간이침대, 중고품 할인점에서 구매한 담요, 박스와 그 위의 양초, 사과, 치즈 조각, 6개들이 펩시 세트로 생활할 수 있다. 천국 같은 당신의 거처에 더 보태려고 고양이를 기른다. 당신에게 어떤 읽을거리가 필요할까? 아니다. 당신에게 텔레비전이 필요할까? 아니다. 당신이 뉴스를 잘 알아야 할 필요가 있을까? 아니다.

에고의 경험자는 지루함을 두려워하고 흥분에서 뽑아내는 에너지로 살아 나간다. 지루함이 두려운 것은 어떻게 초월할까? 자신이 지루하도록 그냥 놔두고 어째서 지루하게 느끼는지 그리고 그 감정이 무엇인지 조사하라. 만약 경험자가 무엇을 하는지 알아내고 싶다면, 현실 도피escapism에 빠지는 대신 자신이 지루해지도록 놔두고 그저 다음을 관상하라. 지루함이 무엇인가? 내가 무엇을 경험하는가? 어째서 나는 그것을 혐오하는가? 이는 정확히 경험자가 무엇이며, 경험자가 무엇을 하고, 경험자가 무엇을 조장하는지 알아내는 매우 빠른 방법이다. 그런 다음 당신은 질문한다. 지루해하는 것이 뭐지? 지루해하고 불평하는 것은 나 자신의 어떤 측면이지? 무엇을 불평하고 있지? "재미있는 일이 아무것도 일어나지 않아." 나는 재미있는 일에서 무엇을 얻을까? "살아 있다는 감각과 흥분감." 그것은 영의 살아 있음인가? 에고의 살아 있음인가? 끊임없이 오락을 원하는 것은 당신 안의 작은 동물로 밝혀진다. 그것은 지루함이 죽음처럼 느껴지기 때문에 지루함을 아주 무서워한다.

매력	혐오
욕망	얻지 못함
지위	'아무것도 아닌 사람'
주목받는	무시당하는
의견	평범함
갈망하다	좌절하다
통제하다	받아들이다
세상을 구하다	세상을 내맡기다

에고는 욕망을 낙으로 삼는다.* 에고는 '얻지' 못할까 두려워한다. 에고는 자신이 원하는 걸 얻기 위해 쫓겨서 밀어붙이게 된다. 『놓아 버림』에서 묘사한 것처럼 역설적이게도, 바로 이 욕망함이 욕망하는 대상을 밀어낸다. 예를 들어 우리가 원하는 것을 얻기 위해 다른 사람들에게 압력을 가하면, 사람들은 자동적으로 저항하는데, 우리가 자신의 요구나 무의식적 기대로 압력을 가하려 하기 때문이다. 어떤 이가 우리에게 무언가를 팔고 싶어서 집에 방문할 때, 우리는 모두 이 현상을 경험한 적이 있다. 그들이 열심히 밀어붙일수록 우리는 더 저항한다. 미국 기업가 로버트 링거는 그것을 "소년/소녀 이론"이라고 불렀다.(소년이 소녀를 만난다. 소년이 소녀를 원한다는 걸 소녀가 깨닫자마자, 소녀의 마음을 얻기가 어려워진다. 그리고서 소년이 포기하기로 결정한다면, 이제 소녀가 소년을 원하고 소년은 이에 반응하여 냉담하게 행동한다.)

욕망을 놓아 버리는 열쇠는 모든 매력attraction이 '매혹glamour'이라 부르는 에너지 장의 투사임을 이해하는 것이다. 이는 이제껏 나온 가장 유용한 책 중 하나인 엘리스 베일리의 『매혹Glamour』에 설명되어 있다. 에고는 특별함과 매혹을 대상에 투사하고, 그것을 그러한 매력으로 물들인다. 보통 사람들은 매력이 그 대상 내부에, 예를 들어 치즈버거에 존재한다고 생각한다. 하지만 분명하게도 매력은 치즈버거 자체에 있지 않다. 배가 매우 고프더라도 많은 사람이 치즈버거를 먹지 않을 것이기 때문이다. 그들에게는 심지어 치즈버거가

---

* 원강연(2005년 5월 INTENTION CD2 41분 37초)에는 "에고는 욕망을 푼다.It works off desire."라고 말한다. 원서에는 "The ego thrives on desire."라고 되어 있다. —옮긴이

혐오스러울 수도 있다. "그건 고기야. 고기는 당신을 죽일 거야. 고기는 메탄가스를 초래하고 지구 온난화를 초래해. 우리 모두 지구 온도를 낮추기 위해 채식주의자가 되자!" 그래서 욕망에서 벗어나는 길은 경험자가 무엇을 갈망하고 있든 그에 대한 매혹의 투사를 놓아 버리는 것이다. 이것은 붓다의 가르침과 맥을 함께한다. 붓다는 첫 번째 단계가 감각적 즐거움에 대한 에고의 집착에 지배당하기를 그만두는 것이라고 가르쳤다.

경험자는 지위를 구하며 아무것도 아닌 사람이 되는 걸 두려워한다. 주목받길 원하며 무시당하는 것을 무서워한다. 경험자는 모든 것에 대해서 자기 의견을 표현하고 싶어 하고 그저 평범하게 있는 것을 몹시 무서워한다. 발언의 자유free speech는 오늘날의 에고 서커스이다. 언젠가 나의 친한 친구가 말했다. "방금 가장 놀라운 발견을 했어. 나는 모든 것에 대해 의견을 가지지 않아도 돼. 나는 내 발언을 자유롭게 표현해야만 한다고, 입장을 취해야만 한다고, 플래카드를 가지고 나가야만 한다고 느끼지 않아. 그런 자유를 경험하는 게 난생처음이야."

이는 그저 평범하게 있으면서 모든 것에 당신의 의견을 부여하지 않는 일의 가치를 깨닫는 것이다. 평범한 상태가 당신의 생명을 구한다. 총을 든 범인이 쏠 사람을 찾고 있을 때 평범하게 섞여 있으면 보상이 있다. "이봐! 거기 서 있는 분홍 콧수염에 빨간 머리, 너!" 탕! 에고는 평범함을 경멸하지만, 최근에 암살당한 평범한 사람이 있기는 하나? 생존하는 방법은 평범하고 평화적으로 지내는 것이다. 당신이 공격적이라면 당신은 공격을 불러들인다. 평범한 것의 안전함을 볼 때, 당신은 에고의 '대단한 사람이 되려는' 갈망을 놓아 버릴 수 있다. 에고는 주목받고 싶어 하고, 의견을 갖고 싶어 하며, 뭔가를 갈망하고 싶어 하고, 통제하고 싶어 한다. 내면을 들여다보는 대신에 다른 이들과 세상을 통제하고 싶어 한다. 만일 우리가 있는 그대로의 세상이 싫다면, 내면을 들여다보고 자신을 바꿈으로써 세상에 호의를 베푼다.* 경탄스러운 공상적 사회 개량가, 위대한 군주들은 모두 사라졌다. 그들의 왕조는 세상에서 가장 위대한 국가를 세우려 애썼지만, 지금은 모두 사라졌다. 법원 청사 위에 '신'이라는 단어가 우리를 불편하게 만든다면 우리는 '어째서 그렇지?'라고 질문해야 한다.

가장 큰 내맡김 중 한 가지는 뭔가를 통제하려는 우리의 욕망을 놓아 버리는 것이다. 세상의 문제는 세상이 그런 식이라서가 아니라 오히려 우리 자신의 맹목, 즉 비전vision이 부족해서다. 만일 우리의 비전이 열린다면, 우리는 자신이 만들어 내지 않은 어떤 설계design에 따라 세상이 진화하고 있는 걸 본다. 우리는 세상이 어떠할 수 있었다거나 어떠해야 했었다는 것을 낭만화하고 우리에게 동의하지 않는 이들을 비판한다. 이 비판에서 벗어나는 길은 다음의 매우 간단한 진술 속에 있다. "당신이 바닐라를 좋아한다고 그것이 초콜릿을 싫어해야 한다는 걸 의미하지는 않는다. 그리고 당신이 초콜릿을 사랑한다고 그것이 바닐라를 싫어해야 한다는 걸 의미하진 않는다." 우리는 다른 이들의 선호를 비난하지 않고도 자신의 선호

---

* 원강연(2005년 5월 INTENTION CD2 45분 14초) 내용은 다음과 같다. "우리가 있는 그대로의 세상이 싫다면, 그럼 당신 자신을 바꾸세요. 세상에 호의를 베푸세요. (청중 웃음)"—옮긴이

를 즐길 수 있다. 그리고 우리는 의식이 어떤 특정한 방식으로 진화하고 있음을 받아들인다. 뭔가를 통제하려 하는 것은 자신이 신보다 더 잘 안다고 여기는 것이다.* 그러므로 최고의 지혜는 세상을 신에게 내맡기는 것(측정치 535)이다.

영적 에고는 세상을 구하고 싶어 한다. 세상을 무엇으로부터 구할 것인가? 모든 위대한 스승들은 똑같은 말을 했다. "세상에 존재하는 유일한 문제는 무지ignorance이다." 그래서 당신이 세상을 위해 뭔가를 하고 싶다면, 무지를 교육하고 극복하려 하는 것이 할 수 있는 최선이다. 당신 자신으로 시작하고, 당신이 보는 세상은 존재하지도 않는다는 사실로 시작한다. 에고의 무지는 자신이 보는 세상이 정말 있는 그대로의 세상이라고 에고 중심적으로 추정하는 것이다. 에고는 불의injustice를 본다. 하지만 에고가 그렇게 불의를 보는 건 에고의 이원적 위치성에서 비롯된다. 또 다른 위치에서는 동일한 것이 완벽한 정의justice이다.

매력	혐오
참신함	지루한 단조로움
스릴	(기회, 즐거운 것 등을) 놓치다
공격성	수동성
소문: '끼어 있는(In)'	'뒤처진(Out)'
유행의	칙칙한

---

* 원강연(2005년 5월 INTENTION CD2 46분 28초) 내용은 다음과 같다. "진화는 특정 방식으로 이루어지기 때문에, 따라서 그것을 통제하려 하는 것은 자신이 무얼 요구하고 있는지도 모르는 것이다. 당신이 뭔가를 통제하려 하는 순간, 당신은 고압선을 움켜쥔다."—옮긴이

에고는 참신한 것을 좋아하고 지루함과 일상적인 것을 싫어한다. 뭔가를 놓칠까 두려워하고, 스릴과 리스크, 위험danger에 중독된다. 부릉부릉 하는 오토바이 경주 소리는 말한다. "이리와 친구, 흥분 속으로 들어와. 위험을 감수해 봐, 위험 속으로 들어와!" 사람들은 믿기 어려운 극단을 향한다. 전 세계 주요 도시의 가장 높은 빌딩들을 기어오르고 싶은 강박 충동을 지닌 프랑스인과 같이 말이다. 그는 마치 인간 파리와 같다. 높은 대리석 빌딩들의 옆면을 기어오르고 경찰은 계속 그를 끌어내려 체포한다. 하지만 그는 풀려나자마자 다시 그 일로 돌아간다. 이것은 스릴에 대한 중독이다.

에고에게 매력은 공격적인 것이며 혐오는 수동적인 것이다. 에고는 '내부'에서 '다른 이들'을 험담하고 싶어 하는데, '소외되면' 안 되기 때문이다. 단지 그런 그룹과 어울리는 데에도 위험이 따를 것이다. 에고는 혼자이기보다는 포함되기를 원하며 칙칙하기보다는 유행을 따르길 원한다. 에고는 어떤 것이든 상관없이 '내부' 그룹의 일원이 되길 원한다.

매력	혐오
'옳음'	틀림
우월한	침묵
완고함	굴복함
유명한	익명의

그리고 물론 에고는 꼭 옳아야만 한다! 사실 옳다는 것이 생명

그 자체보다 더 중요하다. 온 세대, 사회, 문화, 국가를 아우르는 수천만 명에 이르는 사람들이 자신이 틀렸음을 인정하기보다는 생명을 내어놓는다. 에고는 당신을 죽일 작정이다! "틀리고 사는 것보다 옳은 채 죽는 것이 더 낫다."고 에고는 말한다. 이제 우리는 진짜 범인이 누구인지를 본다. 그것은 '저 바깥'이 아니라 '이 안'에 있다.

옳음으로써 에고는 우월하게 되는데, 이는 에고가 평범함을 아주 두려워하기 때문이다. 만약 평범하고, 무시받고, 특별하지 않게 되는 것에 관한 공포를 놓아 버릴 수 있다면, 당신은 많은 위치성들을 단번에 놓아 버린다. 특색 없고, 평범하며, '아무것도 아닌 사람'임을 받아들인다면, 당신은 스스로 수많은 번거로운 상황을 면한다.

에고의 경험자는 조용히 있기보다는 크게 말하고 소리 지르며 자신의 이야기를 들어 주길 바란다. 이런 종류의 에고 중심주의는 미국에서 발언의 자유free speech가 퇴보된 모습인데, 자기애적 의견화로 인해 대부분의 발언이 비온전하기 때문이다. 당신이 하나의 개념으로서 발언의 자유free speech 수준을 측정한다면 대략 340이다. 바로 지금(2005년 5월 강연 중—옮긴이) 미국에서 실행되는 발언의 자유를 측정한다면 대략 187이다. 사람들은 발언의 자유가 마치 문명에서 가장 소중한 것처럼 이야기한다. 하지만 정말로 누구나 텔레비전에 나와서 혹은 블로그 세상으로 가서 마구 지껄일 수 있다는 게 문명에서 가장 소중할까? 우리가 그것에 목숨을 걸어야 할까? 침묵은 완고하고 독선적이며 유명해지기를 욕망하는 에고가 몹시 혐오하는 상태이다.

우리 사회 속에는 영적 가치가 뒤바뀌어 있다. 발언의 자유가 인류의 이상적인 정점으로서 떠받들어졌지만 사실상 그것은 변장한 에고주의이다. 어째서 그럴까? 왜냐하면 오류에도 똑같은 발언권을 부여하기 때문이다. 이전에 지적했듯이 매체는 "공정과 균형"을 말하는데, 이때 공정과 균형은 '평평한 지구 학회flat-Earth society' 회원이 지구가 둥글다는 진술에 '반대 측 진술'을 제시하도록 해야 함을 의미한다. 만일 우리가 똑같은 원리를 다른 분야에 적용한다면 그 불합리함이 즉시 드러난다. 뇌 수술을 할 때, 신경외과 의사가 주위 사람들의 의견이 무엇인지 알아보아야 할까? "제가 좌측 대뇌동맥을 겸자로 집어서 막아야 한다고 생각해요? 모두 찬성하시나요?"

우리가 진실이 무엇인지에 관하여 투표할 수 있다고 말하는 것이 우리 사회의 그늘진 면이다. 이러한 오류를 바로잡지 않는다면 우리 문명은 파멸에 이를 것이다. 소크라테스가 대략 기원전 350년에 했던 예측과 거의 비슷하게 말이다. 소크라테스는 만일 진실을 결정하기 위한 투표권을 모든 사람에게 똑같이 준다면 비온전한 이들이 사회를 파괴할 것이라고 말했다. 한 가지 예로서 위키피디아는 280으로 측정되는데, 460인 『브리태니커 백과사전』과는 현저한 거리가 있다. 이는 『브리태니커 백과사전』이 진실에 관한 더 높은 기준을 가진다는 것을 가리킨다.

역사적 기록을 위해 우리는 여기서 이야기한다.* 어떤 행동이 법적으로 상징적 발언symbolic speech**이라고 정의되었을 때 이 문명의 그늘진 면이 생겼다. 행동이 자유 국가에서 상징적 발언이라면 당

---

* 강연(2005년 8월 SERENITY CD2 21분 18초) 중 말하는 내용—옮긴이

신은 원하는 뭐든 말할 수 있고, 거기에는 어떤 제약도 없다. 대중 앞에서 국기 태우기, 큐 클럭스 클랜의 의식 절차, 소아성애와 같은 것도 상징적 발언으로 여길 수 있다. 이제 상징적인 행동은 모든 규제에서 자유롭다. 거기에는 설명해야 할 것도, 책임져야 할 것도 없으며, 그 결과는 무정부 상태이다. "난 내가 원하는 걸 할 자격이 있어. 그것이 상징적 발언의 자유이기 때문이야." 그러면 진실은 아무 의미가 없다. 거짓이 진실과 똑같은 가치를 지니기 때문이다.

이러한 전망에 우리가 어떻게 평온할 수 있을까? 우리는 이것이 인류의 카르마적 잠재성임을 받아들인다. 우리는 이 세상 속 인간의 삶을 창조한 신의 목적에 의문을 제기하기 위해 여기 있지 않다. 이 세상의 어려움은 진화하며 성장하는 온갖 다른 수준들이 한데 동시에 던져진 것—이는 사회적 소란을 낳는다.—의 귀결인 듯 보인다. 하지만 그와 동시에, 그러한 넓은 스펙트럼의 선택지를 이용할 수 있어 성장을 위한 가장 큰 기회를 얻는다. 이 세상에는 의식 진화를 위한 최대한의 영적 기회가 있기에 우리는 분개하는 대신 감사할 수 있다.

매력	혐오
저항하다	받아들이다, 내맡기다
방어하다	굴하다

** '상징적 발언'은 미국 법률 용어이다. 국기 태우기, 상장喪章 착용과 같이 비언어적으로 표현하는 행동을 말한다. '발언의 자유freedom of speech'를 저해하는 어떠한 법률도 만들 수 없다는 내용이 담긴 미국 수정 헌법 제1조에 의해 일반적으로 보호받는다. —옮긴이

성공	실패
특별한	평범한
더 많은	더 적은
'소유하기'	관리 책임
매력적인	소박한
특유한	보통의
세상을 바꾸다	자신을 바꾸다

굴하기give in보다는 자신의 위치를 방어하는 것이 에고에 매력인데, 굴하는 것은 옳음을 포기하는 것이기 때문이다. 에고는 옳은 것, 자신이 원하는 걸 얻는 것을 성공과 동일하게 여긴다. 에고가 무엇을 원하기로 결정하든(더 많은 돈, 더 많은 섹스, 더 많은 주목) 에고에는 그것이 '성공'이다. 에고는 더 많은 것을 원하며 덜 가지는 것을 두려워한다. 여기서 벗어나는 길은 덜 가지는 것이 얼마나 멋질지 보는 것이다. 소유물이 적을수록 더 적은 보험료를 납부하고 '귀중품'을 지키는 경보 시스템이 없어서 편안하다. 우리는 사실 절대 어떤 것도 소유하지 못한다. 즉 우리가 가진 전부는 일시적인 관리 책임stewardship일 뿐이다.

이는 또한 열애(측정치 145)와 사랑(측정치 500) 사이의 차이에도 적용된다. 열애에 빠질 때, 당신은 그 사람을 '꼭' 가져야만 하고 소유해야만 한다. 이는 기대되는 '정복'의 흥분으로 그들에게 당신이 투사했던 강렬한 끌림, 특별함, 유니크함 때문이다. 그 사로잡힘과 갈망함으로 당신의 삶은 일시적으로 차질을 빚으며 불면과 강박적 집착에 이른다. 만약 누군가가 당신이 욕망하는 대상에 추근

댄다면 당신은 광적으로 질투하게 되고 심지어는 살인까지 한다. 그들이 당신에게 관심이 없다면 낙담에 이르거나 심지어는 자살에 이른다. 열애의 감정성은 아드레날린과 성호르몬을 분출하는데, 이는 그 기원이 주로 동물 본성에서 오는 짝짓기 본능임을 드러낸다. 짝짓기 본능의 광적인 성질은 종을 번식시키는 자연의 방식을 반영하며, 비록 백조 같은 몇몇 종은 평생 짝을 이루기도 하지만, 커플은 일시적인 짝짓기 후에 헤어지는 경우가 매우 빈번하다. 사회는 열애를 현실 검증력을 상실한 일시적 광기('미친 듯 사랑에 빠진')로 인식한다. 대조적으로 사랑의 의식 수준은 엔도르핀 분비를 동반한다. 사랑은 소유하지 않고, 변화와 어려움을 견뎌내며, 당신의 삶을 방해하기보다는 향상시킨다. 감사, 견실함, 고양감, 즐거움, 평안well-being, 상호 관계, 성취는 사랑의 에너지 장 속 유대와 동반자 관계에 특징적이다. 연인들은 서로 합의한 참나에 대한 정렬이 있는데, 자신의 개인적 에고가 원하는 것이나 갈망하는 것보다 관계에 기여하려는 상호 간의 의도를 공유하기 때문이다.

매력	혐오
뒤틀린 사실	진실
비난하다	용서하다
죄책감/비난	책임 있음
품다	놓아 버리다
지배하다	굴복하다
내용	장field/맥락

풍요	검약
순교자가 되다	받아들이다
희생자	책임
복수	용서
증오	연민

매일 밤 텔레비전에 나오듯이 에고는 사실을 왜곡하길 좋아하고 진실을 싫어한다. 인터뷰 진행자가 질문하는데 상대는 결코 대답을 하지 않는다. 단지 그것을 대체하는 즉흥적인 연설 주제를 언급하며 질문을 살짝 비켜 갈 뿐이다. 의식 측정으로 그것을 측정할 때 우리는 사람들이 대부분 새빨간 거짓말을 하고 있음을 알게 된다.

에고는 다른 이들을 비난하는 것이 용서하는 것보다 훨씬 더 즐겁다. 대중들은 죄 있는 어떤 사람이 무사히 빠져나가는 데 거의 감정적 패닉에 가까운 두려움을 갖는다. 하지만 이는 오직 지각의 세상에서만 그러할 뿐인데, 아무도 자신이 말하거나 행한 일의 카르마를 벗어나지는 못하기 때문이다. 따라서 우리는 용서하고서 그들 자신의 카르마에 그들을 내맡길 수 있다.

노골적으로 진실을 위반하는 것을 우리는 어떻게 용서할 수 있을까? 조금도 굴하지 않는 에고가 옳음과 승리함에 중독되어, 에고에게는 진실 조작 외에 선택의 여지가 없음을 봄으로써 용서할 수 있다. 소크라테스가 말했듯, 각각의 개인은 오직 자신들이 그 순간 선good이라고 믿는 것만을 선택한다. 그리고 저들의 맥락에서 선good은 이기는 것이다. 따라서 우리는 성경에 자신의 손을 대고도

새빨간 거짓말을 하는 정치인들을 용서한다. 정치란 결국 사실을 왜곡하는 것이다. 뉴스나 텔레비전 방송에 나온다는 이유로 당신이 들은 것을 모두 믿는 대신 그것에 관하여 현실적이 되는 것이 현명하다. 의식 측정에 따르면 인터넷에서 발견되는 자료의 50퍼센트가 거짓이다.

에고는 풍요를 원하며 검약을 싫어한다. 만일 에고가 승리할 수 없다면, 그래도 순교자가 되고 패자가 되어 그 상황에서 여전히 단물을 빨 수 있다. 무엇보다도 희생자가 되는 것은 인기 목록 꼭대기에 있다. 당신은 책임을 지는 대신 희생자가 된다. "누구의 탓입니까?who's to blame?" 어떤 재난을 두고 아나운서가 처음 한 말이다. 브루클린 다리가 무너지면 사람들은 묻는다. "누구 탓인가요?" 에고의 보복성은 즉각 가해자를 찾는데, 그러면 에고는 손가락질하고 복수하고 처벌하고 증오할 수 있다. 탓하기는 에고가 가장 좋아하는 게임이다. 에고는 어떤 사람을 탓하는 걸 사랑하는데, 그러면 이제 죄책감 없이 그들을 증오할 수 있고, 복수할 기회를 노릴 수 있으며, 전기의자 사형을 집행할 수 있기 때문이다. 비록 사형제도의 범죄 방지 효과가 전혀 입증되지 않았지만 말이다.

매력	혐오
갈등	평화
과거	현재
두려움	언젠가 죽는다는 것을 받아들임
변명하다	책임지다

| 부인하다 | 인정하다 |
| 성급해지다 | 기다리다 |

에고는 갈등을 좋아하며 평화를 싫어한다. 경험자는 갈등을 먹고 자란다. 평화의 순간이 온다면 사람들은 다시 드라마를 유발하려고 뭔가를 말하거나 행할 것이다. 전 지역이 갈등에 중독된다. 중동에 주기적인 평화가 찾아온다면, 민중 선동가들이 평화를 끝내기 위하여 어떻게든 빠르게 폭동을 일으킬 것이다. 왜 그럴까? 평화가 찾아온다면 그들의 존재 이유가 없어지기 때문이다. 반면에 우리에게는 어느 한쪽 편에 서지 않는 국경 없는 의사회(측정치 500)와 같은 집단도 있다. 누군가 다쳐서 온다면 그의 다리를 치료할 뿐 그가 어느 편에서 싸웠는지는 중요하지 않다.

에고는 과거에 매달리는 것을 사랑하고 현재를 피한다. 에고는 실제로 두려움에 매달리는데 두려움을 자기 생존의 기반으로 여기기 때문이다. 단지 미래에 대한 계획 세우기만으로 충분하다는 것, 혹은 길을 안전하게 건널 때처럼 주의하기만 하면 된다는 것을 에고는 알지 못한다. 어째서 두려움에 떨며 도로변에 서 있을까?

에고는 책임을 회피하려 하며 책임지는 것을 싫어한다. 따라서 뭔가를 부인하고 싶어 하고, 자신의 실수를 시인하고 싶어 하지 않는다. 에고는 조급하며 기다리는 것을 싫어한다. 자신이 원하는 것을 지금 갖길 원한다.

자기 정직성으로 우리는 일상생활에서 작용하는 각각의 이러한 매력과 혐오를 알아차리게 된다. 우리가 그 자리에 있음으로 해서 얻는 보상을 기꺼이 놓아 버린다면, 장벽을 초월하는 일이 자동적으로 일어난다.

수치심에서 자부심까지

에고를 살아 있게 하는 보편적인 매력과 혐오뿐 아니라, 에고를 각 수준마다 붙잡아 두는 특정한 매력과 혐오가 있다. 어떤 수준을 초월하는 것은 매력이 포기되고 혐오가 내맡겨질 때 자동적으로 일어난다.

• **수치심**은 작은 나self와 참나Self 두 가지 모두의 실상들을 부정한 귀결이다. 자신을 벌하는 것, 자신을 판단하는 것, 고행하는 것, 부정적으로 되는 것, 우울한 채 머무는 것, 엄격하고 완고한 것, 숨는 것, 고개를 떨구는 것에 매력이 있다. 자신을 용서하는 것, 단지 그대로의 자신인 것, 당신의 삶이 선물임을 단언하는 것, 자기 존중을 선택하는 것, 자신을 영예롭게 하는 것, 자신의 몸을 돌보는 것, 자신의 본유적인 사랑스러움을 받아들이는 것에 혐오가 있다.

• **죄책감**과 **증오**는 에고가 부정성에서 끌어내는 은밀한 즐거움에서 비롯된다. 죄책감과 증오를 놓아 버리는 것은 삶의 모든 수준에서 이로운데, 이 에고 위치가 자신과 다른 이들을 좀먹기 때문이

다. 가해자(자신 혹은 다른 이들 혹은 사회)를 비난하는 것, 속죄에 대한 멜로드라마적 탐닉("베옷을 입고 재를 덮어쓰는"), "내가 얼마나 죄가 많은지 봐라!"고 하는 이상한 자부심. 이 모든 것은 당신을 죄와 자기혐오에 계속 고착시킨다. 속죄는 산발적인 경향이 있지만 영적 성장은 영원하다. 자신이나 다른 이들을 향한 자비와 연민에, 신의 자비를 입는 것에, '옳음'을 포기하는 것에, 그리고 책임지고 변화를 만들어 내려는 자발성에 혐오가 있다.

• **무감정**은 고전적으로 "믿음faith, 소망hope, 사랑charity"*으로 상쇄된다. 다른 이들을 돕는 일이 선택이나 영감을 통해서 일어나든 심지어 강압(법원의 사회봉사명령)을 통해서 일어나든 그것이 이롭다는 것은 사회를 통하여 잘 입증된다. 자기 연민, 희망 없음, 무력함이 이 수준의 매력이다. '나태함'은 기독교에서 '대죄'인데 당신의 삶이 신성한 선물임을 부정하기 때문이다. 자신을 노력을 들일 가치가 없다고 여기는 것, 적극적이기보다 수동적인 것, 도움을 거절하는 것, "난 할 수 없어. 난 무능해."라고 말하는 것이 에고 보상이다. 행동을 취하는 것, 도움을 청하는 것, 삶에 흥미를 보이는 것, 참여하고 고립되지 않는 것에 혐오가 있다.
단지 동물을 돌보는 것이 종종 매우 좋은 출발이 될 수 있다. 우리는 만성적으로 상습 범죄를 저지른 재소자 집단에게 매우 성공적이었던 맹인 안내견 훈련 프로그램에서 이것을 본다. 그들

---

* 고린도전서 13장 13절 "그런즉 이제 믿음faith, 소망hope, 사랑charity 이 셋은 항상 있으나 이 들 중 가장 큰 것은 사랑이라." ─옮긴이

중 몇몇은 심지어 석방일이 지나서도 자신에게 할당된 안내견과의 작업을 완료하기 위하여 계속 남아 있기를 택했다. 양로원에서 애완견을 제공하면 무감정 상태의 노인 환자들이 기운을 차린다. 최근 연구는 애완동물을 기르는 것만으로도 우울증과 고혈압 수치가 감소하고 전반적으로 건강에 긍정적인 영향을 미친다는 것을 보여 준다. 따라서 희망 없는 알코올 중독자들이 새로 들어온 사람들을 돕기 시작할 때나 낙담한 운동선수들이 순전히 다른 팀원들을 격려하는 행위로 패배주의적 태도에서 회복하는 데서 드러나듯, 다른 생명체를 돌보는 일에는 치료 효과가 있다.

• **슬픔**은 과거에 매달리고 현재 삶을 즐기기를 거부한다. 매력은 과거 속에서 사는 것, 동정을 얻는 것, 상실에서 단물을 짜내는 것, 상실에 대한 분개를 꽉 붙드는 것, 공허함과 슬픔sad을 느끼는 것에서 얻는 보상이다. 혐오는 행복을 외부에서 오는 게 아니라 내부에 있다고 여기는 것, 감정을 작업해 나가면서 상실을 극복하고 받아들이는 것, 인간 삶 자체의 전반적인 완벽함—일시성, 변화, 피할 수 없는 육체적 죽음을 포함한—을 보는 것이다.

• **두려움**은 히스테리에 빠지는 것, 진짜 위험 앞에서 드라마화하고 감정화하는 것, 치과 정기 진료나 새로운 사람과의 만남과 같은 일상적인 일에 과잉 불안을 느끼는 것이다. 그러한 과잉 불안은 꼼짝 못 하게 마비시키고 온갖 것을 향한 공포증으로 굳어질 수 있다. 위험이 주는 흥분과 감정화, 재앙화, 자기 희생자화에 매력

이 있으며, 생존에 왜소함이 도움이 된다는 신념으로 움츠러들고 숨는 것에 매력이 있다. 냉정을 유지하는 것, 기도하는 것, 두려움을 내맡기고 통제해야 할 필요를 내맡기는 것, 못마땅함을 마주하는 것, '저 바깥의' 무엇도 당신을 지배할 힘이 없음을 인정하는 것에 혐오가 있다. 조심하는 것은 두려움과 다르다. 이는 뭔가를 충분히 생각해 보는 것이며 감정화 없이 예상하는 것이다.

두려움은 생명을 오로지 육체적인 것으로 여기고, 몸이 죽는 궁극적 두려움이 함께하기에, 우리는 "그럼 뭐?Then what?"기법을 사용한다. 그 기법은 어떤 두려움에도 작동한다. '난 내 차를 잃어버릴 거야.'라는 두려움을 예로 들어 보자. 음 그럼 뭐? '음 그럼 난 교통수단이 없을 거야.' 음 그럼 뭐? '그럼 나는 직장을 잃을 거야.' 음, 그럼 뭐? '다른 곳에는 그런 직장이 없어.' 음, 그럼 뭐? '나는 돈이 전혀 없을 거야.' 그럼 뭐? '난 가난할 거야.' 좋다. 그래서 당신은 가난하다. 그럼 뭐? '난 굶어 죽을 거야.' 모든 두려움 더미의 밑바닥에는 죽음이 있다. 따라서 그 과정은 많은 종교 전통에서 언급되듯이 "죽기 전에 죽는 것"이다. 즉 일단 당신이 자신의 확실한 죽음을 직면하면 죽음에 관한 억압된 두려움이 더 이상 당신을 움직이지 못한다. 두려움은 큰 더미이고 그 더미 밑바닥에는 육체적 죽음에 관한 두려움이 있다. 일단 당신이 육체적 죽음을 받아들인다면 대부분의 두려움은 사라진다.

• **욕망**은 대부분의 시간과 대부분의 사람을 괴롭히는 에너지 장이다. 이는 승리, 돈, 이득, 통제, 얻기, 동의, 성공, 명성, 획득, 정복

에 대한 매력 때문이며 당연히 옳음에 대한 매력 때문이기도 하다. 사람들은 옳기 위해 여기저기서 기꺼이 죽는다. 그들은 겸손하게 실수를 인정하기보다는 차라리 죽어서 옳게 될 것이다. 이것이 당신을 무덤까지 이끄는 중독의 몰아감이며, 에고는 자기 경험의 근원이라 믿는 어떤 물질을 당신이 내맡기기를 허용치 않는다. 최근 역사에서는 실수였음을 시인하는 대신 어떤 환상illusion을 좇으며 수백만 명의 사람들이 죽었다. 마오 주석의 경제적 농업 계획은 수백만 명이 굶주리는 결과를 낳았다. 마오 주석(측정치 185)을 믿은 것이 역사상 가장 큰 기근 중 하나를 낳은 것이다. 그 뒤로 마르크스주의(측정치 130)를 문제가 있는 이념으로 여겼을 것 같은가? 오히려 마르크스주의가 채택되어 세계로 더 확산되고, 여기서 우리는 에고의 자부심 때문에 배울 능력이 없음을 본다. 그리고 옳으려는, 통제하려는, 인정받으려는 욕망이 있다. 이 모든 것들이 우리에게는 익숙한데 그것이 일상생활의 일부이기 때문이다. 우리는 실패에 대한 두려움이 있으며 수동적이게, 약하게, 평범하게, 지루하게 보이는 것을 두려워한다. 매력은 즉각적 만족이며, 특별해지고 항상 주목받는 것이다. 우리는 사람들이 주목받기 위해 얼마나 극단적이 되는지를 본다. 그들은 텔레비전에 나오기만 하면 아무리 터무니없는 말이더라도 뭐든 말할 것이다. 기다리는 것, '아무것도 아닌 사람'인 것에 혐오가 있다.

• **분노**는 동물계에서 보이듯 하나의 방어임이 명백하다.[*] 진짜 당신보다 커지고 더 강하다고 느끼는 것에 매력이 있다. 당신 안의 동물은 약하게 보일까 두려워하며, 으르렁거리고, 이빨을 드러내며, 협박하여 승리하려 한다. 차분히 있는 것, 평화롭게 있는 것, 굴하는 것, 내맡기는 것에 혐오가 있다. 그리고 나쁜 녀석이 무사히 빠져나가는 것을 보고 싶어 하지 않는다. 붓다는 당신의 적들이 자기 손으로 거꾸러질 것이기에 그들에게 앙갚음하는 것을 걱정할 필요가 없다고 말했다.[**] 의식 측정과 함께 우리는 그 가르침의 진실을 거듭 반복하여 단언한다.

• 영적 자부심으로서의 **자부심**은 자존감과는 다르다. 자존감은 정당히 벌어들인 것이며 따라서 에고를 팽창시키지 않는다. 자부심은 투사이며 당신에게 지위를 가져다주고, 당신이 주목받게 하며 당신이 우월하도록 허용한다. 자부심은 생각의, 정신화의, 개념의, 신념의, 이데올로기의, 의견의 허영이다. '나는 안다.'는 것과 우월한 것, 특별한 것, 선택되는 것, 엘리트 사이의 내부자가 되는 것에 매력이 있다. 도덕적 우위란 도덕적 우월성을 말하며 그것이 '좌파' 신념 체계에서 발생하든 '우파' 신념 체계에서 발생

---

[*] 원강연(2005년 8월 SERENITY CD2 57분 49초)에서는 "분노는 조금 더 동물 세계에 가깝다."고 말한다. —옮긴이

[**] 원서에는 "분노는 복수하고 싶어 하며 '당신의 적들이 자기 손으로 거꾸러질 것이기에 그들에게 앙갚음하는 것을 걱정할 필요가 없다.'는 부처님 가르침을 비웃는다."라고 되어 있으나 역자는 책 내용에 출처로 생각되는 원강연(2005년 8월 SERENITY CD2 58분 27초) 내용을 번역하였다. —옮긴이

하든 190으로 측정된다. 당신이 '정치적으로 올바르다'*면, 당신은 '올바르지 않은' 일반 사람들보다 상위에 있게 된다. 이런 종류의 자부심은 평등주의(모든 사람은 똑같은 가치를 지닌다.)가 역설적으로 전도된 것인데 왜냐하면 "우리는 다른 누구보다 더 평등주의자이기에 다른 이들보다 더 낫다."고 말하기 때문이다. '나는 모른다', 겸손, 평범함에 혐오가 있다. '틀리는' 것에 가장 혐오가 있다.

자부심에 차서 오류를 인정하길 거절하는 대신 우리는 인간의 삶이 발견의 과정임을 받아들일 수 있다. 우리가 목격하고 있는 것이 창조가 자발적으로 펼쳐지는 것이라면 — 진화는 창조가 펼쳐지는 것이다. — 우리가 실수라고 여기는 것은 사실상 성공을 나타낸다. 왜냐하면 실수는 어떤 오류의 결과를 보여 주고 그러면 교정될 수 있기 때문이다. 마르크스주의 신념 체계로 인해서 수백만 명의 사람이 굶어 죽는다면 이는 그 허위성을 자동적으로 입증하는 것이며, 이는 진실을 식별하고 이해하는 목적에 기여한다.

우리는 미래를 예측할 수 없다. 미래는 아직 창조되지 않았다. 왜냐하면 우리는 모두 어떤 한 선택지에는 '네'라고 하고 다른 선택지에는 그러지 않으면서, 매 순간 의식 진화를 통해 기여하기 때

---

* 정치적 올바름Political Correctness, PC: 인종, 젠더, 문화, 성적 취향과 같은 외부 표지로 구별되는 그룹을 묘사할 때 감정 상하는 것을 최대한 줄이려는 듯 보이는 언어를 언급하는 데 사용한다. 이 용어는 이러한 언어나 정책이 실제로는 부적절하거나 효과가 없다는 부정적 뉘앙스로 종종 쓰인다. — 옮긴이

문이다. 미래는 아직 어떤 실상도 가지고 있지 않기에 우리는 결코 미래를 예측할 수 없다. 미래는 의도와 선택에 의해 실제가 되길 기다리고 있는 잠재성일 뿐이다. 우리가 미래를 예측할 수 있다면, 모든 것이 미리 운명 지어져 있다는 것이 확인된다. 미리 운명 지어진 것이 우주의 법칙이라면, 우리 삶은 아무 가치가 없으며 우리는 그저 자동 장치일 뿐이다.

용기에서 황홀경까지

수준	유혹
용기	허세, 남자다움 과시, 위험 무릅쓰기
중립	무관심, 물러남
자발성	지나친 자기 의무, 과잉 간섭
받아들임	적절한 조치를 취하지 못함
이성	주지주의, 원인과 결과에 빠진
사랑	성적 유혹, 착취, 개인적인 것으로 잘못 동일시된
기쁨 / 황홀경	부족한 판단력

• **용기**에는 저항을 극복하고, 도전 과제를 직면하며, 결의를 가지고 꿋꿋하게 그것들을 작업해 내려는 동기와 힘, 능력이 있다. 경험적으로 용기에 대한 가장 흔한 도전 과제는 불안과 자기의심, 실패에 대한 두려움이다. 실패에 대한 두려움은 당신이 결과—이는 비개인적인 많은 다른 조건들과 요소들에 의존한다.—가 아닌 의도와 노력에 책임 있음을 깨달으면서 감소된다.

유혹은 두려움을 마주하여 허세에 의지하려는 것, 그리고 새롭게 부여받은 힘과 자신감으로 남자다움을 과시하며 위험을 무릅쓰려는 것이다.

• **중립**은 유연성을 허용하며, 비非판단적이고 현실적인 문제 평가가 가능하도록 허용한다. 중립적이라는 것은 상대적으로 결과에 매이지 않음을 의미한다. 유혹은 무관심해지려는 것, 당신 주위의 삶에 적극적이고 친근한 기여자가 되는 데 저항하는 것이다. 친근함은 따뜻함과 유대감을 담고 있으며 사랑으로 가는 문을 연다.

• **자발성**은 힘을 북돋고, 기꺼이 도우며, 자발적이다. 자발성은 다른 이들의 필요를 채우는 데 열정적이므로 자비롭고, 상호 이익이 되며 친절한 방식으로 표현된다. 또한 "남이 네게 하기를 바라는 것처럼 남에게 하라."는 황금률의 수준이기도 하다. 이 수준의 한계는 실제 당신의 성장과 성공은 참나의 광휘로 인한 것이지만 그것이 자신의 노력과 인격의 공로라 믿는 것이다. 그리고 유혹은 다른 이들을 돕기 위해 여러 가지로 관여하며 스스로 지나치게 몰두하는 것인데, 이는 자신의 개인적 자아를 개선 improvement의 근원이라고 믿기 때문이다.

• **받아들임**은 삶의 위력force과 조화를 이루며 사는 능력을 특징으로 한다. 삶이 어떤 정해진 사안을 따르도록 만들려 시도하지 않고

삶의 방식에 따라 삶에 참여하기를 허락한다. 이 에너지는 다른 이들을 판단, 통제하려 하지 않고, 바꾸려 하거나 지배하려 하지 않기 때문에 무해하다. 받아들임 수준은 '세상을 구하려' 하지 않으며 무수히 많은 것으로 표현되는 세상을 비난하려 하지도 않는다. 유혹은 상황이 필요로 하는 적절한 조치를 취하는 데 실패하는 것이다. 예를 들어 직장이나 삶의 다른 영역에서의 비온전성에는 분별력과 진실을 위해 바로 서는 것이 요구된다.

- **이성**은 과학, 의학, 신학의 수준이며 합리성, 개념화, 이해의 능력이 전반적으로 증가된 수준이다. 그러므로 지식과 교육이 높은 가치를 지닌다. 이 수준에서 나무를 보다가 숲을 놓치고, 개념과 견해, 지식, 이론에 심취하여 결국 요점을 잃어버리기가 쉽다. 유혹은 자신을 마음과 동일시하는 것과 지성화가 그 자체로 목적이 되는 것이다. 어떤 것에 '관하여' 아는 것은 '그것인be it'것과 동일하지 않다.

- **사랑**은 마음mind에서부터 진행하지 않는다. 사랑은 가슴heart에서 뿜어져 나온다. 용서하고 보살피고 지지하는, 세상 속의 존재 방식인 사랑은 자아감을 확장시키고 다른 이들을 고양시키는 효과를 발산한다. 유혹은 사랑의 에너지가 신성이 아닌 자신에게서 비롯된다고 여기는 것과 이 개인화를 통해서 에너지 장 효과에 대한 공을 가로채는 것이다. 위험은 칭찬과 다른 이들의 투사에 의해서 무의식적으로 유혹당하는 것이다.

- **기쁨/황홀경**은 500대 중반에서 후반에 이르는 상태들이다. 거기서는 존재하는 전부의 본유적 완벽함과 충격적 아름다움이 찬란한 광휘와도 같이 밝게 빛난다. 주관적으로 영적 에너지의 흐름이 몸 전체를 통해 절묘한 감미로움으로 느껴지고, 그 에너지는 카르마적으로 적절한 경우 다른 이들에게서 기적적인 치유를 촉진하는 능력을 갖는다. 모든 사람을 가장 깊은 곳의 본유적 완벽함과 사랑스러움으로 보기 때문에, 사람들이나 그들의 제안에서 오직 좋은 것만 보아서 판단력이 부족한 것이 이 수준의 그늘진 면이다. 따라서 문지기처럼 지켜봐 주는 신뢰 가는 동반자를 두는 것이 유용하다.

내맡김의 길

궁극적으로는 의식 수준들의 초월이 놓아 버림에 의해 일어난다. 당신 자신에게서 변화를 강제하려 하는 대신 모든 통제와 저항, 그리고 이득이나 손실에 대한 환상을 깊이 내맡기면서 그저 신성이 자신을 변화하게 하도록 허용할 필요가 있을 뿐이다. 환상을 공격하거나 파괴할 필요는 없으며 단지 '보상'이 내맡겨지면서 환상들이 떨어져 나가게끔 허용할 필요가 있을 뿐이다. 죄책감과 같은 메커니즘의 위력force을 사용하는 것은 불필요하거나 무익하다. 또한 영적 진화를 밀고 나가려 하거나 추진하려 할 필요도 없는데, 장애물들과 헛된 환상인 저항이 내맡겨질 때 자연히 자동적으로 진화하기 때문이다.

진실Truth 그 자체의 힘은 신성의 사랑Divine Love의 성질인데, 그 무한한 자비 안에서 위치성들을 참나의 실상 속으로 녹여 버린다. 그 타이밍은 참나에게 달려 있지 작은 나에게 달려 있지 않다는 것을 받아들일 필요가 있다. 오직 참나만이 알려지지 않은 카르마적 성질을 포함시킬 수 있기 때문이다. 그러므로 우리는 세상이 어떠 '해야만' 하는지에 관한 자신의 의견을 내맡긴다. 예수와 붓다, 그리고 모든 위대한 스승은 세상이 있는 그대로 완벽하다고 말했다. 사디스트적인 것에서부터 천사 같은 것에 이르는 매우 다양한 선택지들이 모든 이의 영적 진화에 최대한의 기회를 제공하기 때문이다.

의식의 무한하며 비선형적인 장은 편재하고 전지하며 또한 전능하다. 영은 자신의 자유 의지로 동의하여 그렇게 되어 온 성질의 귀결로 들어 올려진다. 작은 나를 향한 연민은 참나의 속성이다. 따라서 내맡겨져야 하는 마지막 큰 저항은 항시 현존하는 신의 사랑Love of God에 대한 저항이다.

영적 진실, 스승, 가르침

내맡김은 가르침이나 스승의 온전성이 검증됐을 때 좀 더 쉽게 일어난다. 의식 측정은 영적 진실의 정수를 뽑아내 검증하고, 온전한 스승과 가르침의 특성을 식별한다. 당신의 영혼을 맡길 것이 무엇이든 검증 가능할 만큼 신뢰할 수 있어야 한다. 아래 목록은 영적 온전성의 표준을 제시한다.

온전한 스승과 가르침의 40가지 특성

1. **보편성**: 진리Truth는 문화나 인격, 환경과 별개로 모든 시간과 장소에서 진실이다.
2. **배타적이지 않은**: 진실Truth은 전체를 포함하고 비밀이 없으며

종파와 무관하다.

3. **이용 가능성**: 진실은 모두에게 열려 있다. 비배타적이다. 밝혀져야 하거나 숨겨진 혹은 판매될 비밀은 없고, 마술적인 공식이나 '미스터리'도 없다.

4. **목적의 온전성**: 얻을 것이나 잃을 것이 없다.

5. **종파와 무관한**: 진실은 제약limitation을 나열한 것이 아니다.

6. **의견에 독립적인**: 진실은 비선형적이고 지성이나 형태의 한계에 지배받지 않는다.

7. **위치성이 없다**: 진실은 어떤 것에도 '반대'하지 않는다. 거짓과 무지는 진실의 적이 아니라 진실의 부재를 나타낼 뿐이다.

8. **필요 사항이나 요구가 없는**: 요구되는 멤버십이나 회비, 규율, 맹세, 규칙, 조건이 없다.

9. **통제적이지 않은**: 영적 순수성은 열망자의 개인 생활과 의복, 성생활, 경제적 측면, 가족 유형, 생활 방식, 식습관에 관심이 없다.

10. **위력force이나 위협이 없는**: 세뇌하지 않고, 지도자에게 아첨하지 않으며, 훈련 의례가 없고, 교의를 주입하지 않는다. 개인의 삶을 간섭하지 않는다.

11. **구속적이지 않은**: 규율, 법, 칙령, 계약, 서약이 없다.

12. **자유**: 참가자는 오고 가는 데 설득이나 강요, 위협, 대가 없이 자유롭다. 위계가 없는 대신 실용적으로 불가피한 일과 의무에 대한 자발적인 이행이 있다.

13. **평범성**: 인정recognition은 주어진 직위, 형용사, 과시적 요소로

인한 결과가 아니라 '사람이 된 바'의 귀결이다.

14. **영감을 주는**: 진실은 매혹화, 유혹, 꾸민 행동을 삼가고 피한다.

15. **물질적이지 않은**: 진실은 세속적 부, 위신, 과시, 크고 인상적인 건축물이 필요하지 않다.

16. **자기 충족적**: 진실은 이미 총체적이고 완전하며, 개종시킬 필요가 없고, 신봉자와 추종자를 얻을 필요가 없으며, '회원 가입'이 필요 없다.

17. **초연한**: 세속적 일에 관여하지 않는다.

18. **온건한**: 진실은 점진적 정도에 따라 식별 가능하다. 진실은 '반대의 것'이 없으므로 혹평하고 대립할 '적들'이 없다.

19. **의도적이지 않은**: 진실은 개입하지 않고, 제안, 강요, 보급할 아젠다가 없다.

20. **이원적이지 않은**: 모든 것은 장 안에서 본래 갖추어진 (카르마적) 경향성으로 인해 일어난다. 원인과 결과 때문이라기보다는, 카르마적 경향성 때문에 잠재성이 실재성으로 나타난다.

21. **고요와 평화**: '쟁점'도, 편파성도 없다. 다른 이들을 변화시키려는 욕망도 없고 사회에 영향을 끼치려는 욕망도 없다. 높은 에너지의 효과는 본유적이며 전파나 분투에 의존하지 않는다. 중력이 나무에서 사과를 떨어뜨리는 데 '도움'이 필요하지 않듯이, 신은 도움이 필요하지 않다.

22. **동등성**: 이는 생명의 온갖 표현 안에서 모든 생명에 대한 공경으로 표현되고, 유해한 것과 대립하기보다는 그저 피한다.

23. **일시적이지 않음**: 생명은 영원하고 육체성은 일시적임을 깨

닫게 된다. 생명은 죽음의 대상이 아니다.

24. **증명을 넘어선**: '증명 가능한' 것은 선형적이고 제한적이며 지식화와 정신화의 산물이다. 실상은 동의가 필요하지 않다. 실상은 획득이 아니라, 그보다는 오히려 이원적 에고의 위치성이 내맡겨졌을 때의 순전히 자연발생적이고 주관적인 각성이다.

25. **신비주의적**: 진실의 기원은 자연발생적 광채, 광휘, 빛비춤이다. 그것은 드러남Revelation이며 분리된 개인적 자아, 에고, 그 정신화의 허상을 대체한다.

26. **형언할 수 없는**: 정의 내릴 수 없다. 근본적 주관성은 경험적이다. 그것은 이전의 에고 중심적 조건을 대체한다. 이 사건과 함께, 맥락이 내용을 대체하며 일시성이 없고 시간을 넘어선다. 실상은 시간 속에, 시간으로, 시간 너머에, 시간 바깥에 존재하지 않는다. 실상은 정신화mentation라는 기만적인 것과 관련이 없다. 그러므로 실상은 명사, 형용사, 동사(타동사, 자동사) 모두를 넘어서 있다.

27. **단순한**: 사람은 외관과 형태를 초월한, 존재하는 전부의 본질적 아름다움과 완벽함을 본다.

28. **확정적**: 진실은 의견과 증명 가능성을 넘어서 있다. 확증은 순전히 진실의 주관적 앎awareness에 의하지만, 의식 측정 기법으로 식별 가능하다.

29. **작동적이지 않은**: 진실은 어떤 것도 '하지' 않고 '초래'하지 않는다. 진실은 모든 것이다.

30. **초대하는**: 선전하거나 설득하는 것과는 대조적이다.

31. **예측 가능하지 않은**: 실상은 비선형적이기 때문에 비밀 메시지, 암호, 숫자, 비문碑文과 같이 형태를 제한해 국한되거나 부호화될 수 없고, 주문呪文, 돌, 피라미드의 차원, DNA, 낙타의 코털에 숨길 수 없다. 진실은 비밀이 없다. 신의 실상은 편재하고, 성문화成文化하거나 독점할 수 없다. 암호는 인간의 상상을 나타내며 신성의 변덕스러움을 나타내지 않는다.

32. **감상적이지 않은**: 감정성은 지각에 기초한다. 연민은 진실에 대한 식별로 생긴다.

33. **권위주의적이지 않은**: 따라야 할 규칙이나 명령이 없다.

34. **자기중심적이지 않은**: 스승은 존중받지만 개인적인 아첨과 특별성은 거부한다.

35. **교육적인**: 다양한 형태로 정보를 제공하고 이용할 수 있게 보장한다.

36. **재정적으로 자립한**: 돈을 밝히지 않고 물질주의적이지 않다.

37. **독립적인**: 외부 또는 역사적 권위에 의존하지 않고 완전하다.

38. **자연적**: 유도되고 변형된 의식 상태가 없으며 인위적 수행, 자세, 숨쉬기, 식생활 의식을 통한 에너지의 조작이 없다.(즉 형태와 육체성에 의지하지 않고 개체나 '다른 것들'을 불러내지 않는다.)

39. **필요한 모든 것이 갖춰진**: 착취와 획득이 없다.

40. **폭력적이지 않은**: 강압적이지 않고 온건하며 위협적이지 않다.

영적 진실은 보편적이다. 깨달은 신비주의자, 성인, 현자, 화신들이 지구 여러 지역 곳곳에서, 여러 세기에 걸쳐, 여러 종교와 문화에서 역사에 등장했고 본질적 진실을 동일하게 가르쳐 왔다. 어느 개인이나 종교, 집단도 진실의 유일한 소유자나 공급자가 아니다. 진실은 문화, 관습, 의견, 인격, 환경과 무관하게 모든 시대 모든 장소에서 진실이다.

진정한 스승은 특별함을 주장하지 않고 구도자가 내면에 있는 동일한 진실을 깨닫는 쪽으로 향하게 한다. 제자의 참나는 스승의 참나와 똑같다고 하며, 스승의 참나 각성Self-realization 상태는 제자 자신의 내적 깨어남이 활성화되도록 돕는다. 진정한 스승은 신성의 상태가 은총Grace의 선물임을 겸허하게 인정하므로 보급dissemination에 필요한 비용 충당을 넘어선 대가를 받고 영적 가르침을 제공하지 않는다.

온전한 스승과 기관은 제자의 사적인 삶 통제, 홍보 방식, 추종자 얻기, 극적 표현으로 사람을 즐겁게 하기에 관심이 없다. 그들의 온전성이 자신에게 주어진 고유한 능력을 공유하기를, 그리고 각성Realization이라는 은총을 공유하기를 요구하지만, 반응에 집착하지 않는다. 그것을 가지고 무엇을 하는지는 사람들에게 달려 있다. 사람들은 원하는 대로 자유롭게 오고 갈 수 있다.

순수한 영성이 요구 조건, 의무, 종속관계, 집착, 다른 특별함의 증거가 없다는 것과, 강습이나 '훈련'을 위해 맹세, 재정 기부금, 회원 가입과 같은 통제를 강요하지 않는다는 것은 주목할 만하다. 헌신은 진실 자체의 핵심이며 스승 개인에게 향하지 않는다. 그리고 순수한 영성은 개종이나 비밀 유지의 유혹에서 자유롭다. 완전하

고, 총체적이며, 스스로 충족하는 진실에 대한 호기심과 이끌림이
필요한 전부이다.

특정 시기 구도자의 카르마적 경향성과 진화에 따라 스승, 가르
침, 집단이 매력적이거나 의미 있게 여겨질 수 있다. 다양한 스승과
가르침이 여러 구도자에게 매력으로 다가올 것이고 다양한 삶의
과제에 적절할 수 있다. 한 사람과 상황에 최선인 것이 다른 경우에
는 최선이 아닐 수 있다. 그렇기 때문에 가르침이 600 이상으로 측
정된다고 해서 가장 적절하고 도움이 된다는 것을 뜻하지 않는다.
중요한 것은 가르침이나 스승이 온전성 수준인 200을 넘는 것이다.

영적 교육

오락물이나 대중화된 매혹에도 곧고 좁은 영적 진실의 길에서
빗나가지 않은 구도자는 행운이다. 사람은 진정한 가르침을 찾는
데 여러 생을 소요하고, 진실에서 벗어난 매력적이고 매혹화된 일
탈의 유혹 때문에 곁길로 빠진다. 이러한 것들은 순진한 이들의 내
면의 아이를 유혹하는, 허구적이거나 낭만화하는 공상임이 밝혀진
다. 동화처럼 꾸며낸 영적 이야기가 아주 많고, 쉽게 잘 속는 이들
은 감명을 받는다. 속기 쉬운 이들에게는 '영적'이라고 이름 붙인
무엇이든 마술적 매혹이 가득하다. 무비판적으로 열의에 넘쳐 탐구
하는 초기에는 이러한 단계를 겪는 것이 일상이다.

초기의 주된 문제는 참된 영적 실상과 아스트랄, 초상적paranormal,
초자연적 영역 사이의 차이에 대한 앎awareness이 부족하다는 것이

다. 순진한 이에게는 후자의 대안들이 놀랍고 인상적으로 보인다. '최신 유행하는' 심령 읽기는 초심자에게 진정으로 감명을 준다. 영적으로 여겨지는 베스트셀러 도서 대다수는 실제로 허구이고 그 진실의 평균 수준은 190으로 측정된다. '다른 차원'의 허위 공상을 매혹화하는, 대중적으로 보이는 '영적' 잡지와 같은 것도 마찬가지다. 역설적이게도 '이 차원'을 아직 마스터하지도 못했고 다른 공상적인 차원들은 더더군다나 마스터하지 못한 순진한 구도자가 거기에 흥미를 갖는다.

진짜 신비적 '힘powers'은 전시되지 않을 뿐만 아니라 홍보되거나 대가를 받고 판매되지 않는다. 진짜를 모방한 것은 주의를 다른 곳으로 돌려 많은 순진한 영적 제자들과 주요 종교의 분파(탄트라 섹스와 같이)까지 곁길로 빠지게 하고 속여 왔다. 사람이 인위적인 수단에 끌리는 이유가 그 특별함과 독특하고 특이한 매혹 때문이라는 단순한 사실에서 보여지듯이, 인위적인 수단은 에고를 부풀린다. 훈련을 통해 발전했더라도 그러한 현상은 그들 각자의 만족을 좇아 습득한 기술일 뿐이고, 보여 주고 홍보하는 데에서 입증되듯 영적 허영을 반영한다.

신의 은총은 모방될 수 있지만, 도용은 진짜가 아니다. 이것은 의식 측정으로 확실히 알 수 있다. 진정한 싯디siddhis(예를 들어, 투시, 투청, 사이코메트리, 텔레파시와 같은 것)는 540에서 발생하기 시작하고 570 수준의 범위에서 두드러진다. 홍보된 모방물은 155에서 400 초반으로 측정된다. 초자연적인 것은 신성의 의지Divine Will에 따라 일어나기 때문에 화신이나 위대한 스승은 초자연적인 것을 추구하라고 전혀 권하지 않았다는 것 또한 주목할 만하다.

기적적인 치유, 다른 경이로운 일은 540 이상의 장에서는 자연발생적이고 비자의적으로 일어난다. 이러한 기적을 일으키는 '치유자'나 '행위자'가 없음을 아는 것이 중요하다. 기적은 카르마적 경향성과 국소적 조건의 귀결로 비개인적 장에서 자연발생적으로 일어나기 때문이다. 기적적인 것의 모방물은 알아차리기 쉬운데, 이른바 치유자라고 불리는 사람의 인격을 강조하기 때문이다.

구도자 내면의 순진무구한 아이는 진짜의 모방물에 쉽게 매혹화된다. 비이원적 상태로 들어가게 해 준다고 약속하는 선형적 방법을 조심하는 것이 현명하다. 즉 인위적으로 유도된 변형 의식 상태, 특별한 의복들, 기이한 식사법, 엄격한 수행들, 에너지 조작 기법, 인스턴트 깨달음이나 심령력을 위한 프로그램이나 워크숍(보통은 비싸다), 오랜 시간 기이한 자세를 유지하기, 혈액 및 기타 신체 세정제, 외래종 식물하제, 혹은 호흡 수행과 같은 것이다. 변형 의식 상태는 신성의 상태와 같지 않다. 예를 들어 알파파 훈련은 치료적 상태지만 영적 상태는 아니다.

아스트랄 영역과 우주는 셀 수 없이 많고, 각각 고유의 스승, 마스터, 영적 위계, 신념 체계가 있다. 다수는 꽤나 호기심을 자아낸다. 부주의한 이는 이런 매혹적인 비전秘傳 교의에 쉽게 걸려든다. 하지만 깨달음을 구하는 자는 궁극의 상태가 형태의 수준을 통해서는 닿지 못한다는 점을 기억해야 할 것이다. 모든 진실은 내면에서 발견되고 일반적인 수단으로 이용 가능하니, 치유자나 영매, 심령술사, 수비학數秘學, 채널링된 개체를 통해서 접근할 필요가 없다.

참나 각성과 신비주의자의 깨달음

진정 위대한 스승과 가르침은 600 이상의 높은 의식 상태에서 빛을 발한다. 종교 역사에서 신비주의자는 경외되기도 하고 박해받기도 했다. 신비주의자의 권위는 현존Presence, 즉 참나의 신성한 '나'에서 비롯된다. 이는 믿음이 초월적 신에게만 국한된 권위주의적 종교들에서는 신성모독으로 간주되었다. 신비주의자들은 결국 종교 당국에 의해 이단 재판을 받거나 감옥에 갇히고, 파문당하고, 화형에 처해지고, 참수되고, 십자가형에 처해지기도 했다. 대부분의 신비주의자는 사회에서 물러났다. 엄청난 노력 덕분에 몇몇은 세상에 돌아왔지만 그들의 내면 상태에 대해서는 침묵을 지켰다. 신비주의자 몇몇은 형태와 동일시하는 에고의 성질과 그 이원성을 초월한 곳에 있는 드문 상태에 대해 쓰고 가르칠 능력을 부여받았다.

신비주의자의 상태는 '성취'가 아니다. 우리가 종종 신비주의자를 개인으로 부르지만 그것은 개인조차 아니다. '나me'가 더 이상 없기 때문에 개인성을 넘어선 의식의 상태이다. 신비주의자는 일인칭 대명사를 거의 사용하지 않고, 인칭 대명사가 빠진 언어 표현을 이해할 수 없는 다른 이를 도울 때만 일인칭 대명사를 사용한다. 일반적인 사람은 "어제 내게 비가 내렸다."고 말하고 신비주의자는 "어제 비가 내렸다."고 말한다.

사람이 현상을 목격자의 관점에서 묘사하기 때문에 분리가 존재한다. 목격자는 관찰한 이후에 관찰 기록을 판단하거나 관찰된 것에 대한 평가를 내리지 않고 보고한다. 비유하자면, 방 안에 있는 공간은 가구가 가야 하는 곳이나 그 방 안에서 일어나는 일에 의견이 없다. 목격자는 고요함과 평화의 상태 안에서 고요히 모든 것을 관찰한다.

그 상태 속에서 사람은 숲속을 거닐며 나무들이 알아차리고 있음을 알아차린다. 모든 생명은 어른거리며 빛을 발하고 신성의 현존에 존경심을 보내고 그것을 정말 의식하고 알아차린다. 우주는 의식하고 있다. 나무는 그것이 신성의 현존 속에 있음을 생생하게 의식한다. 사람 창조의 근원과 동일한 나무 창조의 근원, 즉 그 본성 때문에 나무는 사람의 창조를 안다. 생명은 생명을 공경하기 때문이다.

기술적으로 이러한 상태는 무한한 평화의 상태인 600 수준에서 시작한다. 산스크리트어로는 이것을 사치타난다 Satchitananda라고 부른다. 선행하는 상태는 사랑, 기쁨, 황홀경의 상태이다. 사람이 그러한 절묘한 상태에 대한 어떤 집착이라도 놓아 버리면, 무한하고 영원한 평화, 빛비춤, 고요함, 완성의 상태가 존재한다. 평화(측정치 600)는 내면에서 생겨나기 때문에 드러남의 상태이며, 그 상태는 전부를 포괄하고 본래부터 완전히 갖추어져 있다. 평화는 전부를 포괄하는 출현 및 유출 effluence을 펼쳐내는 신성의 본질로서 움직임이 없다.* 그것은 또한 고요하고 말로 묘사할 수 없다. 신비주의자는 변형되면서, 비선형적이고 모든 생명과 조화로운 이런 평화의 고요 stillness of Peace가 사람의 진정한 정체성임을 깨닫는다. 그것

---

* 원강연(2007년 12월 THE MYSTIC CD1 17분 00초) 내용은 "평화는 움직임이 없으며, 펼쳐내고, 출현과 유출을 전부 포괄하는 신성의 본질이다."—옮긴이

은 총체성이므로 위치가 없다. 묘사할 수 없는 통합함으로 '너you'와 분리된 '나me'가 없어지며, 하나임의 광휘Radiance of Oneness의 드러남 Revelation 속에서 분리성이 사라진다.

그러면 이른바 '깨달음'은 이전의 개인 정체성, 그리고 그 정체성에 대해 믿어 왔던 모든 것이 지워지고 제거되며 초월되고 녹아든 상태이다. 특별함은 보편성으로 대체되고, 특성들은 본질로 대체되고, 선형성은 비선형성으로 대체되고, 불연속성은 무제한성으로 대체된다. 시간은 전부임Allness과 영원성Foreverness이 된다. 의도는 자연발생성으로 대체되고 이원성의 제한적 지각은 하나임의 광휘 Radiance of Oneness가 실상과 비이원성의 진실을 빛비추면서 제거된다. 신성의 본질은 그것의 참나 드러남Self-revelation 속에서 드러난다. 고요Silence 속에서 정신화는 그치는데 전지의 앎Knowingness of Omniscience은 요청하지 않아도 빛을 발한다. 감정은 평화로 대체된다.

보통의 마음은 생각하는 마음이고 그것은 지각과 판단, 정의로 생각한다. 보통의 마음은 그 분리성의 이원적 관점에 필연적인 부분으로 나의my, 내 것mine과 같은 대명사들을 가진다. 종교적 교육은 생각하는 마음과 그것의 학습과 정보의 숙달을 포함한다. 이후에 정보는 통합되고 사람은 전 생애를 종교사와 신학을 공부하면서 보낼 수 있다. 신비주의자의 상태에서는 비선형적 방식으로 완전히 다르게 이해가 생긴다. 이해는 이성의 결과로 오지 않는다. 그보다 이해는 빛비춤, 즉 생각함을 전혀 필요로 하지 않고 종교 지식조차 필요로 하지 않는 드러남이다.

신비주의적 경험

이전 책, 『호모 스피리투스』와 『나의 눈』에서 이번 생애에 경험됐던 비일상적 의식 상태를 묘사했다. 당시 일어난 특정한 일들이 신비주의자의 특성을 나타내기에 여기에 기록한다. 나에게 발생했던 중대 사건 중 하나는 십 대 때 눈더미 속에서의 경험이다. 어린 시절 나는 무척 종교적이었지만 종교는 내가 경험했던 신비주의적 현상과는 아무 관련이 없었다. 사람은 세상의 모든 영적 문헌을 학습memorize할 수 있지만, 신비주의적 경험이 일어나면 그것은 평생 배웠던 공부와는 전혀 상관이 없다.

그것은 위스콘신주 북부에 심한 눈보라 속에서 일어났다. 나는 자전거로 27킬로미터 길을 신문 배달 하다가 집에서 한참 떨어진 곳에서 꽁꽁 묶이게 됐다. 바람이 무섭게 불었고 지독히 추웠으며, 양쪽 간선도로에는 거대한 눈더미가 3미터 높이 정도로 쌓였다. 바람을 벗어나려고 눈더미로 밀고 나아가 재빨리 작은 구멍을 팠다. 나는 몸에 에너지가 충분하여 죽음에 가깝게 가지는 않았지만, 바람으로 인한 한기에서 벗어나 한숨을 돌리기 위해 이 작은 구멍에 올라가서 쉬려고 했다.

그리고 갑자기 모든 상상을 넘어서고, 인간의 사랑을 넘어서며, 시간 없이 영원한, 시작과 끝이 없는 사랑Love의 깊고 무한한 광휘Infinite Radiance가 나타났다. 그것은 나 자신의 자아보다 나에게 가까웠다. 즉 나 자신이라고 그동안 여겨 왔던 것 또는 나 자신이라고 여겨 왔던 내 개인 정체성보다 가까웠다. 그 무한한 사랑은 내가 누구였는지 그리고 항상 누구로 존재해 왔는지에 대한 핵심이었다.

그것은 시작도 끝도 없는 영원성Foreverness이었다.

그 상태에서는 '당신인 그것that what you are'이 영원하고Eternal 무한한 사랑Infinite Love임을 깨닫는다. '당신인 바that which you are'의 실상은 절대적으로 완전한 사랑Perfect Love인 무한Infinite과 다르지 않고, 시작과 끝이 없다. 무한한 사랑Infinite Love이 당신 존재의 진실Truth의 드러남Revelation이다. 무한한 사랑Infinite Love이 모든 사람 존재의 진실이다. '당신인 바'가 무한한 사랑이며 영원히 존재해 왔고 시작과 끝을 가지지 않는다. '당신인 바'가 무한한 사랑Infinite Love임을 지금 바로 깨닫기만 하면 되는 것이다!

그 상태는 생각 없이, 대명사pronouns 없이, 경고 없이 자연발생적으로 일어났다. 오늘날의 세계에서 대중은 이 이야기를 읽고 마치 그 장소가 '원인이 됐던' 것인 양 그 상태를 경험하기 위해 눈더미를 찾기 시작한다. 또는 사람들은 그 상태가 일어났던 곳을 '성스러운' 눈더미로 만든다.(다행히도 눈더미는 결국에는 녹아내렸고, 어느 누구도 눈더미 앞에 성스러운 플래카드를 걸어 놓을 수는 없었다.) 그 상태는 매우 깊은 각성realization이었는데, 모든 배움을 넘어섰고 종교나 신학과는 전혀 상관이 없었다. 종교의 선형적 영역과 신비주의자의 비선형적 영역 사이에는 어떠한 연결도 없다. 하나는 생각을 필요로 하고 다른 하나는 생각을 넘어서 있다.

신비주의자 상태는 참나에게 내맡기는 것이고, 스스로를 드러내는 내면의 신성의 능력에게 내맡기는 것이다. 그리고 그것은 꼭 당신이 발생하길 원하는 때가 아니더라도, 카르마적으로 시기적절할 때에 스스로 드러난다. 아주 불편한 때에 일어날 수도 있다. 당신은 지복의 상태에서 바위에 앉은 채 일어날 수도 움직일 수도 떠날 수도 없는, 완전히 꼼짝 못 하는 자신을 발견할 수도 있다. 경찰이 와서 당신을 병원에 실어 갈 수도 있지만 그 상태에서 당신은 이 상황에 대해 의견이 없다.

참나를 깨닫고 세상에 머무르며 가르치는 역할을 하는 신비주의자를 현자라고 부른다. 참나 각성은 의식 지도에서 700 이상을 포괄하며, 라마나 마하리쉬나 니사르가닷따 마하라지가 현자의 예시이다. 그 상태에서 사람은 그것의 본질 속에서 세상을 바라본다.

현자는 당신에게 "당신이 보는 세상은 존재하지 않는다."라고 말한다. 이 진술은 보통의 마음을 혼동스럽게 하는데, 보통의 마음은 세상에 대한 자신의 지각이 세상이 존재하는 정확한 방식이라고 추정한다. 하지만 현자는 개별성이라는 허상에 기초하고 있는 지각을 초월해서 보게 되고, 대신에 모든 현상의 단일성을 목격한다. 빗물의 표현들이 분리된 빗방울로 보일 수도 있다. 하지만 빗물은 동일하다.

보통의 이원적인 지각의 수준에서는 '저것'을 초래하는 '이것'이 있어야 한다. 거기에는 언제나 희생자와 가해자가 존재한다. 희생자와 가해자가 없다면 정치는 어떻게 될까? 대다수 사람의 삶의 이야기는 "그들이 나에게 이렇게 했어."라는 드라마를 켜게 한다. 언제나 박해자가 순진무구한 사람에게 해를 끼친다. 대조적으로 신비주의자는 단일성을 보고 인과와 지각을 넘어선 진실을 보는데, 그것이 '출현emergence'이다. 출현은 진화와 창조에 대립이 없음을 의미한다. 창조가 그것 스스로를 진화로 표현하기 때문이다. 모든 현상적 존재가 일어나는 무한한 장the Infinite Field은 의식 그 자체의 장인데, 그것은 "사랑이 우주의 궁극적 법칙"(진술은 750으로 측정된다.)이기 때문에 내재적으로 연민 어리고 정의롭다. 장과 현상은 하나의 역동적 전체이고, 창조인 동시에 진화다. 의식의 장은 다른 용어로 불성the Buddha nature이라고 부른다.

장the field, 불성the Buddha-nature, 무한한 사랑의 상태the state of Infinite Love는 항상 현존하고 당신의 각성을 기다리고 있다. 그것은 항상 완전하다. 불완전에서 완전으로 가지 않는다. 시작부터 바로 완전하다. 내가 눈더미에 누워 있을 때, 그 상태는 순식간에 영원히 완전해졌다. 점점 소리가 커지거나 내 다리를 기어오르며 시작하지 않았다. 나는 갑자기 불쑥 완전히 다른 영역에 있었고 행복에 넘쳤다. 그 상태를 벗어난 유일한 이유는 아버지의 고뇌를 덜어 주려고 했기 때문이다. 아버지는 오래된 모델 A 포드 자동차를 타고 내 신문 배달 길을 추적하면서 나를 찾아왔다. 나는 이런 지복의 상태에 있었는데, 아버지가 내 발목을 흔들고 있는 것을 이후에 알게 됐다. "데이브, 데이브!" 나는 내가 다시 숨을 쉬지 않았다면 아버지가 비통해하며 괴로워하리란 것을 알았다. 아버지는 나의 죽음에 당신 스스로를 비난했을 것이다. 결국 아버지를 사랑하는 마음으로, 나는 숨을 쉬었고 육체를 재소유했다. 그러니까 무한한 사랑Infinite Love의 상태에 대한 유일한 대안은 사랑의 또 다른 형태인 개인적 사랑이었고, 신성의 사랑Divine Love 앞에 그 개인적 사랑을 두는 것이었다.

신비주의자의 내적 상태는 궁극적으로는 묘사될 수 없다. 마치 존재 전부를 비추는 빛Light이 켜지듯 그 내적 상태는 모든 생명을 변형시키고, 광휘Radiance가 그것을 기능하기 어렵게 만든다. 사람은 그 상태와 함께 약간 정상적으로 사는 법을 배운다. 집중하면 대부분의 시간 동안 대부분의 사람을 속일 수 있다. 사람들을 존중하고 바라보며 "오, 그래요. 오호, 그게 맞아요. 그래요, 음흠." 하면서 말이다. 대부분 사람이 내면의 참나를 의식하지 못하듯이 본인들이 무엇과 마주하고 있는지도 전혀 알지 못한다.

지성적으로 접근하는 종교적 교육과 대비되게, 우리가 여기에서 묘사하는 것은 내면의 길이다. 그 상태는 내면에서 일어난다. 종교적 교육은 이를 위해 무대를 만들 수는 있으나 그 상태를 유발하지는 않는다. 사람은 날이면 날마다 신학을 공부할 수 있지만, 그 공부는 내면의 영적 각성을 촉진하는 데 충분하지 않을 것이다. 하지만 종교에 대한 관심에 어떤 동기를 더한다면 내면의 길이 활성화된다. 기독교의 위대한 성인들은 성서 연구와 예배, 종교에 대한 헌신이 결국 내면의 신비적 앎awareness으로 꽃피울 수 있다는 것을 실증한다. 내적 진실Truth에 대한 각성Realization에서 언어the words는 불현듯 녹는다. 그들은 그것을 신성의 사랑Divine Love의 상태인 '신비적 합일Unio mystica', 즉 자아self와 신성의 신비적 합일이라고 부른다.

신성의 상태들

이 근본적 주관성은 그 스스로를 모든 존재에 대한 사랑임lovingness인 아가페Agape로 드러낼 수도 있다. 그러나 아가페에 이르기 전에 측정치 540인 무조건적 사랑의 상태가 있다. 그것은 자연과 모든 사람에 대한 사랑임lovingness, 존재하는 모든 것의 아름다움에 대한 감수성, 동물계의 모든 창조물에 대한 사랑임lovingness으로 그 스스로를 드러낸다. 당신은 어떤 동물을 쉽게 사랑하듯 다른 동물도 사랑한다. 그것은 모든 생명과 그 표현에 대한 사랑임lovingness이다. 신은 예외 없이, 존재하는 전부의 근원이다.('진실'로 측정된다.) 모든 사물과 사람은 신의 창조물이다. 신의 창조물이 아닌 것은 무엇도 존재하지 않는다. 의식이 진화하면서 신성의 상태는 다음과 같이 측정된다.

신	무한
창조자	무한
신성	무한
대천사	50000+
창조의 본질로서 '나'	1250
궁극적 실상의 '나'	1000+
그리스도, 불성, 크리슈나, 브라흐만	1000+
화신Avatar	985
전부임Allness	855
로고스로서 신(참나)	850
공Void	850
무Nothingness	850
하나임Oneness	850
전지Omniscience	850
편재Omnipresence	850
전능Omnipotence	850

의식으로서 실상Reality as Consciousness	850
앎Awareness으로서 실상	850
존재와 비존재를 넘어선 참나	840
깨달은 스승	800
아라한	800
전부로서 '나'/참나-신성(지복직관)	750
현자 — 나타난 신으로서 참나	700
존재로서 참나	680
'나는 있다'	650
깨달음	600
목격자/관찰자로서 실상	600
성인임Sainthood	575

이러한 상태들에 대해 읽는 것은 자연스럽게 이 상태들을 경험하려는 흥미를 불러일으킨다. 종국에 의식 지도는 내적 여정인, 궁극의 인간 운명으로 향하는 여정의 지도로서 보여질 수 있다. 600 미만의 개념과 가르침은 대다수 사람에게 이해될 수 있고, 500대 (사랑) 범위로 측정되는 가르침은 영향력이 크다. 오늘날 전 세계 인구 0.4퍼센트만이 측정치 540인 무조건적 사랑의 수준까지 사랑을 완성하는 데 도달한다. 그럼에도 그것은 진정한 경험적 가능성으로 이해되며, 500대 후반까지 의식의 진화를 이어가는 예외적인 개인을 '성인saints'이라고 부른다. 그렇기 때문에 성인은 인류가 실용적 목표로 삼을 모델로서 역할한다. 매우 높은 500대의 영적 황홀경도 역시 기록되었다.(예를 들어, 라마크리슈나와 발 셈 토브, 아

시시의 성 프란체스코 등의 기록된 경험들) 그리고 그렇기 때문에 예외적으로 동기를 부여받았거나 재능 있는 이들에게 그러한 영적 황홀경은 가능한 실상으로 신빙성이 있었고, 받아들여졌다.

500의 의식 수준에서 패러다임의 큰 전환이 있다. 정신화는 직관으로 대체되고, 선형적 인과성은 비선형적 동시성으로 대체되며, 외적 노력이 주관적 각성으로 대체된다. 600 이상의 의식 수준에서부터 영적 실상은 형언할 수 없거나 신비적이라고 묘사된다. 비이원적 특성(즉 '무심' 또는 '마음Mind')이 이러한 조건을 언어화하거나 개념화하기 어렵게 만들기 때문에, 비이원적 특성은 실제 경험적 가능성이 떨어져 보인다. 진보한 제자는 위대한 현자의 저작물에 익숙한데, 그 위대한 현자의 작업은 산스크리트 용어로 아드바이타Advaita와 베단타Vedanta라고 특징지어진다. 아드바이타와 베단타에 대해서는 근래 잘 알려진 스승인 라마나 마하리쉬 혹은 니사르가닷따 마하라지를 통해 상당한 정보를 이용할 수 있다. 비슷한 수준으로, 수피Sufis나 카발리스트Kabbalists, 조하르Zohar와 같이 모든 종교의 잘 알려진 위대한 신비주의자의 가르침이 있다. 붓다와 힌두 성인, 선사Zen adepts의 가르침들은 잘 알려져 있으며 매우 중요하다. 깨달음의 실제성과 현실성에 대해 윌리엄 제임스와 같은 유명한 학자들과 다이제츠 다이타로 스즈키, 앨런 와츠와 같은 선 전통의 후기 학자들은 이러한 상태와 관련된 꽤 광범위한 문헌을 통해 신빙성을 뒷받침했다.

이러한 상태를 묘사하거나 설명하기 어렵게 하는 단순한 이유는 지성의 의식 수준이 400대에 제한되고, 원인과 결과라는 추정을 내포하기 때문이다. 묘사는 선형적이지만 상태 그 자체는 비선형적이라서, 언급될 수는 있어도 익숙한 언어로 정확하게 묘사되지 않는다. 정확한 서술에 제한점이 있지만 이러한 상태의 실상은 보편적으로 인식됐고, 우리는 최근에 깨달은 상태의 실상Reality을 의식 측정 연구로 확인했다. 이러한 진보된 상태들은 통계적으로 드물지만 영감을 주며, 인간 의식이 진화한다는 잠재성을 인정한다.

깨달은 조건이 마음/지성을 통해 이해될 수 없고, 설명될 수 없으며, '획득'이 가능하지 않다는 사실에 영적 구도자는 낙담한다. 결국 이러한 상태는 도달 불가능해 보일 수 있으므로 목표로서 실용적이지 못하다. 대조적으로, 진보된 상태는 실제로 강력하게 경험적인데, 그것들이 확증하고 반영하는 실상Reality은 당신이 이미 '존재'한다는 매우 분명한 실재성에 따른 사실이기 때문이다. 결국 모든 영적 제자는 첫 요구 조건을 이미 충족했고, 추가로 의지motivation를 내서 헌신하기만 하면 된다. 그러므로 유일한 요구 조건은, 우선 존재하고exist, 그 후에 깨달음Enlightenment에 대해 듣고, 그다음에는 실현할 수 있는 목표로 깨달음을 추구하는 것이다. 때때로는 몹시 힘들게 보이지만, 경험적으로 이 길은 본질상 단순하기 때문에 이것을 어렵게 보이게 하는 것은 간단한 정보와 명료화가 부족해서다. 이 책은 핵심적 단계를 명확히 하는 정보를 담고 있다.

깨달음의 상태에 도달하는 것이 비실용적으로 보이는 또 다른 이유는 마음이 원인과 결과에 따라 개념화하기 때문이다. 그리고 제자는 철가루가 자석에 정렬되듯 실제로 미래 자신의 운명에 따라 이끌리고 있다고 생각하지 않고, 자기 자신이 의욕(즉 내면의 의지력과 같은 것들을 내포한다.)에 사로잡혀 있다고 생각하기 때문이다.

개인이 실제 삶의 목표로서 깨달음에 이끌리는 일은 드문데, 그것이 이미 그들의 운명(진실로 측정된다.)이기 때문에 그렇게 이끌린다는 검증 가능한 실상에서 편안함과 자신감이 생길 수 있다. 같은 이유로 미래의 골프 선수만이 골프 수업을 듣는다.

문답

문: 영적 진실, 참나 각성, 깨달음을 어디에서 찾기 시작하나요?

답: 간단합니다. 당신이 누구인지 그리고 무엇인지에서 시작하세요. 모든 진실은 내면에서 발견됩니다. 입증된 가르침을 지침으로 사용하세요.

문: 내면의 여정은 전통적 종교를 따르는 것과 어떻게 다릅니까?

답: 내면의 경험적인 주관적 각성과 영적 진실의 내적 검증이 중요합니다. 대조적으로 종교는 신학 교리를 암기하기를 요구하고, 역사나 신화적 기원과 근원들, 권위자, 선행자, 저명한 인물, 기여자의 인용문을 함께 배우기를 종종 요구합니다. 신학 교리에 기초하여 결혼, 출산, 사회 활동, 성생활과 관련된 행동 규칙뿐만 아니라 생활 방식, 의복, 머리 스타일에 대하여 다양한 규율이 존재하는 경향이 있습니다. 이러한 신학 교리는 시대와 지리로 국한된 특정 민족이나 부족 문화와 상호 관련이 있습니다. 거기에다가 출석과 멤버십, 집단에 전념하기와 같은 것을 명백히 또는 은연중에 요구하

는 사항들이 있습니다. 이러한 것들은 종종 사회/집단에 포함되거나 배제되는 결과(예를 들어, 신자 대 비신자)를 초래합니다. 종교 영역 안에서는 신비주의자들이 가장 높게 측정되는데, 직접적으로 내면의 진실을 각성했기 때문입니다.

문: 어떤 성격 특성이 바람직합니까?

답: 성격적으로, 헌신자는 내관하고 사려 깊고 성찰적이며 호기심 있고 책임감 있으며 주의 깊습니다. 보통은 폭력과 잔혹성, 비온전성에 혐오가 있고, 또한 화려함이나 저속함에서 오는 주의 끌림fanfare과 감정 흔들림drama에 대한 혐오가 있습니다. 배움 그 자체와 기본 전제들을 발견하는 기쁨, 스스로에 엄밀히 정직할 수 있는 능력에 대한 이끌림이 있습니다.

문: 일상생활은 어떻습니까?

답: 영적 헌신은 끊임없이 주의 깊은 알아차림awareness을 포함하는 지속적인 내적 생활 방식입니다. 과정은 그 자체로 보상이 되고, 이는 역설적으로 정식 종교 수행과 종교 참여에도 큰 이익과 즐거움을 초래합니다. 진실에 대한 반영이 모든 곳에서 보여지고 수많은 표현으로 인식됩니다. 내적인 관찰을 통해서 당신은 '해야만 하는' 규율보다는 연민과 영적 이해를 촉진하는 내면의 지혜를 개발합니다. 내면의 알아차림을 통해 종교적 죄책감과 죄에의 집착은 줄어들고, 수치심과 두려움, 죄책감을 초래하는 부정적인 프로그램에 조종되는 상태에 빠지지 않고 긍정적인 선택지를 고르게 됩니

다.(죄책감은 의식 지도 맨 아래지만 기쁨은 맨 위임을 기억하는 것이 좋습니다.) 잠재력을 성취하는 것은 보상을 주고 만족스러우며 그 다음에는 점차 동기를 강화합니다. 자기 정직성은 적합한 전문 지식과 융통성뿐 아니라 더 큰 내면의 자유를 가져옵니다. 세상에서 꼭 물러나야 하지는 않지만 세상을 재맥락화하는 것이 필요합니다. 영적 진화는 뒤따르는 의식의 진보 때문에 더 큰 가능성을 초래합니다. 그것은 동기의 문제입니다. 수도원에 꼭 피정을 하러 가지 않아도 됩니다. 그러한 시기가 도움이 될 때도 있겠지만요.

문: 내면의 영적 작업은 규율과 노력이 필요한 것처럼 보입니다.

답: 이러한 요구 조건들은 의도에 의해 활성화됩니다. 내면 작업은 예상치 못한 계기에서 힘을 얻는데, 눈덩이가 언덕을 굴러 내려올 때처럼 긍정적인 한 걸음, 한 걸음이 수많은 것들의 가능성과 용이함을 증가시키기 때문입니다. 한 사람을 용서하는 것은 이를 더 쉽게 만들어 주고 그 외에 다른 것을 용서할 가능성을 더 높여 줍니다.

문: 박사님은 어떻게 에고를 초월했습니까?

답: 당신은 혐오와 매력을 통제하길 원하는 것을 놓아 버리면서 시작합니다. 당신은 모든 원함을 놓아 버립니다. 이러한 방식으로 결국 에고의 핵심인 경험자를 초월할 것입니다. 모든 것은 무한한 힘의 장, 즉 신성 덕분에 자연발생적으로 일어나지만 당신은 1만분의 1초 안에 에고가 끼어들어서 경험의 저자라고 주장하는 것을 보게 될 것입니다. 그 1만분의 1초를 초월하는 것은 당신이 마

침내 한계들과 개인적 에고와의 동일시를 초월할 때 일어납니다. 그러면 당신은 선형적, 인과적 순차에서는 아무 일도 일어나지 않는다는 걸 보게 될 것입니다. 어떤 것도 무엇을 초래하지 않습니다. 모든 것은 장의 힘 덕분에 잠재성이 실재성이 되면서 자연발생적으로 일어납니다. '저것'을 초래하는 '이것'은 존재하지 않습니다. 그것은 단순히 지각자의 에고 투사일 뿐입니다.

당신은 매 순간 삶의 출현을 목격합니다. 당신은 원인이 아닙니다. 당신은 행위자가 아닙니다. 가해자가 아닙니다. 희생자가 아닙니다. 당신은 모든 개념을 놓아 버립니다. 당신은 그러한 어떠한 것도 아닙니다. 당신이 현상의 목격자라는 것, 목격자임을 의식하는 것은 쉽습니다. 그 상태에서부터 만물이 자연발생적으로 일어나는 빛Light과 사랑Love, 참나의 광휘Radiance of the Self의 상태로 이동하는 것은 쉽습니다. 이것들은 빛비춤 상태입니다. 존재하는 전부는 신성의 광휘Radiance of Divinity로서 빛을 발합니다. 그 지점에서 마음은 경외 속에서 침묵에 빠집니다.

문: 당신은 적은 수의 사람이 이성의 수준을 초월한다고 하셨습니다. 그리고 그 마음이 깨달음에 가장 큰 장애물이라고 하셨습니다. 그것을 넘어서는 방법으로 당신은 무엇을 추천하겠습니까?

답: 좋은 소식은 마음이 이미 99퍼센트 침묵하고 있다는 것입니다. 99퍼센트의 마음이 침묵하지 않는다면 당신은 자신이 무엇을 생각하는지 알 수조차 없습니다. 숲의 고요함 덕분에 새의 지저귐을 들을 수 있습니다. 숲은 99퍼센트가 고요하고 1퍼센트가 새birdie

입니다. 당신이 오로지 그 1퍼센트에만 귀를 기울이기 때문에 숲이 시끄러운 것처럼 보이는 것입니다. 당신은 1퍼센트에 의해 최면 상태에 빠집니다. 이것은 마음의 *내용*에게 최면이 걸린 트랜스 상태이고, 그러므로 당신이 하는 작업은 그 내용이 생겨나는 고요함의 맥락으로 옮겨 가는 것입니다. 에고는 내용과 동일시합니다. 영은 맥락, 즉 고요함과 동일시합니다.

　마음은 모든 사람이 집으로 떠나고 당신만이 홀로 남아 있는 거대한 미식축구 경기장과 같습니다. 저 구석에서 조그마한 라디오가 틀어져 있는데 당신이 그 라디오에 집중하게 되면서 "여기는 시끄러운 경기장이다."라고 말합니다. 당신은 그 1퍼센트를 '나me'라고 여기면서 1퍼센트에 초점을 맞추기 때문에 마음이 시끄럽다고 여깁니다. 깨달음에 장애물이 되는 것은 마음이 아닙니다. 마음의 작용을 '나me'라고 여기는 동일시가 장애물입니다. 당신은 그것이 나 자신이라고 여깁니다. 그 1퍼센트는 다양한 장치로 당신을 최면에 계속 걸리게 합니다. 그것은 정치화, 도덕화, 분석화, 낭만화, 비판화, 이상화, 감정화, 드라마화, 가설화, 이론화, 환상화, 재앙화 따위를 하기 좋아합니다. 침묵은 맥락입니다. 내용과 맥락의 관계는 영적 작업에서 가장 중요합니다. 명상적이거나 관상적 스타일에서 당신은 내용이 올라오면 끊임없이 모든 내용을 내맡깁니다. 우리는 신에게 내맡깁니다. 우리는 맥락을 중요시하면서 그렇게 합니다.

문: 깨달음과 참나 각성 상태 너머에서, 당신은 고전적으로 '공 Void'으로 불렸던 '무Nothingness'의 상태를 묘사했습니다. 거기에

준비 사항이 있습니까?

답: 붓다의 가르침을 잘못 해석해 '공Void'의 의미를 오인하고 무Nothingness/공Void을 궁극의 상태와 동일시합니다. 의식 측정 연구와 주관적 경험 모두에서 밝혀진 것에 따르면, 결단코 그렇지 않습니다.

전통적 영적 표현에서는 이러한 진보된 수준 각각은 이원성의 '용'들에 의해 '수호'됩니다. 이것은 특히 850 수준에서 참이고, 850 수준에서 나타나는 초월되어야 할 제약은 궁극의 실상Reality이 전부임Allness인지 무Nothingness인지, 또는 존재Existence인지 비존재Nonexistence 인지라는 반대 쌍/대안처럼 보이는 수수께끼입니다.

무Nothingness인 공Void은 850으로 측정되고 모든 것 또는 어떤 것 (즉 선형적 형태 또는 집착으로서 '대상thingness')이든 실재를 부인하는 부정의 길의 종착점입니다. 뒤따르는 오류는 모든 형태의 초월이 불성Buddhahood의 유일한 조건이라는 추정입니다. 이는 쉽게 저지르는 실수인데, 공의 조건은 경험적으로 어마어마하게 인상적이기 때문입니다. 공Void이 펼쳐지면서 그것은 형언할 수 없고, 무한하고, 영원하고, 하나이고, 전부를 감싸고, 고요하고, 침묵하고, 움직이지 않으며, 있음이나 존재조차 배제하는 '비자각을 자각awareness of nonawareness'하는 것을 기이하게도 포함합니다. 이 상태는 의문의 여지 없이 분명하게, 경험적으로 이원성을 넘어섭니다. 여기에는 주체나 객체가 없습니다. 내맡겨야 할 것이 남아 있지 않고 내맡길 사람이 없습니다. 그렇기 때문에 공Void은 정말로 궁극의 상태 그 자체로 보입니다. 또 다른 어려움은 이 수준에는 지침은커녕 상의하고 나눌 수 있는, 확증을 비춰 줄 스승이 없다는 점입니다. 그 상태가 진정

경이롭기 때문에 그러한 지도를 받을 필요가 없어 보이거나 자체가
확증을 요하지 않는 모습으로 나타나는 것으로 보입니다.

공Void(무Nothingness)의 상태가 궁극의 상태라면 그것은 영구적
인 조건이고 그것을 보고할 어떠한 개체도 없을 것입니다. 하지만
그렇지 않기에 조만간 사람은 공을 떠나 의식적 존재로 돌아옵니
다. 이어서 공의 망각에서부터 갑자기 존재Existence가 일어나는, 주
관적이고 경험적인 현상이 발생합니다.('저자에 대하여' 장에 묘사
됐듯, 나에게는 이번 생애에서 세 살 때 그 나타남이 있었습니다. 무
Nothingness와 비자각nonawareness에서 갑자기 존재의 충격뿐만이 아니라
육체성을 발견하는 충격이 있었고 무Nothingness에서 있음Beingness으로
돌아오며 어떤 육체가 동반됐다는 충격이 있었습니다. 결국 이번 생
애에서 850 측정치 수준의 딜레마가 어릴 적에 처음으로 강하게 제시
됐고, 이후에 다시 발생했지만 그때 그것은 거부되고 초월됐습니다.
그것을 해결하는 데는 38년의 세월이 필요했습니다.)

이 수준을 초월하기 위해 필요한 앎Knowingness은 신성의 사랑 역
시 비선형적이고, 주체나 객체, 형태, 조건성, 또는 장소가 없다는
것입니다. 공의 한계(불완전성)는 부정의 길에 깊이 몰두한 귀결로
도달할 수 있습니다. 하지만 사랑이 신성의 근본적 특성이라는 점
과 사랑 역시 비선형적이라는 점 그리고 영적 사랑은 집착이 아니
라는 점에 대한 각성이 빠져 있습니다. 부정의 길의 오류는 사랑Love
을 잘못 식별하고 거부하는 데 있습니다. 왜냐하면 일반적인 보통
의 인간 경험에서는 사랑이 제약이고 ('나me'와 '당신you' 간의 또는
나me와 '그것it' 간의) 집착이기 때문입니다.

대조적으로, 신성의 사랑은 지배적이고 강력하고 압도적이며 현존Presence의 근본적 특성 혹은 본질입니다. 신성의 사랑은 심오하고 무조건적이고 객체나 주체가 없습니다. 신성의 사랑은 감정성이 아니라 조건이나 상태인데 그것은 제한하기보다는 자유롭게 합니다. 공(측정치 850)은 무한, 비어 있음, 의식의 공간과 닮아 있습니다. 대조적으로 신성의 현존Presence of Divinity은 태양의 심장과 같습니다. 그것을 잘못 보는 일은 있을 수가 없는데, 사랑Love이 사람의 근원적 참나의 핵심과 원천Source이라는 것이 자각되기 때문입니다.

문: 최후의 단계는 무엇입니까?

답: 신에게 모든 상태를 내맡김으로써 마침내 당신은 이전의 모든 공간을 넘어선 공간에 들어섭니다. 각 상태가 올라올 때마다 기꺼이 보다 더 큰 차원을 경험하려고 합니다. 이전의 모든 상태를 넘어선 상태가 있습니다. 완전한 소박함pure austerity의 상태입니다. 저는 그것을 높은 통로High Pass라고 불러 왔는데, 이 책의 독자는 그러한 상태들을 마주할 것이기 때문에 여기에 상세히 열거합니다. 당신이 명상과 관상으로 모든 것을 신에게 내맡기고, 모든 집착과 혐오를 놓아 버리면 당신은 어떤 이도 존재하지 않는 바로 그 높은 통로에 이릅니다. 높은 통로High Pass에서 당신은 삶의 세부 사항, 돈과 권력, 지위, 흥미와 흥분에 대한 집착을 놓아 버렸습니다. 거기에는 당신 자신의 생명 외에는 남아 있는 것이 없습니다. 당신은 이 세상이 소중히 여기는 모든 것을 놓아 버렸고 신에게 모두 내맡겼습니다. 이제 신에게 내맡길 무엇이 당신에게 남아 있나요? 바로 당신

의 생명입니다. 그 순간에 깨닫습니다. '저에게는 아무것도 남아 있지 않습니다. 오, 주님 저는 그대에게 제 생명을 내맡깁니다.'

그와 동시에 죽어감에 대한 끔찍한 두려움이 존재합니다. 죽어감의 극심한 고통을 경험할 때 당신은 당신이 올바른 자리에 있다는 것을 압니다. 이는 당신이 겪어 내기로 동의한 극심한 고통입니다. 영겁까지(실제적으로는 박테리아 수준까지) 거슬러 올라가, 이 모든 생애를 통틀어 '당신인 바'라고 믿었던 그것이 내맡겨질 필요가 있습니다. 당신이 당신 존재의 핵심이라고 믿고 있는, 의식의 진화를 걸친 모든 것에 대해서 이제 내맡기기를 요청받습니다.

비존재의 두려움이 다시 올라옵니다. 그러고 나서 신에게 당신의 생명을 내려놓는 것이 안전하다는 앎Knowingness이 옵니다. 당신은 "모든 두려움은 허상이다. 무엇이든지 곧장 앞으로 나아가라."라는 내적 앎knowingness을 가질 것이기 때문입니다. 이것은 수많은 생애 이전부터 온 앎Knowingness입니다. 그 앎Knowingness은 통로를 지나온 존재로부터 그 앎을 들음으로써 절대적 확실성과 함께 전해져야 합니다. 그것이 제가 지금 이것을 당신에게 말하는 이유입니다. "모든 두려움은 허상이다." 당신은 생명을 내려놓고 신에게 내맡깁니다. 그러면 신성의 장엄함Splendor of Divinity이 지금 또는 영원히 존재하는 전부임All That Exists으로서 빛을 발합니다. 그것이 신성 Divinity의 앎Knowingness과 전부임Allness으로 가는 마지막 관문입니다.*
그리하여 당신은 자신의 신성을 인정합니다.

---

* 원강연(2007년 12월 EXPERIENTIAL REALITY: THE MYSTIC CD2 43분 39초) 내용은 다음과 같다. "그것은 (측정치) 1000, 즉 신성의 앎Knowingness으로 가는 관문입니다."

그 지점에서부터 당신의 생명을 당신은 통제하지 못합니다. 당신은 동료와 모든 생명에 봉사함으로써 신에게 봉사합니다. 다른 이를 사랑하고 봉사함으로써 신에게 봉사합니다. 그리고 그 사람들은 신과 다르지 않습니다. 신은 모든 것 안에 계시기 때문입니다.

문: 당시에 이해할 수 없어 보이는 가르침들을 배우는 데에는 어떤 이로움이 있습니까?

답: 그 가르침들은 지성에게만 불명료해 보입니다. 그 가르침들은 씨앗을 심고, 열망자의 영적 오라는 전달된 스승의 오라 에너지장을 통합합니다. 특정 정보는 그 자체로 변형적입니다. 높은 진실에 노출되는 것은 정신psyche에 열망을 불러일으킵니다. 붓다는 다음을 말했을 때 이를 관찰했습니다. "사람이 깨달은 진실을 들으면 그 사람들은 그것보다 덜한 어떤 것에도 결코 만족하지 못할 것이다. 그것을 이루는 데 수없이 많은 생애가 걸린다 할지라도 말이다."

헌신하는 영적 제자가 사전 경고 없이 갑자기 극히 높은 수준에 이를 수 있음을 이해하는 것이 매우 중요합니다. 결국, 모든 제자는 그 의식의 진보된 상태를 어떻게 다루는지에 대해 미리 교육받아야 합니다. 천국과 지옥이 겨우 0.1인치 차이라고 말하는 것은 단순한 선전 문구가 아닙니다. 당신은 실제로 지옥의 그 깊은 곳에서부터 지극히 진보된 상태들까지 갈 수 있습니다.

깨달음의 길에서 끝없이 지체되는 듯 보이는 한 가지 이유는 의심 때문이고, 의심은 저항으로서 내맡겨져야 합니다. 인간이 진지하게 깨달음을 추구할 정도로 영적 진실에 전념하게 되는 일이 실제로는 극히 드물다는 것을 아는 게 중요한데, 서약한 이들은 실제로 깨닫기로 '운명 지어져' 있기 때문에 그렇게 합니다.

이 시점에서 영적 진화는 놀라운 속도로 진행되고, 이전에는 전혀 접근할 수 없었던 영적 정보에 이제는 쉽게 접근할 수 있습니다. 오늘날 영적 제자의 진보는 과거에는 선택된 극소수로 제한됐던 영적 정보에 접근함으로써 이미 가속화되고 유리해지고 있습니다.

영적 진보는 편리하고 정의 가능한, 점진적 단계들을 따르지 않습니다. 비록 의식 지도가 영적 진보의 점진적 수준을 암시하는 것처럼 보이더라도 말이죠. 길은 선형적이지 않습니다. 예상치 못하게 큰 도약이 언제든 쉽게 일어날 수 있고, 모든 제자는 길을 가면서 특정 지점에서 필요한 정보를 아는 이점을 가져야 합니다. '종착점'에 필요한 지식은 '시작점'부터 필수적입니다.

신성의 상태들Divine States에 이르기 위해 무엇이 필요한지 아는 것은 진보를 가속화합니다. 그렇지 않으면 무지로 인해 두려워하는 무의식적인 저항이 생기게 됩니다. 이 두려움은 필요한 이해를 획득함으로써 극복됩니다. 즉 두려워할 것은 아무것도 남아 있지 않으며 모든 두려움은 허상이라는 것입니다. 이 앎Knowingness은 매우 진보된 상태들에 필요합니다. 신God, 사랑Love, 진실Truth, 동료 인간에 대해 또는 인간이나 모든 유정물의 고통 경감에 대해 영적 지향을 가지고 헌신에 진지하게 임하는 모든 제자는 이미 매우 진보한 것입니다.

어떤 영적 원리라도 꾸준하게 적용한다면 뜻밖의 수준으로의 아주 중대하고 갑작스러운 도약이 예상치 못하게 일어날 수 있습니다. 그 지점에서 기억은 활용 가능하지도 않을 것이고 대신에 영적 진실Spiritual Truth의 앎Knowingness이 고요하게 스스로를 나타냅니다. 영적 제자는 그들이 이미 은총을 받았다는 실상을 받아들여야 합니다. 이와 같은 책을 읽는 진지한 독자는 그렇지 않을 수 없습니다. 신성은 스스로 압니다. 그러므로 그 진실을 받아들이는 것은 이미 기쁨을 느낀다는 것입니다. 이를 이해하면서 기쁨을 경험 못 하는 것은 그것에 저항하고 있기 때문입니다. 이 앎awareness은 실상의 이원적 뉴턴 패러다임과 대조적으로 우리가 단순히 과거의 결과가 아니라는 이해에 의해 강화됩니다. 오히려 과거와 미래가 모두 허상이기 때문에, 우리의 현재 위치는 잠재성의 끌어당김에 의한 것입니다. 결국 깨달음에 헌신하는 것은 이제 자석이 그것에 향하게끔 우리를 끌어당기는 것과 같게 됩니다. 진화의 속도는 저항을 내맡기려는 개인의 자발성에 달려 있습니다.

깨달음은 취득하는 조건이 아닙니다. 참나가 이미 개인의 실상 Reality이기 때문에, 깨달음은 단지 확실성에 내맡겨져야 하는 것일 뿐입니다. 개인을 영적 정보로 끌어당기는 것은 참나입니다.

영적 구도자를 위한 지침

깨달음을 구하는 것은 가장 강력한 끌개 패턴에 동승을 추구하는 것이다. 의식 지도에 있는 어떤 에너지 장에의 동승이란, 그저 중력에 이끌리듯 사람이 그 영향 아래에 있게 된다는 것을 뜻한다. 에너지 장이 200 미만일 때 동승은 파괴적 결과를 가져온다. 이것은 임상적으로 관찰되는데, 코카인 중독자가 폭력적 랩이나 헤비메탈 음악을 계속해서 들으면 회복하지 못한다. 부정적 에너지 장에 대한 동승은 높은 에너지 장에 지속적으로 노출돼야만 빠져나오는 게 가능하다. 그리하여 "그냥 계속 오세요. 당신은 삼투현상으로 그것을 얻을 거예요."라고 하는 것이다. 회복 중인 중독자가 자조 프로그램의 지지적인 에너지 장을 떠나면 예상대로 재발하는 경우가 많은데, 이는 이제 부정적 습관으로 끌어내리는 것을 막아 줄 평형추가 없기 때문이다. "홀로 해낼 수" 있다는 그 사람들의 주장은, 175로 측정되는 악명 높은 에고의 오만과 자부심의 증상이며, 이는 치유에 필요한 에너지 장의 힘보다 아래에 있다.

반대로 영적 열망자는 뿌리박힌 에고 습관들에서 그들을 벗어날 수 있게 하는, 강력한 에너지 장에 스스로를 정렬하고자 한다. 그 열쇠는 끊임없이 반복하는 선택 행위인 *의지*이다. 여기 카오스이론의 '초기 조건에 민감한 의존성 법칙'(약간의 변화라도 시간이 지나면서 큰 영향을 줄 수 있다.)은 전통적인 영적 진보 방식에 대한 과학적 설명을 제공한다. 모든 영적 훈련에서는 개인의 앎awareness을 진보시키는 데에 기초가 되는 벌림쐐기opening wedge를 '자발성'이라고 표현한다. 역사 또한 임상적으로 잘 알려진 사실을 보여 준다. 즉 지속적인 자발성이 새로운 끌개장을 활성화시키고, 낡은 것을 떠나게 허용해 주는 방아쇠라는 것이다. 우리는 작은 끌개장이 큰 끌개장에 가까워진다고 시각화할 수 있지만, 어떤 지점에서 (자유의지와 같은) 제3의 요소의 도입으로 갑자기 교차 지점('안장 패턴saddle pattern')이 생성되고, 변화가 일어난다.

어떤 사람이 갑자기 낮은 끌개장의 영향에서 높은 끌개장의 영향으로 이동한다면, 그것은 종종 기적이라고 선언된다. 인간 경험에 대한 유감스러운 평가이긴 하지만 점차 자신의 행동을 지배하게 되는 에너지 장에서 벗어나는 이는 거의 없다. 그런 벗어남이 용이해지도록 설계된, 근래 인기 있는 영적 프로그램은『기적수업』의 연습서(측정치 600)이다. 이 영적 심리학 수업의 목적은 지각을 완전히 바꾸도록 북돋는 것을 통해, 의식 안에서 느닷없는 도약을 일으키는 데 필요한 기초 작업을 마련하는 것이다. 좀 더 전통적인 방식으로, 기도와 명상 역시 낮은 에너지 장의 영향력에서 높은 에너지 장의 영향력으로 상승할 수 있는 출발점을 제공한다.

동양의 영적 훈련에서는 구루나 스승의 도움 없이 헌신자 단독으로는 큰 진보를 이룰 가능성이 없다는 것이 받아들여진다. 지침이 필요하다. '익명의 알코올 중독자들'에서는 어떤 중독자 혹은 알코올 중독자가 후원자의 도움 없이는 회복이 불가능하다는 것을 경험한다. 스포츠에서는 뛰어난 감독들이 인기가 많은데, 그들의 영향이 최대의 노력을 할 수 있게 영감을 줄 수 있기 때문이다. 헌신자는 진보한 스승에게 초점을 맞추는 것만으로도, 그에 따라 그 스승의 에너지 장에 정렬함으로써 자신의 발전을 도울 수 있다. 그러므로 우리가 시행한 근육테스트에서, 진보한 영적 스승의 이미지를 마음에 떠올리는 것이 개인 신념에 상관없이 모든 대상자를 강하게 한다고 반복적으로 나타났다.

영적 방향

진실Truth과 깨달음은 발견, 추구, 획득, 취득, 소유될 무엇이 아니라는 것을 기억하면 도움이 된다. 무한한 현존Infinite Presence인 그것은 언제나 현재하고, 그 각성에 대한 장애물이 제거될 때 각성이 저절로 일어난다. 그렇기 때문에 진실을 꼭 공부할 필요는 없으며, 허위의 것을 놓아 버릴 필요가 있을 뿐이다.

구름이 걷힐 때 태양은 빛이 난다. 구름을 물러나게 하는 것은 태양이 빛나도록 하는 게 아니라 단지 그동안 숨겨져 있던 것을 드러내 줄 뿐이다. 결국 영적 작업은 기본적으로 알려지지 않은 것을 위해 안다고 추정되는 것을 놓아 버리는 일이며, 그것을 행한 다른 이들의 약속—노력이 결국에 더 잘 보상 받는다는 약속—과 함께 그렇게 한다. 세속적 수준에서 보자면, 금은 창조되지 않고 덮어진 것을 깎아내리면 드러날 뿐이다.

주요 영적 도구 중 하나는 의도이다. 의도는 우선순위와 가치의 위계를 설정해서 사람의 노력에 에너지를 불어넣는다. 영적 작업은 서약이고 또한 탐구이기도 하다. 이전에 지나왔고, 그래서 다른 사람들이 뒤따를 수 있도록 의식 안에 가능성을 설정한 이들에 의해 그 길이 개척됐다. 생물학자 루퍼트 셸드레이크는 형태발생장(M-장)의 영향을 입증했다. 즉 특정 영역에서 누군가가 진보하면 이 성공은 종species의 나머지가 같은 것을 할 수 있는 가능성을 증가시킨다. 로저 배니스터가 1마일에 4분이라는 M-장을 돌파했을 때처럼, 진보한 의식 존재는 다른 이들이 뒤따를 수 있게 표식을 남긴다.

우리 앎awareness에서의 진보 하나하나는 보이지 않는 다수를 이롭게 해 주고, 다른 이들이 뒤따를 수 있도록 다음 단계를 강화한다. 모든 친절한 행위는 우주가 알아차리고 영원히 보존된다. 이를 알게 되면 감사함이 영적 야망을 대체한다. 전통 불교에서 개인은 모든 인류의 선善을 위해 깨달음을 추구한다. 모든 선물은 그것의 근원으로 돌아가기 때문이다.

때가 되면 사람의 영적 의도와 초점이 세속의 야심과 욕망을 대체하게 된다. 그것은 마치 사람이 참나에게 점차적으로 끌어당겨지는 것과 같고, 끌어당김으로 작용하는 영적 중력이 있는 것과 같다. 앎knowingness의 방식은 이성과 논리를 대체하며, 직관적 앎은 삶의 본질에 초점을 맞추고 목표나 형태의 세부보다는 삶의 활동들에 초점을 맞춘다. 지각은 바뀌기 시작하고 창조의 아름다움은 문자 그대로 모든 사람과 대상에게서 빛을 발한다. 단순한 광경이 그 자체를 삼차원의 총천연색과 같이 드러내면서, 예기치 못하게도 갑자기 그 광경이 압도적으로 아름다워질 수 있다.

문답

문: 박사님은 "당신의 삶을 기도처럼 사세요."라고 조언했습니다. 그것은 특정 영적 활동들에 초점을 맞추는 것과는 다르게 보이는데, 맞습니까?

답: 의도로 인해 당신의 전체 삶이 헌신적으로 됩니다. 당신 자신이 기도가 됩니다. 그 덕분에 신성이 청해지며 그 후에 가슴을 통해서, 그 헌신을 통해서, 신성에 정렬을 통해서 온 인류는 힘을 부여받습니다. '내가 얼마나 멀리 왔지?' '내가 얼마나 멀리 왔다고 남들이 생각할까?'와 같이 스스로 점수표를 계속 매기는 일은 무가치합니다. 당신이 답을 해야 하는 유일한 사람은 자기 자신입니다. 당신이 누구인지에 대해, 그리고 그것으로 행한 것에 대해, 답할 책임이 당신에게 있음을 아는 상태에서 잠재성을 성취하려고 가능한 모든 것을 한다면 실수조차도 신성해집니다. 신을 추구하는 동기가 신이라는 것을 알면 안심이 됩니다. 당신이 영적 진실에 흥미를 가지는

것도 신의 은총 때문입니다. 신성의 영향 아래에 있지 않고는 어느 누구도 신을 추구하지 않습니다. 자기들 마음대로 하게 된다면 사람들은 신을 전혀 생각하지 않을 것이기 때문입니다.

문: 무엇이 영적 '진보'입니까?

답: 영적 진보에 대한 접근 방식은 '어딘가에 도착하는 것'이 아닙니다. 도착할 '어디'가 없기 때문입니다. 대신에 진짜 영적 가르침은 에고를 초월하도록 안내하고 진실Truth이 드러나도록 모든 허상을 없애 버립니다. 그 작업은 인간 에고 구조 속에 내재된 일반적인 인간의 실패를 극복하고 초월하는 것입니다. 당신이 무슨 결점을 가졌든 그것은 개인적이지 않습니다. 그리고 그것은 당신의 결점만이 아니라 사실상 인간 에고 자체의 문제입니다. 에고 자체는 개인적이지 않습니다. 당신은 '오, 나me와 내 진보' 혹은 '나me와 내 죄', '나me와 내 곤경'을 생각하고 싶어 하지만 당신이 말하고 있는 내용은 당신의 개인 자아가 아닙니다. 문제는 에고 자체입니다. 그것은 당신이 인간 존재가 됨으로써 물려받는 것입니다. 에고는 뇌와 뇌 기능의 산물입니다. 에고가 스스로를 어떻게 세부적으로 표현하는지는 과거 카르마에 따라 다릅니다.

문: 당신은 에고가 '나쁘지' 않다고 했습니다. 그래서 에고를 작은 '애완동물'로 대하는 것이 최선이라고 했습니다. 그렇게 대하는 것이 과정에 유머를 불어 넣는다고 했습니다. 자세히 설명해 주실 수 있나요?

답: 유머는 가장 가치 있는 영적 도구 중 하나입니다. 유머에 대해서는 역사적으로 거의 언급되지 않았습니다. 에고의 멜로드라마에 웃는 것은 우리를 에고의 게임에서 훨씬 앞서가게 해 줍니다. 지각과 본질 사이를 비교한 결과로 코미디가 생깁니다. 예를 들어 코미디언이 이렇게 말합니다. "무엇이 뉴에이지주의자인가요?"(잠시 멈춤) "가게에 가서 파리지옥 식물을 몽땅 사고 그 이후에는 파리지옥이 채식주의자가 되기를 바라는 사람들입니다!" 우리는 육식성인 파리지옥에 채식주의자가 되라고 설득하고 있는 부조리함을 알아차립니다. "파리지옥, 당신은 오이 좋아하잖아. 그렇지 않아, 내 사랑? 여기 토마토 한 조각 먹어 봐!" 농담은 다른 이들이 자신의 영적 이상과 도덕성에 따르기를 바라는 에고의 순진함과 미숙함에 우리가 웃을 수 있게 도와줍니다.

유머는 비웃음이나 악의와는 상당히 다른데, 인간 한계와 사소한 결점을 본래 있는 것으로 받아들이며 연민을 가지기 때문입니다. 그러므로 유머는 '세상을 가벼운 옷 걸치듯' 하도록 도와주고, 바람에 휘어지는 갈대처럼 경직성 때문에 부러지기보다는 가벼운 마음이 됨으로써 생존한다는 점을 보여 줍니다. 자신을 향해 웃을 수 있는 능력은 긍정적인 자존감에 필수적입니다. 모든 것에 마치 그게 매우 중요하다는 듯이 반응하는 것은 에고의 자기애적 핵심인 허영심(예를 들어 '민감한' 또는 '공격받은')에 따라오는 결과입니다. "당신 스스로를 너무 심각하게 받아들이지 마세요."는 현명한 지침입니다.

유머는 자유와 기쁨에 찬 표현이고 웃음은 생물학적으로 치유적입니다. 죄책감과 "베옷을 입고 재를 덮어쓰는" 참회가 과거 세기에는 강조됐지만, 의식 지도에서 살펴보면 그것들은 상당히 낮게 측정됩니다. 신은 의식 지도에서 맨 밑이 아니라 맨 위에서 발견됩니다. 믿음, 사랑, 기쁨은 순탄한 길이고, 절망적 상태는 그저 슬픔sadness과 낙담으로 이끌 뿐입니다. 자기 증오는 신성한 창조Divine Creation의 반영으로서 참나의 앎awarenss을 가립니다.

문: 식생활, 의례, 수련, 호흡 기법, 만트라, 상징은 어떻습니까?
답: 이것들 모두 불필요합니다.* 종교에는 그 자체의 고유한 아젠다와 한계가 있음을 인지하는 것이 도움이 됩니다. 깨달음으로의 영적 여정은 고유합니다. 이 여정은 '종교 생활을 하는 것'과 같지 않습니다. 종교는 역사적 사건들, 자신들의 지리학적 장소들, 정교政教가 일치했던 과거 문화들을 강조하는 경향이 있습니다. 깨달음은 현재 순간에 일어나고 시간 또는 역사, 지리학 바깥에서 있으므로 이것들은 깨달음과 관련이 없습니다. 신학은 400대의 의식 수준과 관계가 있고, 깨달음은 600 이상의 수준과 관계가 있습니다.

문: 음악, 향, 건축학적 아름다움은 어떻습니까?
답: 이것들은 영감을 주고, 영적이고 경건한 기분과 태도를 뒷받침하며, 생각의 내용으로부터 주의의 초점이 물러날 수 있게 도와줍니다. 아름다움은 고양시켜 주고 500대 후반으로 측정되는데, 이

---

* 『나의 눈』 9장 원문은 다음과 같다. "이것들 모두 실제로는 불필요하지만, 일부 영적 헌신자에게는 도움이 될 수 있다." — 옮긴이

는 완전함과 유사합니다.

문: 영적 지식의 위험성은 무엇입니까?

답: 영적 교육의 이면은 '내가 안다.'는 허영심을 쌓고 '영적이지 않은' 사람을 평가절하한다는 것입니다. 에고는 이해하는 능력 자체가 신이 주신 영적 선물이라는 것을 깨닫기보다는 영적 이해를 개인적인 공적으로 돌립니다. 감사함을 표하는 것은 자부심의 해독제입니다. 사람이 정보를 얻은 후에 그 정보에 감사함을 느낀다면, 영적 자부심은 강한 기반을 얻지 못할 것입니다.

영적 자부심은 허영심을 강화하거나 아니면 모순적으로 다른 사람보다 자신이 나쁘다라는 위치를 취하는, 두 가지 방향으로 작용할 수 있습니다. '나는 단지 가치 없는 지렁이일 뿐이야.'라는 위치는 예복 대신에 누더기를 걸쳤을 뿐 그냥 허영심입니다.

문: 영적 작업을 하는 데 있어 모멘텀이 있습니까?

답: 당신이 용기(200)의 임계선을 넘게 되면 그 나머지는 접근 가능해집니다. 발전할수록 더 진보할 가능성이 커집니다. 또한 발전을 욕망하는 것에서 더 진보할수록 당신은 더 발전된 상태가 됩니다! 영적 사안에 관심을 가지기 시작하기만 해도 당신은 당신의 길에 있는 것이라서 걱정할 필요가 없습니다. 책의 진실이 당신의 운명이 아니었다면 그 누구도 이러한 책에 관심을 가지지 않았을 것입니다. 마찬가지로 심해 다이빙을 계획하지 않는다면 당신은 다이빙 수업을 듣지 않습니다. 붓다는 당신이 깨달음에 대해 들으면 그것보

다 덜한 어떤 것에도 결코 만족할 수 없으리라고 했습니다. 그저 깨달음에 대해 듣기만 해도 당신의 의식에 이미 각인됩니다.

영적 구도자에게 가장 귀중한 자질과 태도

사람들은 종종 "의식에서 진보하기 위해 필요한 자질과 태도가 무엇입니까?"라고 묻는다.

자기 의심이나 소심함 대신에 확실성과 안도감을 가지고 시작하라. 당신이 탐구할 가치가 있다는 점을 거리낌 없이 받아들이고 신에 대한 진실에 전적으로 내맡길 것을 결심하라.

거리낌 없이 받아들여야 하는 사실들은 단순하면서 매우 강력하다. 그것들에 내맡기는 것은 엄청난 영적 진보를 가져온다.

12가지 영적 사실

1. 당신에 대한 신의 사랑과 의지의 살아 있는 증거는 당신 자신의 존재라는 선물이다.

2. '성스러움', 공덕, 선함, 자격 있음, 죄 없음과 같은 것에 대하여 당신 자신과 다른 이를 비교할 필요가 없다. 이것은 모두 인간의 개념이고 신은 인간의 개념으로 제한되지 않는다.

3. '신에 대한 두려움'이라는 개념은 무지다. 신은 평화와 사랑이고 다른 어떤 것도 아니다.

4. '심판관'으로서 신에 대한 묘사는 에고의 망상이고 어린 시절 받은 벌에서 비롯된 죄책감의 투사로 발생한다. 신은 부모가 아니라는 사실을 각성하라.

5. 그리스도의 가르침은 부정성(측정 수준 200 미만)을 단순히 피하라는 것이었다. 그리고 그 가르침의 목표는 따르는 사람들이 무조건적 사랑Unconditional Love(측정치 540)에 이르게 하는 것이었다. 그리스도는 무조건적 사랑 수준에 도달하기만 하면 영혼은 그 사후 운명이 확실하고 안전하다는 것을 알았다. 이것은 정토 불교 같은 세계의 대종교가 가르치는 결론과 본질적으로 같다.

6. 구원Salvation과 깨달음Enlightenment은 다소 다른 목표이다. 구원은 에고의 정화를 요구하고 깨달음은 에고의 전적인 붕괴를 요구한다. 깨달음의 목표는 더 많은 노력을 요하며 근본적이다.

7. 동기를 갖게 하는 것은 깨달음Enlightenment을 추구하는 개인적인 '당신'이 아닌, 의식의 비개인적인 성질이다. 영적 영감과 헌신이 그 작업을 수행해 나간다.

8. 가장 중요한 목표가 이미 성취되었음을 깨달으면 안도감이 불안감을 대체한다. 그 목표는 영적 헌신의 길 위에 있다. 영적 발달은 어떤 성취가 아니라 삶의 방식이다. 그것은 자체의 보

상을 가져오는 지향orientation이며, 중요한 것은 당신 동기의 방향이다.

9. 앞으로 나아가는 한 걸음 한 걸음이 모든 사람을 이롭게 한다. 당신의 영적 헌신과 작업은 생명에게 선물이고 모든 인류에 대한 사랑이다.

10. 신으로 가는 일정표나 미리 정해진 경로는 없다. 사람마다 그 경로는 독특하지만, 여행하는 지형은 상대적으로 모든 이에게 공통적이다. 세부 사항은 과거 카르마에 따라 다르다.

11. 집중적인 기도는 헌신과 영감을 강화하고 진보를 촉진한다.

12. 신의 은총은 모든 이가 이용 가능하다. 에고의 강도는 꽤나 만만찮을 수 있고, 높은 영적 존재들이 지니는 힘의 도움을 받지 않는다면 에고는 자기 스스로 초월될 수 없다. 다행히 이전에 살았던 모든 위대한 스승이나 화신이 가진 의식의 힘은 여전히 남아 있다. 역사적으로, 전념하는 영적 구도자에게는 '현자의 은총'이 주어진다. 명상으로 스승이나 스승의 가르침에 초점을 두는 것으로 그 스승의 힘과 에너지를 청할 수 있다. 특정 그룹의 멤버만이 아니라 제자 한 명 한 명이 다 성공하는 것이 진정으로 깨달은 모든 현자의 뜻이다. 구도자 개인이 모든 인류를 이롭게 하는 것처럼 스승들의 깨달음도 구

도자를 이롭게 한다. 요구 조건이나 의무는 없다.

14가지 영적 원리

의식 지도에서 진화는 다음의 특정 영적 원리를 따르는 것으로 도움을 받는다. 시간이 지나면서 특정 영적 원리를 따르는 것은 에고의 지각(내가 세상을 바라보는 방식이 정확히 있는 그대로의 세상이다.)을 풀리게 한다. 의식을 통한 영적 진보의 '길'은 실제로 복잡하지 않고 단순하다.

1. **삶을 이득을 얻는 장소로 보기보다는 배움의 기회로 보라.** 삶의 가장 작은 세부 사항에서조차 배움의 기회는 풍부하다. 첫째가는 영적 자질은 정말로 전반적인 마음가짐*attitude*이라는 자질*이다. 영적인 마음가짐은 사람을 모든 생명에게 친근하고, 친절하며, 선의를 갖도록 이끈다. 우리는 개미를 짓밟기보다 조심스럽게 넘어가는 스스로를 발견한다. 강박적으로 '해야만' 해서가 아니라, 그리고 종교적 원칙 때문이 아니라 모든 생명의 가치에 대한 더 큰 앎*awareness* 때문에 그렇게 한다. 모든 동물은 사실상 존중과 관심에 반응하는 개별적 존재임을 발견할 것이다. 식물조차도 당신이 식물을 사랑하고 찬탄할 때를 알아차린다.

---

* 『나의 눈』 9장의 원문은 다음과 같다. "그런 길을 갈 수 있는 첫째가는 자질은 삶을 이득을 얻는 장소가 아니라 배움의 기회로 보는 마음가짐이다. 삶의 가장 작은 세부 사항에서조차 배움의 기회는 풍부하다." — 옮긴이

2. 마음과 겉모습에 한계를 알아차림awareness으로써 **겸손함을 개발하라.** 당신은 점점 삶이 지각perception을 통해 걸러진다는 것을 알아차리고, 세상에서 목격하는 것이 독립적으로 존재하는 외부 현실들이라기보다는 주로 태도와 지각임을 알아차린다. 하나하나의 모든 '사건'은 보이지 않고 알 수 없는 수많은 조건의 귀결이기 때문에, 어떤 것이든 그 '원인'은 그 순간까지 우주의 총체성이다. 전지한 어떤 사람만이 그것의 의미를 확인할 수 있을 것이다. 그래서 결국 겸손에서부터 당신은 전지하지 못하다는 점을 인정한다! '나는 안다.'가 '나는 알지 못한다.'에 자리를 내준다.

3. **기꺼이 눈감아 주고 용서하려 하라.** 이 자발성은 진지한 영적 제자가 스스로 부여한 의무—세상을 판단하고 교정하고 통제하며 지시하고 변화시키는 사람이 되어야 한다는, 모든 것에 대해 의견을 표현하는 사람이 되어야 한다는 의무—에서 물러나게 해 준다. 진지한 영적 제자로서 더 이상 이런 귀찮은 일을 계속할 의무를 지지 않는다. 대신 그것들은 신성의 정의에 넘겨진다. 마음은 실상Reality이 무엇인지도 전혀 알지 못하므로, 이러한 이전의 의무를 포기하는 것은 근심을 덜어 주고 수많은 죄책감에 종말을 부를 것이다. 그렇기 때문에 '원인'을 포기하고 억압당한 사람과 짓밟힌 사람, 다른 희생자들, 감상적인 것들을 위한 집회를 포기하는 것이 꽤 도움이 된다. 그들은 각자 자신의 고유한 운명을 그저 성취하고 있을 뿐이다. 그

러므로 그 사람들은 그렇게 하도록 허용하라. 분리해서 보면, 대부분 사람이 자기 삶의 멜로드라마를 즐기고 있음이 관찰될 것이다.

4. **연민을 갖고 사람들을 관찰하라.** 관찰을 통해 신체 외양이 큰 속임수라는 점이 드러난다. 대부분 사람은 어른처럼 보이지만 전혀 어른이 아니다. 여전히 감정적으로 아이들이다. 유치원과 놀이터에서 우세했던 감정과 태도는 어른의 생애에도 지속되는데, 단지 좀 더 위엄 있게 들리는 전문용어로 가려질 뿐이다. 대부분 사람의 내면에는 어른 상태를 흉내 내고 있을 뿐인 아이가 있다. 우리가 많이 들었던 "내면의 아이"는 실제로 전혀 내면에 있지 않다. 즉 내면의 아이는 실제로 상당히 '외면'에 있다.

사람들은 자라면서 여러 가지 동일시를 취하게 되고 어른의 행동과 스타일이라고 상상했던 것을 따라 한다. 하지만 이렇게 하는 것은 아이일 뿐 어른은 아니다. 그러므로 일상에서 우리가 보는 것은 아이로서 동일시한 프로그램과 시나리오를 실연acting out하고 있는 사람들이다. 대부분 동물뿐 아니라 어린아이도 이미 호기심, 자기연민, 질투, 시기심, 경쟁심, 분노 발작, 감정 분출, 분개, 증오, 경쟁의식, 경쟁, 제멋대로임, 심술을 보인다. 세상의 이목과 찬탄을 구하기와 남 탓하기, 책임 부인하기, 다른 이를 틀리게 만들기, 지지를 얻으려 하기, '무언가'를 수집하기, 으스대기와 같은 것은 모두 아이의 특성이다.

우리가 대부분 어른의 일상 활동을 지켜보면 어떤 것도 실제로는 바뀌지 않았다는 것을 알아차린다. 이러한 인식이 비난보다는 연민 어린 이해에 도움이 된다. 두 살 아이의 특성인 고집과 저항은 나이가 들어서도 계속 성격을 지배한다. 때때로 사람들은 자신의 성격 측면에서 어린 시절에서 청소년 시기로 가까스로 이행하기도 하는데, 그들은 끝없이 스릴을 추구하며 운명에 도전하는 사람이 된다. 육체와 근육, 추파 던지기, 인기, 낭만적이고 성적인 정복에 사로잡혀 있다. 귀여워지고 수줍어하게 되며 유혹적, 매혹적, 영웅적, 비극적, 연극적, 드라마적, 히스테리적으로 되는 경향이 있다. 청소년에 대한 아이의 인상이 다시 상연되고 있는 것이다. 내면의 아이는 순진하고 영향받기 쉬우며, 쉽게 프로그램되고 유혹과 조종을 받는다.

5. **의식의 본성에 대해 호기심을 기르고 익혀 나가라.** 그렇게 함으로써 외적으로만이 아니라 내적으로도 사람들에 대한 반응을 쉽게 멈추게 된다. 최선의 환경에 있다고 하더라도 인간의 삶은 매우 어렵다. 어떠한 개인에게도 절망과 늦춰짐, 깜빡 잊음, 충동, 온갖 모습과 형태의 스트레스가 따라다닌다. 능력을 넘어서는 요구가 자주 있기에 삶은 시간 조건에 압박을 받는다. 모든 사람의 에고가 다른 모든 이의 에고와 거의 같다는 점을 알아차릴 것이다.

마음은 물려받게 되며, 유전자와 유전적으로 결정된 성격 '양식'으로 운영되는 뇌를 가진다. 성격의 주요한 특성 대부분이 출생 시에 이미 존재했음을 연구 결과가 보여 준다. 지금 모습에서 실제로 다르게 될 수 있는 사람은 거의 없다. 자기 발전이나 영적 성장을 구하는 이는 오직 소수일 뿐이다. 왜냐하면 자신 스스로를 어떻게 비판하든지 간에, 대부분 사람은 자신의 존재 방식이 아마 유일하게 옳은 방식일 거라고 비밀스럽게 믿기 때문이다. 그 사람들은 자신은 괜찮다고 여기며, 모든 문제는 다른 사람의 이기심과 불공정, 외부 세계에서 초래된다고 여긴다.

6. **사랑을 받는 것보다는 사랑을 주는 것을 추구하라.** 대다수 사람은 사랑을 자신이 얻는 것이자, 하나의 감정으로, 마땅히 받아야 하는 것으로, 그리고 사랑을 더 줄수록 더 적게 가지게 된다고 믿는다. 그 반대가 진실이다. 사랑임lovingness은 태도이며 세상에 대한 우리의 경험을 변형시킨다. 우리는 자신이 가진 것에 대해 자부심에 차지 않고 감사하게 된다. 다른 사람들을 인정하고 그들이 생명에 기여한다는 점과 우리에게 편리함을 제공한다는 점을 인정할 때, 우리는 사랑임lovingness을 표현한다. 사랑은 감정이 아닌 존재의 방식이자 세상과 관계 맺는 방식이다.

7. **'적'을 만드는 것을 피하라.** 사람들은 복수하는 함정에 빠지거나 끊임없이 '분노 유발'하는 논평을 하는 함정에 빠진다. 그들은 적을 만들고 원한을 만든다. 이는 평화로운 삶을 방해한다.

누구도 적이 필요하지 않다. 적들은 보이지 않는 방식으로 보복할 수 있고, 그로 인해 불행한 귀결을 가져온다. 갈등에서 승리와 같은 것은 없다. 그것은 패배한 자에게 증오를 불러일으킬 뿐이다. 당신에게 닥친 모든 것에 언제나 책임을 수용하고, '희생자 되기'라는 덫을 멀리하는 것은 영적 진보를 돕는다. 높은 관점에서 보면 희생자는 없다. 세상에서 겉으로 보이는 그 무엇도 어떤 것을 초래할 힘을 지니지 않는다.

8. **온건한 역할과 생명에 대한 관점을 선택하라.** 잔혹한 관점은 영적 성장에 도움되지 않는다. 잔혹한 관점이 '올바르거나' '정당화되더라도' 영적 구도자는 그렇게 할 겨를이 없다. 살인범으로 여겨지는 자가 처형될 때 사람은 '정의가 구현됐다.'고 즐기거나 앙갚음하는 사치를 포기해야 한다. 기본 영적 원리를 위반하면 대가를 치러야 한다. 영적 구도자는 허상을 간파하고 결국 판사와 배심원의 역할을 포기한다. 사람들이 분개하여 항의하지만, 아무도 '벌 받지 않고' 빠져나가지 못한다. 우리는 운동역학을 통해서 우주가 작은 것 하나도 놓치지 않음을 빠르게 확인할 수 있다. 문자 그대로, 머리카락 한 올이라도 헤아려지고, 추락하는 참새 한 마리라도 기록된다. 어떤 친절한 말도 그냥 간과되지 않는다. 모든 것은 의식의 장에 영원히 기록된다.

9. **죄책감을 포기하라.** 죄책감은 구원을 사려고 하는 시도이자 신

을 조종하려는 시도이고, 고통을 통해서 용서를 구매하려는 시도이다. 이러한 태도들은 신을 대★처벌자로 잘못 해석하는 데에서 비롯된다. 우리는 신의 정당한 분노를 우리의 고통과 고행으로 누그러뜨릴 거라고 여긴다. 잘못된 행위에 대한 사실상 단 하나의 적절한 '참회'가 있는데, 그것은 변화이다. 부정성을 비난하기보다는 긍정성을 선택하라.

진보를 이루어 내고 스스로 변화하는 것은 죄책감을 느끼는 것보다 더 노력이 들지만, 그것이 더 적절한 반응이다. 의식 지도에서 죄책감이 저 밑바닥에 있음을 알아차리고 신은 저 꼭대기에 존재함을 알아차리라. 결과적으로, 의식의 장 밑바닥에서 죄책감에 빠져 허우적대는 것은 어느 누구도 꼭대기에 이르게 하지 않는다!

겸손이란 우리 자신의 삶을 영적 의식의 진화로 바라본다는 것이다. 우리는 실수를 통해서 배운다. "그 당시에는 좋은 아이디어 같았어."라는 말은 어떤 과거의 행동이든 개선하려고 할 때 극히 유용할 수 있다. 물론 이후에 우리가 돌이켜 생각해 보면 그것은 재맥락화되고, 오류를 알게 되면 지혜가 뒤따라 올 수 있다. 우리는 모두 본래 순진무구한데, 그것이 의식의 본성이기 때문이다.

죄책감을 포기하는 것과 더불어 실상으로서 '죄'를 포기하는 것 또한 매우 도움이 된다. 오류는 교정 가능하다. 죄(즉 무지)는 실수이고 용서 가능하다. 사람들이 죄라고 부르는 것 대부분은 집착, 즉 내면의 아이에서 비롯된 감정성이다. 거짓말하고 훔치고 속이며 남을 욕하고 때리는 것은 실제로 그 아이다. 그래서 죄는 정말로 미성숙함이고 실상Reality의 참된 본성과 의식의 본성에 대한 무지이다. 영적 가치가 세속적 가치를 대체하면서 유혹은 줄어들고 오류가 일어날 가능성이 적어진다.

10. **저항을 놓아 버리고** 101퍼센트를 쏟는 기쁨을 찾자. 자발성은 세상의 성공뿐 아니라 모든 영적 진보의 근본 원리다. 불쾌감은 저항 때문이고 저항이 놓아 버려지면 불쾌감은 힘과 자신감, 기쁨의 감정으로 대체된다.

    어떠한 노력에서도, 장애물이 되는 저항 지점이 존재한다. 이 저항 지점이 극복되면 노력은 힘이 들지 않는다. 육체노동자들이 그러하듯 운동선수는 자주 이러한 발견을 겪는다. 갑자기 거대한 에너지가 방출되고 전부가 그 스스로 일어나는, 거의 깨달은 상태가 출현한다. 평화, 평온, 고요가 존재한다. 녹초가 된 발레리나나 노동자는 자신들의 생각보다 신의 발견에 더 가까이 있다. 내맡기고 나면 신의 현존을 알아차리게 된다. 에고는 종종 절망의 나락에 있을 때 놓아 버리며, 따라서 모든 위기는 영적 발견을 할 기회로 변화될 수 있다.

11. **'진실'은 맥락에 의존한다는 것을 깨달으라.** 모든 진실은 특정 의식 수준 안에서만 그러하다. 예를 들어 용서는 칭찬할 만하지만, 이후 단계에서는 용서할 것이 실제로 없음을 알게 된다. 용서받을 '다른 이'가 없다. 자신의 에고를 포함해 모든 사

람의 에고는 똑같이 비실재이다. 지각은 실재가 아니다.

12. **비집착을 연습하라.** 비집착nonattachment은 세속적 일에 대한 감
정적 얽힘에서 물러나는 태도이다. 비집착은 평온과 마음의
평화로 이끈다. 비집착은 다른 이들의 곤경과 문제에 대한 감
정적 유혹을 거부하는 것으로 뒷받침된다. 비집착은 또한 세
상이 그 자신의 문제와 운명을 잘 풀어 나가게 허용하려는 자
발성을 포함한다. 세상에 반응적으로 관여하고 개입하는 일
은 다른 소명을 지닌 이들에게 맡기는 것이 더 나을 수 있다.
'착한 사람'과 깨달음은 다르다. 당신은 노력에 책임이 있지
결과에는 책임이 없다. 결과는 신과 우주에 달려 있다.
비집착은 무관심indifference이나 무심함detachment과 같지 않다.
비집착에 무심함의 개발이 필요하다는 오해는 결국 감정적
무미건조함과 무감정을 낳곤 한다. 대조적으로 비집착은 결
과를 통제하려는 시도 없이 삶에 전적으로 참여할 수 있게 해
준다.

13. **모든 것이 어떤 목적에 봉사하고 있음을 받아들이라.** 받아들임
은 투쟁과 갈등, 심란함의 위대한 치유자이다. 받아들임은 또
한 크게 어긋난 지각의 균형을 바로잡아 주고 부정적 감정이
지배하지 못하게 한다. 겸손은 우리가 사건이나 일을 전부 다
이해하지는 못하리란 것을 의미한다. 받아들임은 수동성이
아니라 비위치성이다. 영적 에고의 발달은 영적 진보가 개인

적인 노력이 아니라 신의 은총의 결과임을 각성함으로써 피할 수 있다.

14. **거짓 구루를 피하라.** 이것은 아무리 강조해도 지나치지 않다. 순진한 영적 입문자는 영적 인물의 과시적 요소와 명성에 흔들리기 쉽고, 많은 추종자를 거느린 이들의 카리스마에 흔들리기 쉽다. 진보된 의식 상태의 영적 앎awareness 없이는, 영적 구도자는 지침이 되는 수단을 갖고 있지 않고 인기에 판단이 흐려진다.

지금 시점의 인류 역사에서는, 스승이나 기관, 가르침의 의식 수준을 실제로 측정하는 운동역학 테스트 외에는 다른 어떤 지침도 의지할 수 없다. 순진한 이는 외부에 드러난 경건함과 초자연적 힘을 주장하는 것, 불가사의한 묘기, 비현실적인 호칭, 특별한 '영적' 의복에 인상을 받는다. 진지한 영적 제자는 8장에 '온전한 스승과 가르침의 특성'의 측정된 목록에 따라 각 스승이나 가르침을 검증하도록 권장받는다.

문답

문: 스승의 의식의 물리적 현존 속에 머무는 데에는 어떤 가치가 있나요?

답: 당신의 오라 속에 이 세상에서 배운 많은 것이 있고, 그 대부분은 비언어적이며 공유할 수 없습니다. 당신에게는 앉아서 삶에

대해서 알게 된 모든 것을 한 명 한 명 모든 이에게 선형적 방식으로 묘사할 시간이 충분하지 않습니다. 당신 전체 삶의 총체 그리고 모든 집합적 지혜와 경험은 에너지 장으로 존재합니다. 그들과 그저 함께 존재하는 것으로 당신이 된 바를 다른 이들과 공유하면, 그 사람들은 전체 앎knowingness의 에너지 장을 포착합니다.

그것이 영적 스승이 깨달음의 상태를 에너지 장을 통해 전달하는 방식입니다. 진보하고 각성한 스승의 오라 내부에는 모든 시간에 걸친 집단의 지혜가 들어 있습니다. 세상의 시간 속 선형적 강연에서 이 모든 것을 명확히 설명할 수 있을 만큼의 시간은 없습니다. 당신은 그것에서 일부 원리를 뽑아낼 수는 있지만, 그 원리들은 오직 기본일 뿐입니다. 바로 지금 당신에게 말하고 있는 것이 무엇이든 간에 그것은 붓다까지 거슬러 올라가는, 스승들의 영향력이 축적된 것입니다. 그러므로 붓다의 에너지 장이 여기에 있고 현재 이용 가능합니다.(이 사실은 진실로 측정됩니다.) 당신에게 바로 지금 말하는 그것은 이제까지 살았던 모든 위대한 스승으로부터 힘을 부여받습니다. 이제까지 살았던 모든 위대한 스승은 인류의 집단의식 안에 그 장의 힘을 남겨 두었습니다. 인류가 진보하는 이유가 바로 그것입니다. 그러지 않고 모든 세대가 출발선에서부터 시작해야 했다면, 인류는 현재 있는 곳에 존재하지 못했을 것입니다.

문: 스승에게 치러야 할 것은 무엇입니까?

답: 전혀 없습니다. 듣는 이의 관심만으로 차고 넘칩니다. 당신 자신이 받아들여야 할 유일할 의무는 배운 지혜를 실행에 옮기는

것과 에고를 초월하기 위해 그 지혜를 연습하는 것입니다. 스승을 존중하되 경외는 신에게만 향하도록 아껴 두세요.

문: 당신이 제시한 가르침과 여정을 어떻게 특징짓거나 이름 지어야 할까요?

답: 그것은 신비주의자의 길이고 '헌신적 비이원성'을 나타냅니다.

문: 이러한 가르침들을 표현하기 위해 우리가 그 용어를 사용해도 되나요?

답: 네, 그것이 맞을 것입니다. 그것은 근본적 진실의 길입니다.

문: 의식에서 큰 도약이 가능합니까?

답: 의식에서 큰 도약은 신에게 당신 자신을 내맡김으로써 일어납니다. 이러한 큰 도약은 우리 사회에서 '바닥을 친' 이들에서 보입니다. 제멋대로임/자부심은 내맡겨지고 변형이 일어납니다. 모순적이지만, 지옥의 구덩이에서 천국은 가까이에 있습니다. 우리는 이것을 재소자가 평화로워지고 사랑스러워지며 거의 성자에 가깝게 변형되는, 이른바 전향conversions이라는 현상에서 봅니다. 죄수는 큰 각성을 자주 겪고 이전 자신과 정반대되는 사람으로 변형됩니다. 이러한 갑작스러운 드러남revelations은 임사체험과 함께 일어나기도 합니다. 그러므로 여러 의식 수준이 갑자기 초월될 수 있습니다. 이러한 것들에는 오랜 기간의 내적인 고뇌가 자주 선행됩니다. 의식 수준 측정치가 크게 상승한 것으로 참된 전향이 확증됩니다.

영적 지향을 가진 사람이 여기 제공된 정보에 노출되면 눈에 띄는 의식 상승을 보입니다. 매번 이 자료에 대한 강연을 마친 뒤에 청중의 의식 수준을 측정하면 전체 집단이 일반적으로 평균 10에서 40점이 상승합니다. 이러한 상승은 개인별로 적게는 4점에서 많게는 몇백 점까지 다양할 수 있습니다. 집단 안에서도 '카르마적 무르익음' 때문에 큰 차이가 있습니다. 대부분 사람이 인생에 걸쳐 5점 정도만 진보한다는 점을 미루어 볼 때, 이러한 수치들은 의미심장합니다.

문: '진보한' 구도자란 무엇입니까?

답: 더 진보한 구도자는 '저기 바깥'이나 '여기 안'이란 것은 없다는 점을 들었습니다. 그렇기 때문에 더 진보한 구도자는 일어나는 전부에 책임을 집니다. 발생하는 듯이 보이는 전부가 실제로는 이전에 '내면'이라 여겼던 곳에서 품고 있는 것을 나타낸다는 앎awareness이 이해되기 시작합니다. 결국 투사하려는 성향은 해소됩니다. '죄 없는 희생자' 위치성은 자체의 모든 가짜 '결백'과 함께 정체가 드러납니다.

그런 점에서 역경은 이전에 부정되고 무의식에 억압했던 것의 결과로 보입니다. 내면을 바라봄으로써 역경의 근원을 발견하는데, 그렇게 하여 역경이 해결될 수 있습니다. 신념은 당신이 경험하는 것을 결정하는 요인입니다. 바깥에 '원인'은 없습니다. 당신은 무의식의 비밀스러운 투사로부터 얻어지는 비밀스러운 보상을 발견합니다. 단순히 자신의 장황한 불만과 고민을 적어 내려간 다음 그것들을 반대로 돌려놓기만 하면 당신의 기저 프로그램을 발견할 수 있습니다.

'사람들이 나를 싫어해.'는 자신 내면의 증오에서 비롯됩니다. '사람들이 나에게 관심이 없어.'는 다른 이들의 행복과 사적 이득보다는 자기의 행복과 사적 이득에 빠져 있는 자기애적인 몰두에서 비롯됩니다. '나는 충분히 사랑받지 않고 있어.'는 다른 이들에게 사랑을 주지 않는 것에서 비롯됩니다. '사람들이 나에게 무례해.'는 다른 이들에 대한 성심성의가 부족한 것에서 비롯됩니다. '사람들이 나를 질투해.'는 다른 이들에 대한 내면의 질투에서 일어납니다. 결국 당신이 자기 세상의 저자임을 책임진다면 당신은 그것을 바로잡을 수 있는 근원에 가까워집니다.

다른 이들을 향한 사랑임의 상태가 됨으로써 당신이 사랑과 사랑임에 둘러싸여 있다는 것을 발견합니다. 당신이 이득을 기대하지 않고 생명을 전적으로 지지할 때 생명은 그 답례로 당신을 지지합니다. 당신이 이득을 동기로 삼길 포기할 때 생명은 예상치 못한 관대함으로 응답합니다. 이런 방식으로 지각할 때 기적적인 것이 당신 삶에서 나타나기 시작합니다. 예상치 못한 발견과 우연의 일치, 행운의 모습으로 조화로움이 나타나고, 최종적으로 이러한 것들이 의식의 자리에서 당신에게 되돌아오는 물결이라는 각성이 일어납니다.

문: 실제 자신 수준보다 초월해서 살고 있다고 추정한다면요?
답: 에고/마음이 무엇에 대해 들었기 때문에 무엇을 '안다'고 추

정하는 것에 더하여(골프에 대한 책을 읽는 것은 전문 골퍼로 만들어 주지 않습니다.) 진실이나 추상의 수준을 섞는 오류가 있습니다. 때때로 영적 제자는 높은 상태가 어떠할 것이라는 그림을 마음속에 가지는데, 그 후에 에고는 그것을 만들거나 수행하려고 시도합니다. 이는 실제로 그것이 '된다'는 것과는 매우 다릅니다.

의식의 특정 수준에서 분명한 현실이 꼭 다른 수준에서의 현실과 같을 필요가 없습니다. 예를 들어 사람은 잘 알려진 라마나 마하리쉬의 말을 인용할 수 있습니다. "세상을 구하려고 하는 것은 의미가 없다. 개인이 보는 세상은 존재조차 하지 않기 때문이다." 그것은 720의 의식 수준에서는 진실이고 경험적 현실입니다. 하지만 720 미만의 의식 수준에서는 경험적 현실이 아닙니다. 단순히 '있는 그대로의 당신이 되는' 것, 그리고 당신의 발달 수준에서 경험적으로 유효하고 진실한 현실에 충실하는 것이 최선입니다.

각 수준은 상응하는 한계뿐 아니라 상응하는 능력도 가지고 있고, 그것들은 꽤나 다릅니다. 예를 들어 라마나 마하리쉬는 아마 눈을 감은 채로 분주한 고속도로를 안전하게 건널 수 있을 것입니다. 하지만 일반 사람에게는 생각지도 못할 경험입니다. 일반 사람은 치이지 않고는 같은 행동을 따라 할 수 없을 것입니다!

문: 영적 작업이 세상을 도와주나요?

답: 영적으로 진화하려고 노력하는 것이 당신이 줄 수 있는 최대의 선물입니다. 그것은 힘power 자체의 본질 때문에 내면에서부터 실제로 전 인류를 고양시킵니다. 힘power은 방사하고 공유되는 반면

에 위력force은 제한적이고 자기 패배적이고 덧없습니다. 모든 사회는 친절하고 사랑하는 생각이나 말, 행위 하나하나에 잠재의식적으로 미묘하게 영향 받습니다. 모든 용서 하나하나는 모든 이에게 이롭습니다. 우주는 모든 행위를 메모하고 기록하고 똑같은 방식으로 그 행위를 돌려줍니다. 모든 친절함은 영원합니다.

문: '존재임'이 '행위'보다 더 효과적이라는 말이 맞나요?

답: 도덕적인 설교와 '정의' 추구는 반대급부로 반대 쌍을 불러일으킵니다. 반면에 사랑임은 반대 쌍이 없는 힘power을 방사합니다. 겸손과 함께 다른 이들이나 삶의 상황, 사건들을 겉으로 보이는 '개인의 선을 위하여' 통제하려거나 바꾸려는 것을 그만두고자 하는 자발성이 생깁니다. 헌신하는 영적 구도자가 되려면, 당신은 '옳고 싶은' 혹은 상상 속에서 사회에 가치 있고 싶은 욕망을 불가피하게 포기해야만 합니다. 사실상, 어떤 누구의 에고나 신념 체계도 사회에 전혀 가치가 없습니다. 세상은 좋지도 나쁘지도 않고, 결함 있지 않으며 도움이 필요 없고 수정될 필요도 없습니다. 세상의 외관은 단지 개인 자신의 마음의 투사일 뿐이기 때문입니다. 그러한 세상은 존재하지 않습니다.

절대적 실상과 진실의 각성은 사람이 세상과 전 인류에 줄 수 있는 가장 큰 선물입니다. 영적 작업은 자체 본질상 결국에는 이타적인 봉사와 신의 의지Will에 내맡김입니다. 당신의 앎awareness이 증가할수록 그 의식 장의 힘은 로그 단위 전개로 급격히 증가하고, 그 자체로 세상의 괴로움을 경감시키려는 모든 노력이나 시도보다 더 많은 것을 해냅니다. 이러한 모든 노력은 헛수고인데, 왜냐하면 노력은 에고 자체의 지각 기능의 곡해와 허상으로 인해서 어쩔 수 없이 잘못 안내되기 때문입니다.

모든 개인의 영적 힘과 내면의 온전성은 해수면의 상승을 돕고 결국에는 바다 위에 있는 모든 배가 상승하는 것을 돕습니다. 모든 것은 연결되어 있기에 당신이 된 바가 자동적으로 모든 생명을 고양시킵니다.

당신이 스스로를 신이 세상에 주는 감사한 선물로 마음속에 그린다면 당신은 신이 세상에 주는 선물이 됩니다. 당신이 자신을 비참한 벌레 같은 인간으로 마음속에 그린다면 당신은 비참한 벌레 같은 인간이 됩니다. 당신이 될 것이라고 말한 대로 되기 때문입니다. 모든 사람은 세상을 위해서 자기 자신인 바의 무한한 차원을 인정할 필요가 있습니다. 내맡김 속에서 우리는 신에게 손을 내밀고 우리 내면의 신성을 인정합니다. 우리 내면에 있는 그것이 전 인류 구원의 근원Source이고, 그것에 대해 우리는 기도합니다. "오 주님, 그대에게 감사합니다. 아멘."

문: 어떤 기도가 유용합니까?

답: 주님의 종이기를, 신성한 사랑의 수단이기를, 신의 의지의 통로이기를 요청하세요. 나아갈 방향과 신성의 도움을 구하세요. 그리고 모든 사적인 의지를 헌신을 통해 내맡기세요. 신에 대한 봉사로 당신 삶을 봉헌하세요. 여러 다른 선택지 대신에 사랑과 평화를 선택하세요. 온갖 생명의 표현으로 나타난 생명에 대한 무조건적

사랑과 연민이라는 목표에 헌신하세요. 그리고 신에게 모든 판단을
내맡기세요.

여정의 핵심

모든 위대한 영적 가르침과 스승의 핵심은 단순히 몇 가지 진술로 요약될 수 있다.(작용상 그것들은 운동역학을 했을 때 사람을 약하게 만드는 것을 피하고, 강하게 만드는 것을 추구하라는 경고로 총괄할 수 있다!)

- 자기 자신을 포함하여 예외 없이, 생명의 온갖 표현에 깃든 생명에 너그럽고 온건하고 용서하며, 연민 어리고 무조건적 사랑하기를 선택하라.
- 모든 창조물을 향한 이타적인 봉사, 그리고 사랑, 배려, 존중을 주는 데 집중하라.
- 부정성을 피하고, 세속성에 대한 욕망을 피하라. 쾌락과 소유물에

대한 세속적인 탐욕을 피하라.

- 의견화를 삼가고, 시비분별을 삼가며, '올바르다'라는 허영을 삼가고, 올바름의 함정을 삼가라.
- 비난하려 하기보다는 이해하려고 하라.
- 이러한 기본 원리들의 '스승들'을 존경하고 그 외에 다른 모든 것은 무시하라.
- 이러한 원리를 다른 이들에 대한 관점뿐 아니라 자신에 대한 관점에도 적용하라.
- 사랑, 자비, 무한한 지혜, 신성의 연민을 신뢰하라. 신성의 연민은 모든 인간 오류, 한계, 취약성을 꿰뚫어 본다.
- 신인동형론적 오류로 인한 신에 대한 부정적인 묘사—즉 질투하고, 화나 있고, 파괴적이고, 편파적이고, 편애하고, 복수심에 차 있고, 불안정하고, 취약하고, 계약적인 등등—를 피하라. 비난과 심판에 대한 두려움은 에고로부터 생긴다는 점을 이해하라. 믿음과 신뢰를 신의 사랑 속에 두어라. 그것은 전부를 용서한다.
- 신의 사랑은 태양처럼 전부를 동등하게 비춘다는 점을 깨달으라.

영적 여정에서 큰 가치를 지니는 단순한 도구들

당신은 주된 도구를 선택할 수 있고, 그 외에 몇 가지 다른 것을 추가할 수 있지만, 많은 도구가 필요하지는 않다. 단순한 도구를 꾸준하게 적용하면 영적 진실의 드러남revelation을 초래하고, 이 영적 진실은 스스로를 확실한 명료성을 가지고 나타내기 때문에 지적으로 습득할 필요가 없다. 추가로, 영적 진실은 적절하고 실용적일 때만 스스로를 나타내고, 마음의 습득물이 아니기 때문에 영적 허영으로 귀착되지 않는다. 몇몇 유효성이 증명된 기본 도구들은 수 세기에 걸쳐 굉장한 결과를 낳았는데, 이는 다음과 같다.

1. 스스로를 포함해서 모든 것과 모든 사람에게 언제나 예외 없이 친절하라.

2. 생명의 온갖 표현에 깃든, 모든 생명을 공경하라. 그것이 무엇이든지 간에, 심지어 그것을 이해하지 못하더라도 그렇게 하라.

3. 어떤 것도 실재하고 믿을 만한 지식이라고 결코 추정하지 마라. 신에게 그 의미를 드러내 달라고 요청하라.

4. 존재하는 전부의 숨겨진 아름다움을 보려는 의도를 두라. 그러면 그것은 스스로 드러난다.

5. 그것이 무엇이든지 간에, 목격되고 경험되는 모든 것을 용서하라. 그리스도, 붓다, 크리슈나가 모든 오류는 무지 때문이라고 말했다는 것을 기억하라. 소크라테스는 모든 사람은 자신이 선하다고 믿는 것을 선택할 뿐이라고 했다.

6. 모든 생명에게 겸손함을 가지고 다가가라. 그리고 모든 위치성과 정신적인/감정적인 논쟁이나 이득을 기꺼이 내맡기라.

7. 이득이나 욕구, 이익에 대한 온갖 지각을 기꺼이 단념하라. 그에 따라 생명의 온갖 표현 속에 깃든 생명에게 이타적 봉사를 하라.

8. 사람의 생명을 의도, 정렬, 겸손, 내맡김을 통해 살아 있는 기도가 되게 하라. 진정한 영적 실상은 실제로 세상 속에서 존재하는

방식이다.

9. 검증을 통해서, 정렬하거나 제자가 되려고 의도하는 모든 스승, 가르침, 영적 그룹, 문헌의 의식 수준과 영적 진실을 확증하라.

10. 영적 선언과 전념, 내맡김을 통해서 앎Knowingness이 일어나며 그것이 도움과 정보를 제공하고, 전체 여정을 위해 필요한 모든 것을 제공한다는 점을 받아들이라.

의지의 영역에 있는 가장 강력한 도구는 헌신이다. 결국 영적 진실만이 아니라 이에 대해 당신이 헌신한 정도가 영적 진실이 변형성을 가지도록 힘을 부여한다. 단순성과 헌신의 효능을 보여 주는 위대한 고전은 로렌스 형제의 『하느님의 임재 연습』(1692)이다. 이것은 575로 측정되고 끊임없음의 중요성을 강조한다.

영적 가치를 세우는 것은 의도motive이다. 당신 행위를 생명을 향한 사랑의 봉사로 봉헌하는 것은, 그 행위를 신성화하는 것이고 이기적인 의도motives에서 비이기적인 선물gift로 변형시키는 것이다. 가장 작은 작업조차도 공동의 선에 봉사한다고 바라볼 수 있고, 그렇게 바라보게 되면 모든 노력은 고귀해진다.

모든 사람에게는 다른 이들에게 친절을 베풀어 조화로움과 아름다움에 기여할 기회가 있다. 우리는 생명의 동등한 일부이기 때문에 생명에게 아낌없이 준 것은 우리에게 되돌아온다. 물 위의 잔물결처럼 모든 선물은 그것을 준 사람에게 돌아온다. 다른 사람에게 긍정한 것은 사실 우리 스스로에게 긍정한 것이다.

당신이 영적으로 진보하면서, 그것은 모든 이에게 유익함을 가져다준다. 집단의식 때문에, 향상된 한 명 한 명의 모든 사람은 인류의 의식 수준을 올리는 데 도움을 준다. 인류의 의식 수준이 상승하면서 전쟁, 고통, 무지, 잔인한 공격, 질병의 발생이 감소한다. 당신 자신이 진보할 때 당신은 모든 사람과 만물을 돕는다. 앞으로 향하는 모든 발걸음이 모든 사람을 이롭게 한다는 점을 이해하라. 홀로그램 우주에서 모든 개인의 성취는 전체의 진보와 평안well-being에 기여한다.

독자 가이드: 스터디 그룹 질문

머리말

1. 수잔은 부정적인 상태로 인해 고통받는 이들(우리 자신을 포함해서)에게 우리가 연민을 가질 수 있게 의식 지도가 도와준다고 합니다. 당신의 삶에서 그 예는 무엇인가요?

2. 수잔은 또한 의식 지도가 절망에 빠진 사람에게 희망을 준다고 합니다. 어떻게 그 말이 당신에게는 진실이 되나요?

3. 그 외에도 '머리말'에서 당신 마음을 움직인 것은 무엇인가요?

들어가며

1. 호킨스 박사의 삶에 대해 배우면서 흥미를 끌거나 감동을 준 것은 무엇인가요? 프랜은 의식 지도를 마주치게 된 것이 자신 삶의 전환점이었다고 말합니다. 그것이 당신에게 와닿나요?

2. 프랜은 의식 지도가 선형적인 시각 자료를 제공해 주지만, 여정 그 자체는 선형적 진보가 아니라고 합니다. 당신 자신의 삶 속에서 그것을 어떻게 알아차렸나요?

3. 그 외에도 '들어가며'에서 당신 마음을 움직인 것은 무엇인가요?

1장

1. 1부를 시작하는 짤막한 장면에서 나타나듯 의식 지도에서 사랑은 두려움보다 훨씬 더 강력합니다. 당신은 이것을 경험한 적이 있나요?

2. 호킨스 박사는 의식 지도가 원인과 결과에 관한 세상의 이해를 바꿔 놓는다고 말합니다. 그는 획기적인 그림을 통해 현상이 어떻게 실제로 일어나는지 보여 줬습니다. 즉 '끌개 패턴'(ABC)이 관찰 가능한 모든 사건(A⇨B⇨C)의 실제 근원입니다. 이것을 당신 삶에 어떻게 적용할까요?

3. 의식 지도에서 신에 대한 관점, 삶에 대한 관점이 있는 세로단을

봤을 때 눈에 띈 것은 무엇인가요? 당신의 관점이 발전한 것에 대해서 무엇을 공유할 수 있나요? 벗어나고 싶은 남아 있는 부정적 관점은 무엇인가요?

4. 호킨스 박사는 "의식 지도는 에고의 투사인 '~보다 낫다'를 의미하지 않는다."고 합니다. 이 말에서 당신은 무엇을 떠올리나요?

5. 그 외에도 이 장에서 당신의 마음을 움직인 것은 무엇인가요?

2장

1. 의식 수준을 접한 것이 당신에게 어떤 영향을 끼치나요?

2. 용기는 임계 요소이고, 이 지점에서 우리는 자신에 대한 진실을 말합니다. 즉 '여기에서 비난하기를 그만두려는 자발성과 자기 자신의 행동과 느낌, 신념에 대한 책임을 받아들이려는 자발성이 발생합니다.' 이와 관련한 경험이 당신에게 있나요?

3. 당신을 걸려 넘어지게 하는 부정적 수준(200 미만)은 무엇인가요?(우리가 긍정적 수준으로 측정될지도 모르지만, 여전히 낮은 에너지들을 놓아 버리는 작업 중이라는 것을 기억하세요.)

4. 호킨스 박사는 사랑의 수준(500) 이상으로 측정되는 것은 극히 드물다고 했지만, 그는 또한 많은 사람이 그러한 상태들을 '일별'

한다고 말합니다. 당신의 삶에서 사랑이나 기쁨, 평화를 '일별'했던 순간은 무엇이었나요?

5. 그 외에도 이 장에서 당신 마음을 움직인 것은 무엇인가요?

3장

1. 당신의 삶에서 '소유-행위-존재'의 사례는 무엇인가요?

2. "에고는 적이 아닙니다." 이것을 호킨스 박사는 어떻게 설명하나요? 이 진실을 당신의 삶에 무조건 적용한다면 어떤 모습일까요?

3. "의식 진화에 서두를 필요가 없다. 최선으로 기여하는 길은 내적으로 더 사랑하고 더 친절하고 스스로를 더 책임지는 사람이 되려는, 조용하고 성실한 작업이다." 일반적인 관점과 다르게 호킨스 박사는 외부를 향한 적극적 행동주의보다 우리 내부를 향한 작업을 통해 사회에 더 기여한다고 말합니다. "당신이 세상 속에서 보길 원하는 그 변화가 되세요."라고 간디가 말했던 것처럼. 바로 지금 당신의 내면에 있는 작업은 무엇인가요? 당신이 세상에 공헌하고 싶은 내적인 변화는 무엇인가요?

4. 호킨스 박사는 생명은 신성의 의지Divine Will에 의거하여 완벽하게 나타나고, 그것은 본질적으로 연민 어리고 공정하다고 합니다. 그러면 우리는 "그럼 선한 사람에게 왜 나쁜 일이 일어나나

요?"라는 의문이 들 수 있습니다. 그는 말합니다. "'좋은' 또는 '나쁜'이라는 것은 당신의 지각입니다. 역경은 실제로 선물로 볼 수 있습니다."(최근 연구에서 역경을 겪었던 이들은 실제로 높은 삶의 만족, 웰빙, 회복력의 비율을 나타냈습니다.) 당신이 역경의 "선물"을 경험한 것은 무엇이었나요?

5. 그 외에도 이 장에서 당신 마음을 움직인 것은 무엇인가요?

4장

1. 호킨스 박사는 말합니다. "좋은 소식은 단지 하나의 강력한 진실에 당신 자신을 정렬시킴으로써 삶에서 큰 차이를 만들 수 있다는 점이다. 건강에 있어, '나는 몸이다.'에서 '나는 몸을 가진다.'로 전환하는 것이 이러한 강력한 진실이다." 당신 삶의 영역에서 이러한 전환을 만들고 싶은 부분이 있나요? 예를 들어 외모, 성 sexuality, 노화, 자아상, 운동, 음식이나 그 외 영역에서요.

2. "무의식적 신념을 포함해, 마음에 품은 것은 나타나는 경향이 있다." 호킨스 박사는 이것이 "핵심 진실"이자 "의식의 법칙"이고 우리가 외부 세상에 두려움을 투사하는 것을 풀리게 한다고 합니다. "저기 바깥"에 어떤 것이 우리를 해할 것이라는 신념을 놓아 버릴 때, 우리 신체의 반응들은 원활해집니다. 당신의 삶이나 당신 가족의 삶을 움직여 왔던 "무의식적 신념"의 예는 무엇이 있나요? 당신에게 무의식적 신념을 드러내 달라고 요청하고 있

을지 모르는, 현재 신체에서 진행되고 있는 것이 있나요?

3. "자가 치유의 단계"를 시도해 보세요. 어땠나요?

4. 무의식적 신념에서 우리 스스로 자유로워지기 위해서, 호킨스 박사는 마음이 위험으로 보게끔 프로그램한 어떤 질병이나 물질 이든, "나는 무한한 존재이며, 나는 (   )에 지배받지 않는다." 는 문구 빈칸에 채워 넣어 사용하길 권합니다. 당신이 빈칸에 넣고 싶은 것들은 무엇인가요?

5. 그 외에도 이 장에서 당신 마음을 움직인 것은 무엇인가요?

5장

1. 2부 시작 부분에 있는, "나는 못 해."에서 음악 재능을 다른 이들과 나누는 용기와 자발성으로 이동한 음악가의 이야기를 다시 읽어 보세요. 그리고 갑자기 인형 집을 만드는 일을 하기 시작하여 그것을 팔았던 남자의 이야기를 다시 읽어 보세요. 이 장을 읽고 나서 다시 이러한 이야기를 헤아려 볼 때, 당신에게 어떤 것이 떠오르나요? 정말 좋아하는 행위doing지만 완전하게 표현하지 않았던 것이 있나요? 당신 삶의 그 영역을 성공으로 이끌 수 있는 '단계'는 무엇일까요?

2. 당신은 어떤 단계로 성공했나요? 당신의 경험을 묘사해 보세요.

다른 이에게 그것이 힘과 희망을 주기 때문입니다.

3. 당신은 어떤 단계에서 실수했나요? 남들이 당신의 실수를 통해 배울 수 있도록 경험을 묘사해 주세요.

4. 두 가지 "성공 연습"을 하면서 당신은 어떤 경험을 했나요?

5. 그 외에도 이 장에서 당신 마음을 움직인 것은 무엇인가요?

6장

1. 회복의 과정은 다음과 같습니다. 우리가 부정적인 에너지(의식 지도에서 200 미만)를 놓아 버릴 때, 우리가 타고난 행복, 창의성, 기쁨, 사랑이 빛을 발합니다. 이 과정에 대한 당신의 경험은 어떻습니까?

2. 어떤 물질, 내면의 (정신적) 습관이나 외적 습관에 현재 중독되어 있나요? 당신이 스스로를 자유롭게 하기 위해 밟을 수 있는 단계는 무엇인가요?

3. '익명의 알코올 중독자들'에서 5단계 ― 다른 사람과 "우리 잘못에 대한 정확한 본질"을 공유하는 것 ― 는 전환점입니다. 호킨스 박사는 "그 사건을 공유하는 것은 그 사건에서 부정적 극성을 제거해서 에너지 장을 변화시킨다."고 말합니다. "비밀"은 더 이상

"좀먹고 파괴할" 능력을 가지지 못합니다. 이것에 관한 당신의 경험은 무엇인가요? 지금 현재 무엇이든 당신이 억누르고 있는 것이 있나요? 그것을 다른 사람(후원자, 친구, 상담자, 목회자)과 기꺼이 공유할 건가요? 이미 그렇게 했다면, 어땠나요?

4. 호킨스 박사는 "수렁에서 빠져나오는 길은 다른 이들에게 관심을 갖는 것이다. 우리는 사랑으로 하는 모든 행위와 사랑하려는 모든 의도, 우리 자신과 타인을 용서하려는 자발성을 통해 상승한다."고 말합니다. 어떻게 이것이 당신에게 진실이었나요? 당신이 '수렁 속에' 있을 때, 다른 이를 향해 친절하라는 그의 방법을 시도한다면 무슨 일이 일어날까요?

5. 그 외에도 이 장에서 당신 마음을 움직인 것은 무엇인가요?

7장

1. 3부에 소개된 이야기 ─ "나는 춤을 못 춰."를 놓아 버리고 의식 지도 맨 위로 상승한 남자의 이야기 ─를 읽으면서 당신에게 무엇이 떠올랐나요? 당신은 삶의 어느 부분에 '갇혀' 있고 저항하고 있나요? 그곳에 머무르는 데에 어떤 '보상'이 있나요?(호킨스 박사가 해방의 여정을 이렇게 요약한다는 것을 기억하세요. "어떤 장벽에 관해 당신이 유일하게 알아야 할 것은 그 에고 보상이 무엇인가이다. 경험자가 그 위치성에서, 그 부정성에서, 그 '갇힌' 자리에서 얻고 있는 단물은 무엇일까?")

2. "나는 할 수 없어." 단 하나를 놓아 버린 결과로 이 남자의 삶 전체가 바뀌었다는 점을 주목하세요. 단 하나의 내맡김으로 인한 '탄력'이 '일련의 끝없는 장애물과 한계를 제거합니다.' 어떤 하나의 장벽을 놓아 버려서 더 많은 것에서 자유로워지는, 그런 비슷한 경험을 당신은 한 적이 있나요?

3. 호킨스 박사에 따르면, 개인적 의지와 영적 의지 사이의 차이는 무엇인가요? 당신 자신의 삶에서 그 차이를 보여 줄 예시가 있나요?

4. "매력과 혐오" 목록을 읽어 가면서, 지금 바로 당신에게 적용할 영역으로 어떤 것이 눈에 띄나요?

5. 그 외에도 이 장에서 당신 마음을 움직인 것은 무엇인가요?

8장

1. "온전한 스승과 가르침의 특성"에 있는 것들을 당신 자신의 여정에 적용하세요. 당신이 속해 있는(속했었던) 그룹이나 따르는 (따랐던) 가르침에 어떠한 '위험 신호들'이 있나요?

2. 호킨스 박사는 "초기의 주된 문제는 참된 영적 실상과 아스트랄, 초상적, 초자연적 영역 사이의 차이에 대한 앎awareness이 부족하다는 것이다. (중략) 역설적이게도 '이 차원'을 아직 마스터하지도 못했고 다른 공상적인 차원들은 더더군다나 마스터하지 못한

순진한 구도자가 거기에 흥미를 갖는다."라고 합니다. "공상적" 현실과 진정한 영적 실상을 구별하려는 경험이 있었나요? 각각 에서 찾아야 할 표식은 무엇인가요?

3. 깨달음, 참나 각성, 무한한 사랑의 상태에 대한 호킨스 박사의 설 명을 읽었을 때 어떤 것이 떠오르나요? 그의 나눔에서 당신은 어 떤 격려를 받았나요?

4. 호킨스 박사는 "깨달음에 장애물이 되는 것은 마음이 아닙니다. 마음의 작용을 '나me'라고 여기는 동일시가 장애물입니다."라 고 합니다. 당신 자신에게 이것을 적용하세요. 즉 마음의 작용을 '나'라고 동일시하는 것을 당신은 어떤 식으로 알아차리나요?

5. 그 외에도 이 장에서 당신 마음을 움직인 것은 무엇인가요?

9장

1. 호킨스 박사는 "결국 영적 작업은 기본적으로 알려지지 않은 것 을 위해 안다고 추정되는 것을 놓아 버리는 일이다."라고 말합니 다. 지금 당신에게 이것이 어떻게 적용되나요?

2. "영적 구도자에게 가장 귀중한 자질과 태도"를 천천히 읽어 나가 세요. 아마도 각각을 개별적으로 하루 내내 관상으로 삼을 수 있 을 것입니다. 당신이 내면화하기 어려운 어떤 특정한 자질이 있

나요?

3. "자발성은 세상의 성공뿐 아니라 모든 영적 진보의 근본 원리다."라고 호킨스 박사는 말합니다. 12단계 그룹에서 저항감을 크게 느낄 때 우리는 다음과 같이 격려받습니다. "음, 그러면 최소한 당신은 기꺼이 하려는 자발성을 청하는 기도를 할 수 있겠어요!" 당신의 삶에서 자발성을 기다리고 있는 것은 무엇인가요?

4. "영적 구도자에게 가장 귀중한 자질과 태도" 부분에서 길러야겠다는 생각이 강하게 든 자질이나 태도는 무엇인가요?

5. 그 외에도 이 장에서 당신 마음을 움직인 것은 무엇인가요?

결론

1. 위대한 영적 가르침과 스승들에 대한 핵심 진술 중에서 어떤 것이 지금 당신의 마음을 진정으로 움직이나요?

2. "큰 가치를 지니는 단순한 도구들" 중에 현재 어떤 것에 끌리나요? 계속해서 예외 없이 실천하려고 노력해 보고, 당신의 경험을 나눠 보세요.

3. 그 외에도 결론에서 당신 마음을 움직인 것은 무엇인가요?

부록 A: 의식 측정

역사와 방법론

이 작업의 기초는 20년의 기간에 걸쳐 행한 연구로, 온갖 성격 유형의 사회 각계각층에 속한 전 연령층 수천 명 피험자에게 했던 수백만 번의 측정을 포함한다. 연구는 방법상 임상적으로 설계되었고 따라서 광범위하고 실용적인 함의를 갖는다. 이 시험 방법은 온갖 형태를 지닌 인간의 표현에 적용하기에 적당하므로, 문학, 건축, 예술, 과학, 세계적 사건, 복잡한 인간관계에 대한 측정치가 성공적으로 도출되었다. 자료를 결정하는 시험 공간은 모든 시간에 걸친 인간 경험의 총체성이다.

피험자의 범위는 정신적으로 세상이 '정상적'이라고 하는 데서

부터 심각하게 아픈 정신과 환자에까지 이르렀고, 시험은 캐나다, 미국, 멕시코 그리고 남아메리카와 북유럽 전역에서 이뤄졌다. 그들은 온갖 국적과 민족 배경, 종교를 가졌고, 나이대는 아이에서 90대 어른까지 이르렀으며, 육체적, 감정적 건강 상태의 스펙트럼 또한 광범위했다. 다양한 시험자와 시험자 그룹이 개별 및 그룹으로 피험자들을 시험했다. 전반적으로 결과는 동일했고, 재현 가능했으며, 과학적인 방법에 근본적으로 요구되는 요건들, 즉 완벽한 실험 재현성을 충족시켰다.

피험자는 무작위로 선정되어 다양한 종류의 물리적 환경과 행동 조건—산 정상과 해안, 휴일 파티, 일상적으로 일하는 과정, 기쁨의 순간, 비애sorrow의 순간—에서 시험되었다. 이러한 상황 중 어떤 것도 시험 결과에 영향을 미치지 않았다. 단 한 가지 예외로 시험 절차에 대한 방법론 자체를 빼면 외부 인자들과는 무관하며 시험 결과가 보편적으로 일관되었다. 이 요인이 중요하기에 시험 방법은 아래에 자세히 묘사할 것이다.

시험 기법

두 사람이 필요하다. 한 사람은 한쪽 팔을 땅과 평행하게 옆으로 뻗으면서 피험자 역할을 한다. 그다음 두 번째 사람은 뻗친 팔의 손목을 두 손가락으로 내리누르면서 말한다. "저항하세요." 그러면 피험자는 아래로 내리는 압력에 온 힘을 다해 저항한다. 그게 전부이다.

어느 한쪽이 진술을 만들 수 있다. 피험자가 진술을 마음에 품고 있는 동안, 시험자가 내리누르는 압력으로 피험자 팔의 강도를 시험한다. 진술이 부정적이거나 거짓이거나 200 미만의 측정치(3장 참고)를 나타낸다면 피험자는 '약해질' 것이다. 답이 "네"이거나 200 이상으로 측정된다면 피험자는 '강해질' 것이다.

그 절차를 입증하기 위해, 피험자가 시험되는 동안 마음에 에이브러햄 링컨의 이미지를 품게 하고, 그런 다음 대조하도록 아돌프 히틀러 이미지를 품게 할 수 있다. 사랑하는 사람을 마음에 품고, 그와 대조하여 두려워하거나 싫어하는 혹은 어느 정도 강한 유감이 있는 사람을 마음에 품어서 동일한 결과를 입증할 수 있다.

일단 숫자 척도를 유도하고는(아래를 보라.) 이렇게 진술하면서 측정치에 도달할 수 있다. "이 항목(이 책, 조직, 이 사람의 동기 등)은 100 이상으로 측정된다." 그런 다음 "200 이상으로." 그런 다음 "300 이상으로." 부정적 반응을 얻을 때까지 계속한다. 그런 다음 측정치는 세밀해질 수 있다. "220 이상이다. 225. 230." 등등. 시험자와 피험자는 역할을 바꿀 수 있고, 또한 동일한 결과를 얻을 것이다. 기법에 익숙해지면, 회사나 영화, 개인, 역사적 사건을 평가하는 데 이용할 수 있다. 또한 현재 삶의 문제를 진단하는 데도 이용할 수 있다.

독자는 시험 절차에서 평서문으로 된 진술의 진실이나 거짓을 검증하기 위해 근육테스트를 이용한다는 점에 주목하게 될 것이다. 질문이 평서문 형태로 제시되지 않는다면 신뢰할 수 없는 반응이 나올 것이다. 미래를 물어도 신뢰할 만한 결과를 얻을 수 없다. 과거나 현재에 존재한 조건이나 사건에 관한 진술만이 일관된 답을 내놓을 것이다.

그 과정 동안 긍정적이거나 부정적인 느낌이 전달되는 것을 피하기 위하여 비개인적이 될 필요가 있다. 피험자가 눈을 감게 하면 정확도가 증가하며, 배경에는 음악이나 주의를 방해하는 것이 없어야 한다.

시험이 믿기 힘들 정도로 아주 단순하기 때문에 조사자는 우선 스스로 만족하도록 정확도를 검증하는 것이 현명하다. 반응은 교차 질문으로 점검해 볼 수 있는데, 기법을 알게 된 모든 사람은 기법이 신뢰할 수 있음을 확신하기 위해 요령을 생각해 낸다. 동일한 반응이 모든 피험자에게서 관찰된다는 것, 질문하는 사안에 관해서 피험자가 지식이 없어도 괜찮다는 것, 질문에 대한 피험자의 개인적 의견과는 항상 무관하게 반응이 나온다는 것이 곧 발견될 것이다.

우리는 질문을 제시하기 전에 먼저 "저는 이 질문을 하는 것을 허락받았습니다."라는 진술을 시험하는 것이 유용하다는 점을 발견했다. 이는 컴퓨터 단말기의 입력 요건과 유사하며 가끔 "아니오"라는 답이 돌아올 것이다. 이는 그 질문을 그대로 내버려 두어야 한다는 것, 혹은 그 "아니오"의 이유를 신중하게 조사해야 한다는 것을 가리킨다. 어쩌면 질문자가 당시에 그 답이나 답이 가져올 영향으로부터 심리적 괴로움을 경험했기 때문일 수도 있고, 아니면 다른 미지의 이유 때문일 수도 있다.

이 연구에서 피험자는 명시된 생각이나 느낌, 태도, 기억, 관계, 삶의 상황에 초점을 맞추도록 요청받았다. 시험은 큰 그룹의 사람들에게 자주 행해졌다. 실증하기 위해 우리는 우선 다음과 같이 기준선을 세웠다. 눈을 감은 피험자에게 화났거나 속상했던, 질투했던, 우울했던, 죄책감을 느꼈던, 두려웠던 당시의 기억을 마음에 품기를 요청한다. 그 시점에서 모든 사람이 보편적으로 약해졌다. 그런 다음 그들에게 사랑하는 사람이나 삶의 상황을 마음에 품어 달라고 요청했고, 모든 사람이 강해지곤 했다. 보통 방금 발견한 것의 함의에 놀란 웅성거림이 청중들 사이로 파문처럼 번졌다.

다음으로 입증된 현상은, 어떤 물질의 단순한 이미지를 마음에 품는 것이 마치 그 물질 자체를 몸에 물리적으로 접촉한 것처럼 동일한 반응을 낳는다는 점이었다. 예를 들면, 우리는 농약을 사용하여 재배된 사과를 들고 있고 청중에게 시험되는 동안 그것을 똑바로 쳐다봐 달라고 요청했다. 모두가 약해졌다. 그런 다음 우리가 오염 물질이 없는 유기농으로 재배된 사과를 들면 청중은 즉각 강해지곤 했다. 청중 누구도 어느 사과가 어떻다는 걸 몰랐기에—그들은 그 시험에 대해 전혀 예상할 수 없었다.—모든 사람이 만족할 정도로 방법의 신뢰성이 입증되었다.

신뢰할 수 있는 결과를 얻기 위해, 사람들은 경험을 다르게 처리한다는 점을 기억해야 한다. 즉 어떤 사람들은 주로 느낌의 방식을 채택하고, 다른 이들은 더 청각적이며 또 다른 이들은 더 시각적이다. 따라서 시험 질문은 다음과 같은 표현을 피해야 한다. 어떤 사람이나 상황, 경험에 대해서 "어떻게 느끼나요?" 혹은 "그게 어떻게 보이나요?" 혹은 "그것이 어떻게 들리나요?" 통상적으로 "상황(혹은 사람, 장소, 물건, 느낌)을 마음에 품으세요."라고 말한다면 피험자는 본능적으로 자기 자신에게 적절한 방식을 택할 것이다.

가끔 자신의 반응을 위장하기 위한 (어쩌면 무의식적일 수도 있는) 노력으로 피험자는 자신의 통상적 처리 방식이 아닌 방식을 택하고 거짓 반응을 보일 것이다. 시험자가 모순적 반응을 끌어낼 때는 질문을 바꾸어 말해야 한다. 예를 들어, 자신의 어머니를 향한 분노로 죄책감을 느끼는 환자가 어머니의 사진을 마음에 품고 강해지는 시험 결과가 나올지도 모른다. 하지만 시험자가 이 피험자에게 질문을 바꾸어 현재 어머니를 향한 그의 태도를 마음에 품으라고 요청한다면 피험자는 즉각 약해질 것이다.

시험 정확도를 유지하기 위한 다른 사전 조치로는 특히나 안경이 금속 테인 경우 안경, 그리고 모자(머리 위에 합성 재료는 모든 사람을 약해지게 한다.)를 벗는 것이 포함된다. 또한 시험하는 팔에는 보석이 없어야 하며 특히나 쿼츠quartz 손목시계가 없어야 한다.

일관성 없는 반응이 발생할 때, 결국에는 추가 조사로 원인이 드러날 것이다. 예를 들어, 시험자가 향수를 사용했을 수 있는데 피험자는 향수에 역반응을 보이며 거짓 부정 반응을 만들어 낸다. 시험자가 정확한 반응을 끌어내려 시도하는데도 반복된 실패를 경험한다면, 자신의 목소리가 다른 피험자들에게 미치는 영향을 고려해야 한다. 몇몇 시험자는 적어도 특정한 때에 있어 시험 결과에 영향을 미칠 정도로 충분히 부정적인 에너지를 목소리로 표현할지도 모른다.

모순적인 반응과 마주할 때 고려되어야 하는 또 다른 요인은 관련된 기억이나 이미지에 관한 시간 프레임이다. 피험자가 특정한 사람을, 그리고 둘의 관계를 마음에 품고 있다면 반응은 그 기억이나 이미지가 나타내는 기간에 달려 있을 것이다. 그가 자신의 남자 형제와의 관계를 어린 시절로부터 기억하고 있다면 오늘날 모습으로 관계의 이미지를 마음에 품는 것과는 다른 반응을 보일 수 있다. 질문은 항상 특정하게 좁혀져야 한다.

모순적인 시험 결과의 또 다른 원인은 스트레스나 흉선 기능 저하의 결과로 일어난 피험자의 신체 상태이다. 흉선 기능 저하는 매우 부정적인 에너지 장을 접하는 데서 발생한다. 흉선은 몸의 침술 경락 에너지 체계를 제어하는 중앙 제어장치이다. 흉선의 에너지가 낮으면 시험 결과들은 종잡을 수 없다. 이는 존 다이아몬드 박사가 발견하여 "흉선 치기"라 칭했던 단순한 기법으로 몇 초 만에 쉽게 개선될 수 있다. 흉선은 흉골 윗부분 바로 뒤에 위치한다. 미소를 지으며 당신이 사랑하는 누군가를 생각하면서 주먹을 쥐고 이 부분을 리드미컬하게 여러 차례 두드린다. 두드릴 때마다 각각 "하 하 하"라고 말한다. 다시 시험해 보면 이제 흉선 우위가 재개 되었음이 나타나고, 시험 결과가 정상적으로 일어날 것이다.

이 연구에서의 시험 절차 이용

위에서 묘사한 시험 기법은 행동 운동역학에서 다이아몬드 박사가 추천한 것이다. 우리 연구에서 유일하게 변형하여 도입한 것은 각기 다른 태도와 생각, 느낌, 상황, 관계에 대한 에너지의 상대적 힘을 측정하기 위해 반응들을 로그 척도와 관련지은 것이었다. 시험은 빠르게 이루어지는데, 사실상 10초도 걸리지 않기 때문에 아주 짧은 시간에 여러 가지 사안에 관하여 방대한 정보량을 처리할 수 있다.

피험자들로부터 자연스럽게 이끌어 낸 수치 척도는 그 범위가 단순 육체적 존재의 값인 1에서부터 평범한 세속적 영역인 600에 까지 이르는데 600은 평범한 의식의 정점이다. 그런 다음 600에서 1000까지 진행하는데 여기서는 깨달음의 진보된 상태들을 포함 한다. 단순한 '네/아니오' 대답 형태로 나오는 반응들이 대상의 측 정치를 결정한다. 예를 들어 "그저 살아 있는 것이 1이라면, 사랑 의 힘은 200 이상이다."(피험자는 '네'를 나타내며 강해진다.) "사랑 은 300 이상이다."(피험자는 여전히 강해진다.) "사랑은 400 이상이 다."(피험자는 계속 강하다.) "사랑은 500 이상이다."(피험자는 아직 도 강하다.) 이 경우에 사랑은 500으로 측정되었고 얼마나 많은 피 험자를 시험하든 상관없이 수치가 재현될 수 있다는 것이 증명되 었다. 개인이나 그룹을 활용한 거듭된 시험으로 일관된 척도가 나 왔다. 척도는 인간 경험과 역사나 일반적 견해와 잘 연관되며 심리 학, 사회학, 정신분석, 철학, 의학의 연구 결과들 그리고 그 유명한 존재의 대사슬Great Chain of Being과도 서로 잘 연관된다. 또한 그것은 영원의 철학에서의 의식층과도 상당히 정확하게 연관된다.

하지만 시험자는 몇몇 질문에 대한 답이 피험자에게 꽤나 충격 적일 수 있음을 깨닫고 신중해야 한다. 기법은 무책임하게 사용되 지 않아야 하며, 시험자는 항상 참여하려는 피험자의 자발성을 존 중해야 한다. 즉 절대로 직면시키기 위한 기법으로 사용되어서는 안 된다. 임상 상황에서는 치료적 목적에 적절하지 않다면 피험자에게 절대 사적인 질문을 제기하지 않는다. 그렇지만 피험자 측에 사적으로 관여하지 않는 질문은 제기할 수 있다. 이때 피험자는 단지 측정 연구라는 목표를 위한 지표로서 기능할 뿐이다.

시험 반응은 피험자의 실제 육체의 힘과는 무관하다. 근육이 잘 발달한 운동선수가 유해한 자극에 대한 반응으로 여느 다른 사람들처럼 약해질 때면 그들은 어안이 벙벙해진다. 시험자는 몸무게 45킬로그램 미만의 연약한 여성일 수 있고 피험자는 몸무게 90킬로그램이 넘는 프로 미식축구 선수일 수 있다. 하지만 그녀가 그의 건장한 팔을 두 손가락으로만 누를 때면 시험 결과는 똑같이 나올 것이다.

불일치

시간이 지나면서 혹은 다양한 이유로 다른 조사자에 의한 상이한 측정치를 얻을 수 있다. 상황, 사람들, 정치, 정책, 태도가 시간에 따라 변화하는 것이 그 다양한 이유 중 하나이다.

특정 척도를 참조로 삼지 않는다면 얻은 숫자들은 임의적일 것이다. 이 책의 모든 측정은 의식 지도를 참조로 이루어졌다. 예를 들면, "600이 깨달음을 나타내는, 1에서 1000까지의 척도상 이 _____은 _____으로 측정된다." 특정한 척도가 명시되지 않는다면 시험자는 1000을 넘는 믿기 어려운 수치를 얻을 수도 있고, 차후의 시험에서 점점 더 높은 수치를 얻을 수도 있다. 이제껏 이 행성에 존재했던 어떤 사람도 이 척도상 위대한 화신의 측정치인 1000 너머로 측정되지 않았다.

사람들은 뭔가를 마음에 품을 때 다른 감각 유형을 이용하는 경향이 있다. 즉 시각적, 감각적, 청각적, 느낌과 같은 것들이다. 따라서 "당신의 어머니"라고 할 때 그녀가 어떻게 보였는지, 어떻게 느껴졌는지, 어떻게 들렸는지 등일 수 있다. 혹은 "헨리 포드"가 아버지로서, 기업가로서, 미국에 미친 영향력에 대하여, 그의 반反유대주의에 대하여 등으로 측정될 수 있다.

사람은 맥락을 명시하고 우세한 양식을 고수할 수 있다. 동일한 기법을 사용한 동일한 팀은 내부적으로 일관된 결과를 얻을 것이다. 연습하면서 전문성이 발달된다.

객관적으로 거리를 두는 태도가 가장 좋은데, 서두에 다음 진술을 붙여 진술을 시작한다. "지고의 선의 이름으로, 진실로 측정된다. 100 이상. 200 이상." 등등. "지고의 선으로"라는 맥락화는 자기이익을 도모하는 사적 이득과 동기를 초월하기에 정확도를 증가시킨다.

하지만 과학적이고 거리를 두는 태도를 취할 능력이 없고, 객관적일 수가 없는 몇몇 사람이 있다. 그들에게는 운동역학법이 정확하지 않을 것이다. 개인적 의견보다, 그리고 개인적 의견이 '옳다'는 걸 증명하기보다 진실에 대한 봉헌과 진실을 향한 의도에 우선순위가 부여되어야 한다.

제약

대략 10퍼센트의 인구는 아직 알려지지 않은 이유들로 인해 운동역학 시험 기법을 이용할 수 없다. 피험자 자신이 200 이상으로 측정되며, 시험의 이용 목적 또한 온전하고 200 이상으로 측정될 때만 시험은 정확하다. 주관적 의견보다는 거리를 둔 객관성과 진실과 정렬하는 것이 필요한 조건이다. 때때로 결혼한 부부도 아직 발견되지 않은 이유들로 인해 서로를 피험자로 이용할 수 없고, 그래서 시험 파트너가 될 제삼자를 찾아야 할 수도 있다.

부적격

회의주의(측정치 160)와 냉소주의는 200 미만으로 측정되는데 이는 부정적인 예단을 반영하기 때문이다. 이와는 대조적으로 진실한 탐구는 지적 허영이 없는 열린 마음과 정직성을 필요로 한다. 행동 운동역학에 관한 부정적 연구 모두가 200 미만(보통 160)으로 측정되며 조사자들 자신도 그렇게 측정된다.

유명한 교수조차 정말로 200 미만으로 측정될 수 있다는 것이 평범한 사람에게 놀랍게 느껴질 수도 있다.

이처럼 부정적 연구는 부정적 편견의 귀결이다. 예를 들어 DNA 이중 나선 패턴의 발견으로 이끌었던 프란시스 크릭의 연구 설계는 440으로 측정되었다. 의식이 단지 뉴런 활동의 산물일 뿐임을 증명하려 했던 그의 마지막 연구 설계는 135로 측정되었다.

스스로(혹은 잘못된 연구 설계로)가 200 미만으로 측정되는 조사자들의 실패는 그들이 오류를 입증했다고 주장한 바로 그 방법론의 진실성을 확인해 준다. 그들은 부정적 결과를 얻어'야만' 했고, 그래서 그러한 결과를 얻는다. 역설적으로 이는 편견 없는 온전성과 비온전성 간의 차이를 감지하는 시험의 정확도를 증명한다.

새로운 어떤 발견이 현재 상황에서 우세한 신념 체계를 망쳐 놓을 수도 있고, 그것에 위협으로 보일 수도 있다. 영적 실상Reality을 입증하는 의식에 관한 임상적 과학의 출현은 물론 저항을 촉발할 것이다. 그것이 실제로 에고 자체의 자기애적 핵심의 지배권과 직접적으로 대립하기 때문인데, 에고는 본래 주제넘고 독선적이다.

의식 수준 200 미만에서는 낮은 마음이 우세하여 이해가 제한된다. 낮은 마음은 사실을 인식할 능력은 있지만 아직은 진실이란 용어가 의미하는 바를 이해할 수가 없으며(낮은 마음은 레스 인테르나res interna와 레스 엑스테르나res externa를 혼동한다.) 진실이 거짓과는 다른 생리적 반응을 수반한다는 것을 이해할 수가 없다. 게다가 목소리 분석의 이용, 몸짓 언어 연구, 동공 반응, 뇌전도 변화, 호흡과 혈압의 변동, 전기 피부 반응, 다우징, 심지어 오라가 몸에서 방출되는 거리를 측정하는 후나 기법으로도 증명되었듯, 진실은 직관된다. 어떤 사람들은 서 있는 몸을 펜듈럼처럼 활용하는 아주 간단한 기법을 쓴다.(진실에는 앞으로 넘어가고 거짓에는 뒤로 넘어간다.)

어둠으로 빛이 틀리다고 입증할 수 없듯이 거짓으로 진실Truth이 틀리다고 입증할 수 없다. 이것이 더 진보된 맥락화에서 오는 우세한 원칙이다. 비선형적인 것은 선형적인 것의 한계에 종속되지 않는다. 진실은 논리와는 다른 패러다임에 속하는데 증명 가능한 것은 단지 400대로 측정될 뿐이다. 의식 연구 운동역학은 선형적 영역과 비선형적 영역 사이의 접점에 있는 600 수준에서 작동한다.

부록 B: 영적 열망자를 위한 측정 목록

*편집자 노트: 영적 진실에 대한 지침 역할을 하기 위해서, 호킨스 박사님은 대표적인 스승과 영적 문헌, 수행, 경험의 의식 수준들을 측정했습니다. 실용적인 편의를 위해 이 목록을 『의식 수준을 넘어서』에서 가져와 여기 다시 실었습니다. 더 포괄적인 목록은 『진실 대 거짓』과 『슬라이드 모음집The Book of Slides』에서 찾을 수 있습니다.

측정 수치는 가치 판단이 아니라는 것을 기억하는 게 중요합니다. 970이라는 측정치는 610'보다 나은' 것이 아닙니다. 사실 605(혹은 더 많은 사람에게 유용하다는 점에서는 310)인 스승이나 저작이 970인 것보다 많은 사람에게 더 유용할 것 같습니다. 마음은 자신의 이원적 성질로 심각하게 제한되며 비선형인 전반적 맥락을 무시하면서 좋음/나쁨에 관한 자신의 판단을 단순한 숫자에 투사합니다. 비유하자면 사람은 고도계상 가장 높은 고도가 다른 고도보다 "더 좋다."고 말하지 않을 것입니다. 비행기가 착륙해야 하거나 난기류 에어 포켓을 피해야 한다면 현명한 비행사는 그 상황이 필요로 하는 고도가 무엇이든 그에 따라 비행기를 유도합니다. 이는 의학에서도 마찬가지입니다. 현명한 의사는 특정한 병에 적용할 적절한 약물(과 적절한 용량)을 압니다. 그들은 많은 경우에서 가장 강력한 치료를 처방하지 않으려 조심하는데, 환자가 그걸 처리할 수 없을 것이기 때문입니다. 꼭 그런 식으로 각각의 에너지 장은 특정 맥락에서 완벽하게 도움이 됩니다. '좋은' 혹은 '나쁜' 에너지 장은 없습니다. 주어진 상황에서 어떤 에너지가 최선인지를 식별하기 위한 지혜가 필요할 뿐입니다. 호킨스 박사님이 한번은 제게 말했습니다. "많은 사람이 사랑을 처리할 수 없습니다. 그래서 그들에게는 다른 무언가를 주는 것이 최선입니다."

힘의 수준이 각기 다른 끌개 패턴의 존재를 마음이 이해하도록 돕기 위해 1에서 1000까지의 척도가 선형적으로 제시되지만, 의식 지도의 전체 지형은 비선형적이므로 지도 안의 모든 것은 똑같은 가치를 지닙니다. 나무는 새보다 더 낮지 않고 새가 바람보다 더 낮지도 않습니다. 각각이 생명 진화에 필수적인 각자의 공헌을 합니다.

꼭 그와 같이 아래 목록의 각각의 스승들과 저서들은 나름의 공헌을 합니다. 그것들 모두가 지도상 600 이상의 흔치 않은 수준으로 측정됩니다. 이러한 의식 수준은 이원성 너머에 있으므로 신뢰할 수 있는 영적 지침을 전달합니다. 어떤 성서가 900이 아닌 600이나 700이라는 사실은 그 '정경正經'에 신을 의인화한 묘사나 폭력의 정당화, 역사적 시대들로부터 상속된 사회 문화적 관습을 담은 구절이 포함되었음을 나타낼 수도 있습니다. 영적 문헌을 공부하는 현명한 학생은, 예를 들어 예수 그리스도의 산상 수훈이 신약의 다른 많은 구절보다 더 높은 수준으로 측정된다는 것을 압니다. 우리는 저작의 측정치가 저작의 모든 구절을 합쳐 놓은 것이라고 추정할 수도 있습니다. 몇몇 개별적인 구절과 심지어는 개별 장章조차 200 미만으로 측정될 수 있습니다.

다음 목록에서 중요한 한 가지는 모든 종교에서 영적 진실이 발견된다는 점입니다. 이 진술은 자신들의 종교만이 '옳은' 종교라는 근본주의자들(측정치 130 이하)의 주장과는 극명한 대조를 이룹니다.

600대 스승과 저작 일부의 의식 수치

스승		저작	
노자	610	기적수업(연습서)	600
마하가섭	695	노자의 가르침	610
막데부르크	640	도마복음	660
묵타난다	655	루카복음	699
비베카난다	610	미드라쉬	665
사치타난다	605	비즈나나 바이라바 탄트라	635
아비나바굽타	655	시편(람사 성경)	650
오로빈도	605	신약(킹 제임스)	640
요하네스 타울러	640	아가다Aggadah	645
카르마파	630	아비나바굽타	655
		창세기(람사 성경)	660
		카발라	605

700대 스승과 저작 일부의 의식 수치

스승	
그라나다의 랍비 모세스 드 레온	720
니사르가닷타 마하라지	720
도겐 선사	740
라마나 마하리쉬	720
마더 테레사	710
마이스터 에크하르트	705
마하트마 간디	760
보리달마	795
샹카라	710
아디 샹카라 차리야	740
아빌라의 성녀 테레사	715
파탄잘리	715
플로티누스*	730

저작	
금강경	700
라마야나	810
리그베다	705
묘법연화경(법화경)	780
무지의 구름	705
반야심경	780
선 가르침(보리 달마)	795
신약(계시록을 뺀 킹 제임스 버전)	790
요가수트라(파탄잘리)	740
코란	700

850대 스승과 저작 일부의 의식 수치

니케아 신경	895
람사 성경(구약과 계시록 제외. 구약 중 창세기, 시편, 잠언은 포함)	880
바가바드기타	910
베다	970
선 가르침(황벽)**	850
우파니샤드	970
조하르	905

---

* '서양의 위대한 저서' 시리즈의 목록에 실린 플로티누스의 저서는 503으로 측정된다. 플로티누스 자신은 만년에 730으로 측정되었다. ─ 원주

영적 수행과 경험

온전하므로 유익한 대표적 영적 수행과 경험 목록이 의식 측정
으로 도출된다. 이러한 것은 모두 헌신을 나타내며 진실한 종교에
서 일반적이다. 의도에 의해서, 헌신자는 예배 장소뿐 아니라 자신
과 다른 이들 모두를 신성하게 한다. 의도 때문에 모든 방식의 축복
과 기도는 500 이상으로 측정되며 이러한 것들이 집단적으로 미치
는 효과는 집단 인간 의식의 전반적인 수준에 헤아릴 수 없을 정도
로 강한 영향을 준다.

측정 수준은 한 수준이 다른 수준보다 '더 낫다'가 아니라 단지
서로 다르다는 것을 가리킨다. 골프를 칠 때 클럽을 고르는 것과 유
사한데 이는 사람이 퍼트를 할지, 칩 샷을 할지 드라이브 샷을 할지
에 달려 있다. 따라서 효력은 기법 그 자체만의 결과가 아닌 의도의
결과이다. 많은 영적 제자는 이런 여러 가지 접근법을 탐구해 왔으
며 여기에 실용적이고 경험적인 이득이 있다고 보고한다. 단순히
목록을 읽는 것만으로도 올바른 방향으로 나아가고 있다는 확신을
준다.

** 황벽의 선 가르침에는 문제가 있는데 부정의 길을 묘사하면서 공 상태(측정치 850)를 불성의 궁
극적 상태(측정치 1000)로 잘못 선언한다. 공에 관한 그의 고전적 설법 이후 황벽 자신은 그 한
계를 초월했고 결국 만년에 의식 수준이 960에 이르렀다. 따라서 오직 선형적인 것을 부정하고,
사랑이라는 비선형적 실상은 부정하지 말라. 오직 특별하고 한정된 개인적 집착을 부정하라. 그
것은 제한적 감정성이다. 신성의 사랑은 전반적 맥락의 광휘Radiance로서 본유적인 보편적 성
질이자 비선형적 맥락이다. ─ 원주

수행	
갠지스강에서 목욕하기	540
견진성사	500
그레고리안 성가	595
기도 바퀴 돌리기Turning prayer wheels	540
기도하기 위해 무릎 꿇기	540
기도하기 위해 손 모으기	540
마음에 품은 것은 나타나는 경향이 있다	505
무릎 꿇기	540
무작위로 베푸는 친절 행위	350
묵주 기도	515
미로 걷기	503
"샨티 샨티 샨티"	650
세례	500
신에게 세상을 내맡기기	535
신에게 자신의 의지를 (깊이) 내맡기기	850
시각화(치유)	485
아시시의 성 프란치스코 기도	580
아움(만트라)	210
야베스의 기도	310
예수 기도	525
옴(외래어 발음대로 발음된)	740
옴 마니 반메 훔	700
옴 나마 쉬바야	630
'익명의 알코올 중독자들' 12단계	540
자파Japa	515
종부성사	500
(전통적인) 주기도문	650
초월명상	295
키르탄	250
통곡의 벽	540
핫즈(메카 순례)	390

경험	
불성	1000
그리스도 의식	1000
지고	1000
임사체험	520+
사토리	585
깨달음	600+
기독교 영성체	700
유월절	495
두르가 푸자 축제	480
라마단	495
땀 천막 정화 의식	560
스머징	520

헌신적 행위	540
헌신으로 향 피우기	540
황금률	405

구도자는 단지 호기심으로라도 온전성(200)의 임계선 밑으로 측정되는 영적 경험을 탐험하는 일을 피하라고 권고받는다. 어떤 것에 '영적'이라는 꼬리표가 붙었다고 그것이 신뢰할 수 있음을 뜻하지는 않으며, 사실상 크게 주의를 흐트러뜨리는 것일 수 있기 때문이다. 예를 들어 '오컬트'는 135~185로 측정되며 점술 게임판은 175로, 영매술은 190으로 측정된다.

많은 인간의 딜레마에 영적 원리를 적용하는 것이 효과가 있음은 널리 알려져 있다. 심지어 애초에 의식적 동기가 없을 때도 그러한데, 예를 들어 희망 없는 알코올 중독자가 판사에게 '익명의 알코올 중독자들'에 참석하라는 명령을 받은 후 기적적으로 회복하여 "다른 이들에게 메시지를 전하는"(즉 전도하는 것이 아닌 공유하는) 영적 원리를 실천하며 다른 이들에게 영감이 된다.

영적 온전성은 소망hope, 믿음faith, 사랑charity으로서, 그리고 본보기가 되어 다른 이들에게 영감을 주는 것으로서 나타난다. 문이 열려 있는 온전한 영적 조직은 선전에 의해서가 아니라 끌어당김에 의해서 성장하며 그들에게는 도그마가 없다. 장의 힘에 대한 의존은 사람들이 지성화로 아는 것이 아닌 "삼투현상으로 안다."라는 그룹 경험으로 나타난다.

용어 해설

과학적Scientific: 물리적 속성들의 예측 가능한 법칙을 도출해 내기 위해 세부적으로 설계된 자연에 관한 탐구 방법. 현대 과학이론은 16세기 르네 데카르트의『방법서설』로 시작됐고 프랜시스 베이컨의 귀납적 탐구법과 아이작 뉴턴의『자연철학의 수학적 원리』로 이어졌다. 존 로크는 처음으로 '과학적'이라는 용어를 사용했고, 물리 사건의 상호 작용에 관한 확실성은 신체 감각으로 얻어지는 데이터에 근거한다고 제안했다. 이 개념들은 기계적이고 예측 가능한 우주의 모델을 초래했지만, 이러한 관점은 현대 양자이론으로 뒤집혔다. 현대 양자이론은 아원자적 수준에서 확률의 법칙이 결정론적 법칙을 대체한다고 언급했다.

역사는 과학이 확립된 이론을 확장하며 진보하는 게 아니라 패러다임 전환으로 도약한다는 것에 주목했다. 그 추론은 과학이 단순히 한 관점의 반영일 뿐이고 관찰자와 관찰 대상 사이의 진짜 분리는 없다는 것이다. 상대성 이론은 나아가서 사람의 관찰 지점에 따라서 물질이 에너지와 동등하다고 언급했다. 데이비드 봄의 홀로그래픽 모델은 드러난 질서가 감추어진 질서에 기초한다고 단정한다. 형태는 추론의 귀결이 되고, 공간과 시간은 비국소화되며, '여기' 또는 '저기'(양자 전체성의 비국소성)가 없다. 이처럼 묘사된 우주는 무한한 수의 차원과 상위 차원의 실상들을 포함하고 있다.

깨달음Enlightenment: 에고가 내맡겨지자마자 일상 의식을 대체하는 앎awareness의 상태. 자기self는 참나Self로 대체된다. 그 상태는 시간이나 공간을 넘어서 있고 고요하며, 드러남revelation으로써 스스로를 나타낸다. 이러한 비이원성의 상태에서, 모든 것이 인과성 때문이 아니라 자연발생적으로 나타나면서 매 순간 생명의 출현을 목격함이 있다. 영적 정화는 과정이며, 그 과정에 의해 의식의 빛을 가로막는 장애물이 치워지고 참나와의 일치성이 드러난다. 깨달음의 상태는 존재의 근원—다른 어딘가에서 혹은 나중에 발견할 것이라 여기며 찾았었던 빛Light—이 바로 이 순간 빛을 발하고 있음을 드러낸다.

끌개 패턴 Attractor pattern: '에너지 장'을 보라.

동승Entrainment: '모드 동기mode locking' 원리에 의해 설명되는 현

상. 많은 수의 괘종시계를 가까이 위치해 놓으면 시계추가 결국 동기화된다. 인간 생물학에서는 함께 일하거나 같이 사는 여성 집단에서 월경주기가 점점 동기화되는 것으로 나타난다. 이것은 소리 굽쇠 현상과 유사하다. 군대에서 다리를 건널 때 보조步調를 맞추지 않는(즉 '보조를 흐트러뜨려' 행진 대열을 깨는) 경향은 이 과정 때문이다.

맥락Context: 어떤 관점에 입각한 관찰의 전체 장. 맥락은 진술이나 사건의 의미를 적합하게 하는 어떤 유의미한 사실이라도 포함한다. 데이터는 맥락이 정의되지 않는 한 무의미하다. '맥락을 제외하는' 것은 의미를 적합하게 추론하도록 도와주는 부가적 조건을 식별하지 못하게 하여 진술의 의미를 왜곡하는 것이다.(이것은 흔한 재판 전략이다. 변호사는 증인에게 '예/아니오'로만 답하길 요구하여, 증언의 함축된 의미를 바꿀 수 있는 적합한 진술을 막으면서 증인의 진술을 왜곡하려고 시도한다.)

반복Iteration: 되풀이. 비선형적 반복Iteration은 셀 수 없이 많은 체계에서 나타난다. 이 되풀이 때문에 초기 조건에서 변화가 아주 미세하더라도 결국에는 원래와 닮지 않은 패턴을 만들어 낸다. 성장 방정식에서 이전 반복의 출력은 다음 일련의 것에 입력이 된다. 예를 들어, 어느 컴퓨터가 소수점 16자리까지 계산한다면 마지막 자릿수는 17번째 자리에서 반올림한 것이다. 이 극미한 오차는 많은 반복을 통해서 확대되고 원본 데이터에서 상당한 왜곡을 초래하여 예측을 불가능하게 한다. 결국 반복되는 생각 패턴에서의 미세한 변화는 중대한 영향을 가져올 수 있다.

비선형Nonlinear: 시간에서 예측할 수 없이 불규칙하며 '잡음 있고' 비주기적이고 임의적이고 확률적인 것. $dx(t)dt=F(xt)+w(t)$ 형태의 공식화된 확률론적 진화 방정식과 같은 수학적 급수series에서 입증된다. 여기서 $w(t)$는 확률 과정에서 잡음의 용어다. 이 용어는 또한 결정론적 비선형 체계에서 시간 연쇄의 통계분석을 포함하는 카오스 신호의 수학을 묘사한다. '비선형'은 퍼져 있거나 혼돈스러운 것을 의미하며, 확률적 논리 이론이나 수학을 따르지 않고, 미분 방정식으로 풀 수 없다. 이것은 카오스 이론과학의 주제이며, 완전히 새로운 비非뉴턴식 수학을 낳는다.

비이원성Nonduality: 역사적으로 의식 수준 600을 넘어선 모든 관찰자들이 묘사했던 실상은 현재 진보된 과학 이론에서 제안되고 있다. 고정된 지각 중심점의 한계가 초월되면, 더 이상 분리의 허상이 없고 우리가 아는 공간과 시간의 허상도 없다. 만물은 나타나지 않은, 접혀 있는, 감춰진 우주에서 존재하면서 그와 동시에 나타나 있는, 펼쳐져 있는, 드러난 형태의 지각으로 스스로를 표현한다. 실상에서 이러한 형태들은 고유한 독립적 존재를 가지지 않고, 지각의 생성물일 뿐이다.(즉 우리는 자기의 마음의 내용을 경험할 뿐이다.) 비이원성의 수준에서 주체와 객체는 하나이기 때문에, 관찰함은 있지만 관찰자는 없다. 너-나는 전부를 신성으로 경험하고 있는 단일한 참나One Self가 된다. 700 수준에서는 "전부가 있다.All Is."라고 말할 수 있을 뿐이다. 이 상태는 존재성Beingness의 상태이며, 전부가 의식이며 그 의식은 무한하고 신이므로 부분이나 시작과 끝이 없다.

육체는 단일한 참나의 현현이다. 그 참나는 이 차원을 경험하면서 그것의 실상을 일시적으로 잊었고 삼차원 세계의 허상을 허용했다. 육체는 의사소통의 수단일 뿐이고, '나' 자신을 육체와 동일시하는 것은 깨닫지 못한 이의 운명이다. 그런 후에 그들은 자신이 죽을 운명이고 죽음에 종속되어 있다는 그릇된 추론을 한다. 죽음 자체는 육체를 '나'로 잘못 동일시하는 데 기초한 하나의 허상이다. 비이원성에서 의식은 나타난 것과 나타나지 않은 것 둘 다로 자신을 경험하지만, 경험자는 존재하지 않는다. 이 실상Reality에서 지각의 행위 자체만이 시작과 끝이 있다. 허상의 세계에서 우리는 대상들이 자신이 눈을 뜨면 존재하고 눈을 감으면 존재하기를 그친다고 믿는 바보와 같다.

선형적Linear: 순차적이며, 뉴턴 물리학 방식에서 논리적 수열을 따른다. 그리고 결국에는 미분 방정식을 사용하여 기존 수학을 통해서 풀 수 있다.

신경망Neural network: 신경계 내에서 상호 작용하는 뉴런의 서로 맞물리는 패턴.

신경전달물질Neurotransmitters: 신경계를 통해 뉴런 전달을 조절하는 뇌화학물질(호르몬 등). 매우 미세한 화학 변화가 감정, 생각, 행동에서 중대한 주관적, 객관적 변화를 일으킬 수 있다. 정신과학에서 현재 제일 각광받는 연구 분야다.

에고Ego: (또는 소문자 s로 시작하는 'self자아') 에고는 생각과 행동 배후에 있는 상상의 행위자다. 에고는 생존에 필요하고 필수적이라고 여겨진다. 인간 의식을 지배하는 보이지 않는 에너지 장을 따라 동승한 결과인, 깊게 뿌리 박힌 사고 습관의 꾸러미를 에고라고 생각할 수 있다. 이것들은 반복과 사회의 동의로 재강화된다. 이후에 재강화는 언어 그 자체에서 발생한다. 언어를 통해 생각하는 것은 자기 프로그래밍의 한 형태다. 대명사 '나'를 주어(그러므로 모든 행위의 암시적 원인)로 사용하는 것은 가장 심각한 오류이고, 이로 인해 주체와 객체의 이원성이 자동적으로 생겨난다.

에너지 장 Energy field: 이 연구에서 어떤 끌개장 위상 공간의 변수에 의해 설정된 범위. 그 끌개장의 패턴은 의식이라는 더 큰 에너지 장 안에서 작용하고, 인간 행동에 작용하는 특징적 효과로 관찰될 수 있다. 에너지 장의 힘은 전기 시스템에서 전압처럼 혹은 자기장이나 중력장의 힘처럼 측정된다. 측정된 의식 수준은 의식 영역 자체 안에서 강력한 끌개장을 나타낸다. 그것은 인간 존재를 지배하므로 내용, 의미, 가치를 규정하고, 광범위한 인간 행동 패턴을 조직화하는 에너지로 기여한다. 상응하는 의식 수준에 따른 이러한 끌

개 패턴의 층화는, 시간 전반에 걸친 인간 경험을 재맥락화할 수 있
는 새로운 패러다임을 제공해 준다.

우뇌Right-brain : 일반적으로 '전체적holistic'을 의미하며, 평가하고
직관하는 기능과 중요성, 의미, 추론을 이해하는 것과 같은 기능을
가능하게 한다. 비선형적이고, 뉴턴식 인과성의 논리적 순서를 통
하기보다는 패턴과 관계로부터 작동한다. 우뇌는 부분보다는 전체
를 처리하는 것으로 추정된다. 또한 아날로그 컴퓨터처럼 과정들을
다루며 일반적으로 시간 기준을 필요로 하지 않고 작동 가능하다.
다른 방법으로는 의미 있는 인지 분석에 적합하지 않을 수 있는 복
잡한 데이터 분야(예를 들어, '사랑에 빠지기' 또는 창의성과 같은 일
반적 현상)에서 우뇌 지각은 본질을 식별한다.(좌뇌와 우뇌라는 용
어는 지각의 다른 방식이 특정 대뇌 영역에 위치할 거라고 여겨졌을
때 기원했지만, 칼 프리브람이 보여 줬듯이 뇌는 정확한 해부학적 위
치화보다는 홀로그램처럼 작동한다.)

우주Universe : 우리 우주에는 무한한 수의 차원이 있는 것처럼 보
인다. 관습적으로 합의된 익숙한 삼차원의 우주는 하나의 우주일 뿐
이고, 우리의 감각이 만들어 낸 착각일 뿐이다. 행성체 사이의 공간
은 비어 있지 않고 에너지의 바다로 채워져 있다. 그리고 1평방 인치
속의 잠재적 에너지는 물리적 우주 전체 질량의 에너지만큼 크다고
말할 수 있다. 데이비드 봄은 실상의 드러난 질서와 감춰진 질서를
가지고 존재의 접혀진/펼쳐진 상태라는 모델을 제안했고, 이것은

깨달음을 성취하고 비이원성을 경험했던 이들이 수 세기 동안 묘사해왔던 실상의 나타난/나타나지 않은 상태에 비할 만하다.

인과 모델에서는,

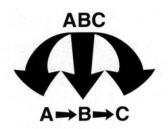

A⇨B⇨C는 펼쳐 있고, 드러나 있고, 나타나고, 식별 가능한 형태의 우주다. ABC는 접혀 있고, 감춰져 있고, 나타나지 않은 잠재성이다. 그 잠재성 너머에는 형태, 비형태 모두의 형상이 없는 무한한 모체母體가 있다. 그 무한한 모체는 전능하고 전지하고 편재한다.

위상 공간 Phase space: 다차원에서 시간-공간 데이터를 압축하여 하나의 패턴으로 만들어 주는 사상寫像. 푸앵카레 사상Poincaré map은 기저의 끌개를 설명하는 다차원적 패턴을 이용한 그래픽 단면 묘사다.

위치성Positionality: 위치성들은 작동 중인 모든 사고 메커니즘을 설정하고 그 내용을 활성화하는 구조다. 위치성들은 프로그램이며 진정한 참나가 아니다. 세상은 임의적 추정이면서 전적으로 잘못된 위치들의 끝없는 집합체를 지니고 있다. 원초적 위치성들은 다음과 같다. (1)생각ideas은 의미와 중요성을 가진다. (2)반대 쌍들 사이에 구분하는 선이 있다. (3)저작권의 가치가 존재한다. 예를 들면 생각thoughts은 '내' 생각이기 때문에 가치가 있다. (4)생각하기는 통제에 필수적이고 생존은 통제에 달려 있다. 모든 위치성은 자발적이라, 사랑에서 비롯하여 내맡길 수 있다. 사랑으로서 신의 현존은 위치성을 내맡긴 결과로 지각의 이원성이 그칠 때 스스로를 드러낸다. 그러므로 사랑은 선형과 비선형 영역 사이의 출입구다. 영적 의지는 사랑과 헌신, 그리고 내맡기려는 자발성으로 시행되고 활성화된다. 사랑은 형태가 없으며 수용력이다. 그 수용력을 통해 사람은 자신의 위치성을 (사랑에서 비롯하여) 기꺼이 신에게 내맡기게 된다. 제멋대로임/위치성의 내맡김은 모든 상황에서 평화를 가져온다.

의식Consciousness: 의식은 존재의 환원 불가능한 기층이고, 형태가 없지만 모든 형태를 포함한다. 의식은 무한하고 시작과 끝이 없다. 의식의 장은 다른 용어로는 불성이나 신의 마음이라고 불린다. 그것은 무한하고 매우 강력한 전자기장과 같다고 할 수 있다. 철가루와 비슷하게, 각 대상은 그 장에서 자체의 자리를 가지고 있다. 장에서 어디에 위치하느냐는 당신의 '전하'에 달려 있다. '극성'이란 당신이 해 왔던 결정에 기초를 둔다. "그래, 나는 그 사람을 용서하겠어."라고 할 때 당신은 높은 장으로 이동한다. "저 못된 사람에게 똑같이 복수하겠어."라고 하면 낮은 장으로 이동한다. 어떤 일이라도 신이나 다른 누군가를 탓할 수 없다는 것이 명백하다.

이상한 끌개 Strange attractor : 1971년 데이비드 뤼엘과 플로리스 타켄스가 명명한 용어. 그 이론에서는 세 독립적 모션이 우주의 비선형적 패턴의 전체 복잡성을 만드는 데 필요한 전부라고 언급했다. 이상한 끌개는 위상 공간 내에 있는 패턴이다. 패턴은 동역학계의 시간 안에 있는 동역학 지점을 통해서 추적된다. 끌개장의 중심 지점은 궤도의 중심과 유사하다. 끌개들은 프랙털이고 그러므로 무한하게 길다. 끌개들의 그래픽은 푸앵카레 사상Poincaré map이라고 불리는 것의 단면을 받아 적어서 그려졌다. 위상공간의 지정학적 형태화는 접혀진 도넛 모양인 원환체 같은 끌개를 만든다.

이원성Duality : 대상의 외견상 분리('이것/저것' 또는 '여기/저기', '그때/지금', 또는 '너/나'와 같은 개념적 이분법으로 반영되어 있는)를 특징으로 하는 형태의 세상. 한계를 지닌 이러한 지각은 고정된 관점에 내포된 제한 때문에 감각들을 통해 생성된다. 과학은 마침내 17세기 데카르트 이원성의 특징인 관찰자와 관찰 대상이라는 인위적 이분법을 넘어섰다. 과학은 이제 관찰자와 관찰 대상들이 하나이자 동일하다고 추정한다. 우주는 중심점이 없지만 각각의 모든 지점에서 동일하게 그리고 동시간에 지속적으로 확장하고 있다. 인위적 시간 틀 속에서 거리에 따라 적용되는 뉴턴식의 원인과 결과를 대신하여, 벨의 정리는 이곳이 동시성의 우주임을 입증하는 데에 기여했다. 시간과 공간 둘 모두는 그 자체가 상위의 내재적 질서의 측량 가능한 산물일 뿐이다.

좌뇌Left-brain : '논리' 또는 '이성'이라고 주로 묘사되는, 선형적 방식으로 배열된 생각을 뜻한다. A⇨B⇨C 순으로 데이터를 처리한다. 디지털 컴퓨터와 유사하다.

지배장Fields of dominance : 지배장은 높은 에너지 패턴이 약한 에너지 패턴에 영향을 끼치는 것을 통해 드러난다. 이것은 어쩌면 작은 자기장이 훨씬 더 크고 강력한 거대 전자기장 안에서 공존하는 것과 비슷할 수 있다. 현상학적 우주는 다양한 힘을 지닌 끝없는 끌개 패턴의 상호 작용 표현이다. 생명의 끝없는 복잡성은 증대하고 감소하는 이런 장들의 끝없는 반향을 반영하는 것이며, 이는 그것들의 고조파harmonics 및 그 외 상호 작용에 의해서 복잡해진다.

참나Self(대문자 S): 참나는 내재되어 있으면서도 모든 형태를 넘어선다. 참나는 영원하고 시작이나 끝이 없고 변함없으며 영구적이고 불멸이다. 참나에서 앎awareness, 의식, '고향에 있음'이라는 무한한 조건이 나타난다. 참나는 모든 이의 '나' 감각이 나타나는 궁극의 주관성이다.

창조Creation : 시작과 끝이 없는 지속적인 과정, 이 과정을 통해 형태와 물질로 구성된 나타난 우주가 반복을 통해 생성되며, 그 과정은 세 지점에서부터 시작한다. 프랙털을 통해서 세 지점만으로 무한하고 다양한 형상을 만들 수 있다.(이것은 이제 익숙한 망델브로 집합이라는 복소평면으로 보여졌다.) 산스크리트어에서는 경험 가능한 모든 것의 기원의 세 측면을 *라자스, 타마스, 사트바*라고 부른다. 이것은 힌두교 신인 브라흐만, 시바, 비슈누로 상징화된다. 그리스도교에서는 삼위일체로 나타난다.

초기 조건에 민감한 의존성 법칙 Law of sensitive dependence on initial conditions : 이것은 미세한 변화가 시간이 경과하며 심오한 변화를 초래하는 결과를 만든다는 것을 뜻한다. 배가 나침반에서 1도 벗어나면 결국에 경로에서 수백 킬로미터나 벗어난 곳에 발견되는 것과 같다.

출현Emergence : 생명은 선형적 인과 순서로 발생하지 않는다. 그보다는 장에서 자연발생적으로 출현하고 영원히 장과 하나다. 모든 현상적 존재가 발생하는 무한한 장은 의식의 장 자체고, "사랑은 우주의 궁극의 법칙"(진술은 750으로 측정된다)이기 때문에 내재적으로 자비롭고 공정하다. 장과 현상은 하나의 역동적 전체이며, 창조이며 동시에 진화다. 잠재성이 현실화가 되면 창조가 그 자체를 진화로 표현하기 때문에 진화와 창조 사이에는 갈등이 없다.

친숙성과 패턴 인식 Familiarity and pattern recognition : 인간 마음은 전체적인 패턴 인식을 통해 대상things을 알게 된다. 완전히 새로운 개념을 이해하는 가장 쉬운 방법은 단순히 친숙해지는 것이다. 학습은 같은 개념을 명백해질 때까지 되풀이할 때 일어난다. 이것은 새로운 영역을 비행기로 탐사할 때와 같다. 처음에는 모든 것이 낯설어 보인다. 두 번째 돌아볼 때는 몇몇 지점을 기준점으로 알아챈다. 세 번째 때는 이해되기 시작하고, 결국 단순한 노출을 통해 드디어 친숙성을 갖게 된다. 나머지는 마음에 내재된 패턴 인지 메커니즘 이 알아서 한다.

카오스 이론 Chaos theory：'상태'와 대립하는 '과정'의 과학. 이 이론 은 예측 불가능한 조건 안에서 패턴들을 발견한 데서 시작된다. 카 오스 이론이 제안하는 관점은 국소 사건들보다는 전역적 가능성을 식별하고, 복잡계—국소적으로는 예측이 불가능하지만 전역적으 로 안정성을 보이는—에 내재하는 형태들을 시각화하기 위해 패턴 과 모양을 사용하는 위상수학 체계를 수반한다. 카오스 이론은 난류 와 일관성 둘을 동시에 불러일으키는 복잡계의 역량을 인지한다.

1800년대 후반 쥘 앙리 푸앵카레는 뉴턴 물리학이 두 물체 사이 의 상호 작용만을 연구하면 수학적으로 정확하지만, 제3의 요소를 더하면 뉴턴 법칙은 신뢰할 수 없게 되고 근사치만 얻을 수 있다고 지적했다. 이런 비선형성은 어느 시스템이라도 시간이 경과하며 피 드백과 반복을 하면 예측할 수 없게 된다는 것을 시사했다. 로렌츠 는 1963년 논문 '결정론적 비주기성 흐름'에서 새로운 과학 패러다 임을 규정했고, 그것은 제임스 요크와 티엔이엔 리의 유명한 논문 '주기 3은 카오스를 내포한다'에서 카오스 이론으로 명명됐다. 카 오스 이론은 주기 배증, 반복, 프랙털, 분기와 같은 주제들을 아우 르고 유한한 공간 안에 무한한 차원의 수가 존재한다는 것을 인지 한다. 뉴욕 과학아카데미에서 1977년 카오스 이론에 대한 첫 회의

가 열렸고, 의학과 생물학 분야의 카오스 이론에 관한 첫 회의는 1986년에 열렸다.

프랙털Fractal : 프랙털 패턴은 불규칙성, 무한한 길이를 특징으로 하고 이상한 끌개들은 프랙털 곡선으로 구성된다. 고전적 예는 영국 해안선의 길이를 결정하려는 시도이다. 점점 더 작은 측정 척도를 사용하여 길이를 더하면 해안선의 길이가 무한하게 길다는 것이 밝혀진다. 프랙털은 유한한 영역에서 무한한 길이를 내포한다.

하이젠베르크 원리 Heisenberg's principle : 양자역학은 하이젠베르크의 원리를 통하여 한정적 선형 영역인 뉴턴 패러다임에서 벗어나는 길인데, 그것은 무언가를 관찰하는 것이 의식 자체의 영향 때문에 이미 대상을 변화시킨다고 간주한다. 관찰자가 의식 수준이 높을수록 관찰되는 것에 더 심오한 영향을 끼친다.

홀로그램Hologram : 어떤 물체상像의 공간으로 레이저 빛을 비출 때 생기는 입체적 영상. 광선의 절반은 물체로 향한 후에 사진판으로 향하고, 나머지 절반은 곧장 사진판을 비춘다. 이것은 판에 간섭 패턴을 생성해서 판을 통과하도록 비춰진 레이저 광선이 물체의 상을 입체적으로 재생성한다. 사진판의 모든 조각이 전체의 모든 상을 재현할 수 있다는 것은 흥미롭다. 홀로그램 우주에서는 모든 것이 다른 모든 것과 연결되어 있다.

M-장M-fields: 형태발생장, 끌개 패턴과 유사하다. 생물학자 루퍼트 셸드레이크가 제시한 가설에서 형태발생장은 형태 형성 인과 이론의 일부인데, 형상의 에너지 장들이 진화하며 서로를 강화한다는 것이다. 특정한 영역에서 누군가가 진보하면, 이 성공은 그 종 species의 다른 사람들도 같은 것을 할 수 있는 가능성을 증가시킨다. 로저 배니스터는 1마일에 4분이라는 'M-장'을 깼는데, 그 성공 이후 곧 수많은 달리기 선수가 같은 성취를 이뤄 냈다.

전기적 기록과 자전적 기록

전기적 개요

호킨스 박사님은 2차 세계 대전 중 미 해군에서 복무한 이후 1953년에 위스콘신 의과대학을 졸업했습니다. 그 후 박사님은 25년 동안 뉴욕에서 생활했고, 정신과 의사로서 그의 선구적 작업은 특히 조현병과 알코올 중독에 있어서 중요한 임상적 돌파구를 가져왔습니다. 그의 연구 결과는 의학과 과학, 정신분석 학술지에 폭넓게 게재되었습니다. 그는 북부 낫소 정신건강센터 (1956~1980)의 의료 책임자이자 롱아일랜드의 브런즈윅 병원 (1968~1979) 연구 책임자로 있으면서 뉴욕에서 가장 큰 병원을 운영했습니다. 또한 가톨릭, 개신교, 불교 수도원에서 정신과적 고문

역할도 했습니다. 1973년에『분자교정 정신의학』을 노벨 화학상 수상자 라이너스 폴링과 공동 저술하며 정신의학계에 새로운 분야를 개척했고, 이는「투데이쇼」, 바바라 월터스와의 텔레비전 인터뷰,「맥닐/레러 뉴스아워」출연으로 이어졌습니다.

호킨스 박사님은 과학과 영성이라는 외견상 이질적인 분야를 서로 연관시키는 작업을 하며 생의 마지막 30년을 애리조나에서 보냈습니다. 1983년에 그는 의식 연구에 헌신하는 비영리 단체인 영성 연구소를 설립했습니다. 1980년대에 캘리포니아에서 열린 '중독과 의식에 관한 첫 번째 미국 내 학회First National Conference on Addictions and Consciousness'(1985)와 '전인적 삶 박람회Whole Life Expo' (1986) 같은 행사에서 했던 박사님의 강연은 내면의 평화를 향한 기저의 영적 충동과, 중독 물질 없이도 내면의 평화를 기르는 방법을 자세히 밝히며 중독을 재맥락화했습니다. 1990년대에 그는 프레스콧 밸리의 여성 청소년을 위한 밍구스산 부지 거주 치료 센터 의료원장으로 일했습니다. 그리고 애리조나에 있는 몇몇 회복의 집의 자문 정신과 의사였습니다.

1995년 68세의 나이로 그는 보건복지Health and Human Services 분야 박사 학위를 받았습니다. 같은 해에 박사님의 책『의식 혁명』이 출판되었고 25개의 언어로 번역되어 100만 부 이상 팔리며 마더 테레사와 샘 월튼과 같은 명사들로부터 찬사를 자아냈습니다.『의식 혁명』은 박사님의 트레이드마크인 의식 지도를 제시하였고, 이제 의식 지도는 의료 종사자, 대학교수, 정부 관리, 회사 간부들에 의해 전 세계적으로 이용됩니다. 뒤이어 다른 많은 책이 나왔습니다.

1998년부터 2011년까지 호킨스 박사님은 매진 사례를 이루어 꽉 찬 청중에게 의식의 과학과 진보된 영적 상태의 실상에 관해 강연하며 미국 전역과 해외 곳곳을 강연자로서 널리 돌아다녔습니다. 그는 옥스퍼드포럼, 웨스트민스터사원뿐만 아니라 하버드대학, 부에노스아이레스대학, 노터데임Notre Dame대학, 포드햄대학, 순수지성과학연구소Institute of Noetic Sciences에서도 강연했습니다. 그는 샌프란시스코 캘리포니아 의과대학에서 매년 '랜드버그 강연'을 했습니다. 그의 마지막 강연이었던 '사랑' 강연은 2011년 9월에 열려 세계 전역에서 1700명의 사람들이 참석했습니다.

"인간 괴로움을 경감하는 데 기여한 지대한 공로"를 기리는 헉슬리상, 미국의사협회의 의사공로상, 미국정신과협회의 탁월한 50년 평생회원, 분자교정의학 명예의 전당, 세계인명사전 등재, 과학과 종교에서 이룬 진보를 기리며 수여하는 권위 있는 템플턴상 후보 지명 등 호킨스 박사님은 과학적 공로와 인도주의적 공로에 대하여 수많은 인정을 받았습니다. 인류에 대한 공로를 인정받아 1996년 발데마르대왕수도원의 인가로 예루살렘의 성요한주권구호기사단(1077년 설립)에게서 기사 작위를 받았습니다. 2000년에 박사님은 대한민국 서울에서 '태령선각도사'(깨달음의 스승)라는 칭호를 수여받았습니다. 또한 국제 외교에 관한 외국 정부 자문위원이었고 세계 평화에 중대한 위협이었던 오래된 갈등을 해결하는 데 중요한 역할을 했습니다.

호킨스 박사님은 자신의 전 생애에 걸쳐 때때로 리더 역할을 하면서 시민과 전문직 종사자로서 광범위한 노력에 참여했습니다. 의

사로서 뉴욕과 롱아일랜드의 조현병재단, 롱아일랜드 태도치유센터, 전인건강센터 뉴욕협회, 분자교정 정신의학회 등 여러 단체를 공동 설립하거나 그곳의 의료 고문으로 일했습니다. 그는 순수 미술 마스터스 갤러리의 공동 관장으로 있었습니다. 이례적으로 높은 IQ를 가지고 태어나 1963년 멘사 회원이 되었습니다. 젊은 의사 시절 불교에 끌렸고 미국의 첫 번째 선불교 기관에 가입했습니다. 임종할 당시에는 수년 동안 성앤드류성공회 교회의 일원이었습니다. 그는 세도나의 컨트리웨스턴 댄스클럽 초대 회장이었고, 해외참전용사, 미국재향군인회, 세도나엘크스오두막 회원이었습니다. 궁수였고, 목수였고, 대장장이였으며, 음악가(백파이프 연주자, 바이올린 연주자, 피아노 연주자)였고, 16세기 프랑스 노르만 건축으로 입상한 디자이너였으며, 동물 애호가였습니다.

국제적으로 호킨스 박사님은 세계의 위대한 전통들에 핵심 진실—(자기 자신을 포함한) 모든 생명을 향한 친절과 연민, 무조건적 사랑, 겸손, 존재의 본성에 대한 탐구, 내맡김, 참나 각성—을 적용하는 영적 길인 헌신적 비이원성Devotion Nonduality(2003)의 창시자였습니다. 2002년 이후 호킨스 스터디 그룹이 로스앤젤레스에서 서울에 이르기까지 그리고 케이프타운에서 멜버른에 이르기까지 전 세계 여러 도시에서 자율적으로 생겨났습니다. 그 그룹들은 "우리가 말하거나 행하는 것에 의해서가 아니라 우리가 되어 온 바의 귀결로 세상을 바꿉니다."와 같은 박사님 책의 원리들을 공부하고 실천하고 있습니다.

자전적 기록

이 책에서 전한 진실은 과학적으로 도출되어 객관적으로 체계화되긴 했지만, 모든 진실처럼 먼저 그것들이 개인적으로 경험되었습니다. 어린 시절 시작되어 평생 이어 온 일련의 강렬한 앎awareness 상태들은 처음에는 영감을 주었고 그런 다음 주관적 각성 과정—마침내 이 책 시리즈의 형태로 나타났다.—에 방향을 제시했습니다.

세 살 때 존재에 관한 갑작스런 완전한 의식이 발생했습니다. '내가 있다.'의 의미에 관한 비언어적이지만 완전한 이해였는데, 즉각 '나'는 전혀 존재하게 되지 못했을 수도 있었다는 무서운 각성이 뒤따랐습니다. 이는 망각에서 의식적 앎awareness으로의 즉각적인 자각이었으며, 그 순간에 개인적 자아가 태어났고 '있음'과 '있지 않음'이라는 이원성이 저의 주관적 앎awareness으로 들어왔습니다.

유년기와 초기 청소년기 내내 존재의 역설과 자아의 실상에 관한 질문이 반복되는 관심사로 남았습니다. 개인적 자아는 때때로 더 커다란 비개인적 참나Self로 다시 미끄러져 들어가곤 했으며, 비존재에 관한 초기의 근원적 두려움—무nothingness에 관한 근본적 두려움—이 재발하곤 했습니다.

1939년 위스콘신의 시골 지역에서 27킬로미터 경로를 자전거로 배달하는 신문 배달원이었던 저는 어두운 겨울밤 집에서 수 킬로미터 떨어진 곳에서 영하 30도의 눈보라를 만났습니다. 자전거가 얼음 위에 넘어졌고 사나운 바람이 자전거 손잡이 바구니에서 신문들을 잡아채 얼음 덮인 하얀 들판으로 날려 버렸습니다. 좌절과

탈진으로 눈물이 흘렀고 제 옷은 딱딱하게 얼어붙었습니다. 바람을 피하기 위하여 저는 높은 눈더미의 얼음 덮인 표면을 깨고 구덩이를 파서 그 안으로 기어들어 갔습니다. 머지않아 몸의 떨림이 멈추고 기분 좋은 온기가 들었고 그다음에는 어떤 말로도 형용할 수 없는 평화의 상태가 찾아왔습니다. 이것은 빛의 충만함, 그리고 시작도 끝도 없으며 저 자신의 본질과 구별되지 않는 무한한 사랑의 현존을 동반했습니다. 제 앎awareness이 이 편재하며 밝게 빛나는 상태로 녹아들어 가면서 육체와 주변 환경은 희미해져 갔습니다. 마음은 침묵에 들었습니다. 모든 생각이 멈췄습니다. 무한한 현존Presence은 모든 시간과 묘사 너머에서, 존재했던 혹은 존재할 수 있었던 전부였습니다.

그 무시간성 뒤에 갑작스럽게 제 무릎을 흔드는 누군가를 알아차렸고, 뒤이어 제 아버지의 걱정스러운 얼굴이 나타났습니다. 몸으로 돌아가는 일과 그에 수반되는 모든 일이 대단히 내키지 않았지만 아버지의 사랑과 고뇌 때문에 영Spirit은 몸을 보살펴 다시 활성화했습니다. 죽음을 두려워하는 아버지에 대한 연민이 있었지만 동시에 죽음이라는 개념이 터무니없어 보이기도 했습니다.

이 주관적 상태를 설명하는 데 이용할 맥락이 없었기에 누구와도 이에 대해서 이야기하지 않았습니다. 성인들의 삶에서 보고되는 것 말고는 영적 경험에 관해서 듣는 일은 흔치 않았습니다. 하지만 이 경험 이후로 보통 받아들여지는 세상의 현실은 그저 임시적일 뿐인 것처럼 보이기 시작했습니다. 전통적 종교의 가르침은 중요성을 상실했고 역설적으로 저는 불가지론자가 되었습니다. 모든 존재를 밝게 비추었던 신성의 빛에 비하여 전통 종교의 신은 정말로 흐릿한 빛으로 빛났습니다. 그리하여 영성이 종교를 대체했습니다.

2차 세계 대전 동안, 소해정에서 위험한 임무를 수행하며 종종 죽음의 손길이 스쳐 갔지만 그에 대한 두려움은 없었습니다. 마치 죽음이 그 실제성을 상실했던 것과 같았습니다. 전쟁 이후 마음의 복잡성에 매료되어 정신의학을 공부하길 원했고, 일을 하며 의과 대학을 다녔습니다. 콜롬비아대학의 교수였던 저의 정신분석 교육 분석가 또한 불가지론자였습니다. 우리 둘은 모두 종교를 회의적으로 바라보았습니다. 제 이력이 그러하였듯이 정신분석 또한 잘 진행되었고 성공이 뒤따랐습니다.

하지만 저는 전문직 생활에 가만히 안주하지 못했습니다. 저는 어떤 치료를 해도 반응하지 않는 진행성의 치명적 질병에 걸려 아팠습니다. 38세쯤에, 저는 *최후*에 이르렀고 곧 죽는다는 것을 알았습니다. 몸을 신경 쓰진 않았지만 제 영혼은 극단적인 괴로움과 절망 상태에 있었습니다. 마지막 순간이 다가왔을 때 이 생각이 제 마음을 스쳤습니다. '만약 신이 존재한다면?' 그래서 기도로 도움을 청했습니다. "만약 신이 계신다면 지금 저를 도와주길 간청드립니다." 저는 거기에 어떤 신이 있든지 그 신에게 내맡겼고 망각으로 들어갔습니다. 제가 깨어났을 때, 너무나 엄청난 변형이 일어났었기에 저는 경외감으로 말문이 막혔습니다.

나였던 그 사람은 더 이상 존재하지 않았습니다. 개인적 자아나 에고는 없었고 그것이 존재하는 전부였을 정도의 무제한적 힘의 무한한 현존Infinite Presence만이 있었습니다. 이 현존이 '나'였던 것을 대체했고 몸과 몸의 행동은 오로지 현존의 무한한 의지Infinite Will로만 통제되었습니다. 세상은 무한한 하나임Infinite Oneness이라는 명료함으로 빛났으며, 이 무한한 하나임은 무한한 아름다움과 완벽함 속에서 드러난 만물로서 자신을 표현했습니다.

삶이 진행되면서 이러한 고요가 지속되었습니다. 개인적 의지는 없었고 육체는 무한히 강력하지만 절묘하게 부드러운 그 현존의 의지Will of the Presence 인도 아래 자기 일을 해 나갔습니다. 그 상태에서는 어떤 것에 관해서도 생각할 필요가 없었습니다. 모든 진실이 자명했고, 개념화는 필요하지 않았거니와 가능하지도 않았습니다. 동시에 육체의 신경계는 극도의 과부하가 걸린 듯 느껴졌는데, 그것은 마치 신경계의 순환로가 운반하도록 설계되었던 양보다 훨씬 더 많은 에너지를 운반하는 것과 같았습니다.

세상에서 효과적으로 기능하기가 불가능했습니다. 모든 일상적 동기가 사라졌고 그와 함께 모든 두려움과 불안도 사라졌습니다. 전부가 완벽했기에 추구할 것이 아무것도 없었습니다. 명성, 성공, 돈은 무의미했습니다. 친구들은 임상 진료의 현실로 돌아올 것을 촉구했지만 그렇게 하려는 일상적 동기가 없었습니다.

이제 인격personalities의 밑바탕에 있는 실상을 지각할 능력이 있었습니다. 감정적 아픔의 기원은 자신이 자신의 인격이라고 믿는 사람들의 믿음에 있었습니다. 그래서 마치 저절로 그런 것처럼 임상 업무가 다시 시작되었고, 결국 거대해지게 되었습니다. 미국 전역에서 사람들이 찾아왔습니다. 병원에 2000명의 외래 환자가 있고, 이에 50명 이상의 치료사와 다른 직원들, 25개의 업무실이 있는 공간, 연구 및 뇌파 실험실이 필요해졌습니다. 1년에 1000명의 새 환자가 있었습니다. 게다가 이전에 언급했듯이 라디오와 전국 텔레비전 쇼에 출연했습니다. 임상 연구는 1973년 전통적 구성 방식으로 『분자교정 정신의학』이라는 책에 기록되었습니다. 이 작업은 그 시대보다 10년을 앞섰던 것이어서 상당한 동요를 자아냈습니다.

신경계의 전반적 상태가 천천히 개선되었고 그런 후 또 다른 현상이 시작되었습니다. 감미롭고 기분 좋은 에너지띠가 계속해서 척추를 타고 올라 뇌로 흘러 들어갔고, 거기서 즐거움이 지속되는 강렬한 감각을 만들어 냈습니다. 삶의 모든 것이 동시성으로 발생했고 완벽한 조화 속에서 진화했습니다. 즉 기적적인 일들이 흔했습니다. 세상이 기적이라 부르는 것들의 기원은 현존Presence이었지 개인적 자아가 아니었습니다. 개인적인 '나'로 남아 있던 것은 단지 이런 현상들에 대한 목격자일 뿐이었습니다. 이전의 나 자신이나 생각보다 더 깊고 더 큰 '나ı'가 일어나는 모든 것을 결정했습니다.

존재하던 그 상태들은 역사 전반에 걸쳐 다른 이들에게서 보고되어 왔는데, 이는 붓다, 깨달은 현자들, 황벽 그리고 라마나 마하리쉬와 니사르가닷따 마하라지와 같은 좀 더 현대의 스승들을 포함한 영적 가르침들을 조사하는 일로 이어졌습니다. 그리하여 이러한 경험이 유일무이하지 않다는 것이 확인되었습니다. 『바가바드 기타』가 이제 완전히 이해가 되었습니다. 때때로, 스리 라마크리슈나와 기독교 성인들이 전했던 것과 똑같은 영적 황홀경이 일어났습니다.

세상의 모든 것과 모든 사람이 빛났으며 절묘하게 아름다웠습니다. 모든 살아 있는 존재는 빛을 발하게 되었고 고요하고 장려하게 이 광휘를 표현했습니다. 모든 인류는 실제 내면의 사랑에 의해 동기를 부여받지만 단순히 그것을 알아차리지 못하게 되었음이 명백했습니다. 대부분의 삶은 마치 자신이 정말 누구인지에 대한 앎 awareness에 깨어 있지 않은 잠든 자들의 삶인 듯합니다. 제 주위 사람들은 잠들어 있는 것처럼 보였고, 믿을 수 없이 아름다워 보였습니다. 마치 모든 이와 사랑에 빠진 것 같았습니다.

아침에 한 시간 그리고 다시 저녁 식사 전 한 시간 동안 하던 습관적인 명상 수행을 멈출 필요가 있었는데, 지복이 기능할 수가 없을 정도로 강렬해지곤 했기 때문입니다. 소년일 때 눈더미에서 일어났던 경험과 유사한 경험이 다시 일어나곤 했고, 그 상태를 떠나 세상으로 돌아오기가 점차 어려워졌습니다. 모든 것의 믿을 수 없는 아름다움이 전부의 완벽함 속에서 빛을 발했습니다. 세상이 추함을 보았던 곳에 오직 시간을 초월한 아름다움만이 있었습니다. 이 영적인 사랑이 모든 지각을 뒤덮었고 여기와 저기, 그때와 지금 사이의 모든 경계와 분리가 사라졌습니다.

내면의 침묵 속에서 보낸 수년 동안 현존Presence의 힘이 커졌습니다. 삶은 더 이상 개인적인 것이 아니었습니다. 개인적 의지는 더 이상 존재하지 않았습니다. 개인적 '나'는 무한한 현존Infinite Presence의 도구가 되었고 그 뜻에 따라 돌아다니며 일을 했습니다. 사람들은 그 현존의 오라 속에서 놀라운 평화를 느꼈습니다. 구도자가 답변을 구했지만 거기에는 데이비드와 같은 개인이 더 이상 없었기에, 그들은 사실상 저 자신의 참나와 다르지 않은 그들 자신의 참나로부터 답을 능히 가져왔습니다. 각 개인의 눈으로부터 동일한 참나가 빛을 발했습니다.

보통의 이해를 넘어서는 기적적인 일들이 일어났습니다. 수년 동안 몸을 괴롭혔던 많은 만성적인 병이 사라졌습니다. 시력이 자연스럽게 정상화되었고 평생 쓰던 이중 초점 렌즈가 더 이상 필요 없었습니다.

가끔 절묘한 지복의 에너지—무한한 사랑Infinite Love—가 가슴에서부터 어떤 재난 현장을 향해 갑작스럽게 방사되곤 했습니다. 한번은 고속도로에서 운전 중에 이 절묘한 에너지가 가슴에서 나가기 시작했습니다. 굽은 길을 돌자 거기에 차 사고가 있었습니다. 뒤집어진 차의 바퀴가 아직 돌고 있었습니다. 에너지가 아주 강렬하게 차의 탑승자들에게로 넘어갔고 그런 다음 자연히 멈추었습니다. 또 다른 때에는 낯선 도시의 거리를 걷는 중에 앞쪽 블록으로 에너지가 흘러 내려갔고 건달 간에 패싸움이 막 시작되려는 현장에 이르렀습니다. 싸우려던 사람들이 물러서서 웃기 시작했고 에너지는 다시 멈췄습니다.

지각의 심원한 변화가 그럴 것 같지 않은 상황에서 경고 없이 찾아왔습니다. 롱아일랜드의 로스먼 식당에서 혼자 식사를 하던 중, 평범한 지각에서는 분리된 듯 보였던 모든 것과 모든 사람이 무시간적 보편성과 하나임으로 녹아들 때까지 갑자기 현존이 강렬해졌습니다. 움직임 없는 침묵Silence 속에서 '사건'이나 '사물'은 없다는 것과 실상 아무것도 '일어나지' 않는다는 것이 명백해졌습니다. 이는 탄생과 죽음에 종속되는 분리된 '나'라는 환상illusion이 그런 것처럼 과거, 현재, 미래는 단지 지각의 인공물일 뿐이기 때문입니다. 제한된 거짓 자아가 그 진정한 기원인 보편적 참나Self로 녹아들어 가면서, 모든 괴로움에서 벗어나 절대적 평화의 상태로 집에 돌아온 듯한 형언할 수 없는 감각이 있었습니다. 모든 괴로움에 기원이 되는 것은 오직 개인성에 관한 환상illusion입니다. 그 자신이 언제까지나 영원히 우주이며, 완전하고, 존재하는 전부와 하나임을 깨달을 때, 더 이상 괴로움이 가능하지 않습니다.

세계 각국에서 환자들이 왔고 몇몇은 절망적인 이들 중에서도 가장 절망적이었습니다. 몸을 뒤트는 기괴한 모습의 환자들이 깊은 정신 이상과 불치의 심각한 정신 질환에서 치료되기를 바라며 그들이 있던 멀리 떨어진 병원에서 젖은 천에 감싸여 이송되어 왔습니다. 어떤 이들은 긴장형 질병이었는데 그중 다수가 수년간 말을 하지 않았습니다. 환자마다 망가진 듯 보이는 겉모습 이면에 사랑과 아름다움이라는 빛나는 본질이 있었습니다. 하지만 평범한 눈으로 보기에는 너무나 가려져 있다 보니, 그 혹은 그녀는 이 세상에서 전혀 사랑받지 못하게 된 것이었습니다.

어느 날 말 못 하는 긴장증 환자가 구속복을 하고 병원으로 이송되었습니다. 그녀는 심각한 신경 장애가 있었고 서 있을 수가 없었습니다. 바닥에서 몸부림치며 경련을 일으켰고 두 눈이 뒤로 넘어갔습니다. 머리카락은 엉켜서 붙어 있었고 자신의 옷을 마구잡이로 잡아 뜯으며 성대를 마찰시켜 생기는 거친 소리를 냈습니다. 그녀의 가족은 상당히 부유했고 그래서 결과적으로 그녀는 여러 해 동안 세계 각지에서 수많은 의사와 유명한 전문가들을 만났습니다.

온갖 치료가 시도되었고 의료 종사자들은 그녀를 희망 없다고 포기했었습니다.

짧은 비언어적 질문이 일어났습니다. '신이시여, 그녀에게 무엇이 행하여지길 원하시나요?' 그러자 그녀는 그저 사랑받는 것이 필요했다는 각성이 찾아왔습니다. 그게 다였습니다. 그녀 내면의 자아가 눈을 통해 빛났고, 그 참나는 저 사랑하는 본질that loving essence과 연결되었습니다. 그 순간 그녀는 자신이 진정 누구인지를 스스로 인식하면서 치유되었습니다. 마음이나 몸에 일어나는 일은 더 이상 그녀에게 중요하지 않았습니다.

본질적으로 이것은 셀 수 없이 많은 환자에게서 일어났습니다. 세상의 눈으로 볼 때 몇몇은 회복되었고 몇몇은 그렇지 않았지만, 환자들에게는 임상적 회복이 뒤따르든 그렇지 않든 더 이상 중요하지 않았습니다. 그들 내면의 고뇌는 끝났습니다. 사랑받는다는 것과 내면의 평화로움을 그들이 느끼면서 고통은 멈췄습니다. 이 현상을 설명하기 위해서는 현존의 연민Compassion of the Presence이 각 환자의 현실reality을 재맥락화했고, 그래서 세상을, 세상의 외양을 초월하는 어떤 수준에서 그들이 치유를 경험했다고밖에 할 수 없습니다. 시간과 정체성을 넘어선 참나 내면의 평화가 우리를 에워쌌습니다.

모든 고통과 괴로움은 신에게서가 아니라 오로지 에고에서 발생한다는 것이 명백했습니다. 이 진실은 환자의 마음에 말없이 전해졌습니다. 이것은 수년간 말을 하지 않았던 또 다른 긴장증 환자의 정신적 장애물이었습니다. 참나가 마음을 통해 그에게 말했습니다.

'너는 네 에고가 자신에게 했던 일을 신의 탓으로 돌리고 있다.' 그는 바닥에서 펄쩍 뛰더니 말을 하기 시작했고 그 일을 목격했던 간호사는 큰 충격을 받았습니다.

일은 점점 더 버거워지더니 결국은 감당하기 어렵게 되었습니다. 기다리는 환자를 수용하려고 병원에 추가 병동을 지었지만 침상이 나길 기다리는 환자들이 밀려 있었습니다. 한 번에 오직 한 환자씩 인간의 고통을 대할 수 있다는 데 엄청난 좌절이 있었습니다. 마치 바닷물을 퍼내는 것과 같았습니다. 끝없이 이어지는 영적 고뇌와 인간의 고통이라는 흔한 문제의 원인을 처리할 다른 어떤 방식이 분명 존재하는 듯했습니다.

이는 다양한 자극에 대한 생리적 반응(근육테스트) 연구로 이어졌고, 놀라운 발견을 하게 되었습니다. 그것은 두 우주—물리적 세상과 마음과 영의 세상—사이에 있는 '웜홀'이었고 차원들 사이의 접점이었던 것입니다. 자신의 근원으로부터 떨어져 나와 잠든 자들로 가득한 세상에서, 높은 현실과의 그 잃어버린 연결을 회복시켜 주는, 그리고 모두가 볼 수 있게 입증해 줄 어떤 도구가 여기에 있었습니다. 이는 마음이 떠올릴 수 있었던 모든 물질, 생각, 개념을 시험해 보는 일로 이어졌습니다. 제 학생들과 연구 조수들이 그 시도를 도와주었습니다. 그러고 나서 중요한 발견이 이루어졌습니다. 모든 피험자가 부정적 자극—예를 들어 형광등, 농약, 인공 감미료—에 약해졌지만, 앎awareness의 수준을 진보시키는 영적 훈련을 한 학생들은 보통 사람들처럼 약해지지는 않았습니다. 중요하고 결정적인 무언가가 그들의 의식 안에서 바뀌었습니다. 그들이 세상에 휘둘리지 않고 단지 자신의 마음이 믿는 것에만 영향 받는다는 것을 깨닫자 명백하게도 이 일이 일어났습니다. 어쩌면 깨달음을 향해 나아가는 바로 그 과정이 질병을 포함한 존재의 흥망성쇠를 견디는 인간 능력을 증가시킨다고 볼 수 있습니다.

참나에게는 단지 마음에 그리는 것만으로 세상 속 상황을 변화시키는 능력이 있습니다. 즉 사랑은 사랑 아님nonlove을 대체할 때마다 세상을 변화시킵니다. 이 사랑의 힘을 어떤 특정하고도 세부적인 지점에다 집중하면 문명의 전체 설계가 심원하게 바뀔 수 있습니다. 이 일이 일어났을 때마다 역사는 새로운 길로 갈라졌습니다.

이제는 이런 결정적인 통찰들을 세상과 소통할 수 있는 듯했고, 그뿐만 아니라 눈으로 보이며 반박할 수 없도록 입증할 수 있는 듯 보였습니다. 인간 삶의 커다란 비극은 언제나 인간의 정신이 너무나 쉽게 속아 넘어가는 데 있는 듯 보였습니다. 그러므로 불화와 갈등은 진실과 거짓을 구별할 수 없는 인류의 무능력에 불가피한 귀결이었습니다. 하지만 여기에 이 근본적 딜레마에 대한 답이자, 의식 자체의 본성을 재맥락화하는, 그리고 다른 방법으로는 추론에만 그치는 것을 설명하게 만드는 방법이 있었습니다. 더 중요한 무언가를 위해 뉴욕시의 아파트와 롱아일랜드의 집을 남겨 두고 그곳에서의 삶을 떠날 때가 왔습니다. 저 자신을 도구로서 완벽하게 할 필요가 있었습니다. 이전의 세상과 그 속의 모든 것을 남겨 두고 떠나야 했고, 이전의 삶은 작은 도시에서의 은둔 생활로 대체되었습니다. 이후 7년은 그곳에서 명상과 공부를 하며 보냈습니다.

구하지 않았는데도 지복이 압도하는 상태가 되돌아왔고 결국 신성의 현존Divine Presence 속에 있으면서도 여전히 세상 안에서 기능하는 방법을 배울 필요가 있었습니다. 마음은 세상에서 전반적으로 일어나는 일을 따라가지 못하고 있었습니다. 연구를 하고 글을 쓰기 위해서 모든 영적 수행을 멈추고 형상의 세상에 집중할 필요가 있었습니다. 신문을 읽고 텔레비전을 보는 것이 유명한 이들의 이야기나 주요한 사건들, 현재 사회적 대화의 성격을 따라잡는 데 도움이 되었습니다.

진실에 대한 특별한 주관적 경험들은 영적 에너지를 집단의식으로 내보내 모든 인류에게 영향을 미치는 신비주의자의 영역인데, 이는 인류 다수에게 이해될 수 없는 것이며, 따라서 그 다수와는 다른 영적 구도자를 제외하면 제한적인 의미를 갖습니다. 이는 평범해지려는 노력으로 이어졌는데 평범함 그 자체가 신성Divinity의 표현이기 때문입니다. 사람의 진정한 자아에 관한 진실이 일상생활의 길을 통해서 발견될 수 있습니다. 관심과 친절함으로 사는 것이 필요한 전부입니다. 나머지는 때가 되면 저절로 드러납니다. 평범한 것과 신은 서로 다르지 않습니다.

그래서 멀리 둘러온 영spirit의 여정 이후에 가장 중요한 일로 복귀했습니다. 가능한 많은 동료 존재들이 최소한 조금이라도 더 현존Presence에 대한 이해에 다가서도록 하려는 일이었습니다.

현존Presence은 침묵하며 평화의 상태를 전달합니다. 그 평화의 상태라는 공간 속에서, 그 공간에 의하여 전부가 있으며 존재를 갖고 경험을 합니다. 현존은 무한히 부드러우면서도 바위와 같습니다. 이와 함께 모든 두려움은 사라집니다. 설명할 수 없는 황홀경의 고요한 수준에서 영적 기쁨이 일어납니다. 시간에 대한 경험이 그치기 때문에 불안이나 후회가 없으며 고통이나 기대도 없습니다. 즉 기쁨의 근원은 끝이 없고 항상 현존합니다. 시작도 끝도 없기에 상실이나 슬픔 혹은 욕망이 없습니다. 해야 할 필요가 있는 일은 아무것도 없으며, 모든 것은 이미 완벽하고 완전합니다.

시간이 멈출 때, 모든 문제가 사라집니다. 문제란 단지 하나의 지각점point of perception이 만들어 낸 인공물일 뿐입니다. 현존이 우세할 때, 몸이나 마음과의 동일시가 더 이상 없습니다. 마음은 점차 침묵하게 되고 '내가 있다 Am.'는 생각 또한 사라지며, 순수한 앎Pure Awareness이 빛을 발하여 온 세상과 우주 너머에 있는, 시간 너머의 시작도 끝도 없는, 사람인 그것, 사람이었던 그것, 항상 사람일 그것을 비춥니다.

사람들은 "어떻게 이런 앎awareness 상태에 이르나요?"라며 궁금해합니다. 하지만 그 단계를 따르는 이들은 적은데 왜냐하면 아주 단순하기 때문입니다. 우선 그 상태에 이르려는 욕망이 강렬했습니다. 그런 다음 예외를 두지 않고 지속적이고 보편적인 용서와 부드러움으로 행동하는 훈련을 시작했습니다. 사람은 자기 자신과 자신의 생각들을 포함하여 모든 것을 향해 연민 어리게 되어야 합니다. 다음으로 욕망을 유보해 두고 매 순간 개인적 의지를 내맡기려는 자발성이 찾아왔습니다. 각각의 생각, 느낌, 욕망, 행위가 신에게 내맡겨지면서 마음은 점차 침묵하게 되었습니다. 처음에는 전체 이야기와 단락을 놓고, 그런 다음 관념과 개념을 놓습니다. 사람이 이런 생각들을 가지고 싶어 함을 놓아 버리면서, 그것들은 더 이상 그렇게 정교화되지 않고 반쯤 형성된 상태에서 조각나기 시작합니다. 마침내 생각 뒤의 에너지가 생각이 되기도 전에 그 에너지 자체를 넘기는 것이 가능했습니다.

명상에서 한순간 주의가 산만해지는 것조차 허용하지 않는, 끊임없이 지속적으로 초점을 고정하는 과제가 일상 활동을 하면서도 계속되었습니다. 처음에는 매우 어려워 보였지만, 시간이 흐르면서 습관적이고 자동적이며 점점 적은 노력을 요하게 되었고, 마침내 노력이 들지 않게 되었습니다. 그 과정은 지구를 떠나는 로켓과 같았습니다. 처음에는 막대한 힘을 필요로 하지만 로켓이 지구의 중력장을 떠나면서 점점 더 적은 힘을 요하고 마침내 자신의 모멘텀으로 우주를 비행합니다.

예고 없이 갑자기 앎awareness의 변화가 일어났고, 명명백백하며 전부를 둘러싸는 현존Presence이 거기 있었습니다. 자아가 죽어 가면서 잠시 동안 불안이 있었고, 그 후 현존Presence의 절대성이 번뜩이는 경외감을 불러일으켰습니다. 이 돌파는 정말 극적이었고 이전의 어떤 것보다 더 강렬했습니다. 일상에는 그것에 대응할 경험이 없습니다. 현존Presence과 함께하는 사랑이 그 심원한 충격에 완충 작용을 했습니다. 그러한 사랑의 지지와 보호가 없었다면 사람은 소멸될 것입니다.

에고가 무nothingness가 될까 두려워 자신의 존재에 매달리면서 공포의 순간이 뒤따랐습니다. 에고가 죽자, 대신에 에고는 전부All이자 모든 것임Every-thingness인 참나로 대체되었습니다. 그 안에서 모든 것은 자기 자신의 본질의 완벽한 표현 속에서 알려지고 명백합니다. 비국소성과 함께 사람은 이제껏 있었던 전부이자 있을 수 있었던 전부라는 앎awareness이 왔습니다. 사람은 모든 동일시를 넘어, 모든 성별을 넘어, 인간임 자체조차 넘어 전적이고 완전합니다. 다시는 괴로움과 죽음을 두려워할 필요가 없습니다. 이 지점에서는 육체에 일어나는 일이 중요치 않았습니다. 영적 앎awareness의 특정 수준에서 몸의 질병은 치유되거나 자연스럽게 사라집니다. 하지만 절대적 상태에서는 그런 사항들이 무의미합니다. 몸은 자신의 예상되는 경로를 움직이고는 자신이 왔던 곳으로 돌아갈 것입니다. 그것은 중요치 않은 일이며 사람은 영향 받지 않습니다. 몸은 '나'이기보다는 '그것'으로, 방 안의 가구처럼 또 다른 물건으로 보입니다. 마치 몸이 개인적 '당신'인 양 사람들이 아직도 몸에게 말을 거는 것이 우스워 보일 수도 있지만, 알아차리지 못하는 이들에게 이 앎awareness의 상태를 설명할 방법이 없습니다. 그저 자신의 할 일을 하며 섭리Providence로 하여금 사회 적응을 처리하도록 하는 것이 최선입니다.

하지만 지복에 이르면 강렬한 황홀경 상태를 감추기가 매우 어렵습니다. 세상이 감탄하고, 사람들이 그 동반되는 오라 속에 있기 위해 멀리 떨어진 각지에서 찾아올 수 있습니다. 영적 구도자들과 영성에 호기심이 있는 이들이 이끌리고, 기적을 찾는 매우 아픈 이들 또한 그럴 수 있습니다. 사람은 자석처럼 그들의 마음을 끌고, 그들에게 기쁨의 근원이 될 수 있습니다. 흔히 이 지점에서 다른 이들과 이 상태를 공유하고 모두의 이익을 위해 그것을 사용하려는 욕망이 있습니다.

이 상태에 동반되는 황홀경은 초기에는 그렇게 안정적이지 않습니다. 그러니까, 큰 고뇌의 순간들도 또한 있습니다. 그 상태가 오르내리다가 갑자기 아무 이유 없이 그칠 때, 가장 강렬한 것이 일어납니다. 이때 현존Presence에 버림받았다는 강렬한 절망과 두려움을 느끼는 기간이 옵니다. 이러한 추락은 길을 힘겹게 만들고 이러한 좌절을 극복하는 데는 큰 의지가 요구됩니다. 이 수준을 초월해야 하며, 그렇지 않으면 '은총에서부터 추락하는' 견딜 수 없는 괴로움을 끊임없이 겪어야 한다는 것이 마침내 명백해집니다. 그런 다음, 사람이 모든 반대 쌍과 그 상충하는 끌어당김을 넘어설 때까지 이원성을 초월하는 힘겨운 과제로 들어가면서, 황홀경의 영광은 포기되어야 합니다. 하지만 황홀한 기쁨의 황금 사슬을 포기하는 것은 에고의 쇠사슬을 행복하게 포기하는 것과는 상당히 다릅니다. 마치 사람이 신을 포기하는 듯한 느낌이며, 전에는 전혀 예상치 못했던 새로운 수준의 두려움이 발생합니다. 이는 절대적 고독의 최후의 공포입니다.

에고에게 비존재의 두려움은 가공할 만했고, 그것이 다가오는 듯 보이면 에고는 반복적으로 거기서 물러섰습니다. 그리하여 고뇌와 영혼의 어두운 밤의 목적은 명백해졌습니다. 그것들은 너무나 견디기 어려웠고, 그래서 그 격렬한 고통이 그것을 극복하는 데 요구되는 극한의 노력으로 사람을 몰고 갑니다. 천국과 지옥 사이에서 흔들리는 것이 견딜 수 없게 될 때, 존재 자체에 대한 욕망이 내맡겨져야 합니다. 오직 이것이 행해질 때만 사람은 마침내 '전부임 대 무'의 이원성 너머로, '존재 대 비존재' 너머로 이동합니다. 이러한 정점의 내적 작업은 궁극적 분기점을 이루는 가장 어려운 국면입니다. 거기서 사람은 자신이 초월하는 존재의 환상을 돌이킬 수가 없음을 완전히 알아차립니다. 이 단계에서는 돌아갈 수가 없고, 그래서 되돌릴 수 없음이라는 무시무시한 망령은 이 마지막 장벽을 모든 선택 중 가장 무서운 선택처럼 보이게 만듭니다.

하지만 사실 자아의 마지막 종말에서, 존재 대 비존재─정체성 그 자체─라는 유일하게 남아 있는 이원성이 해소되어 우주의 신성Universal Divinity 속으로 녹아 버리고, 선택을 내릴 어떤 개인적 의식도 남지 않습니다. 그런 다음, 마지막 발걸음은 신께서 옮기십니다.

― 데이비드 호킨스

Gloria in Excelsis Deo!

원문 자료

1장

『의식 혁명』(판미동, 2011)

『성공은 당신 것』(판미동, 2021)

『치유와 회복』(판미동, 2016)

『놓아 버림』(판미동, 2013)

2장

『의식 혁명』

『놓아 버림』

3장

『의식 수준을 넘어서』(판미동, 2009)

『현대인의 의식 지도』(판미동, 2016)

『진실 대 거짓』(판미동, 2010)

『*Book of Slides: The Complete Collection Presented at the 2002-2011 Lectures with Clarifications*』(Veritas Publishing, 2018)

4장

『치유와 회복』

『의식 수준을 넘어서』

『놓아 버림』

5장

『성공은 당신 것』

6장

『치유와 회복』

『의식 혁명』

7장

『의식 수준을 넘어서』

『*Book of Slides*』

8장

『내 안의 참나를 만나다』 (판미동, 2008)

『나의 눈』 (판미동, 2014)

『의식 수준을 넘어서』

9장

『호모 스피리투스』 (판미동, 2009)

『나의 눈』

『의식 수준을 넘어서』

『내 안의 참나를 만나다』

『*Book of Slides*』

결론

『의식 수준을 넘어서』

후주

1) Excerpted from F. Grace, *The Power of Love* (Redlands, CA: Inner Pathway Publishing, 2019), 585.

2) Personal communication, 2010.

3) Lecture, Institute of Noetic Sciences Petaluma, California, 2003.

4) *Power of Love*, 522.

5) D. Hawkins, *I: Reality and Subjectivity* (Sedona, AZ: Veritas Publishing, 2003), 365.

6) *I: Reality and Subjectivity*, 365-66.

7) D. Hawkins, *The Eye of the I* (Sedona, AZ: Veritas Publishing, 2001), 6.

8) *Eye of the I*, 6.

9) *Eye of the I*, 3-4.

10) *Eye of the I*, 9.

11) F. Grace, "Beyond Reason: The Certitude of the Mystic from Al-Hallaj to David R. Hawkins," *International Journal of Humanities and Social Science*, vol. I, no. 13 (September 2011), 147-56.

12) Interview with Yun Kyung Huh, in D. Hawkins, *Dialogues on Consciousness and Spirituality* (Sedona, AZ: Veritas Publishing, 1997), 33-34.

13) D. Hawkins, *Dialogues on Consciousness and Spirituality* (Sedona, AZ: Veritas Publishing, 1997), 12, 37.

14) D. Hawkins, *Power vs. Force*, Author's Official Authoritative Edition (Sedona, AZ: Veritas Publishing, 2012), 388.

15) *Dialogues*, 30.

16) Lecture, 2003.

17) *Power vs. Force*, A.O.A. Ed., 380.

18) D. Hawkins, letter to Linus Pauling, November 5, 1987.

19) Lecture, 2003.

20) For details, see chapter on Mother Teresa in *Power of Love*, 53-84.

21) *Eye of the I*, 20.

22) *Eye of the I*, 210.

23) *Power vs. Force*, VHS (Sedona, AZ: Veritas Publishing, 1996).

24) *I: Reality and Subjectivity*, 219.

25) *Power of Love*, 586-87.

26) *Eye of the I*, 257.

27) *Power of Love*, 570.

28) Personal communication, 2010.

29) *I: Reality and Subjectivity*, 219.

30) *Power vs. Force*, A.O.A. Ed., xxv-xxvi.

31) *Dialogues*, 21.

저자에 대하여

데이비드 라몬 호킨스 박사(1927~2012)는 진보된 영적 상태와 의식 연구, 참나로서의 신의 현존의 각성Realziation이라는 주제에 관해 국제적으로 알려진 영적 스승이자 작가, 강연자이다.

호킨스 박사의 녹화 강연뿐 아니라 출판물은 고유성을 널리 인정받아 왔다. 과학과 임상 배경을 가진 개인에게 아주 앞선 영적 앎awareness의 상태가 일어났는데, 이후에 그가 비일상적 현상을 명료하고 이해 가능한 방식으로 언어화하고 설명할 수 있었기 때문이다.

일반적 마음의 에고 상태에서 현존Presence에 의해 에고의 소멸에 이르는 전환은 삼부작인 『의식 혁명』(1995, 개정:2012, 재출간:2013), 『나의 눈』(2001), 『호모 스피리투스』(2003)에서 기술되었다. 『의식 혁명』은 마더 테레사에게도 상찬받았으며, 이 삼부작은 세계의 주요 언어로 번역되었다. 『진실 대 거짓』(2005)과 『의식 수준을 넘어서』(2006), 『내 안의 참나를 만나다』(2007), 『현대인의 의식 지도』(2008)에서 에고의 표현들과 내재된 한계들에 대해서, 그리고 그것들을 어떻게 초월할지에 대해서 탐구를 계속한다. 『놓아 버림』(2012)에서는 높은 참나의 경험을 막는 장애물을 제거하는 방법을 드러낸다. 『성공은 당신 것』(2016)은 비즈니스와 삶의 다른 영역에서 성공에 이르기 위한 정확한 방법을 제공한다.

삼부작 이전에 의식의 본성에 대한 연구가 선행됐었고, 이는 「인간 의식 수준에 관한 양적·질적 분석과 측정」(1995)이라는 박사학위 논문으로 출판됐다. 논문에서는 공통점이 없어 보이는 과학과 영성 영역의 상호 관련성을 밝혔다. 이것은 인류 역사상 처음으로 진실과 거짓을 구별하는 수단을 실증한 기법의 중대한 발견 덕분에 이루어졌다.

초기 작업의 중요성은 《뇌/마음 회보*Brain/Mind Bulletin*》의 매우 호의적인, 광범위한 리뷰를 통해 인정받았고 '과학과 의식에 관한 국제 콘퍼런스'에서 발표한 바와 같이 후속 발표들을 통해 인정받았다. 많은 영적 진실이 설명의 부족으로 인해 시간이 지나면서 잘못 이해되어 왔다는 호킨스 박사의 관찰에 따라, 책에 담으면 너무 장황해지는 내용들에 대해서는 상세한 설명을 제공하는 세미나를 매월 진행했다. 세미나 녹화물은 볼 수 있으며, 질문과 답변 시간으로 마무리하여 추가 설명을 제공한다. 『슬라이드 모음집*The Book of Slides*』(2002~2011년 강연에서 발표한 슬라이드를 설명과 함께 수록한 완전본)은 그의 강연 슬라이드에 대한 개론서이다.

호킨스 박사가 말하길, 자신의 일생에 걸친 작업의 전반적 구상은 의식의 진화 관점에서 인간 경험을 재맥락화하고, 마음, 영 모두 내재적 신성 — 생명과 존재의 기반이자 지속적 근원으로서 — 의 표현이라는 이해를 통합하는 것이라고 했다. 이러한 헌신은 그의 출판물 시작과 끝에 함께하는 *"Gloria in Excelsis Deo!"*라는 진술로 나타나게 된다.

한국어판 출간을 기념하며

한국 사람들에게

낯선 이들에게, 그리고 서로에게 친절하며 사려 깊은 여러분에게 감사드립니다. 본보기가 되어 우리의 믿음을 보여 주는 것은 중요합니다.

여러분이 의식 수준을 더 깊이 이해하는 데 이 책이 도움이 되길 바랍니다.

―수잔 J. 호킨스

이 땅에 오셔서 인류에게 봉사하시고, 하늘의 뜻을 전해 주시고 본향으로 돌아가신 데이비드 호킨스 박사님께 머리 숙여 경배드립니다.

열반 후, 십 주년을 기념하여 나온 이 책이 나올 수 있게 번역해 준 이전욱 약사와, 이장원 정신과 의사, 번역팀께도 감사함을 전합니다.

호킨스 박사님께서 특별히 사랑하신 한국인들……
그리고 인류의 영적 발전을 위해 주신 많은 가르침을 우리 모두는 기억합니다.
지난 시대에도 계셨고,
오늘날에도 계시고
미래 세상에도 계실 성인들의 출현과
그분들의 영적 메시지들을 실천하는 삶을 살겠습니다.

— 문진희

찾아보기

옮긴이 | 데이비드 호킨스 번역팀

데이비드 호킨스 박사 저작물을 번역하고 출판하기 위해 설립한 단체. 호킨스 박사 공부모임인 렛팅고 다음 카페(cafe.daum.net/acceptance)를 기반으로 활동하고 있다. 2013년부터 호킨스 박사 DVD 강연을 번역하여 공부모임에 매주 제공하고 있다.

의식 지도 해설

1판 1쇄 펴냄 2022년 11월 30일
1판 2쇄 펴냄 2023년 12월 19일

지은이 | 데이비드 호킨스
옮긴이 | 데이비드 호킨스 번역팀
감수자 | 문진희
발행인 | 박근섭
책임편집 | 강성봉
펴낸곳 | 판미동

출판등록 | 2009. 10. 8 (제2009-000273호)
주소 | 135-887 서울 강남구 도산대로 1길 62 강남출판문화센터 5층
전화 | **영업부** 515-2000 **편집부** 3446-8774 **팩시밀리** 515-2007
홈페이지 | panmidong.minumsa.com

도서 파본 등의 이유로 반송이 필요할 경우에는 구매처에서 교환하시고
출판사 교환이 필요할 경우에는 아래 주소로 반송 사유를 적어 도서와 함께 보내주세요.
06027 서울 강남구 도산대로 1길 62 강남출판문화센터 6층 민음인 마케팅부

한국어판 ⓒ ㈜민음인, 2022. Printed in Seoul, Korea
ISBN 979-11-7052-225-6 03840

판미동은 민음사 출판 그룹의 브랜드입니다.